KB262553

내 숲에 찾아온 이름

내 숲에 찾아온 악동

초판 1쇄 찍은 날 § 2007년 5월 9일
초판 1쇄 펴낸 날 § 2007년 5월 19일

지은이 § 김인숙
펴낸이 § 서경석

편집장 § 문혜영
편집책임 § 이종민
편집 § 한지윤

펴낸곳 § 도서출판 청어람
등록번호 § 제1081-1-89호
등록일자 § 1999. 5. 31
어람번호 § 제5-0142호

주소 § 경기도 부천시 원미구 심곡1동 350-1 남성B/D 3F (우) 420-011
전화 § 032-656-4452 팩스 § 032-656-4453
http://www.chungeoram.com
E-mail § eoram99@chollian.net

ⓒ 김인숙, 2007

ISBN 978-89-251-0702-8 03810

내 숲에 찾아온 악동

내 숲에 찾아온 악동

김인숙 지음

도서출판
청어람

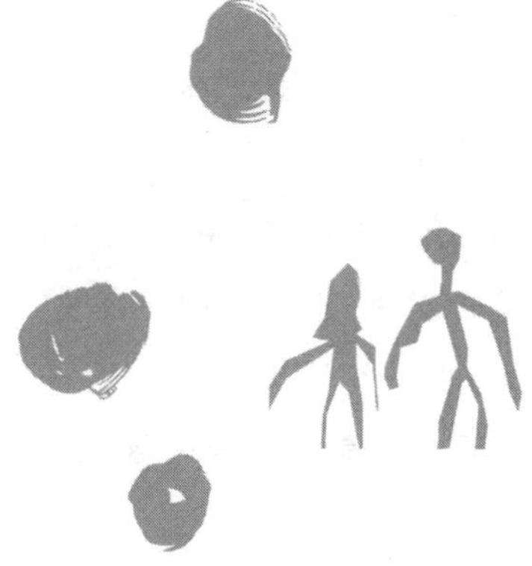

프롤로그

＜선생님.

잠시 현실에서 벗어나 조용히 저를 되돌아볼 만한 곳을 찾던 중에 이태리의 칭크테레(Le Cinque Terre)라는 곳을 알게 되었습니다.

와보니 너무나 아름답군요.

칭크테레는 '다섯 개의 땅'이라는 뜻으로 몬테로소, 베르나짜, 코니그리아, 마나롤라, 리오마지오레 이 다섯 개의 마을을 가리킵니다.

이곳은 자동차가 들어오지 못하는 곳이라 열차와 도보로박에 올 수 없는 곳입니다.

그 점이 절 이곳으로 이끌었는지도 모르겠습니다.

가파른 산과 아름다운 바다가 만나는 이곳에서 사람들은 농사와 물고기를 잡으며 몇 백 년을 살아왔답니다.

힘든 삶이지만 아마도 이곳의 아름다움을 버리지 못해 이곳 사람들은 뭍으로 나가지 못하고 정착해 살아왔겠죠.

조용한 시간을 갖기 위해 찾아 들어온 곳인지라 될 수 있으면 바깥 출입조차 자제하고 싶지만 이곳의 풍경들이 절 가만 놔두지 않습니다.

가끔 가파른 절벽 끝에 올라 검푸른 바다를 내려다보며 당신을 생각합니다.

당신…… 당신…….

이 말이 폐부를 파고들어 와 언젠가 저는 그 상처로 죽고 말 것입니다.

당분간은 이곳에서 지내게 될 것 같습니다.

소원이 있다면 당신이 이곳을 한번 정도 다녀가셨으면 하는 거지만…… 힘들겠지요?

이곳은 제노바에서 기차로 한 시간 반, 피렌체에서 두 시간 반 정도 걸립니다.

　　　　　　　　　　　　　—지중해를 바라보며 당신의 승하.〉

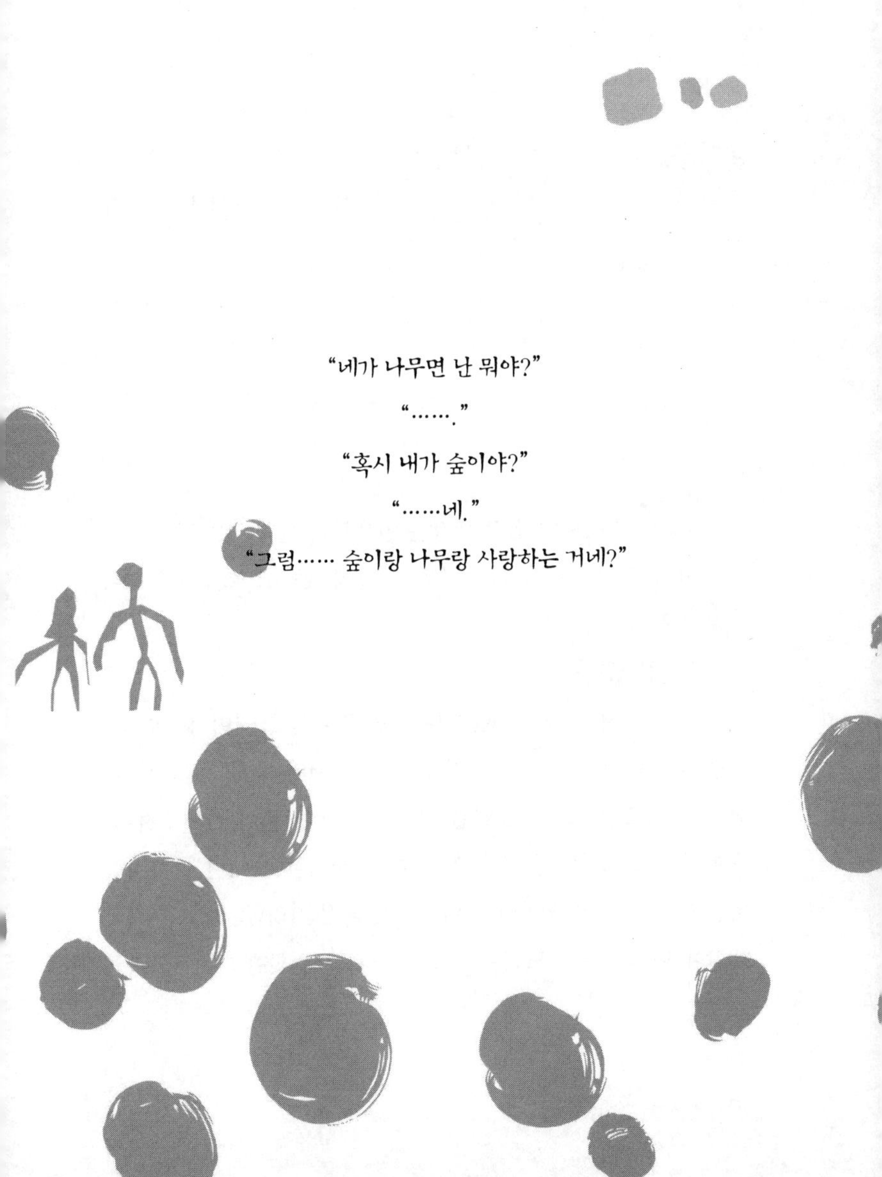

“네가 나무면 난 뭐야?”
“……”
“혹시 내가 숲이야?”
“……네.”
“그럼…… 숲이랑 나무랑 사랑하는 거네?”

1.

우리 엄만 창녀거든요

"그림으로 대학 갈 생각은 언제부터 한 거야?"

유난히 긴 손가락을 가진 승하를 앞에 앉히고 스케치를 하며 연우가 물었다.

"석 달쯤 됐나……?"

승하는 그저 만사가 따분하다는 듯 말끝을 흐리며 창 쪽으로 눈을 돌렸다. 저녁 햇살이 길게 뻗어 들어와 승하의 그림자를 화실 끝으로 몰고 갔다. 열린 창으로 바람이 불어 들어오자 고등학생으로 보기에는 다소 긴 승하의 머리칼이 여린 물결처럼 바람의 방향을 따라 살짝 띄워졌다가 다시 가라앉곤 했다. 저녁 햇살에 반짝이는 부드러운 머릿결과 크고 늘씬한 체형, 그리고 우수에 젖은 듯 고독해 보이는 눈을 가진 승하는 어릴 적 보았던 만화의 주인공처럼 한순간에 그려져 버릴 것 같은 강한 인상으로 다가왔다. 그러나 눈이 캔버스로 향하는 순간 연우의 머리속에는 아무것도 남아 있지 않았다. 많은 모델들을 앞에 두고 그림을 그려왔지만 이번처럼 그리기 어려운 적이 없었다. 사람을 상대로 그림을 그리다 보면 보이는 형상만을 그린다는 것이 얼마나 어리석은 일인가를 알 수 있게 된다. 모델로 선 사람에게서 뿜어져 나오는 느낌이 그림을 좌우할 때가 많기 때문이다.

근데 이 앤…… 참 알 수가 없다. 텅 빈 듯, 혹은 넘쳐 버린 듯 도무지 그 느낌을 종잡을 수가 없다. 부풀어 터져 버릴 듯 거칠다가도 금세 흔적 없이 사라져 버릴 연기 같기도 하다.

한 달 전, 다소 천박해 보이는 분위기의 엄마 손에 이끌려 이곳에 온 승하는 화실에 들어서는 순간부터 난감할 정도의 따가운 눈으로 연우를 살폈다.

사람 처음 보나, 왜 빤히 쳐다봐?

장대처럼 큰 키에 조금 마른 듯한 체구가 교복에 가려 어려 보일 뿐, 승하는 그 느낌이 청년에 가까워 보이는 고3 입시생이었다. 한눈에도 조숙하고 깊어 보이는 눈은 새파란 빛을 띠며 제 눈에 닿는 것은 무엇이든 날카로운 날로 확 긁어버리기라도 하겠다는 듯 사납게 빛났다. 그 사나운 눈을 피하지 않은 채 한동안 마주하고 있던 연우는 자신도 모르게 입가에 설핏 미소를 지었다. 눈빛이 마음에 드는 녀석이다, 꼭 팔 년 전의 자신을 보는 듯.

저런 서늘한 눈이 마음에 든다니 내 취향도 문제긴 문제다, 풋.

그러나 그녀의 호감 어린 눈인사에도 승하의 서늘하고 따가운 눈은 여전히 연우와 연우 주변을 감싸고 떠도는 공기들에 머문 채 거두어지지 않았다. 찬찬히 슬라이드 필름이 돌아가듯 서늘한 눈이 살갗을 스쳤다. 마주친다면 누구든 그 서늘함에 도망치고 말 눈이다. 그러나 연우는 이상하게도 두려움이 일 그 섬뜩한 눈을 보며 저런 눈이라면 그림을 깊이 보지 않을까 하는 막연한 기대감이 먼저 생겼다. 느릿하게 움직이던 승하의 눈과 마주치자 연우는 다시 가벼운 눈인사를 건넸다. 잘 지내보자는 의미였는데 이 녀석이 씹어버리듯 얼굴을 홱 돌려 버린다.

화실을 차리며 다시 아이들 가르칠 생각은 추호도 없었는데 아버지의 오래된 친구 분인 이태일 사장의 부탁이라 어쩔 수 없었다.

[시험 때까지만 붙들고 좀 가르쳐 줘. 다른 사람한테 맡기는 것보다 안심이 돼서 그래. 너 야무진 건 내가 예전부터 잘 아니까. 부탁한다, 연우야.]

전화상이었지만 너무나 정중한 부탁이었다. 아버지의 낯을 봐서도 쉽게 거절할 수 있는 자리가 아니었고, 딱히 거절할 빌미도 없었다. 육 년간이나 입시생을 상대로 미술을 가르쳐 온 그녀의 경력을 누구보다 잘 아는 분이시니. 그래 뭐, 어차피 시간은 남아돌고 한 명 정도야 어떠랴. 게다가 생각지도 않았던 꽤나 많은 금액을 주겠다고 하니 일 년만 더 한눈팔자, 그거였다.

그녀가 그림을 선택한 것은 행복한 인생을 살고 싶어서였다. 사춘기 시절부터 그녀의 유일한 소망은 행복한 인생을 위해 아버지 서종학에게서 벗어나는 것이었고, 그림이 그것을 이루어 주리라 생각했었다. 결국 대학에 입학하던 해에 전쟁 같은 싸움을 치르고 집을 나와 버렸다. 대학 다니는 내내 학비를 벌기 위해 미술학원에서 아이들을 가르쳤고 학교를 졸업하자마자 이런 저런 자잘한 입상 경험으로 어린 나이에 성공이라면 성공이라 할 경력들이 그 이름 앞에 붙었다. 가끔은 '촉망받는 서양화가 서연우' 어쩌고 하는 기사들이 신문의 문화면 한 귀퉁이를 차지하기도 했고, 그 덕에 그녀가 운영하던 미술학원에는 고액 과외생이 넘쳐 났다. 그즈음 그녀는 그만 무언가를 정리해야겠다는 생각을 하고 있었다. 자신이 추구하던 행복한 삶과는 점점 멀어지는 듯한 생활에 슬슬 염증이 나고 있었던 것이다. 생계를 위해 미술학원을 계속 운영해야 할 만큼 어려운 상황도 아니었고, 시간에 쫓기듯 조급한 마음으로 그려대는 평가받기 위한 그림은 그녀를 날마다 지치게 했다. 보여주기 위한 그림은 더 이상 그리고 싶지 않았다.

이제 그만 나를 위한 그림을 그려보자! 나만의 그림을 그려보자! 그림을 처음 선택했을 때의 그 목표처럼 행복한 영혼을 가져보자!

그 생각과 함께 바로 학원을 접었다. 이제는 모든 시간을 할애해 그림에 정성을 쏟아 붓고 싶었다. 마치 학생들로 인해 빼앗긴 시간이 자신의 그림의 진정성을 갉아먹기라도 했다는 듯 당당하게 학원을 정리하고 오직 그림과 자신만의 공간이 되어줄 이 화실로 숨어들었던 것이다. 자신의 영혼이 가장 행복하고 자유로울 수 있는 공간, 그녀만의 그림 숲, 그래서 화실의 이름도 '숲'이라고 지었다.

승하의 어머니는 오십쯤 되어 보였는데 그 나이 부인들에게서는 좀처럼 보기 힘든 붉은 머리와 붉은 손톱, 그리고 터질 듯한 붉은 입술에 옷까지 붉은빛을 띠는 것들을 걸치고 있었다.

"사내 녀석이 그림은 무슨 그림이야? 미친놈!"

쉴 새 없이 뿜어대는 담배 연기에 섞여 나오는 그녀의 말들은 거칠었다.

"어쨌든 대학만 들어가게 해줘요."

연우는 순간 말문이 막혀 버렸다. 대학은 자신이 들어가게 해주는 것이 아니다. 그림은 단번에 점수를 올려주는 암기과목도 아니고, 눈에 드러나는 성적표도 없지 않은가!

그녀에게 그것을 설명해야했지만 연우는 아무 말도 하지 않았다. 온통 붉은색으로 물들이고 있는 그녀는 대화라는 것이 통하지 않을 사람처럼 보였기 때문이다. 어떻게 보면 한없이 어리고 순수한 듯, 또 어떻게 보면 무식하고 천박한 듯 그 느낌을 종잡을 수 없는 산만한 여자였다.

"여기 선생님 밑에서 그림 배운 애들은 다들 좋은 대학에 척척 붙었단 소리를 들었으니까 너도 허튼짓하지 말고 일 년만 죽은 듯이 지내. 대학만 들어가면 내가 무슨 수를 써서든 이 땅 뜨게 해줄 테니까, 알았어?"

승하는 그녀의 말을 듣는지 마는지 호주머니에 손을 찔러 넣은 채 비스듬히 서서 화실을 찬찬히 살폈다.

"말썽 부리면 이쪽으로 전화해요."

그녀는 빨간 핸드백에서 명함을 하나 꺼내어 내밀었다. 그리고 잠깐이었지만 투명하고 아련한 눈으로 그림에 빠져 있는 승하의 뒷모습을 살피다가 일어났다.

"쓸데없이 찾아오지 마."

그러나 승하는 여전히 그녀의 말을 듣지 않는 듯했다.

"응? 찾아오지 말라고!"

목소리가 높아지자 승하는 고개도 돌리지 않은 채 느리고 짧게 대답했다.

"……알았어."

승하의 뒷모습을 망연히 바라보던 그녀는 다시 담배에 불을 붙였다. 그리고 길게 한 모금을 빨아 마시더니 연기를 후 뿜어내고 연우에게 가벼운 눈인사를 하고는 돌아섰다. 그녀가 문밖으로 사라질 즈음 중얼거리는 듯한 승하의 낮은 음성이 들렸다.

"담배나 끊으셔."

그러나 그 소리는 연우에게도 겨우 들릴 만큼 작은 소리였다. 문을 닫으며 돌아보니 승하는 여전히 비스듬히 서서 벽에 걸린 그림들을 살피고 있었다. 연우는 승하 어머니가 남기고 간 말들을 다시 되새겨 보았다. 그녀의 말은 한마디로 일 년 동안 승하를 재주껏 가르쳐 대학 합격을 시켜달라는 것이었는데 자신은 아직 승하의 그림도 보지 않은 상태다.

이런! 그동안 가르쳤던 아이들은 적어도 오 년 이상 전문적으로 미술 교육을 받은 아이들이었고, 나름대로 검증을 받은 아이들이었단 말이다. 그 애들이 대학에 들어간 것이 어떻게 나한테 배웠기 때문이겠는가?

연우는 천박해 보이던 승하 어머니의 분위기와 그녀의 말들로 짐작되는 승하의 모습을 상상하며 현기증이 일 것 같았다. 이태일 사장이 전화를 해서 뜬금없이 입시생 하나를 맡아달라고 했을 때 그저 자신이 모르는 이 사장의 아들이려니 생각했었다. 그 아이가 어떤 아이인지 확인하지도 않고 덥석 그러마 해 버린 것이 후회스러웠다. 하긴 거부할 상황도 아니었지만. 그렇다고 이제 와서 못하겠다고 발뺌할 수도 없는 노릇이다. 연우는 엉겁결에 폭탄 하나를 떠안은 느낌이 들었다.

이 사장님은 왜 저런 여자와 재혼을 하셨을까, 점잖으신 분이?

그녀는 더운 입김을 훅 내뱉으며 승하에게 다가갔다.

"그림은 언제부터 그렸어?"

그러나 승하는 여전히 몸을 비스듬히 기울인 채 그림만 바라보고 있었다. 질문에 대답을 바로 하지 않는 것은 아마도 승하의 버릇인 것 같았다. 그림에서 문득 눈을 뗀 승하는 이런저런 입상 사진들을 걸어놓은 벽 쪽을 한참 바라보다가 그녀를 힐끗 돌아보았다.

"상을 많이 받으셨네요? 꼭 상 받으려고 그림 그리는 사람처럼……."

말꼬리를 흐리며 고개를 돌리는 승하의 입가에 지어진 미소가 조소처럼 보였다. 상 받으려고 그림을 그리느냐, 라니……! 그것은 연우가 가장 싫어하는 종류의 말이었다.

"그런 말, 좀 예의없다고 생각 안 해?"

연우의 목소리는 살짝 떨리기까지 했다.

"화나셨어요?"

"화가 아니라 모욕적이야."

파닥, 불꽃이 튀는 연우의 눈과 다부진 입매를 바라보던 승하의 눈에 살짝 호기심이 일었다.

단도직입적이고 건조한 목소리를 가진 여자다. 그러고 보니 파닥거리는 눈에도 전혀 물기가 보이지 않았다. 그런데도 왠지 모르게 온기가 느껴진다, 사람의 온기.

"성질이 파르륵 하시는 편인가 봐요? 그런 말이 모욕적이기까지 하다니."

그리고는 연우를 무시한 채 그림들 쪽으로 눈을 돌렸다.

"기분 나쁘셨다면 사과할게요. 별 뜻 없었어요."

아무것도 아니라는 듯 사과의 말을 툭 던지고 돌아서는 녀석의 뒤통수에 대고 다시 파르륵 끓어오른 말들을 쏟아주려던 연우는 슬쩍 비틀리며 올라간 승하의 입술을 발견하고 입을 다물어 버렸다. 비틀린 입가에 심술궂은 장난기가 가득 묻어 있었던 것이다.

이 녀석이 지금 장난을 쳐보겠다는 뜻인가? 맞불을 피워줘야 재미있을 텐데 어쩌나, 내가 그런 걸 별로 안 좋아하니?

연우는 끓어오른 마음을 다독이고 다시 목소리를 가다듬었다.

"네 그림 한번 보여줄래? 그래야 내가 너를 가르칠지 어쩔지를 결정할 것 같다."

그녀는 그림을 구경하고 있는 승하의 뒤로 바짝 다가가 다시 말을 붙였다.

뒤통수에서 날이 선 목소리가 들려오지 않을까 싶었는데 그녀는 의외로 차분하다. 힐끔 돌아보던 승하는 그녀가 그리다 만 누드화 앞으로 다가갔다. 그림 속의 풍만한 여체를 바라보는 승하의 묘한 눈길에 연우는 순간 당황스러웠다. 그녀에게는 아직 어리게 느껴지는 열아홉이란 나이에 비해 승하의 눈은 지나치게 조숙했고 깊었다. 누드 속의 풍만한 여체를 쓰다듬듯 훑어내려가는 승하의 눈은 반짝이는 설렘과 은근한 호기심까지 담고 있는 듯 보였다. 그녀는 그때서야 화실의 좁은 공간이 승하와 자신에게 부담을 줄지도 모른다는 생각을 했다. 하지만 이내 고개를 흔들고 말았다. 아무리 조숙하고 깊은 눈을 가졌다고 하더라도 그 당시 연우에겐 승하가 그저 머리에 피도 마르지 않은 애로밖에 여겨지지 않았으니까.

승하의 얼굴에는 꽃 같은 여드름이 반란처럼 피었다 사그라진 흔적이 희미하게 남아 있었다. 이 애의 내면도 저렇게 불꽃처럼 피었다 사그라지는 시기에 접어들었을지도 모른다. 그녀는 제발 그러기를 빌었다. 지금도 불꽃같은 전쟁을 치르고 있다면 승하와 함께 보낼 일 년이 훨씬 더 힘들어질 테니까.

연우는 다시 승하에게 그림을 보여달라는 말을 되풀이했다.

"이 화실은 내 작업 공간으로 마련한 곳이야. 그래서 아이들 가르칠 생각은 추호도 없었는데 아버지 친구 분의 부탁이라 거절할 수 없었다는 것을 알아줬으면 좋겠다. 어쨌든 다니겠다면 내일은 네 그림을 한번 봐야겠으니까 준비해 와."

승하는 고개도 돌리지 않은 채 그림에서 그림으로 눈을 옮기며 퉁명스럽게 대답했다.

"저도 누구에게 그림을 배울 생각은 추호도 없었어요. 엄마가 대학에 목숨을 거니까 제일 속 편한 것으로 고른 게 그림이었을 뿐입니다. 걱정 마세요, 선생님 작업 방해하지 않을게요."

툭툭 내뱉는 말이 어이가 없다. 제일 속 편한 것으로 고른 게 그림이었을 뿐이라니, 그림을 그릴 줄이나 아는 앤가 싶다.

"그림은 배웠어?"

"배웠어요. 한 오 년쯤?"

"학원에서?"

"아뇨, 아버지한테요."

"아버지?"

이태일 사장님이 취미로라도 그림을 그리셨다는 소리를 들어본 적이 없었다. 그렇다면 그분의 아들이 아니란 말인가? 의아해하는 연우의 얼굴을 보며 승하는 다시 입을 열었다.

"절 키워주신 아버지요."

승하의 눈은 목소리만큼이나 건조했다. 뭔가 복잡한 가족사가 느껴지는 대목이다. 승하는 궁금해하는 연우의 눈을 바라보다 인사를 꾸벅 하고 돌아섰다.

"내일부터 오면 되죠?"

고개를 끄덕이던 연우는 궁금증을 이기지 못하고 결국 물었다.

"동남정밀 사장님이 아버지 아냐?"

돌아선 승하는 처음 화실에 들어섰을 때처럼 난감할 정도의 따갑고 서늘한 눈으로 그녀를 내려다보았다. 그리고 그런 질문을 하는 연우에게 화가 난다는 건지 대답을 해야 하는 자신에게 짜증이 난다는 건지 모를 표정으로 입을 열었다. 툭 튀어나오는 목소리는 낮고 건조했다.

"전 그 집 곁가지예요. 우리 엄만 창녀거든요."

연우의 까만 눈동자에 혼란이 이는 것을 빤히 내려다보던 승하의 입꼬리가 실룩 올라가더니 픽, 웃음소리가 새어나왔다. 그리고 들릴 듯 말 듯 성가시군, 이라고 투덜거리며 돌아섰다. 이래서 눈곱만큼이라도 자신의 가족사를 아는 인간과는 부딪치고 싶지 않은 것이다. 호주머니에 찔러 넣은 손에 담배가 만져지자 얼른 꺼내어 물었다. 그런데 라이터가 없다.

제길, 또 어디다 흘린 거야?

계단을 내려가던 승하는 몸을 돌려 성큼성큼 되돌아 올라왔다.

"불 있어요?"

그리고 손가락 사이에 끼운 담배를 들어 보였다. 한쪽 손을 여전히 호주머니에 찔러 넣은 채 불 있냐고 묻는 폼이 영락없는 건달의 모습이었다. 앞서 들은 말이 아직 소화되지 않았는데 연달아 감당 못할 행동을 해대는 승하가 살짝 두렵기까지 했다. 그러나 연우는 짐짓 말똥한 눈으로 빤히 올려다보았다. 아무리 그래도 네 녀석 하나 감당 못할까, 하는 눈으로 승하를 위아래로 관찰하듯 훑어 내리던 연우는 승하의 손가락에 낀 담배를 쑥 뽑았다.

"기다려."

그리고 안으로 들어가더니 '따르륵' 소리를 내며 가스레인지를 켜서 담배에 불을 붙여 들고 와 내밀었다.

“자.”

연기가 모락모락 올라오는 담배를 받아 들고도 승하는 말똥히 쳐다보는 연우의 말간 눈 때문에 담배를 쉽게 입에 물지 못했다.

정말 성가신 여자네?

이마를 살짝 찡그리며 담배를 입에 무는 순간 다시 연우의 목소리가 들렸다.

“화실에서는 금연이야.”

승하가 계단 아래로 사라지는 모습을 보며 연우는 문을 닫았다. 입시생만을 상대로 삼 년이나 학원을 운영할 때도 힘든 애들이 몇몇 있긴 했지만 이런 경우는 난생처음이다. 연우는 마음을 다독이듯 한숨을 내쉬었다. 아무래도 이제껏 겪은 아이들 중 제일 폭탄 같은 녀석이 아닐까 걱정된다.

화실 골목을 벗어나 폭이 좁은 도로를 걸어 버스 정류장까지 나온 승하는 그곳에서 잠깐 망설였다. 학원에 가봐야 졸고 앉아 있을 것이 뻔하고 지금부터 자정까지 시간을 때울 만한 곳이 없을까 생각했다. 그러나 아무리 생각해도 갈 곳이 없다.

엄마는 곧장 속초로 가셨을까?

노랗게 삭아가는 몸을 붉은색으로 치장해 감추고 있는 엄마는 이제 더 이상 증오의 대상이 되지 못한다. 그저 사그라져 가는 그 몸도 마음도 안쓰럽고 불쌍한 여자, 그래서 자신이 세상에서 지켜야 할 유일한 존재일 뿐이다. 지금 친아버지의 집을 떠나지 못하는 이유도 그 때문이다.

호주머니에서 휴대폰을 꺼낸 승하는 강명준에게 전화를 걸었다. 아버지가 자신의 경호원으로 붙여놓은, 그러나 실은 승하의 감시자인 강명준은 지극히 불성실한 사람이다.

가출 일 년 만에 붙잡혀 다시 지금의 집으로 돌아왔을 때 이태일 사장—아직도 그 사람을 아버지라 부르는 것이 어색하다—은 승하가 다시는 도망치지 못하도록 사설 경호원을 붙였다.

앞선 두 사람은 직업의식(?)이 철저한 사람들이었는데 하루도 거르지 않던 승하의 말썽을 견디지 못하고 사표를 내버렸고 강명준이 세 번째다. 강명준은 한마디로 말하면 도대체가 자신의 임무를 눈곱만큼도 수행하지 않으면서 월급은 꼬박꼬박 받아가는 사람이다. 실은 그래서 그를 좋아하는 거지만.

이제 겨우 일곱 시다. 지금쯤이면 아버지 이태일은 일찌감치 서재에 들어가 있을 시간이고, 작은형 이영하는 어디선가 여자를 끼고 뒹굴며 술을 마시고 있을 시간이다. 그는 어릴 적 마음의 상처를 핑계로 술을 마셨고, 술을 핑계로 승하를 괴롭혔다. 다듬어지지 않은 그의 말들은 날마다 승하의 가슴을 긁어대고 있다. 그에 비하며 큰형 이준하는 신사라고 해야 하나? 그러나 숨겨진 비린내는 영하에게서가 아니라 준하에게서 진동을 하고 있었다. 그는 날마다 승하가 들어올 때까지 거실에 앉아 시계를 들여다보고 있었다. 배다른 문제아 동생을 끔찍하게 챙기는 그 모습이 가히 눈물겨워 몸 둘 바를 모를 지경이다.

풋, 그 끔찍한 비린내라니!

신호음이 열 번쯤 울린 후에야 강명준의 목소리가 들렸다.

[어…….]

"형, 지금 어디야?"

[왜? 무슨 일 있어?]

"안 바쁘면 나랑 놀아달라고."

[학원은? 너 또 학원 땡땡이쳤어?]

"놀아줄 거야, 말 거야!"

가까운 곳에 있었는지 십 분도 안 되어 투덜거리며 나타난 강명준은 승하에게 이끌려 당구장에 들어왔다가 단 두 게임 만에 큐대를 던져 버렸다.

"짜식, 학교 땡땡이치고 당구만 쳤냐? 왜 이렇게 잘해!"

"내가 잘하는 게 아니라 형이 못하는 거지."

"따분하다. 그만 나가자."

당구장을 나와 시계를 들여다보던 명준은 승하더러 차에 타라고 했다.

"내 오피스텔로 가자."

이제 겨우 여덟 시, 열두 시까지 버티려면 그곳이 가장 안전하고 편하다. 명준의 오피스텔로 들어선 승하는 정신없이 어질러진 실내를 보며 이마를 찌푸렸다.

"청소 좀 해라."

"그딴 걸 왜 하냐?"

명준은 윗도리를 벗어 아무렇게나 던져 두고 싱크대로 갔다.

"라면 먹을래?"

"응."

승하는 건성으로 대답하고 오피스텔을 이리저리 살폈다. 혼자 살면 다 이렇게 되는 건가? 명준이 사는 모습은 엉망이었다.

"천장 안 무너져. 일루 와 앉아, 인마."

그는 어느새 양은냄비에 라면을 끓여 승하를 식탁으로 불렀다. 오돌오돌하게 끓인 라면이 먹음직스러워 보였다. 승하는 명준이 내미는 젓가락을 받아 앉았다. 먼저 젓가락을 놓은 명준은 국물까지 후룩후룩 마시는 승하를 무심히 바라보며 물었다.

"저녁 안 먹었냐?"

"잊었어."

'숲'이라는 화실에서 나오며 저녁을 먹어야지 생각했었는데 명준에게 전화를 거는 사이 잊어버렸다.

"오늘 가본다던 화실은 어땠어? 널 가르칠 선생은 맘에 들어?"

"그냥……."

말간 눈으로 자신의 얼굴을 찬찬히 살피던 연우의 눈이 떠올랐다. 화실을 나오며 던진 한마디에 당황하며 흔들리던 눈과 가스레인지에 담뱃불을 붙여 불쑥 내밀던 모습도.

"너 또 쓸데없는 말 해서 선생 겁먹인 거 아냐?"

승하를 두어 번 만나고 지레 겁을 먹고 못 가르치겠다고 손을 들어버린 선생이 이미 둘이나 된다고 들었다. 알고 보면 참 여린 녀석인데 아무도 이 녀석을 자세히 들여다보지 않는 것 같다.

"도대체가 난해해, 너란 녀석. 이번엔 좀 얌전히 굴어. 또 쫓겨나면 정말 너한테 그림 가르쳐 주겠다는 사람 안 나타날지도 몰라."

명준은 은근히 걱정스러운 목소리로 말했다.

"내 걱정 해?"

"그래, 인마! 네가 내 밥줄인데, 그럼."

밥줄이란 소리에 승하는 피식 웃음을 흘렸다. 그 밥줄이 늘 간당간당 위태로우니 안달을 낼 만도 한데 명준은 만사가 태평인 사람처럼 보인다.

"심드렁해."

승하는 손 베개를 하고 침대에 벌렁 누우며 중얼거렸다. 주먹질도, 말썽 피우는 일도 심드렁하다. 다…… 유치했다.

그림을 그리면 좀 나아질까?

오늘 화실에서 잠깐 보았던 연우의 그림은 아득한 꿈처럼 멀어져 있던 그림에 대한 열망을 일깨우는 것 같았다. 따뜻하고, 부드럽고, 담백했던 그녀의 그림들이 참 마음에 들었다. 명준이 이리저리 TV 채널 돌리는 소리를 들으며 승하는 생각이 많다. 엄마의 성화에 못 이겨 미대에 가겠다고 선언을 했지만 꼭 그림을 그리겠다는 의지도 없다. 미대를 가겠다는 말은 대학이라는 이름에 목을 매는 엄마를 잠깐 안심시켜 주기 위한 방편일 뿐이다. 세상에 아무것도, 어떤 것도 그를 사로잡는 것이 없었다.

"어쨌든 다니겠다면 내일은 네 그림을 한번 봐야겠으니까 준비해 와."

승하는 천장을 바라보며 다시 연우를 떠올렸다. 화장기 없는 얼굴이 몹시도 건조해 보이던 여자였다. 스물여덟 살이라더니 어깨에 살짝 닿을까 말까 한 찰랑거리는 생머리가 흡사 여고생 같아서 픽 웃음이 새어나왔다. 학교에서 종종 만나는 철없는 계집애들처럼 말간 눈으로 자신의 눈을 겁도 없이 빤히 쳐다보다가 설핏 웃기까지 했다. 지난 이 년 동안 그의 눈을 그렇게 빤히 바라본 사람은 그녀가 처음이다.
정말 그림을 한번 그려볼까?

'내일부터 오면 되죠?' 라고 하던 승하는 다음날 시간이 되어도 오지 않았다. 이틀이 지나고 사흘이 지나도 오지 않았다. 당장 이 사장에게 전화를 걸어 그만두겠다고 말하고 싶었지만 참아보자 생각했다. 어차피 쉬울 거란 생각은 애초에 포기했으니 일주일만 기다려 보자. 일주일 후에도 계속 나타나지 않으면 그림을 배울 의사가 없는 것으로 생각할 것이다.

오 일째 되는 금요일 날, 노크 소리에 문을 열어보니 호주머니에 손을 푹 찔러 넣은 채 건달 같은 표정의 승하가 서 있었다. 그는 연우를 보자 싱긋 웃었다.

"어떻게 된 거야?"

성큼 들어서는 승하에게 연우는 화난 어조로 물었다. 약속 시간을 펑크 내버린 승하 때문에 그림에 집중을 할 수 없었고, 잘 정돈되어 있던 일과들이 엉망으로 흐트러져 버렸다.

"어쨌든 왔잖아요."

승하는 연우의 화를 이해할 수 없다는 듯 퉁명스럽게 대답했다.

"월요일부터 금요일까지, 오후 다섯 시에서 일곱 시까지가 네 그림수업 시간이야!"

"아하!"

여전히 화난 눈을 풀지 않은 채 수업 시간을 말해주는 연우를 바라보며 승하는 그제야 알았다는 듯 고개를 크게 끄덕끄덕했다. 불량하기가 이를 데 없는 모습이다. 이런 녀석에겐 길게 얘기해 봐야 속만 터질 것 같다. 시계를 보니 이제 겨우 세 시 조금 넘었다.

"이왕 왔으니 오늘은 다섯 시까지 하고 가."

"일곱 시까지 해줘요."

승하는 벽에 걸린 사진들을 손가락으로 툭툭 건드리며 막무가내로 말했다.

"내가 계약한 시간은 하루에 두 시간이야."

"나흘이나 빼먹었으니 그 시간을 보충해 주셔야죠?"

"네 맘대로 빼먹은 시간까지 보충해 줄 책임은 없어."

"아파서 빼먹은 거지 일부러 빼먹은 거 아니에요. 그 정도 융통성은 있어야지, 쯧."

융통성없는 연우가 답답하다는 듯 혀까지 차는 승하의 태도에 연우는 어이가 없다. 뭐, 이따위 녀석이 다 있나 모르겠다. 그러나 아팠다는 데는 더 이상 할 말이 없다.

"아팠으면 못 온다고 연락을 해야 할 거 아냐! 멀쩡해 보이는데 도대체 어디가 아팠다는 거야?"

연우의 목소리에는 비난이 섞여 있었다. 전혀 아파 보이지 않는데 도대체 어디가 아팠다는 건지, 핑계를 대려면 좀 제대로 대라 싶었다. 승하가 사진을 만지던 손을 멈추고 가까이 다가왔다. 깊이를 가늠할 수 없는 서늘한 눈이 눈앞으로 슥 다가왔다. 건조한 목소리에 비해 승하의 눈은 물기가 넘쳐 보였다. 건드리기만 하면 검푸른 물이 주룩 흘러내릴 듯 축축하게 젖어 있다. 그것은 눈물과는 거리가 먼 어떤 물기였다. 가까이 다가온 승하는 사진을 만지던 손가락으로 자신의 가슴을 툭툭 쳤다.

"여기요. 여기 아파본 적 있어요?"

승하에게서 건너오는 푸르스름한 빛이 말문을 막아버렸다. 여러모로 통증이 많은 녀석 같다. 이런 애와 인연을 맺고 싶지 않은데…… 연우는 왠지 그 통증이 자신에게로 전이될 것 같아 얼른 고개를 돌려 버렸다.

그림을 잊고 가져오지 않았다는 말에 그럼 뭐든 그려보라며 연필을 쥐어준 지 두 시간이 지났다. 다시 삐걱거리며 의자를 돌리는 소리가 들렸다. 두 시간 내내 승하는 의자에 몸을 묻은 채 나른한 눈으로 천장을 올려다보며 심심할라치면 저렇게 의자를 빙글 돌리고 앉아 있는 것이다. 얼른 그려보라는 말을 두 번이나 했지만 그때마다 승하의 대답은 똑같았다.

"생각하고 있어요."

멍하니 천장을 바라보며 뭘 그릴까, 생각하고 있다는 것이다. 잔잔한 호수를 첨벙대며 흙탕물을 일으키는 물고기처럼 긴 다리를 뻗어 의자를 빙글 돌리는 승하가 그녀의 숲을 그렇게 어질러 버릴 것 같았다.

승하는 다시 의자를 빙글 돌리며 연우를 살폈다. 속이 상한지 이마를 살짝 찡그린 채 아까부터 뭘 저렇게 썼다 지웠다 하는지 모르겠다. 노트에 뭘 정리하는 것 같은데 펜이 아니라 연필과 지우개를 들고 있는 것이 특이했다. 당장 그림을 그리라고 소리라도 빽 지를 줄 알았는데 인내심 하나는 대단한 여자 같다.

창으로 들어온 저녁 햇살이 연우의 하얀 이마를 비추었다. 뭘 느꼈는지 고개를 슬쩍 드는 연우와 눈이 마주치자 승하는 얼른 의자를 빙글 돌려 버렸다. 이렇게 진득하니 앉아 있는 것이 자신에게는 엄청난 인내를 요구하는 일이라는 것을 저 여자는 아는지 모르겠다. 딱히 그림을 그려보겠다는 마음으로 이곳에 온 것은 아니다. 갈 곳이 없었다. 아직도 알싸한 봄바람과 눈이 부신 햇살이 싫어서 어디든 숨어들고 싶어 이곳으로 온 것뿐이다.

숲이라니, 화실 이름이 숲이라니 우습지 않아? 지가 무슨 자연주의자도 아니고 말이야. 쳇!

화장기 하나 없는 얼굴로 하늘하늘 움직이는 연우의 모습이 꼭 진짜 숲의 풀을 닮았다. 두 시간 내내 풀 같은 연우를 훔쳐보던 승하는 의자를 빙글 돌리며 드디어 연필을 잡았다.

그 모습을 보며 연우는 속으로 은근히 미소를 지었다. 일단 그림을 보고 아니다 싶으면 당장 손을 떼버릴 작정이다. 저렇게 예의없고 제멋대로인 녀석과 일 년이나 함께 지내야 한다는 것은 상상만으로도 끔찍하다. 더 알아버리면 앓고 있는 통증이 단번에 다 건너와 버릴 것 같은 저런 눈을 가진 애와는 되도록 연을 맺지 않는 것이 좋을 것이다.

쓱쓱……. 스케치북 위에서 승하의 손놀림은 빠르고 간결해 보인다. 나른하게 퍼져 있던 눈에서 빛이 나고 있었다. 얼굴은 살짝 흥분도 된 듯하다. 저 애가 두 시간 내내 졸린 눈으로 의자에 파묻혀 있던 애가 맞나 싶을 정도로 그림을 그리는 승하는 마치 다른 사람 같아 보였다.

화실 안은 너무나 깔끔하여 아무리 둘러보아도 눈에 띄는 것이 없었다. 삭막하고 살벌했던 지난 이 년, 머리 속에 남을 만한 풍경도 없다. 그래서 승하는 두 시간 내내 훔쳐보았던 연우의 얼굴을 그렸다. '숲'이라는 이 작은 화실에서 그의 눈에 반짝 빛나 보이는 것은 그녀뿐이었기 때문이다.

쓱쓱…… 전체적인 윤곽을 잡고 얼굴을 그려 나간다. 부드러워 보이는 턱 선을 그리고 야무진 입매와 말갛지만 다소 건조해 보이는 눈을 그리던 승하는 연필을 툭 던져 버렸다. 너무 오랫동안 그림을 놓아버렸던 모양이다. 마음먹은 대로 그려지지 않았다.

"갈래요."

연우는 그림 그리다 말고 가방을 챙겨 일어서는 승하를 의아하게 바라보았다. 뭔가 나올 것 같은 눈빛이라 기대하고 있었는데 왜 갑자기 화난 얼굴로 일어서는지 모르겠다.

"아직 일곱 시가 안 됐는데?"

"내일 다시 올게요."

꾸벅 머리를 숙이고는 붙잡을 틈도 없이 그는 나가 버렸다. 알다가도 모르겠다. 융통성없다며 혀를 찰 때는 언제고, 쳇! 정말 제멋대로다.

연우는 어깨를 으쓱하며 승하가 그리다 만 그림 앞으로 다가갔다. 승하가 반짝이는 눈으로 그려놓은 그림은 윤곽이 완벽하게 잡히지 않은 얼굴 스케치였다. 연우는 허리를 숙여 그림을 자세히 들여다보았다. 그리고 그것이 자신의 얼굴이라는 것을 알아차렸다. 순간 당황스럽다. 그러나 그것도 잠시, 두 시간 내내 졸린 눈으로 천장만 바라보며 빈둥거리다 이십 분이라는 짧은 시간에 그려두고 간 그림치고는 놀랍도록 감각적이다. 그리다 만 눈자위에서는 섬세하고 예민한 연필의 터치가 느껴졌다. 윤곽도 제대로 갖추어지지 않은 그림이지만 연필 선 끝에 예리한 힘이 느껴졌다. 당장 손을 놓아버리리라 생각했었는데 갑자기 승하를 가르쳐 보고 싶다는 욕심이 생긴다.

한번 가르쳐 봐? 예의없고 제멋대로인 녀석이라 힘들 텐데?

서늘한 눈으로 제 가슴을 툭툭 치던 승하의 모습을 떠올리니 그 아픔이 순식간에 자신에게로 건너와 버릴 듯 가슴이 뻑뻑해진다.

이런 느낌 싫은데…….

"우선 완성된 네 그림을 봐야 내가 어떻게 가르칠지 판단이 설 것 같거든? 그러니까 일단 이 그림부터 완성시켜 봐."

다시 화실에 온 승하에게 연우는 목계강가에 흐드러지게 피어 있던 개망초꽃처럼 투명하고 해사한 미소를 지어 보이며 연필을 쥐어주었다.

개망초꽃이라니……?

그날, 연우를 보며 왜 흔하디흔한 그 풀꽃이 떠올랐을까? 그 꽃은 사람의 눈길이 닿아야만 핀다지?

연필을 잡고 두어 번 쓱쓱 선을 그어보던 승하는 이내 연필을 툭 던지고 다시 어제처럼 의자 깊숙이 몸을 묻었다. 그리고 긴 다리를 뻗어 의자를 빙글 돌렸다.

끼익, 끽…….

연우는 그 소리가 귀에 거슬렸지만 모른 척했다. 당장 저 의자부터 나무 의자로 바꿔야겠다, 아주 딱딱하고 튼튼한 걸로.

끼익…… 승하는 의자를 한 바퀴 빙글 돌리며 캔버스 너머 연우의 하얀 이마와 건조한 듯 까만 눈을 살폈다. 붓질을 하는 그녀의 눈이 반짝반짝 빛났다.

"선생님, 애인 있어요?"

의자를 빙글 돌리며 물었다. 끽끽거리는 의자 소리가 귀에 거슬려 미칠 것 같은데 그런 질문까지 하니 참아내기가 힘들다. 그녀는 고개도 들지 않은 채 짧게 대답했다.

"있어."

"몇 살이에요? 스물여덟? 스물아홉? 서른?"

끼익…….

연우는 입술을 잘근 깨물었다.

"아니면 나이가 더 어려요? 요즘은 연하가 유행이라던데? 하긴 워낙 어려 보이니 그것도 괜찮겠네."

"아직도 생각 중이니? 아니면 이제 그만 그림을 그리는 게 어때?"

빤히 쳐다보는 연우의 새까만 눈과 마주치자 승하는 어깨를 으쓱하며 의자를 돌렸다. 말하는 폼도 꼭 개망초꽃이다. 그 조그맣고 마른 꽃. 그래도 애인은 있나 보네?

"키스도 해보셨어요?"

다시 의자를 빙글 한 바퀴 돌리며 묻는 말에 연우는 고개도 돌리지 않은 채 대답했다.

"해봤어."

"기분 좋아요?"

"응."

"어떤 기분이에요?"

"무료한 날 달리를 만난 기분이라고 할까? 살바도르 달리 알지? 그만큼 짜릿해."

표정 하나 변하지 않고 잘도 대답한다. 승하는 연우의 하얀 이마와 분홍빛 입술을 바라보며 피식 웃음을 흘렸다.

애인이란 남자는 어떻게 생겼을까?

이런저런 유명하고 잘생긴 녀석들을 떠올리며 그녀의 옆에 세워보지만 누구도 그녀와는 어울리지 않을 것 같다. 그런 화려함과는 왠지 불협화음을 일으킬 것 같은 여자다. 저런 개망초꽃 같은 여자에게 어울릴 남자는 드물지도 모른다.

일주일이 지나도 그림은 진전이 없었다. 커다란 승하의 몸이 화실의 고요한 공기를 휙휙 저어대는 것도 견딜 만했고, 툭툭 던지는 장난스런 질문에도 가볍게 대응하는 여유가 생겼다. 연우는 승하가 스스로 연필을 잡을 때까지 좀 더 느긋한 마음으로 기다리기로 했다. 어차피 가르쳐 보겠다고 마음먹은 이상 조급해할 필요는 없다.

파들파들 애가 달아야 재미있는데 이 여자는 도대체 감정의 변화를 읽을 수가 없다.

　나이가 너무 들어버린 건가? 스물여덟이면 아직은 파들거릴 나이 아닌가?

　근데 연우는 꼭 바람 한 점 없는 고요한 호수 같다. 엄청 재미없는 여자다. 빈둥거리는 것도 이젠 따분하다. 기지개를 켜던 승하는 창가에 서 있는 연우를 발견하고 멈칫했다. 팔짱을 낀 채 창틀에 기대어 어둠이 내리고 있는 창밖을 무심히 보고 있는 그녀의 모습이 꼭 비 맞은 개망초꽃처럼 애잔해 보인다.

　가방에서는 필통 속 연필들이 승하의 보폭에 박자를 맞추듯 덜걱거리는 소리가 규칙적으로 들렸다. 학교에서 집까지 걸어서 한 시간 걸리는 산길을 승하는 쉬지 않고 달리고 있었다. 늙은 석공 아버지는 오늘도 목이 빠지도록 자신을 기다리고 있을 것이다. 엄마가 승하를 이곳에 버려두고 떠나 버린 지 반년이 다 되어간다.

　"희한한 여자지? 제 자식을 피 한 방울 안 섞인 늙은 석공에게 맡겨두고 도망쳐 버렸대?"

　그 소문은 학교가 있는 읍내까지 짜하게 났었다. 그러나 지난번 아버지가 술에 취해 난리를 친 뒤부터는 그 소리가 쑥 들어가 버렸다.

　"내 자식한테 한 번만 더 손가락질해 봐라! 어느 연놈이든 아가리를 확 찢어놓을 테니까! 정으로 골통을 깨줄 테다!"

영감, 왜 소리는 지르고 난리야? 할 줄도 모르는 욕은 왜 해? 다 사실인데, 그딴 소리 아무리 들어도 난 아무렇지 않은데, 그러든 말든 아버지랑 함께 살아서 너무 좋은데…….

소리없이 비가 내리고 있었다. 옷 속에도, 신발 속에도 이미 빗물이 흥건히 스며들었다. 발아래에서 찰박찰박 물소리가 났다. 집으로 가는 길 내내 흐드러진 개망초꽃들도 비에 젖어 말간 얼굴을 드러내었다.

"저 개망초꽃들이 해사한 것이 꼭 네 어무이를 닮았어. 헌데 저것들이 말이야, 사방천지 피어 있지만 피어 있다고 지나 개나 다 꽃은 아이단 말이야. 원래 개망초는 사람의 눈길이 닿아야 피는 꽃이야. 누가 봐줘야 꽃이 된단 말이다. 피어 있다고 다 꽃은 아이다 이 말이다. 알아 묵겠나?"

해사하긴, 개뿔! 영감이 늙어서 눈이 어떻게 된 거지. 에잇!

승하는 철벅거리는 운동화로 길가에 핀 개망초꽃을 냅다 차버렸다.

승하는 빙글 돌아가는 의자를 꽉 움켜잡았다. 삐걱거리는 소리가 나서 비 맞은 개망초꽃처럼 해사한 연우가 돌아보지 않도록.

2.
내가 원래 누에거든

한 달에 한 번씩 집에 들르는 것은 집을 나온 스무 살 이후 쭉 이어져 온 원칙이었다. 아버지와 큰오빠, 늘 남자 둘만 앉아 있던 식탁에 한 달 만에 찾아온 연우가 끼었지만 침묵이 흐르기는 마찬가지였다. 서종학은 식사 내내 단 한 마디도 하지 않은 채 수저를 놓자마자 서재로 들어가 버렸다. 죽으라고 말을 듣지 않는 딸이 꼴도 보기 싫은 모양이다. 연우는 흥, 하는 마음으로 밥을 푹 퍼서 입으로 쑤셔 넣었다. 아버지와 말 섞기 싫기는 그녀도 마찬가지다. 저녁 식사가 끝나자마자 가겠다고 나서는 연우를 강우가 끌어 앉혔다.

"그 녀석은 어때?"

"누구? 승하?"

"그 녀석 이름이 승하야?"

"응, 이승하. 뭐 그냥……."

"무슨 대답이 그래? 애먹여?"

"애먹인다기보다 아직 그림을 그릴 마음의 준비가 안 된 모양이야. 그래서 기다리는 중이야."

강우는 처음 이태일 사장의 전화를 받을 때부터 그 녀석에 대해 익히 들은 말이 있는지라 연우에게 맡지 말라고 하고 싶었다. 그러나 아버지와 워낙 친분이 있는 분의 부탁이라 쉽게 그럴 수가 없었다. 그리고 연우니까 믿는 구석도 있었다.

"힘들면 언제든 못하겠다고 말해, 눈치 보지 말고. 이 사장님께는 내가 적당히 얘기해 줄 테니까."

강우의 목소리에는 걱정까지 깃들어 있다.

"왜? 무슨 문제 있어?"

"준하 말로는 좀 다루기 힘든 녀석이라더라."

다루기 힘든 녀석? 걔가 뭐 이리저리 다룰 물건인가?

이유없는 반발심이 불쑥 고개를 든다.

"내가 뭐 그런 애들 한두 번 겪어보나? 학원 운영할 때도 힘든 애들 많았어. 예민한 시기잖아. 그래도 처음 생각했던 것보단 얌전해."

그러면서 연우는 풋 웃었다.

그만하면 생각보다 얌전하다고 봐야지, 그럼.

"그래? 어쨌든 서너 번 퇴학당할 뻔한 걸 돈으로 막았다니까 문제성이 다분히 있는 녀석일 거야. 네 앞에도 선생이 둘이나 더 있었다는데 한 사람은 일주일 만에, 또 한 사람은 이틀 만에 못 가르치겠다고 손을 들어버린 모양이더라."

"일주일 만에 손을 들어버릴 정도의 악동은 아닌 것 같은데?"

더 이상 가르칠 수 없다고 소리치고 싶은 생각을 하루에도 서너 번은 하면서 왜 승하를 두둔하는지 모르겠다.

"그런 녀석들은 속으로 뭘 숨기고 있는지 알 수 없어. 준하 말로는 거짓말도 밥 먹듯이 하는 녀석이라더라."

"그래?"

아직 승하에게서 특별히 거짓된 무엇을 느껴본 적은 없다.

"근데 이 사장님 언제 재혼하셨어?"

"재혼? 걔가 그렇게 말해?"

"아니, 아줌마 돌아가시고 내가 그 집 식구들 한 번도 못 봤잖아. 언제 그런 자식이 있었나, 궁금해서."

연우는 아무것도 모르는 척 둘러대었다.

"이 사장님이 바깥에서 낳아온 자식이라더군. 삼 년 전인가 어떤 여자가 무작정 찾아와서는 그 녀석을 이 사장님 아들이라고 들이밀더래. 이 사장님은 아무런 확인도 없이 호적에 올려버렸고. 준하도 아직은 이 사장님 서슬이 무서워서 입 다물고 있는 모양인데 사실은 걔가 정말 동생인지 아닌지 그것마저 의심스럽다더라. 승하 엄마라는 여자의 과거가 좀 그런가 봐. 영

하나 저나 그 녀석과 닮은 구석이라고는 눈 씻고 찾아봐도 없다
나?”
　이것 봐! 통증이 많은 녀석일 줄 알았다니까?
　가슴이 찌릿해진다. 역시 이런 애들과는 길게 인연 맺을 게
못 된다. 한참 동안 우울할 것 같다.

　이태일 사장이 저녁 초대를 했다. 승하의 미술 과외선생 자격
으로서 공식적인 초대였다. 승하는 식사가 거의 마무리될 무렵
에야 왔다. 그는 룸에 들어서자마자 인사를 꾸벅하고는 연우의
옆 자리와 이태일의 옆 자리를 눈으로 가늠하더니 연우의 옆에
털썩 앉았다.
　“왜 이렇게 늦었느냐?”
　질책이 섞인 이태일의 물음에 승하는 대답 대신 수저부터 먼
저 들었다.
　“배고파요.”
　푹푹 퍼 올리는 밥 수저가 장난이 아니다. 밥 한 공기를 순식
간에 다 비우고 더 달라고 했다.
　“그래, 연우가 보기엔 이 녀석의 그림이 어때? 쓸 만해 보
여?”
　“네? ……네.”
　대답이 이상해져 버렸다. 그림을 제대로 봤었어야 대답을 하
지! 째려보는 연우의 눈길을 느낀 승하가 힐끗 돌아보더니 재밌

다는 듯 피식 웃었다. 정말 뒤통수라도 한 대 쥐어박아 주었으면 좋겠다. 승하가 세 번째 공기밥을 시키자 이태일 사장이 잠깐 볼일이 있다며 자리를 비웠다.

"네 그림 아직 못 봤다고 솔직하게 말씀드릴까?"

"알아서 하세요."

승하는 고개도 돌리지 않은 채 퉁명스럽게 대답하고 밥만 꾸역꾸역 먹었다. 정말 손을 떼어버릴까 싶다가도 자꾸만 미련이 생긴다. 그 예민하던 연필 터치들, 그리고 볼 때마다 이상하게 저릿해지는 승하의 서늘한 눈 때문에 이태일 앞에서 그런 말을 할 수가 없었다.

근데 앤 밥 먹는 것도 왜 이렇게 울분을 토하듯 먹어댈까? 보기 싫다, 저런 모습.

"웬 밥을 그렇게 소같이 먹어?"

"소 같은 놈이라서 소같이 먹어요. 이렇게 잔뜩 먹어두었다가 나중에 되새김질하려고요."

"그럼 냄새 나지 않을까?"

"인간 비린내보단 나아요."

연우의 농담에 비해 승하의 대답은 진지하다. 툭 던지는 말이 명치끝을 콕 찌른다.

겨우 열아홉 살짜리가 인간 비린내가 뭔지 알기는 아는 걸까?

"천천히 먹어."

승하는 푹 퍼 올리던 숟가락을 멈칫했다.

"남이야…… 급하게 먹든 말든 무슨 상관이라고."

그리고는 보란 듯이 밥숟갈을 입 안으로 쑤셔 넣었다. 연우가 반찬 접시들을 당겨주며 다시 말했다.

"누가 잡으러 오니? 반찬도 좀 골고루 먹고 그래."

성가시다. 승하는 한입 가득 물고 있던 밥을 반찬도 없이 꿀꺽 삼키고는 수저를 놓아버렸다.

"왜, 마저 먹지?"

"웬 여자가 자꾸 잔소리를 해대서 밥맛 다 떨어졌어요."

정말 밥맛이 떨어진 건지 어지간히 들어간 것인지 잔소리를 듣고 나니 갑자기 배가 고프지 않다. 무안하도록 퉁명스런 말을 내뱉고 일어나던 승하가 듣기에도 거북한 욕지기를 내뱉으며 다시 털썩 주저앉았다. 이 사장을 따라 준하가 들어오고 있었다.

"연우, 오랜만이다?"

"아, 오빠! 오랜만이야."

이 사장이 약속이 있다며 준하에게 승하를 데리고 집으로 들어가라는 말을 남기고 먼저 나가자 세 사람은 차를 마주하고 앉았다. 아무리 뜯어봐도 승하와 자신은 닮은 구석이 없다던 말을 증명이라도 하듯 준하는 작달막한 키에 넘쳐 나는 살로 눈까지 작아 보일 지경이었다.

"왜 그렇게 보기가 힘들어? 길거리에서 만나면 몰라보겠다.

십 년 만인가?"

"그런가 봐."

"어떻게 그렇게 발길을 싹 끊어버려. 영하가 몇 번인가 생일 초대도 했었다던데 오지도 않고, 너 그 모임에도 안 나가지?"

"어…… 나랑은 잘 맞지 않는 것 같아서."

어릴 적 만들어졌던 그 모임은 순전히 연우의 아버지 서종학의 욕심과 엄마들의 치맛바람이 만들어놓은 모임이었다. 부모들의 친목 모임이라고는 했지만 그곳에 나오는 아이들은 일종의 귀족 모임을 연상케 했다. 솔직히 몸에 금붙이라도 두르고 있는 듯 별스럽게 행동하는 그 애들이 연우는 처음부터 마음에 안 들었고, 그래서 띄엄띄엄 나가던 모임도 대학에 입학하면서 아예 발길을 끊어버렸었다.

준하는 콧등에 걸린 안경을 끌어올리며 이해할 수 없다는 표정으로 연우를 바라보았다. 누구나 이름만 대면 다 아는 대성그룹의 고명딸이 독학으로 대학을 다니고, 힘들게 학원을 운영하고, 그리고 승하 같은 녀석이나 가르치고 하는 것들을 이해할 수가 없었다.

"그때 그 애들 하나도 안 빠지고 아직도 계속 모임을 가진다던데 너도 나가지 그래? 송충이가 솔잎을 먹고 살아야지, 뽕잎 먹겠다고 산을 내려가면 쓰나?"

"내가 원래 누에거든."

가볍게 툭 튀어나오는 연우의 말에 순간 승하에게서 킥킥대

는 웃음소리가 새어나왔다. 웃음소리가 점점 커지더니 급기야
는 탁자에 이마를 박고 키득거렸다. 준하의 얼굴이 싸늘해지는
것을 보며 연우가 툭툭 승하의 발을 찼다.

시커멓게 인상 구기고 다니던 애가 갑자기 왜 이래? 난처해
죽겠네, 정말.

발을 툭툭 건드려 보다가 다시 옆구리를 찌르자 그제야 승하
가 고개를 들었다. 그러나 승하는 여전히 웃음을 참기 힘든지
주먹을 쥔 채 입을 가리고 쿡쿡거렸다. 연우가 분위기를 바꿔보
려고 화제를 돌렸지만 굳어진 준하의 표정은 풀리지 않았다. 그
럴 수밖에 없는 것이 승하의 쿡쿡대는 웃음에는 늘 묘한 비꼬임
이 섞여 있기 때문이다. 준하의 싸늘한 눈을 피해 어제 그리던
그림을 마저 그려야 한다며 데리고 나올 때까지 승하의 웃음은
멈추지 않았다. 모르는 사람이 보았다면 분명히 정신이 어떻게
되었다고 생각했을 것이다.

"그만 좀 웃어! 난처해 죽겠네, 정말."

"알았어요, 알았다고요. 쿡쿡쿡."

어둠 속에서 쿡쿡 웃는 승하의 웃음소리에는 깊은 감정의 골
이 패여 있었다. 슬픔이라고 해야 할지, 분노라고 해야 할지 모
를 감정이 웃음을 타고 흘러나왔다. 정작 승하에게 우스운 것은
연우의 농담이 아니라는 생각이 들었다. 연우는 차에 기댄 채
승하의 웃음이 멎길 기다렸다. 그의 웃음이 길어지면 길어질수
록 이상하게 마음이 어두워졌다. 급기야 승하를 데리고 나온 것

이 슬쩍 후회까지 되었다.

준하 오빠랑 집으로 가게 그냥 둘 걸…….

그러나 싸늘하던 준하의 얼굴이 떠오르자 자신도 모르게 피식 웃고 말았다.

그 얼음장 같은 얼굴 앞에 저 애를 두고 나와 과연 몇 걸음이나 걸을 수 있었을까?

분명 다시 들어가 데리고 나오고 말았을 것이다. 인연이란 게 참 무서워서 그래도 미우나 고우나 자신과 인연 맺은 사람이 아픈 건 싫으니까.

승하의 웃음이 잦아들자 연우는 자동차 문을 열었다.

"타! 태워다 줄게."

자동차가 움직이자 다시 쿡쿡 웃던 승하는 신기하다는 눈으로 연우를 살폈다.

"웃길 줄도 아세요?"

"질문이 이상해. 내가 그렇게 딱딱한 사람으로 보였어?"

"딱딱하다기보다는 고요하죠. 몸도, 마음도."

애가 날 몰라도 한참을 모른다 싶어 연우는 풋, 웃음을 흘렸다.

"집으로 갈 거야? 아님……."

"시간 있어요? 저랑 놀아주실 시간요."

쿡쿡대며 장난스럽게 웃던 모습은 어디 가고 승하의 얼굴은 노을처럼 쓸쓸해 보였다. 오늘은 일찍 들어가 밀린 빨래를 하고 일찍 잠자리에 들 작정이었다. 며칠 전부터 몸이 찌뿌듯하더니 감기가 오려는지 피곤했다. 그러나 노을처럼 쓸쓸한 승하의 얼굴을 살피던 연우는 이내 마음을 바꿔 버렸다.

"좋아, 뭘 하면서 놀아줄까?"

다른 사람의 부탁이었다면 가당치도 않았을 결정을 이렇게 쉽게 해버리다니, 연우는 자신이 왜 승하에게만 유독 이렇게 마음이 약해지는지 알 수가 없다.

농구공을 사들고 온 승하가 내기 게임을 제의했지만 연우는 싫다고 했다. 숨 쉬기 운동 외에는 제대로 해본 운동이 없다. 몇 번 권해보던 그는 약간 실망한 얼굴로 공을 튀기며 골대를 향해 달려갔다. 그리고 비호처럼 날아 덩크 슛을 선보였다. 슬쩍 돌아보며 우쭐해하는 표정이 멀리서도 귀여워 보였다.

주홍빛 가로등 아래에서 승하는 혼자 농구를 했다. 재빠르게 공을 튀기며 달리다가 누가 빼앗기라도 하는 듯 공을 꽉 움켜쥐고 빙글 돌아 풀쩍 뛰어오르며 슛을 날렸다. 멀리서 바라보는 승하의 그 모습이 신선했다. 늘 서늘하고 무겁게 비틀어져 있던 악동 같은 모습이 아니라 바람처럼 푸릇한 청년이 느껴졌다.

한바탕 뛰고 온 승하가 연우의 곁에 풀썩 앉았다. 바람이 불자 승하에게서 후끈한 열기와 함께 땀 냄새가 건너왔다. 화실에서 의자에 파묻혀 빈둥거릴 때와 비교하면 지금의 승하에게서는 팔팔한 생기가 느껴진다. 그래서 연우는 후끈한 땀 냄새가 싫지 않다. 말없이 앉아 있던 승하가 문득 일어나 연우의 왼편으로 자리를 옮겼다. 그리고 담배 한 대 피워도 되느냐고 물었다. 바람에 담배 연기가 날릴 것을 염려해 자리를 옮긴 모양이었다.

"피워."

연우의 그 말에 승하는 어울리지 않게 쑥스러운 미소를 지어 보이더니 호주머니에서 담배를 꺼내어 물었다. 그리고는 익숙한 솜씨로 불을 붙이고 길게 한 모금 빨아 연기를 뿜어내었다. 입김처럼 하얗게 뿜어져 순식간에 사라져 버리는 담배 연기 너머 고독한 승하의 얼굴이 비쳤다. 왠지 모를 찌릿함에 연우는 얼른 강으로 눈을 돌리며 물었다.

"그림은 언제쯤 보여줄 거야?"

그 물음에 갑자기 풋, 웃음을 터뜨린 승하가 장난스럽게 물었다.

"제가 밉지 않으세요?"

지가 미운 짓을 하는 걸 알긴 아는 모양이다.

"당연히 밉지."

"근데 왜 한 번도 화를 안 내세요?"

"내가 화내면 넌 더 미운 짓을 할 거잖아? 내가 뭐 너 같은 녀석들 한두 번 겪어보는 줄 알아? 대학 다니면서 아르바이트로 삼 년, 졸업해서 내가 차린 학원에서 삼 년, 입시생만 육 년을 가르쳤어. 이런 건 화낸다고 해결될 일도 아니고 네가 어떻게 마음을 바꾸느냐에 달린 것 같아서 기다리는 중이야."

“영영 마음이 안 바뀌면요?”

그 질문을 하는 승하의 눈은 다시 서늘하고 어두워졌다.

그럼 넌 영영 그렇게 울분을 끌어안고 살겠지.

목까지 올라온 그 말을 삼키며 연우는 일어났다.

“내 인내력도 이제 바닥을 보이려고 하고 있어. 빨리 결정하는 게 좋을걸? 좀처럼 화를 안 내는 나 같은 사람이 한번 화나면 정말 무섭거든.”

농담이 섞였지만 은근한 위엄이 느껴지는 말을 들으며 승하는 도시의 불빛이 별처럼 박힌 강물을 내려다보았다.

다시 한 번 꿈을 꾸어볼까? 그러면 몸을 태울 듯한 이 분노들도 사그라져 줄까?

“생각해 볼게요.”

“우리 엄마가 왜 그렇게 일찍 돌아가신 줄 알아? 네 엄마, 그 여우 같은 창녀 때문이야! 겨우 일곱 살이었지만 난 아직도 그때를 똑똑히 기억해. 그 여우 같은 년이 밤마다 우리 집으로 전화를 했지. 이태일 사장님 있어요? 오호호호, 양화연이라고 전해주세요. 양화연이가 보고 싶어한다고 전해주세요. 오호호호…… 크크크.”

미친 사람처럼 웃고 있는 영하의 어깨를 준하가 잡고 흔들었다.

“정신 차려, 인마! 왜 또 술이야? 얼른 내려가서 자!”

"형, 형도 알잖아? 그 여자 기억 안 나? 날마다 집으로 전화해서 우리 엄마 괴롭혀 대던 그 창녀 말이야. 킥킥킥…… 얘가 그 창녀 자식이라잖아, 이 새끼가 말이야!"

장식용 도자기가 귀 옆으로 날아가 박살이 났다. 승하는 요동도 않고 영하가 하는 짓을 노려보았다. 이것은 이태일이 집을 비우는 날이면 의례히 있는 일이다. 너무 들어서 귀에 딱지가 앉아버린 그 얘기를 영하는 또다시 늘어놓았다.

"울 엄마 병들어 죽게 한 것도 모자라 이젠 재산까지 넘봐? 그동안 어디에서 처박혀 살았는지 모르겠지만 이거 왜 이래? 어딜 감히 끼어들려고 해, 응! 잘 들어, 이승하! 넌 우리 형제랑은 종류가 다른 인간이야. 우린 고고한 유명희 여사 자식이고, 넌 더러운 창녀 자식이야! 알아!"

"그만 해. 그만 해, 인마!"

준하가 억지로 끌고 내려갈 때까지 영하의 난동은 계속되었다. 그들이 내려가고 나자 승하는 쓰레받기를 들고 와 깨진 도자기 조각들을 주워 담았다.

그런 말 따위 하도 들어서 이젠 아프지도 않아. 달달 외우겠네, 풋!

순간 날카로운 조각에 손이 베였다. 빨간 피가 주룩 흘러내렸다. 종류가 다른 인간이니 피도 초록색이나 파란색쯤 되어야 정상일 텐데 새빨간 피가 흐른다.

툭툭 떨어지는 핏방울을 내려다보며 앉아 있는 승하의 눈앞에 준하의 발이 우뚝 멈추어 섰다. 그는 휴지를 뽑아 내밀었다.

"오늘 일, 아버지 귀에 안 들어가게 해. 영하가 어린 나이에 받은 상처가 많아서 그래. 어떡하겠냐? 네 엄마 때문에 받은 상처니 네가 이해해라."

돌아서던 준하가 뭘 잊었다는 듯 다시 입을 열었다.

"아, 그 도자기는 네가 주먹질해서 깬 거다. 알았어?"

싸늘한 목소리가 바닥을 타고 스륵 밀려왔다. 승하는 쓸어 담던 도자기 조각을 내려다보며 쿡 웃었다.

"알지, 그럼! 내가 워낙 개망나니라 이 집에 남아나는 물건이 없잖아?"

그 소리와 함께 준하의 발소리가 멀어져 갔다. 승하는 다시 날카로운 도자기 조각들을 주워 담았다. 깨어진 도자기 조각 사이로 노랗게 삭아가는 엄마의 얼굴이 스쳤다.

빨리…… 죽어버려!

평소보다 수업을 일찍 마친 승하는 무작정 '숲'으로 향했다. 생각해 보겠다고 말한 지 사흘이 지났지만 아직도 마음의 결정을 못한 상태다. 그럼에도 '숲'으로 향한 것은 기댈 곳이 필요해서였다. 몸을 숨길 곳이 필요했다. 어디든 숨어들어 가 지친 마음을 기대고 싶었다.

화실에 도착해 잠겨 있는 문을 발로 툭툭 차던 승하는 술이 마시고 싶어졌다. 마셔서는 안 된다는 생각을 하면서도 이대로는 견딜 수가 없었다. 새벽에 들은 말들은 온몸을 긁어대다가 사그라진 지 오래다. 그러나 단 한 마디가 뼛속에 박혀서 꼼짝도 않고 있다.

빨리…… 죽어버려!

엄마에게 내질렀던 자신의 마음속 그 소리. 엄마한텐 그런 소리쯤 백번천번 내질러도 상관없다 생각하면서도 찢어질 것 같은 가슴 통증을 견딜 수가 없다. 화실 문에 기대어 홀짝홀짝 마신 것이 한 병이 되고, 두 병이 되고, 세 병째의 뚜껑을 땄을 때는 이미 앞이 하나도 보이지 않았다.

그날은 양진호의 도예원에 들렀다 오느라 좀 늦은 시간인 네 시쯤에 화실에 도착했다. 계단을 토닥토닥 오르던 연우는 화실 문에 기대어 앉은 승하를 발견했다. 반가운 마음에 서너 계단을 훌쩍 뛰어올라 다가갔다.

"오래 기다렸어?"

말을 걸며 다가가는데도 고개를 들지 않았다.

"승하야."

연우는 이름을 부르며 고개를 숙여 들여다보았다. 고른 숨소리와 함께 지독한 술 냄새가 풍겼다. 그제야 승하의 옆에 뒹굴고 있는 술병들이 눈에 띄었다. 빈병이 둘, 반쯤 남은 병이 하나다. 연우는 잠든 승하를 망연히 내려다보며 허탈한 마음을 감출 수가 없었다. 며칠 진지하게 생각해 보겠다던 녀석이 술에 취해 잠들어 있다. 더 이상 생각할 필요도 없다. 인내가 한계에 다다른 것 같았다. 은근히 기대했었나 보다. 그래서 더 화가 나는 건지도 모른다. 신경질적으로 머리칼을 쓸어 올리며 다시 긴 한숨을 토한 연우는 승하의 어깨를 흔들었다.

"승하야, 이승하!"

몸을 흔들자 약간의 기척이 느껴졌다. 그러나 눈을 뜰 것 같던 승하의 몸이 스르륵 기울어지며 아예 바닥에 누워버렸다. 그리고는 가늘게 코까지 고는 것이다.

미친다, 정말!

열쇠를 꽂아 문을 연 연우는 신발 끝으로 승하의 다리를 밀쳐 내고 안으로 들어갔다. 그리고 서랍을 뒤적여 승하의 엄마가 붉은 손톱을 반짝이며 건네주던 명함을 찾았다. 아무렇게나 넣어 두었던 명함을 들여다보니 '대한경호(주) 대리 강명준'이라고 적혀 있다. 전화해서 화실 앞에 널브러진 저 주정뱅이를 당장 데려가라고 소리쳐 버릴 작정이다.

[사랑만 남겨놓고 떠나가느냐. 얄미운~ 사~람…….]

벨소리 한번 요란하다.

[여보세요?]

"강명준 씨?"

[네, 대한경호 강명준입니다.]

"이승하 때문에 전화드렸는데요?"

[승하요? 무슨 일이시죠?]

“여기 ‘숲’이라는 화실인데…….”

[타닥!]

둔탁한 소리가 들리더니 전화가 끊겨 버렸다.

뭐야? 다시 전화를 걸었지만 ‘사랑만 남겨놓고~’만 울려 퍼질 뿐 받지 않았다. 다시 한 번, 다시 한 번 전화를 걸던 연우는 급기야 휴대폰을 탁자 위에 던져 버렸다. 머리에서 김이 올라올 것 같다. 다시 문밖에 나가보니 승하는 몸을 말아 오그린 채 깊은 잠에 빠져 있었다. 애초에 불 있냐고 물었을 때부터 이 녀석에게서 손을 뗐었어야 했다. 이런 녀석에게 무슨 기대를 하고 열흘 가까이나 연필을 쥐어주고 기다렸던 건지, 그리고 또다시 며칠의 시간을 주며 은근한 기대까지 했던 건지 스스로가 한심할 지경이다. 성질 같아서는 계단 아래로 밀어버리고 싶었다.

분을 이기지 못한 채 승하를 노려보고 있는데 계단을 뛰어올라 오는 발자국 소리가 들렸다.

“야, 이승하!”

작달막한 키에 다부진 몸을 가진 남자가 소리를 지르며 올라오더니 그도 어이가 없는 듯 가쁜 숨을 내뱉으며 허리에 손을 얹은 채 잠든 승하를 망연히 내려다보았다.

“강명준 씨?”

“아, 예.”

그는 그제야 연우에게 눈인사를 하고 승하에게 다가갔다.

“야, 얌마! 이승하!”

그는 웅크린 승하를 사정없이 흔들었다.

"아, 이 새끼. 감당도 못하는 놈이 술은 왜 마셔 가지고……. 야! 일어나, 인마!"

여전히 꼼짝도 않는 승하를 보던 그는 안 되겠다 싶은지 겨드랑이에 손을 넣어 일으켜 안았다. 그리고 연우에게 문을 열라고 했다. 그대로 데리고 갈 줄 알았는데 문을 열라고 하자 연우는 좀 어이가 없어 멀뚱히 서 있었다.

"아, 문 좀 열라고요! 안 들려요?"

그는 버럭 짜증까지 내더니 문 앞에 선 연우를 밀치고 승하를 안아 질질 끌다시피 안으로 데리고 들어가 소파에 뉘었다.

"술 취한 애를 그렇게 차가운 바닥에 눕혀둡니까? 인정머리하고는, 쯧."

허리에 손을 얹고 버럭 지르는 고함 소리에 어이가 없어 말이 다 안 나온다. 적반하장도 유분수지 도대체 누가 누구한테 화를 내야 하는지 모르겠다.

"지금 나한테 화내시는 거예요? 하! 정말 어이가 없네요. 여긴 그림을 가르치는 곳이지, 술 마시고 와서 잠자는 곳이 아니라고요. 승하와 무슨 관계인지는 모르겠지만……."

"보호자예요! 집은 나서는 순간부터 다시 집으로 들어갈 때까지 지키는 사람이에요."

"감시하시는 거예요?"

"감시는 무슨, 보호자라니까요!"

"어쨌든 그림수업 받으러 온 녀석이 술에 취해 널브러져 있었
어요. 제가 얼마나 화가 났는지 감히 짐작이나 하시겠어요? 지
금까지 단 하루라도 제대로 그림을 그리는 모습을 보였더라면
이렇게까지 화가 나진 않았을 겁니다!"

정색을 하고 화를 내는 연우를 보니 명준은 할 말이 없다. 그
동안 승하가 화실에서 어땠는지는 안 봐도 짐작이 갔다.

"그래도…… 아무리 화가 났었어도 술 취한 앨 바닥에 그대로
둔 건 너무하셨어요."

"당신도 겨우 안아 들여온 앨 내가 무슨 힘으로 움직여요? 계
단 아래로 밀어버리지 않은 걸 다행으로 여기세요!"

"냉정하기는……."

명준은 들릴 듯 말 듯 중얼거리며 고개를 돌려 버렸다. 말하
는 걸 보니 정말 화가 많이 난 모양이다. 명준은 머리를 쓸어 올
리며 속이 상한 듯 혀를 찼다.

짜식, 그러게 얌전하게 굴라니까, 쯧.

수업을 일찍 마쳤는지 세 시 조금 넘어 학교를 나온 승하가
다른 곳으로 빠지지 않고 곧바로 화실로 향하는 걸 보고 안심을
했었다. 쭉 지켜보고 있었는데 언제 술을 사들고 올라왔는지 모
르겠다.

미술선생이 마음에 든다는 소리를 여러 번 하더니 마음에 들
기는? 차갑기가 시베리아 벌판 같은 여자구만!

"덮을 거 뭐 없어요?"

퉁명스런 명준의 말에 연우의 눈이 무슨 말인지 되물었다.

"담요나 뭐 그런 거 없냐고요!"

당장 데리고 나가라고 쏘아붙이고 싶은데 도리어 큰소리다.

"한숨 재우고 일어나면 데리고 갈 테니까 그렇게 고약한 눈으로 보지 말아요."

조금 누그러진 명준의 말을 들으며 연우는 작은 방으로 가 담요를 꺼내왔다. 명준은 연우에게서 빼앗듯이 담요를 받아 들더니 승하의 몸을 다독이며 덮어주었다. 그 손길이 퉁명스럽던 말과는 딴판으로 정성스러웠다. 잠깐 밖으로 나온 명준은 담배를 꺼내어 뻑뻑 피웠다. 몇 달 숨어서 따라다니는 동안 승하에게 정이 든 모양이다. 말하는 것 하나하나, 행동하는 것 하나하나 소리없이 아픈 녀석이다. 졸업 때까지 말썽 안 부리게 적당히 지켜주고 돈이나 왕창 벌어먹을 생각이었는데 정이 들다니, 성가시게 되었다. 한참 만에 들어온 명준은 할 얘기가 있는 듯 연우의 주위를 맴돌더니 퉁명스런 말을 불쑥 내뱉었다.

"아깐 소리 질러서 미안해요."

"……."

"애가 차가운 바닥에 꼬부라져 있는데 순간 화가 치밀더라고요. 미안해요."

"알았어요."

돌아보지도 않고 대답하는 연우를 보며 머쓱해져서 돌아선 명준은 잠든 승하를 한참 내려다보다가 다시 입을 열었다.

"겉으론 거칠어 보여도 마음은 한없이 착하고 여린 녀석이에요. 가끔 미운 짓 하더라도 그게 이 녀석 본심은 아니니까 이해하고 잘 좀 봐줘요."

예의라고는 눈곱만큼도 찾아볼 수 없는 퉁명스런 명준의 애기를 연우는 한쪽 귀로 듣고 한쪽 귀로 흘렸다.

잘 봐주고 못 봐주고 할 것도 없다. 내일부턴 저 녀석을 이곳에 들어오지 못하게 할 거니까!

눈을 뜨니 명준의 오피스텔이었다. 머리가 깨질 듯이 아프고 입 안이 바싹바싹 탄다.

"깼냐?"

명준이 꿀물을 타서 내밀었다.

"내가 이런 것까지 타다 바쳐야겠냐?"

퉁명스럽게 내민 그릇 속의 꿀물이 출렁 흔들린다. 승하는 심한 갈증을 느끼며 꿀물을 단숨에 마셨다.

"어떻게 된 거야?"

"어떻게 되긴, 인마! 화실 앞에 웬 주정뱅이가 누워 있다고 신고가 들어와서 데려온 거지."

"제대로 말해봐."

"제대로 말해주잖아! 네 미술선생인가 뭔가 하는 그 여자가 전화를 했더라."

"그게 다야? 다른 일은 없었어? 혹시 내가……."

승하는 자신이 술기운에 그녀에게 무슨 실수라도 저지르지 않았을까 걱정이 되었다.

"소주 두 병에 완전 고꾸라져서 눈도 못 뜨던걸 뭐."

"선생님…… 화나셨지?"

명준은 연우의 태도에 새삼 화가 나는지 목소리를 높였다.

"무슨 여자가 눈에 새파란 불똥을 달고는 계단 아래로 밀어버리지 않은 걸 다행으로 여기라는데 정이 다 떨어지더라."

끔찍하게 화가 난 모양이다. 눈에 새파란 불똥을 단 연우의 모습을 떠올려 보지만 상상이 되지 않았다.

"근데 너 어쩌냐? 아무래도 그 여자가 더 이상 너 못 가르치겠다고 할 것 같던데?"

승하는 놀란 눈으로 고개를 번쩍 들었다.

"그렇게 말해?"

"아니, 말한 건 아닌데 그럴 눈치 같아서 말이야. 완전히 못 볼 꼴 본 것같이 쳐다보는데 얼굴에 찬바람이 쌩쌩 불더라."

승하는 한숨을 푹 내쉬며 이불을 뒤집어쓰고 누워버렸다. 머리가 터져 버릴 것처럼 아프다.

왜 그곳으로 갔을까? 예전처럼 주먹이나 한바탕 휘두르고 말걸, 왜 안 하던 짓은 해가지고 마음을 이렇게 심란하게 만들어버렸는지 모르겠다. 머리가 깨질 것 같은 두통보다 가슴의 통증이 더 견딜 수 없다.

연우가 정말 자신을 포기할지도 모른다는 생각에 이르자 승하는 밤새 잠이 오지 않았다. 그 화실 '숲'에 갈 수 없다는 것, 그녀를 볼 수 없다는 것이 왜 이렇게 두려운 건지 알 수가 없다. 영혼이 순식간에 길을 잃고 떠도는 느낌이었다. 어느 곳에도 안주할 수 없는 마음이 불안하게 울렁거렸다.

그날 새벽, 승하는 창고 깊숙이 처박아두었던 옛 그림들을 끄집어내었다. 그림 속에는 착하고 순박했던 소년, 목계강의 맑은 물을 닮았던 어린 소년이 살고 있었다. 그리고 자신이 지금 상처투성이의 눈으로 얼마나 그 아이를 그리워하고 있는지를 깨달았다.

아무런 꿈도, 희망도 없이 허망하게 떠돌았던 것은 길이 보이지 않아서였다. 삭막하고 비린내 나는 이곳에서는 하고 싶은 것도, 할 수 있는 것도 없었다. 날마다 형들을 미워하고, 아버지를 증오하고, 엄마를 원망하며 자신을 갉아먹고 있을 뿐이다. 언제나 이곳에서 도망치고 싶었다. 그래서 가출했던 지난 일 년, 그의 영혼은 더욱 피폐해져서 한 발자국도 달아나지 못한 채 다시 이곳으로 잡혀오고 말았다. 승하는 옛 그림에서 드디어 희망을 찾았다. 상처 난 영혼을 구원해 줄 희망, 다시 세상을 살아보고 싶은 희망, 그 희망의 끝에서 연우가 손을 뻗어주고 있었던 것이다. 그 손을 놓쳐 버리면 평생 후회하고 말 것 같은 예감이 들었다.

승하는 사흘이나 소식이 없었다. 연우는 이제 완전히 승하에게서 손을 떼리라 결심했다. 다음 주쯤 해외출장을 떠났던 이태

일 사장이 귀국한다니 전화를 걸어 그만두겠다는 말과 함께 이
미 받은 돈을 돌려줄 참이다. 다섯 시가 조금 넘어 노크 소리가
들렸다. 무심코 문을 열어 보니 승하가 서 있었다.

“웬일이니?”

감정없는 목소리로 묻는 연우의 눈이 차갑도록 건조하다.

“잘못했어요.”

“뭘?”

“다시는 안 그럴게요.”

“됐어. 월요일쯤 이 사장님께 전화를 드릴 생각이야. 그럼 네
아버지께서 아마 다른 훌륭한 선생님을 찾아주실 거야.”

그 말을 툭 던지고 문을 당기려니 승하가 바깥에서 손잡이를
꽉 잡고 놓아주지 않았다.

“잘못했다고 하잖아요?”

잘못했다고 찾아온 녀석의 말이 퉁명스럽기도 하다. 연우가
다시 문을 당기지만 이번에는 아예 문 사이에 발까지 끼우고 버
티고 서 있었다.

“당장 비키지 않으면 신고하겠어!”

“전 그림을 배우고 싶어요.”

“다른 선생 찾아봐!”

“다른 선생은 싫어요. 전 선생님께 배우고 싶어요.”

“난 너처럼 술주정뱅이에 빈둥거리고 제멋대로인 녀석은 가
르치고 싶지 않아!”

"이젠 안 그럴게요."

"널 지켜보는 건 보름 만으로도 충분해. 너한테 충분히 실망했으니까 그만 가봐!"

"싫어요."

승하는 막무가내로 버텼다. 이 녀석이 무슨 꿍꿍이로 이렇게 납작 엎드려 사과를 하나 싶다.

"내가 그렇게 기회를 줄 때는 관심도 없더니 왜 갑자기 생각이 바뀌었니?"

"며칠 생각해 봤는데 정말 그림을 그리고 싶어졌어요."

승하의 눈은 정말 진지해 보였다.

"그림은 다른 선생들한테서도 충분히 배울 수 있어. 왜 하필 나야? 넌 날 선생으로 여기지도 않잖아. 여긴 더 이상 네 놀이터가 아니야. 내가 그렇게 만만해 보여?"

"전 선생님 그림이 좋아요."

승하의 입가에 슬쩍 미소가 지어졌다. 저것이 정말 미소인지 조소인지 구분이 가지 않는다. 연우는 다시 힘을 주어 문을 울컥 잡아당겼다. 그러나 승하의 손이 단단하게 잡고 있는 문은 꼼짝도 하지 않았다. 오히려 승하의 힘에 의해 문은 반 이상 열려 버렸다.

"그림을 가져왔어요. 밤새도록 한숨도 자지 않고 그렸어요."

그 말을 증명하듯 승하의 눈은 빨갛게 충혈되어 있었다. 눈앞으로 불쑥 들어온 두루마리 도화지를 노려보던 연우는 호기심을 이기지 못하고 그것을 받아 들었다. 승하는 그 틈을 놓치지 않고 얼른 안으로 들어와 문을 닫았다. 문이 탁 닫히는 소리를 듣고서야 아차 싶었지만 이미 때는 늦었다. 승하는 장난스럽게 어깨를 으쓱하더니 팔짱을 끼고 탁자에 기대었다. 연우가 얼른 그림을 펼쳐 보기를 기다리는 듯.

둘둘 말린 도화지는 석 장이었는데 그때까지도 눅눅한 느낌이었다. 연우는 무성의한 손놀림으로 그림을 쫙 펼쳐 보았다.

붓질 어디선가 '우리 엄만 창녀거든요'라고 하던 퉁명스럽고 슬픈 말이 툭 불거져 나올 것 같은 거칠고 투박한 그림이다. 다듬어지지 않은 거친 나무토막 같은 느낌의 그 그림을 연우는 숨도 쉬지 않고 들여다보았다. 잘 잡히지 않는 어떤 감각의 끝에서 자신이 늘 그리워하던 느낌, 승하의 그림에서 어렴풋이 그것이 느껴졌다. 누구의 손길도 닿지 않은 지독한 순수, 그리고 거칠고 투박한 그 끝에 칼날처럼 숨겨진 예민한 감각. 한눈에 보이는 그림의 느낌은 그런 것이었다. 승하의 스케치를 보며 느꼈던 섬세하고 예민한 터치들이 결코 잘못 본 것이 아니었던 모양이다. 빗장을 닫으려는 연우의 마음 앞에서 승하의 그림이 또다시 유혹의 손짓을 하고 있다. 고개를 들어보니 승하는 다소 긴장한 표정으로 연우의 눈치를 살피고 있었다.

그녀의 입에서 어떤 말이 나올까, 역시나 가르칠 수 없으니 그만 가보라는 말이 툭 튀어나올까 봐 승하는 두려웠다. 정말 다른 누구도 아닌 연우에게 그림을 배우고 싶었다. 오랜 시간이 흐른 후에 연우의 입이 힘겹게 떨어졌다.

"그날⋯⋯."

"다시는 술 안 마실게요. 담배도 안 피워요. 쓸데없는 말로 장난도 안 칠게요."

승하는 연우의 뒷말이 나오기도 전에 선수 치듯 말을 쏟아내었다. 갑자기 순하고 착한 학생처럼 바짝 다가오는 승하가 당황스럽다.

못 이기는 척 받아줄까? 다시 한 번 속는 셈 쳐?

단호하고 냉정하기로 소문난 서연우가 승하에게만은 왜 이렇게 매번 관대해지는지 모르겠다.

"정말 나한테 그림을 배우고 싶어?"

"네."

"왜 굳이 나야? 찾으면 훌륭하신 분들이 많은데. 네가 마음만 먹으면 이 사장님이 얼마든지⋯⋯."

"다른 사람은 필요없어요. 선생님께 배우고 싶어요."

이유도 없이 막무가내 같은 대답이다. 연우는 잠깐 생각했다.

과연 누가 승하를 받아줄까?

입시학원 쪽으로 간다면 모를까, 지금까지와 같은 행동을 반복한다면 개인 교습은 아무래도 무리인 녀석이다. 연우는 결국 승하를 가르쳐 줄 사람은 자신밖에 없다는 억지 결론을 내리고 말았다.

"그럼 몇 가지 약속을 해줘야겠어. 담배, 술⋯⋯."

"안 할게요. 끊을게요."

"밖에서 하는 것까지 내가 막을 이유는 없지. 그렇지만 이 화실에서는 절대 금지야."

"알았어요."

"그리고 시간 엄수. 부득이한 상황이라 못 지키는 건 어쩔 수 없지만 그게 아닐 때는 꼭 지켜줬으면 좋겠어."

"네!"

승하는 잔뜩 신이 난 아이처럼 목소리를 높였다.

"수업시간에 한눈팔지 않기도?"

"쓸데없는 소리도 안 할게요."

"그리고 이유없이 제멋대로 빠지거나 그런 것도 안 돼."

승하는 이번에는 고개를 끄덕끄덕했다.

"또 없어요?"

"오기를 가지고 열심히 해. 난 내 제자가 쓸데없이 나약해지고 게으른 거 싫어."

그렇게 말함으로서 연우는 승하를 받아들인다는 뜻을 전했다. 잘하는 건진 모르겠지만 승하의 그림은 그녀를 유혹하기에 충분했다. 연우의 말이 끝나자마자 승하의 얼굴이 환하게 펴졌다.

"근데 정말 절 계단 아래로 밀어버릴 생각이셨어요?"

"그래, 그 사람이 오 분만 늦었으면 그랬을 거야."

그땐 정말 계단 아래로 밀어버리고 싶을 만큼 화가 났었다.

"형한테 고맙다고 해야겠네."

장난스럽게 어깨를 부르르 떨며 돌아서던 승하가 다시 되돌아섰다.

"저도 부탁이 있어요."

"해봐. 예전 의자를 도로 돌려달란 소리만 아니면 돼."

연우의 가벼운 농담에 설핏 웃던 승하가 진지하게 말했다.

"저 좀 그려주시겠어요?"

"모델을 서겠다고?"

"네. 그림 그리는 시간 말고요, 제가 일찍 올 때나 일찍 가지 않아도 될 때, 선생님 시간 되실 때 언제든, 잠깐씩."

결코 농담 같지 않은 진지한 승하의 얼굴을 살피던 그녀는 그의 얼굴이 화가로서 굉장히 그려보고 싶을 만큼 매력적인 얼굴이라는 것을 깨달았다. 특히나 처음 보는 순간부터 우수에 젖은 듯 고독하고 깊어 보이던 그 눈은 그날도 여전히 그녀의 마음을 사로잡았다. 연우는 그 깊은 눈을 그려보고 싶었다.

"좋아!"

그렇게 합의를 보고 일주일째다.

승하는 약속대로 시간도 철저히 지켰고, 쓸데없이 천장만 바라보며 빈둥거리는 일도 없었다. 이 년이나 놓았었다는 그림이 아직은 어색한 듯 간간이 힘든 기색을 내비치기도 했지만 두 시간의 그림수업 시간을 차분히 잘 견뎌내고 있다. 지난 보름간의 그의 모습은 모두 연극이었든 듯 그때의 승하와 지금의 승하는 마치 다른 사람 같다. 다소 산만하고 수다스럽다 생각했었는데 지금은 지나치리만치 과묵하다. 열 살짜리 소년이 순식간에 스무 살짜리 청년이 되어버린 느낌이라고나 할까, 어쨌든 처음 만났을 때 보았던 조숙한 그 눈빛이 고스란히 되살아났다.

본격적으로 그림을 그리기 시작한지 삼 주째, 가슴을 짓누르던 화들이 '숲'에만 들어서면 누그러진다. 그것이 이 화실이 주는 아늑함 때문인지 아니면 연우 때문인지 모르겠다. 명준은 딱 한 번 만난 연우에 대해 얼음장처럼 차가운 여자라고 못 박았지만 승하는 왠지 처음부터 그녀가 따듯했다. 그녀의 따듯한 눈길은 잠들어 있는 그의 본성을 자극한다. 따듯하고, 섬세하고, 예민했던…… 햇살 같았던 어린 날의 그 소년을 깨우는 것 같다.

똑똑, 노크 소리에 연우는 화실 문을 열었다. 그런데 뭔가 '쿵' 하고 부딪치는 느낌이다. 문을 조금 당겨보니 이마가 빨개진 승하가 조금 당황한 표정으로 서 있었다. 무엇이 그렇게 급했는지 문이 열리기도 전에 몸이 먼저 화실로 들어가고 있었던 것이다.

"괜찮아?"

빨개진 승하의 이마를 보며 연우가 물었다. 눈물이 찔끔 날 만큼 아픈데 말똥한 눈으로 묻는 그 질문이 야속할 지경이다.

"아파요."

통명한 목소리로 아프다며 이마를 문지르는 승하의 모습에 연우는 쿡쿡 웃었다.

"그러게, 뭐가 그렇게 급해? 그림이란 게 욕심낸다고 빨리 그려지는 것도 아닌걸."

 승하의 급한 행동이 연우에게는 그림에 대한 욕심으로 비친 모양이다. 그만큼 요즘 승하는 그림에 열중해 있었다. 승하는 들어서자마자 심호흡부터 했다. 진한 물감 냄새와 '숲'과 서연우가 풍기는 특유의 안온함이 종일 뻑뻑하던 가슴을 녹여 내린다.

"오늘은 수업이 일찍 끝났어요."

평소보다 한 시간이나 이른 시간에 화실에 도착한 승하가 의자를 화실 가운데로 빼내어 단정한 자세로 앉았다. 약속대로 시간이 날 때 자신을 그려달라는 것이다. 나른한 눈이 왠지 지쳐 보였다. 연우는 연필을 잡고 유난히 길어 보이는 승하의 손가락을 스케치하다가 문득 승하의 손은 예술을 할 수밖에 없는 손이라는 생각이 들었다. 저 긴 손가락은 빠르고 부드럽게 피아노 건반 위를 달리거나, 아니면 흙을 빚어 그릇을 만들거나, 그것도 아니면 지금처럼 그림을 그릴 수밖에 없을 것 같다는 생각이 든다.

"어떤 게 진짜 너야?"

"네?"

"지난달의 너랑 요즘의 너. 마치 다른 사람 같다?"

비틀린 장난기를 한가득 담고 있던 승하의 눈이 어느 순간부터 따뜻하고 진지해졌다.

"글쎄요?"

자신도 모르겠다. '숲'에서의 이승하와 세상 밖에서의 이승하의 눈빛은 또 달라지니까. 그러나 그가 가장 원하는 자신의 모습은 바로 지금의 모습이다. 그래서 대답했다.

"지금이 진짜 저예요."

라고.

물처럼 부드럽고 따뜻한 눈빛을 가진 승하. 그것은 전혀 낯선 모습인데도 아주 예전부터 그랬던 것처럼 어울려 보였다. 승하가 거칠고 차가운 표정과는 어울리지 않는다는 걸 처음엔 왜 몰랐을까? 지금의 승하는 그 불협화음에서 빠져나온 듯 평화로워 보인다.

"내가 보기에도 지금의 모습이 너한테 훨씬 잘 어울려."

"아참! 윤재 돌아왔더라. 알고 있니?"

연우는 입으로 가져가던 찻잔을 딸깍 소리가 나도록 내려 버렸다. 맛있게 먹었던 저녁이 울컥하고 올라올 것 같다.

"그만 갈래."

주섬주섬 가방을 챙겨 일어나는 연우를 보고 강우가 다시 들으라는 듯 중얼거렸다.

"요즘 세상에 이혼이 뭐 별건가? 석 달도 제대로 살지 않은 모양이던데…… 너 못 잊어서 이혼했다는 녀석인데 한 번쯤 만나주지 그래? 그만한 녀석 드물어."

"관심없어!"

자동차가 도심에 접어들어서야 연우는 긴 한숨을 토해내었다. 강우의 입에서 윤재 얘기가 나오자마자 도망치듯 나와 버렸다, 바보처럼. 아무렇지 않다고 생각하지만 자신도 모르게 속 깊이 상처가 배어 있는 모양이다. 하긴 그녀에게는 첫사랑이었으니.

그냥 말짱한 얼굴로 들으면 안 되나?

연우는 스스로에게 질책 같은 짜증이 났다.

그가 아직 내게 남아 있을까?

그런 것도 같고 아닌 것도 같다. 그러나 사실 조윤재와의 사랑이 상처로 남아 있는 것은 오직 그가 그녀의 첫사랑이었다는 것, 그리고 그녀가 아직도 소녀 같은 첫사랑의 환상을 품고 살고 있다는 것이 상처이지, 조윤재라는 남자에 의한 상처는 결코 아니다. 열린 차창으로 들어오는 4월의 바람은 표피에 가라앉은 감각들을 일깨우듯 아직도 차갑고 아리다.

조윤재. 가진 척하지 않고, 잘난 척하지 않고, 그래서 참 좋아했던 사람이었는데 정략결혼의 희생양이 되었다. 아니, 희생양이 되었다는 말은 윤재의 변명이었을 뿐이다. 정말 그녀를 사랑했다면 그는 그때 자신의 의지를 꺾지 말았어야 했다. 그러나 그는 단 한 번의 거부도 없이 그 결혼을 받아들였었다.

날 잊을 수 없어 이혼을 했다고? 풋!

순간 터져 나온 웃음에 차가 울컥했다. 집으로 가봐야 잠도 오지 않을 것 같아 그림이나 더 그릴 요량으로 연우는 화실 쪽으로 차를 몰았다. 이놈의 골목은 밤만 되면 차 세울 곳이 만만 찮다. 몇 번이나 골목을 뱅뱅 돌다가 겨우 자리가 생겨 주차를 할 수 있었다. 아무래도 화실에서 밤을 새워야 할 것 같아 슈퍼에 들러 이것저것 간식거리를 사들고 계단을 올랐다. 문고리에 열쇠를 막 꽂으려던 연우의 곁으로 시커먼 그림자가 불쑥 다가왔다.

"엄마!"

너무 놀란 나머지 열쇠를 떨어뜨렸다. 그림자는 연우 앞으로 다가와 긴 허리를 구부리며 열쇠를 집어 들었다.

"'엄마' 라고 소리치니까 애 같아요."

집어 든 열쇠를 연우의 눈앞으로 불쑥 내미는 그는 승하다.

"웬일이니?"

"잠이 안 와서요. 빈둥빈둥 걷다 보니 여기까지 왔어요."

"빈둥빈둥 걸어?"

"아무 생각 없이 걸었다고요. 근데 선생님은 이 시간에 웬일이세요?"

"어? 난 그림이나 좀 더 그릴까 하고."

"잘됐네요! 저도 밤새 그림이나 그리고 싶었는데."

승하는 반가운 듯 성큼 다가섰다. 건네려던 열쇠를 도로 가져간 승하는 말릴 틈도 없이 화실 문을 열고 먼저 안으로 들어갔다. 들어서자마자 승하는 버릇처럼 심호흡을 했다. 까칠하던 속에 물이 고인다. 이 화실에 들어오면 언제나 짙은 숲으로 들어오는 느낌이 든다. 이름 탓도 있지만 전방 벽면에 걸려 있는 그림 때문인 것 같다. 그 그림 앞에서 승하는 다시 심호흡을 했다. 화실에 딸린 작은 방으로 들어가 편한 옷으로 갈아입고 나오던 연우가 그 모습을 발견하고 의아한 듯 물었다.

"뭐 하는 거야?"

"화실에 배인 물감 냄새가 좋아서요."

"그래? 난 가끔 머리 아프던데."

"여기가 어디예요?"

승하는 전나무 숲 그림을 들여다보며 물었다. 아름드리 전나무가 우거진 그 숲의 그림은 두 해 전 '대한민국여류미술가상'을 받은 작품으로 연우가 꽤나 아끼는 그림이었다.

"오대산."

"아, 그렇구나. 제가 살던 그곳의 숲도 이랬어요."

승하는 짙은 빛깔의 그림 속 숲을 손으로 만지며 중얼거렸다. 그림을 바라보는 승하의 눈에 아득한 그리움이 묻어났다. 이어지는 승하의 말을 기다렸지만 살던 그곳이 어딘지는 설명하지 않았다. 승하는 어느새 낮에 그리다 만 그림 앞에 자리를 잡고 앉았다. 승하는 늘 입고 다니던 교복이 아니라 청바지에 하늘색 셔츠를 받쳐 입고 있었는데 그 모습에서 은근히 청년스러움이 느껴졌다. 약간 마른 몸과 얼굴에서 사그라지고 있는 열꽃의 흔적들, 그리고 그 시기의 소년들이 가지는 특징적인 수척함만 아니면 스물서너 살은 먹어 보이는 모습이다.

　더 이상 소년이 아닌, 풋풋하고 맑은 느낌의 어린 남자. 오늘 밤, 연우의 눈에 비치는 승하의 모습은 그랬다.

　"근데 집에는 얘기하고 온 거야? 아님 전화해."

　이렇게 늦은 시간에 집을 나와도 괜찮은가 싶어 물었다. 그러나 승하는 연우의 말을 못 들은 건지 대답이 없었다. 어느새 승하의 눈은 스케치북을 향해 반짝이고 있었다. 그림을 그릴 때의 승하의 눈은 평소의 나른하게 퍼진 눈이 아니다. 열기로 반짝이는 그 눈을 보며 연우는 승하를 받아들인 것이 참 잘한 선택이라는 생각이 든다. 아무리 웃고 있어도 승하의 얼굴에서는 여전히 숨길 수 없는 울분이 느껴졌다. 그래서 어쩌면 그림이 승하의 그 울분을 삭여주지 않을까 하는 기대를 은근히 하고 있다. 자정을 넘기면서 화실의 공기는 고요하게 가라앉아 있었다. 물감 섞는 소리와 연필 소리만이 간간이 들렸다.

　"사실은……."

　문득 들리는 승하의 목소리에 연우가 고개를 들었다.

　"사실은 오늘이 형들 어머니 제사예요."

　"아……."

　승하가 집을 나온 이유를 그제야 알 것 같다. 강우가 전해주던 승하에 대한 얘기들을 생각해 보니 그 집에서 승하의 입장이 대충 짐작이 간다. 준하는 모르겠지만 연우와 같은 나이인 영하에 대해서는 그녀도 익히 아는지라 다듬어지지 않은 비틀린 그의 말들을 다 감당하려면 힘들 거라는 생각이 들었다.

"형들이 너 힘들게 해?"

승하는 대답하기 싫은 듯 입을 꼭 다물고 있었다. 영하 엄마의 제삿날, 승하는 어딘가로 피하고 싶었고, 그래서 찾아온 곳이 이 화실 '숲'이었던 모양이다. 승하가 이곳을 편하게 여기는 것 같아 다행이다. 지금 이 순간 승하는 무언가 위로가 필요해 보였다. 연우는 CD장 앞으로 다가가 CD를 하나 골라잡았다.

"음악 들을래?"

그리고 Trees의 CD를 넣어 3번 트랙 The Garden of Jane Delawney(제인 들로니의 정원)을 선택하고 Play 버튼을 눌렀다.

The poet's voice lingers on.
His worlds hang in the air.
…….

셀리어 험프리스(Celia Humphris)의 투명하고 애처로운 목소리가 '숲'에 조용히 울려 퍼졌다. 연우는 자신이 힘들 때 늘 위로받던 이 나직한 선율이 승하의 상한 마음도 어루만져 주었으면 좋겠다는 생각을 했다.

"무슨 음악이에요?"

"Folk. 좋지?"

"네, 근데 제가 알던 포크 음악들과는 좀 다른 것 같아요. 생소한 느낌도 들고…… 순진한 시골처녀 같은 목소리예요."

그 소리에 연우의 눈이 반짝 빛났다. '순진한 시골처녀 같다'는 말은 이 앨범을 처음 구입했을 때 그녀가 첫 감상문으로 앨범 속지에 적어 넣었던 글귀다. 이 음악을 듣고 자신과 똑같은 말을 하는 승하가 신기하다.

"누구 음악이에요?"

"나무."

"나무?"

"이 팀의 이름이 나무야. Trees."

"아, 어울려요. 노래랑 팀 이름이랑. 날씬하게 뻗어서 하늘하늘 흔들리는 나뭇가지 같아요. 수양버들을 닮았어요."

그 표현에 동의한다는 듯 연우는 고개를 끄덕끄덕했다.

Jane Delawney had her dreams.
But she never did discover……

화장기 없는 여자처럼 투명한 Celia의 목소리가 연우와 승하 사이를 맑은 바람처럼 흘러다녔다. 집안 얘기를 하며 잠깐 어두워졌던 승하의 얼굴이 조금씩 풀리고 있었다. 그림을 그리던 승하가 무슨 생각인지 문득 일어나 싱크대로 향했다. 그리고 말릴 틈도 없이 주전자를 찾아 물을 올렸다.

"커피 어디 있어요?"

싱크대를 아무렇게나 벌컥벌컥 여는 모습에 놀란 연우가 벌떡 일어나 다가갔다.

"내가 끓일게."

승하의 손에 들려 나오는 커피 병을 빼앗으려 손을 뻗으려는 순간 훌쩍 올라간 커피 병이 그녀가 뻗은 손보다 서너 뼘은 높은 곳에서 달랑거렸다.

아, 이놈의 키!

승하가 커피 병을 높이 든 채 재밌다는 듯 싱긋 웃으며 내려다보고 있었다.

"제가 끓여 드릴게요."

그리고 연우의 손 가까이로 커피 병을 살짝 내렸다가 다시 저만치 올렸다. 울분으로 가득 찼던 승하의 얼굴에 해맑은 웃음이 번졌다. 승하의 얼굴에 장난스럽게 번진 웃음은 낯설고 흥미로웠다. 피식 새어나오던 조소 어린 웃음이 아니라 웃음만의 웃음, 천진한 소년 같은 웃음이다. 저 애가 술을 먹고 화실 앞에 고꾸라져 있던 애가 맞나 하는 의문이 들 정도다. 다시 한 번 팔을 뻗어보던 연우는 어쩔 수 없다는 듯 손을 허리에 얹으며 눈을 흘겼다.

"내가 그다지 작은 사람은 아니거든? 문제는 네가 지나치게 크다는 거야, 알았어?"

"네, 알았어요."

대답하는 승하의 눈가에 다시 웃음이 번졌다.

"프리마 타요?"

승하가 프리마가 든 병을 흔들어 보였다.

"응."

보글보글 끓는 물소리를 들으며 연우는 낮에 그리다 세워놓은 그림 앞에 앉았다.

음악은 공감하지 못하는 사람과 들으면 어떤 음악이든 그것은 소음이 되고 만다. 언제나 혼자만 듣던 음악을 누군가 함께 들으면서 그것이 소음이라 느껴지지 않는 것은 얼마나 기분 좋은 일인지……. 보글보글 끓는 물소리와 딸각딸각 잔 부딪치는 소리, 투명하고 맑은 음악의 선율들, 물감 냄새, 그리고 조금씩 퍼지는 커피 향. 연우는 순식간에 찾아든 이 작은 평화가 너무 좋다.

"무슨 기분 나쁜 일 있으셨나 봐요?"

딸각, 탁자 위에 커피 잔을 놓으며 승하가 물었다.

"아니, 없었는데?"

"아까 계단 올라오실 때 그랬어요. 선생님 발걸음이 '나 화났어!' 그러던데요?"

"그래?"

강우로부터 윤재가 그녀를 잊지 못해 이혼을 했다는 얘기를 듣고 차를 몰고 오며 조금 화가 나긴 났었다. 연우는 그가 자신을 떠났을 때보다 가끔 들리는 그 말에 더 화가 났다. 그 말은 곧 자신의 존재가 본의 아니게 또 다른 한 여자에게 상처를 준 꼴이 되는 거니까. 그런 것은 조금도 원치 않았다.

사내 녀석이 예민하긴…… 생각하며 한 모금 들이키는데 입 안에서 감도는 커피 맛이 평소와 다른 묘한 느낌이다. 연우의 입맛을 알고 있었던 듯 프리마도 설탕도 딱 알맞게 들어간 것 같고 게다가 끝 맛이 고소하다.

"맛있어."

연우가 커피 잔을 들어 보이며 맛있다고 하자 승하의 얼굴에 다시 천진스런 웃음이 번진다. 생각보다 참 잘 웃는 애 같다.

"우리 엄마가 다방을 했거든요. 아버지 만날 무렵. 아, 지금 아버지 말고 그림 가르쳐 주신 석공 아버지 말이에요. 그때 시골 소읍에서 다방을 했는데 누나들이 모두 배달 나가고 없을 때는 제가 커피를 끓였어요."

"아……."

"끝 맛이 고소한 건 소금이 들어가서 그래요. 엄마가 가르쳐 줬거든요. 일명 다방커피."

승하는 감당하기 힘든 말들을 아무렇지도 않게 툭툭 내뱉었다. 엄마가 어린 아들에게 다방에서 팔 커피 타는 법을 가르쳤다는 것이 이해가 되는 일인가? 온통 붉은 빛깔로 물들어 있던 승하 엄마란 사람을 이해하기 어렵다.

도대체 몇 살 때 애길까?

"우리 아버진 제가 끓여주는 커피만 드셨어요."

아버지를 추억하는 승하의 눈이 어린아이처럼 천진하고 아련해졌다. 연우는 팔레트에 물감을 풀었다. 붓을 따라 붉게 번지는 물감이 그 여자의 얼굴처럼 불쾌하다.

어느새 트랙을 다 돌아버렸는지 음악이 끊겼다. 무언의 약속처럼 두 사람은 조용히 그림만 그렸다.

쓱쓱, 승하의 연필 소리가 들리고, 간간이 연우의 붓질 소리도 들렸다. 쓱쓱…… 그 소리는 차갑고 날카롭게, 때로는 승하의 예민한 눈빛처럼 화실의 고요 속을 떠돌았다. 시간은 벌써 세 시로 향하고 있었다. 그때껏 승하의 연필 소리는 끊임없이 들렸다. 가만 보면 승하는 순간적인 집중력이 대단한 것 같다. 다시 쓰윽, 쓱……. 다소 어두운 면을 표현하는 듯 연필 소리는 더욱 잘고 예민하게 들렸다. 물감을 찍던 연우는 결국 붓을 멈추어 버렸다. 연필 소리가 왜 이렇게 신경이 쓰이는지 모르겠다. 이대로는 더 이상 그림을 그릴 수 없을 것 같다. 연우는 벌떡 일어나 창으로 갔다. 이제 겨우 4월이 지나가는데 화실의 공기는 덥다.

"답답하네."

중얼거리며 창문을 활짝 열었다. 순식간에 들어온 바람이 고요하게 가라앉은 화실의 공기를 깨웠다. 무슨 가게인지 이 시간에도 네온사인 불빛이 깜박였고, 간간이 달리는 자동차도 보인다.

"벌써 4월이야."

연우는 창을 내다보며 중얼거렸다. 4월이 뭐 어쨌다고? 해마다 오는 특별날 것도 없는 4월인데 자신이 중얼거린 '벌써 4월이야〉는 무슨 특별난 4월이 왔다는 소리처럼 들렸다. 이미 4월은 꽁무니만 남긴 채 저만큼 앞서 달려가 버렸는데.

"커피 한 잔 더 마실래요?"

어느새 끓였는지 승하가 김이 모락모락 올라오는 커피 잔을 내밀었다. 열린 창으로 들어온 바람이 승하의 머리칼을 살짝 흔들었다.

"커피 너무 많이 마시는 거 아냐? 열아홉이면 아직……."

아직 고등학생이고 카페인은 몸에 좋지 않다는 그런 재미없는 말들이 연우의 입에서 나오려 했다. 그러나 승하가 특유의 자조적인 웃음을 피식 흘리며 연우의 말을 막듯 먼저 입을 열었다.

"스물한 살인데요?"

순간 울컥 넘겨 버린 커피에 사레가 들렸다. 승하가 얼른 뽑아주는 휴지로 입을 가리고 한참을 콜록거리던 연우는 동그란 눈으로 승하를 바라보았다.

"고3이잖아!"

"학교를 늦게 들어갔어요. 아니다, 학교는 제대로 들어갔는데 중간에 잠깐 놀았어요. 그럴 일이 있어서……."

"아……."

연우는 고개를 끄덕이며 커피를 마시는 승하의 옆얼굴을 유심히 살폈다. 청년스러움을 느꼈던 것은 옷 탓이 아니었던 모양이다. 끽끽 소리를 내며 의자를 돌려대던 악동의 모습은 승하의 얼굴 어디에서도 찾아볼 수가 없다. 연우의 당황한 눈을 빤히 내려다보던 승하는 무슨 비밀 얘기를 하듯 은밀한 목소리로 말했다.

"왜 놀았냐면 도망을 쳤었거든요."

"도망?"

"가출요."

놀라운 말을 승하는 아무렇지도 않게 툭 내뱉었다. 다소 길어 보이는 머리칼과 아무렇지도 않게 툭 튀어나오는 가출이라는 말과 짙은 고독이 깃든 승하의 눈이 서늘한 새벽처럼 목덜미를 오솔하게 한다.

"일 년 만에 잡혀왔어요."

그리고는 주먹으로 입을 가리고 키득 웃었다. 마치 다른 사람의 얘기를 들려주듯 연우 앞에서는 자신의 비밀스런 이야기들이 아무렇지도 않게 툭툭 잘 나온다. 이런 얘기들을 들으면서도 그녀의 눈빛은 다른 사람들처럼 도망가지 않는다. 오히려 조심스럽게 한 걸음 다가와 호기심 어린 눈으로 살피는 느낌이 들었다. 그 눈에 대고 또 불쑥 해버리고 싶은 말이 있다.

"언젠가는 다시 도망칠 거예요."

가까이 다가와 혼자만의 비밀스런 얘기를 하며 반짝 빛나는 승하의 눈이 연우의 심장을 콕 찌르는 것 같다. 약간의 동정이 깃든 동그랗게 뜬 그녀의 눈이 얼굴을 찬찬히 스치자 승하는 그녀의 따뜻한 손이 마음을 가만가만 쓰다듬는 것 같은 느낌이 들었다.

　멀리서 새벽을 깨우는 교회 종소리가 들렸다. 연우는 오슬오슬 춥다는 것을 느끼면서도 문을 닫지 않았다. 더 이상 그림도 그려질 것 같지 않고 이대로 아침을 맞아야 할 것 같았다. 싸늘한 새벽 공기처럼 승하가 툭툭 던진 말들에 가슴이 따끔거린다.

The poet's voice lingers on.
His worlds hang in the air.
……

　귓가에 맴돌던 그 노래가 연우의 입에서 흘러나왔다. 창에 팔꿈치를 걸치고 노래를 흥얼거리는 중에도 스케치북 위를 쓱쓱 스치는 승하의 연필 소리는 끊임없이 연우의 귀를 자극했다. 종이 위에서는 승하를 닮은 섬세하고 예민한 그림이 그려지고 있는 중이리라. 연우는 고개를 슬쩍 돌려 승하를 살폈다. 처음 이곳에 오던 날 새파란 빛을 띠며 뭐든 긁어버릴 듯이 사납던 눈이 지금은 그림을 향해 반짝이고 있다. 연우는 미소를 지으며 다시 돌아섰다. 저런 승하의 모습이 좋다.

　창문을 열고 들릴 듯 말 듯 노래를 흥얼거리던 연우가 조용했다. 승하가 고개를 들었을 때 그녀는 탁자에 엎드려 있었다. 오싹함을 느끼며 창을 닫은 승하는 탁자 쪽으로 다가갔다. 고개를 숙여 연우를 들여다보니 어느새 잠이 들어 있다. 어깨를 으쓱하며 돌아서던 그는 다시 고개를 숙여 연우를 들여다보았다. 눈을 뜨고 있을 때의 그녀는 차가움이 먼저 드러나 보이지만 잠든 그녀의 얼굴에는 숨어 있던 따듯함이 고스란히 드러나 있다. 그 따듯함에 기대어 툭툭 뱉어버린 말들이 후회스럽다. 그런 것들이 그녀의 기분을 상하게 만들진 않았을까? 승하는 그것이 마음에 쓰인다. 그래서 자신에 대해 좋지 않은 생각을 하는 건 아닐까 걱정도 된다. 연우가 자신을 싫어하지 않았으면 좋겠다.

손이 저릴 텐데…… 승하는 화실에 딸린 작은 방 쪽으로 잠깐 고개를 돌렸다. 아마 딱 필요한 것 외에는 아무것도 없는 밋밋하지만 담백한 방일 것이다. 새벽에 들려주었던 나무의 노래처럼, 그녀처럼. 방으로 옮길까 말까 망설이던 승하는 다시 뒤편에 놓인 소파 쪽으로 눈을 돌렸다. 어깨를 잡고 고개를 살짝 일으키자 잠깐 움찔하더니 다시 숨소리가 잦아들었다. 승하는 목뒤와 다리 아래로 손을 넣어 조심스럽게 연우를 안아 올렸다. 소파까지 성큼 성큼 세 걸음, 그리고 다시 조심스럽게 그녀를 내렸다. 등받이를 가져와 머리에 베어주고 의자에 걸쳐 놓은 자신의 외투를 들고 와 덮어주었다. 외투가 정강이까지 푹 덮인다.

"내가 그다지 작은 사람은 아니거든? 문제는 네가 지나치게 크다는 거야, 알았어?"

그래, 내가 좀 크긴 해.

승하는 풋 웃음을 흘렸다. 처음 보는 순간 참 차갑게 생긴 여자다 생각하면서도 왠지 그 얼굴에서 눈을 뗄 수가 없었다. 가출했다 잡혀온 이후 자신의 눈을 그렇게 정면으로 오랫동안 바라본 사람은 연우가 처음이었다. 그녀는 승하를 꿰뚫어 보듯 바라보다가 만족스런 무언가를 발견한 듯 입가에 작은 미소를 지었었다. 순간 승하는 그녀가 이승하의 껍데기가 아닌 내면을 살펴보았던 거라는 생각이 들었다. 건조해 보이지만 그녀에게서는 사람의 온기가 전해졌었다.

의자를 삐걱거리며 빈둥빈둥 놀면서도 그녀를 훔쳐보았었다. 일주일이 지나고 열흘이 지나도 그녀는 화를 내지 않았다. 다른 사람 같았으면 당장 가르칠 수 없다고 발뺌을 했을 텐데 오히려 승하의 마음이 조급해질 정도로 그녀는 여유로웠다. 그 하얀 이마와 가끔씩 마주칠 때면 질책하듯 바라보던 건조하고 말간 눈이 그에게 그림을 그리라고 종용하는 것 같았다.

지금도 그렇다. 아무 희망도 꿈도 없는 승하의 흐린 마음속에서 연우의 말간 눈이 자꾸 이렇게 말하는 것 같다.

너 뭐 해? 뭐 하고 있어? 일어나!

캔버스 위에서 옆으로 슬쩍 고개를 돌린 채 웃고 있는 승하의 얼굴은 다분히 만화풍이다. 턱 선은 날카로우면서도 예민한 감정이 느껴졌고, 웃고 있는 입가에는 승하 특유의 조소가 흐른다. 그러면서도 눈은 자신만의 깊이를 고스란히 숨기고 있다.

연우는 지금 일주일째 그 그림에 매달려 있다. 승하를 그려주
기로 약속한 후, 처음 며칠 윤곽만 잡아두고는 전혀 손을 대지
못하고 있었는데 요 며칠 웬일인지 그리기가 아주 쉬워진 느낌
이다.

승하가 부쩍 가까이 다가온 느낌, 그것은 함께 밤을 새며 그
림을 그리던 그날부터인 것 같다. 승하의 나이가 열아홉이 아니
라 스물하나라는 사실은 불편함이 아니라 오히려 편안함으로
다가왔다. 아홉 살에서 일곱 살로 좁혀진 나이 차이가 감정의
거리마저 좁혀준 듯하다. 그것은 아마도 열과 스물이라는 어감
의 차이인 것 같다. 사실 승하가 가끔 툭툭 던지는 말들은 뜨악
한 얘기들이 많아서 듣고 있기가 부담스럽다. 그리고 아직도 가
슴에 작은 충격으로 남아 있는 '우리 엄만 창녀거든요' 하는 말
이나 가출을 했었다는 따위의 말들은 처음 이 '숲'에 왔을 때 미
운 짓만 골라 하던 기억들과 함께 승하에 대해 약간의 경계심을
갖게도 한다. 그러나 그 모든 것을 떠나 연우는 승하가 왠지 편
하다, 오래된 친구처럼. 그림이라는 공통분모가 있어서인지도
모르겠다.

"몇 살이에요?"

며칠 동안 매달려 있던 그림에 마무리 색을 입히던 승하가 눈
을 반짝이며 물었다. 웬 뜬금없는 소린지 모르겠다.

“뭐가?”

“선생님 애인 말이에요. 지난번에 애인 있다고 하셨잖아요. 몇 살이에요?”

“아…….”

연우는 그제야 알아들었다는 듯 고개를 끄덕이며 소리없이 웃었다. 승하는 정말 연우의 애인이 어떤 사람인지 궁금하다. 그녀처럼 담백한 사람일까? 그러다 연우의 입가에 번진 미소가 애인을 생각하며 짓는 미소 같아서 불룩 심술이 난다.

“잘생겼어요?”

“글쎄, 제 눈에 안경이라잖아.”

그녀의 눈에는 잘생긴 모양이다. 또 불룩 심술이 난다.

“키도 커요?”

“흠…….”

“그림은…… 선생님 그림도 좋아해요?”

연우는 한동안 대답을 하지 않았다.

쉽게 대답을 못하는 걸 보니 어쩌면 그녀의 그림을 이해해 주지 못하는 남자인지도 모르겠군. 그럼 힘들 텐데, 그 남자보다 선생님이 더 견디기 힘들 텐데…… 당장 그만둬요!

심술난 아이처럼 그 소리가 입 밖으로 불쑥 나와 버릴 것 같아 승하는 얼른 고개를 돌려 버렸다. 자세히 알지도 못하면서 왜 이런 생각을 하는지 스스로가 이해가 안 되고 당황스럽다. 무표정한 얼굴로 그림을 그리고 있던 연우가 다시 입을 열었다.

그리고 이렇게 말했다.

"그림이 내 애인이야."

그 소리에 목까지 올라와 있던 심술이 툭 떨어지며 완성되어 가던 그림에 붓질이 어긋나 버렸다. 난감한 표정을 지으며 붓에 물을 묻혀 조심스럽게 닦아내는 승하 곁으로 연우가 다가왔다.

"이쪽을 조금 진한 색으로 입히면 표 나지 않겠는데?"

그리고 승하가 들고 있는 붓을 받아 자신이 손가락으로 가리킨 부분을 조금 진한 색으로 입혀 직접 마무리를 하고 붓을 놓았다. 완성된 승하의 그림은 역시나 좋다. 아직 다듬어야 할 구석이 많지만 연우는 되도록이면 승하에게 조언하는 것을 자제하고 있다. 승하의 그림은 왠지 타인의 조언으로 다듬어서는 안 될 것 같은 생각이 들기 때문이다.

"좋다……."

조금 떨어져 팔짱을 낀 채 그림을 바라보던 연우가 그 말을 하며 격려하듯 승하의 어깨를 두 손으로 꼭 잡았다. 툭 떨어졌던 심술이 속을 울렁 헤집는다. 어지럼증이 날 것 같다. 어깨를 꼭 잡고 있던 연우의 작은 손이 떨어져 나가자 승하는 나지막이 한숨을 내쉬었다.

시계가 일곱 시를 가리키고 있었다. 이제 그만 가야 할 시간이다. 들어올 때는 늘 토끼처럼 뛰어들어 오지만 이곳에서 나갈 때는 거북이가 되고 싶은 심정이다.

마지못해 일어난 승하는 학원으로 가기 위해 가방을 챙겼다.

화실을 휘익 둘러보던 연우도 얼른 윗도리를 걸치고 승하를 따라 일어났다.

"오늘은 같이 가자."

항상 승하를 먼저 보내고 혼자 두어 시간 더 머물다 가곤 했었는데 오늘은 차도 없고 버스를 타야 하니 일찍 갈 생각이었다.

"차가 말썽을 부려서 정비소에 맡겼어."

화실 문을 잠그고 돌아서며 연우가 말했다.

"재작년인가? 사고가 한번 났었는데 그때부터 심심하면 말썽이야."

계단을 토닥토닥 내려가며 다시 연우가 말했다.

"그때 왜 사고가 났었냐면 실연을 당했거든."

자존심 때문에 좀처럼 하지 않던 그 말이 자연스럽게 툭 튀어나온다. 승하는 말없이 느린 걸음으로 연우와 보폭을 맞추었다. 그리고 실연이란 단어와는 전혀 어울리지 않는 얼굴로 실연을 당했다고 말하는 연우를 힐끗 살폈다.

"많이 사랑하셨나 봐요, 사고까지 낼 정도면?"

"글쎄……?"

조윤재를 많이 사랑했던가?

기억에 없다.

"모르겠어. 그냥, 좀 화가 났었어."

화가 나서 달리다 다리 난간을 받았었다. 한 뼘만 더 밀렸더

라면 그대로 강으로 추락하고 말았을 아찔한 사고였다. 그것이
사람들로 하여금 연우가 윤재를 끔찍하게 사랑했던 것으로 믿
게 만들었다.

"풋!"

뭐가 우스운지 또각또각 걷던 그녀가 갑자기 허리를 움찔하
며 짧은 웃음을 터뜨렸다. 어스름이 내린 거리에 어울리지 않게
연우의 행동들은 가볍게 팔랑거린다.

"난 89번 타야 하는데 넌?"

"저도 그거 타요."

승하는 멀리서 오고 있는 버스를 눈짓으로 가리켰다. 차가 채
멈추기도 전에 우르르 몰려든 사람들에 의해 연우는 차에 오르
자마자 저만치 뒤로 밀려 버렸다. 놀라 잠깐 멈칫거리는 사이
누군가 손을 잡아채어 당겼다. 몇 사람 건너 목 하나는 큰 키로
우뚝 솟아 있는 승하가 손을 뻗어 연우를 잡은 것이다. 연우가
자꾸 사람들에게 밀려들어 가자 손을 당겨보던 승하는 사람들
을 밀치며 연우를 따라 들어왔다. 사람들 사이에 끼어 쩔쩔매고
있던 연우는 승하가 다가오자 어느 순간 공간이 넓어지는 것을
느끼고 숨을 훅 내쉬었다. 승하는 양손으로 버스 천장의 난간을
잡은 채 연우와 한 뼘 정도의 거리를 두고 딱 버티고 서 있었다.

도시는 어둠이 내렸고, 차창에는 휙휙 스쳐 가는 형형색색의
네온사인과 버스 속의 풍경이 겹쳐서 비쳤다. 풍경 속의 승하는
연우의 뒤에 병풍처럼 버티고 서 있다. 사람들에 밀릴 때마다

허리에 움찔 힘을 주며 버티는 승하의 모습도 보이고, 차가 울컥 흔들릴 때면 승하의 손이 연우의 어깨를 살짝 잡았다가 놓는 것도 보였다.

연우는 그 풍경을 무심히 바라보았다. 그 풍경들 속에 깎아놓은 조각상처럼 반듯한 승하의 이목구비가 연우의 눈을 사로잡았다. 무슨 행복한 생각에 잠긴 듯 눈빛은 부드러웠고 입가에는 미소가 흘렀다. 저렇게 따듯한 표정의 승하와 눈을 마주하고 얘기를 나누고 싶다는 생각이 불쑥 든다. 무슨 얘기든 저 애와 나누는 대화라면 이해 못해줄 것이 없을 것 같다. 기분이 설명할 길 없이 묘하다. 풍경 속에서 승하의 눈과 부딪치자 연우는 나쁜 짓을 하다 들켜 버린 아이처럼 도망치듯 고개를 돌려 버렸다. 그러다 눈에 익은 바깥 그림에 놀라 몸을 돌렸다. 다음 정거장에서 내려야 한다.

“이번에 내려요?”

“어……? 응.”

승하는 몸을 약간 돌려 연우가 나갈 수 있도록 비켜주며 앞쪽으로 손을 뻗어 통로를 만들었다. 문 가까이 다가오자 승하의 긴 손가락이 어느새 먼저 부저를 눌렀다.

“근데 학원이 이렇게 멀어?”

연우는 학원과 화실의 거리가 너무 먼 것이 아닌가 생각하며 물었다.

학원은 이미 세 정거장이나 지나 버렸다. 밀려드는 사람들 틈에서 어쩔 줄 모르고 쩔쩔매던 연우의 모습이 세상물정 모르는 어린아이처럼 보였었다. 거친 세상에는 한 번도 나와보지 못한 나비의 애벌레처럼 화실과 그림 속에만 갇힌 여자. 버스를 타는 순간 승하의 눈에 비친 연우의 모습은 그랬다. 그래서 학원을 지나치면서도 혼자 두고 내릴 수 없었다.

"다음 정거장에서 내려요."

"너무 멀다."

말하는 사이 버스가 멈추었고 얼른 뛰어내린 연우는 돌아서서 손을 흔들었다.

"잘 가! 내일 봐!"

생글 웃으며 손을 흔드는 그 모습에 승하는 갑자기 가슴이 뭉클해졌다. 화실에서부터 울렁거렸던 어지럼증이 다시 일었다. 승하는 차가 막 떠나려는 순간 번개처럼 버스에서 뛰어내렸다. 휘이 둘러보았지만 생글 웃으며 손을 흔들던 그녀의 모습은 어디에도 없다. 승하는 침을 꿀꺽 삼켰다. 감당 못할 목마름이 밀려온다. 그것이 무엇인지 설명조차 못하겠다. 결국 승하는 학원도 가지 않은 채 전화를 걸어 명준을 불러냈다.

승하가 불러낸 장소가 학원과는 제법 먼 곳이라 명준은 의아한 마음으로 급하게 차를 몰아왔다. 승하는 사람들이 바쁘게 오가는 버스 정류장 가운데에서 망연히 서 있었다.

"무슨 일이야?"

"형은 뭐가 막 그리워 본 적 있어?"

"뭐가 막? 사람 말이야?"

"몰라, 그게 사람인지 뭔지…… 모르겠어."

이 녀석…… 가출했던 이유가 키워주신 아버지의 죽음이 준 충격 때문이라더니 또 그 병이 도진 건가, 어디론가 달아나 버리고 싶은?

명준은 날카로운 눈으로 승하의 얼굴을 살폈다. 얼핏 보면 섬뜩하도록 차가운 눈을 가진 녀석인데 실은 그게 나약한 자신을 숨기려는 이 녀석만의 고도의 위장술이란 걸 강명준은 애저녁에 알아버렸다. 처음 인사를 나누던 날, 얼굴에 울분을 가득 담은 채 명준이 내밀던 손조차 잡지 않던 녀석이었다.

"가자, 내 밥줄!"

명준은 승하의 어깨에 팔을 걸치며 울컥 당겼다. 오피스텔 근처에 있는 체육공원에 차를 세우고 명준은 트렁크에서 농구공을 꺼냈다.

"내기할래?"

휙 던진 공이 머리 위로 날아오자 승하는 손을 뻗어 공을 받았다. 명준도 만만찮은 농구 실력을 가졌지만 아무래도 승하에게는 역부족이다. 큰 키에도 불구하고 승하의 움직임은 탄탄하고 유연하다. 아무것에도 흥미없는 듯 늘 풀어진 눈으로 있다가도 무언가 흥밋거리를 발견하는 순간 승하는 먹이를 발견한 표범처럼 덤빈다. 순간적인 집중력이 무서울 정도다. 결국 명준은 코트 한가운데에 큰 대자로 벌렁 누워버렸다.

"아, 짜식! 왜 그렇게 무섭게 덤비냐?"

"겨우 그거 뛰고 퍼져? 조금만 더 해."

팔을 잡아 일으키는 승하의 손을 뿌리치며 명준은 죽는 시늉을 했다.

"으아! 죽겠다. 그만 해!"

명준이 일어나지 않자 혼자서 슛을 날리며 다시 한바탕 뛰던 승하가 싱거운 듯 명준의 옆에 와서 벌렁 누웠다.

"어떻게 하늘에 별 하나 보이지 않냐? 그러고 보면 도시는 낮보다 밤이 오히려 더 삭막해."

명준의 말대로 구름도 없는 하늘이 까맣다. 이 시끄러운 도시는 하늘이 온통 새까매서 별 하나도 제대로 볼 수가 없다, 별 같은 사람을 볼 수 없는 이곳 세상처럼. 언젠가는 이곳을 벗어나 별 같은 사람들이 살고 있는 곳으로 달아날 것이다. 그러나 엄마가 살아 있는 한 그것은 영원히 꿈일 뿐이라는 것을 안다. 엄마를 두고는 달아날 수가 없다.

그 불쌍한 여자…… 형들이 어떤 말로 자신을 짓밟아도 감히 대들 용기조차 낼 수 없도록 살아온 그 여자, 어린 아들을 재워두고 옆방에서 몸을 팔던 여자, 지금 그 여자를 갉아먹고 있는 암 덩어리가 자신이 미치도록 품고 있던 그 증오의 덩어리가 아닐까 싶을 정도로 미칠 만큼 증오했던 여자, 그리고 지금도 증오스러워서 가여운 그 여자, 내 엄마.

"요양원으로는 꼬박꼬박 돈 보내고 있대?"

"아, 내일 확인해 볼게."

"잊어버리지 말고 매달 확인해 줘."

"알았어."

엄마는 석공 아버지에게 승하를 던져 두었듯이 다시 친아버지에게 승하를 던져 두고는 사라져 버렸었다. 이렇게 버려둘 거면 석공 아버지와 살게 둘 것이지 왜 자신을 이곳으로 데리고 왔느냐고 분노했었다. 석공 아버지의 죽음 소식과 함께 승하의 분노는 폭발했고 가출해 지내는 내내 그 분노를 삭이지 못했다. 가출했다 붙잡혀 온 승하에게 이태일은 그제야 엄마의 소식을 전해주었다. 돌이킬 수 없는 병마가 그녀를 집어삼키고 있다는 것과 또다시 허튼짓하면 그녀의 생명줄을 쥐고 있는 요양원으로 보내는 금전적 지원을 끊어버릴 것이라는 협박을 했다.

"잘됐네! 아, 왜 그 생각을 진작 못했지? 진작 병들어달라고 부탁할 걸 그랬어! 근데 무슨 병이래? 세상에서 가장 견디기 힘들고 고통스러운 병이었으면 좋겠어!"

악에 받힌 듯 소리치던 승하의 눈앞에 불이 번쩍였다. 휘청 꺾인 몸이 바닥에 나뒹굴었다.

"나쁜 녀석…… 그래도 생각은 있는 놈인 줄 알았더니 형편없구나!"

떨리는 목소리로 호통 치는 이태일의 눈에 눈물이 일렁거렸다.

울어? 당신이 왜 울어? 그 여자 몸 팔아서 나 키울 동안 코빼기도 비치지 않던 당신이 왜 울어?

"하…… 웃긴다! 아주 골고루들 웃긴다니까? 남들보다 특별나게 살았으면 죽는 것도 특별나게 죽어야 할 거 아냐! 기껏 따라한다는 게 병이나 걸리는 거야! 아주 골고루 해라, 골고루! 등신같이……."

승하는 흐려진 눈앞에서 형체를 잃은 채 번지는 이태일의 얼굴을 바라보며 키들키들 웃었다.

"큭큭큭, 평생 죽도록 못 잊던 남자를 찾아왔으면 거머리처럼 달라붙어 살든지, 그것도 안 되면 아득바득 돈이나 뜯어내어 벽에 똥칠 할 때까지 떵떵거리며 한 번 살아보든지 해야지 등신같이 병은 왜 걸려? 나 들이밀어서 그렇게 살아보라고 따라와 줬으면 그렇게 살아야 할 거 아냐!"

엄마가 평소 입 밖에도 꺼내지 않던 친아버지를 찾아가자 할 때부터 알아봤어야 했다. 힘들 줄 뻔히 알면서 왜 자신더러 죽은 듯이 참고 이 집 식구로 끼어 살라고 했는지 승하는 그제야 엄마의 뜻을 알았다.

좋아! 내가 이 집 가족으로 끼여 사는 거, 그게 소원이면 그렇게 살아줄게. 내가 뭐 언제는 감정이나 있었던 놈이야? 등신같이 살라면 못 살 것도 없지. 대신…… 일찍 가버리면 용서 안 해. 정말 용서 안 해.

뜨거운 물이 귓불로 툭 떨어져 내렸다. 승하는 행여나 명준이 볼세라 얼른 닦아내고 하늘을 향해 소리를 쳤다.

"아! 삭막해!"

밤이면 별들이 퍽 쏟아질 것 같던 그곳의 하늘이 그립다.

부론에나 다녀올까? 밤이면 소쩍새 소리와 강 흐름의 잔물결 소리 때문에 함부로 잠들 수 없는 곳, 내 마음의 오지 부론.

그러나 자신이 알고 있는 도덕성과 사고로는 결코 다가설 수 없는 이곳이 승하에게는 또 다른 의미의 부론 같다. 몸이 쉽게 갈 수 없는 부론과 마음이 다가설 수 없는 부론, 두 오지의 가운데에 승하는 거품처럼 떠 있는 것이다. 그것이 터지는 순간 흔적 없이 사라져 버릴 무의미의 존재처럼.

"아, 조금만 더……."

연우는 선반에 올려놓은 그림을 꺼내려고 까치발로 낑낑거리며 손을 허우적거렸다. 화실을 계약하고 수리를 하며 많은 그림들을 마땅히 둘 곳이 없어 선반을 만들어 올려두었었는데 갑자기 그곳에 올려둔 그림이 보고 싶어진 것이다. 그림들은 손에 닿을 듯 말 듯하면서 좀처럼 닿지 않는다. 안간힘을 쓰며 낑낑거리는 사이 이마에서 땀이 바짝 솟아졌다.

"뭐 하세요?"

어느새 시간이 되었는지 승하가 들어서며 까치발로 낑낑거리는 연우를 의아한 눈으로 바라보았다.

"어, 왔어?"

고개를 잠깐 돌려 인사를 건넨 연우는 다시 선반 위로 손을 뻗었다. 닿을 듯 말 듯, 닿을 듯 말 듯 바르르 떨리는 손끝에 드디어 그림 하나가 걸렸다. 됐다! 생각하는 순간 승하의 팔이 머리 위를 스친다. 겨우 손에 닿은 그것이 승하가 손을 뻗어 그림을 기울여 준 때문이었다.

"의자 가져와서 내리면 될걸?"

낑낑거리는 모습이 답답하다는 눈으로 내려다보던 승하는 한 번에 예닐곱 개의 그림을 번쩍 들어 내렸다. 그리고 궁금한 눈으로 종이에 싸인 그림들을 내려다보았다.

"뭐예요?"

"어, 내 예전 그림들."

예전 그림들이란 소리에 승하의 눈이 호기심으로 반짝였다.

"봐도 돼요?"

승하의 호기심 어린 눈을 보며 연우는 잠깐 망설여졌다. 승하의 눈이 장난스럽게 그림과 연우의 얼굴을 번갈아 가며 바라보았다.

"그래, 봐. 어차피 보려고 내린 건데 뭐."

그 소리와 함께 승하는 그림에 씌워진 종이를 조심스럽게 벗겨내었다. 종이를 벗으며 드러나는 그림에 연우는 새삼스런 감회에 젖어 작은 감탄의 소리들을 내었다. 고3 입시생 시절에 그린 힘이 잔뜩 들어간 그림들이다. 승하는 액자들을 하나하나 조

심스럽게 만지며 그림을 유심히 살폈다. 연우는 승하의 입에서
자존심을 건드릴 말이 툭 튀어나와 버릴까 불안한 마음이 생겼
다. 처음 이곳에 왔을 때 벽에 걸린 사진들을 보며 상 받으려고
그림을 그리느냐고 하던 그 말이 연우에게 얼마나 상처가 되었
는지 이 녀석은 모를 것이다.

"이분은 어머니세요?"

승하가 작은 그림을 들어 보이며 물었다. 승하가 들어 올린
것은 따뜻하고 맑은 눈을 가진 중년의 여인 그림이다.

"아, 엄마……."

연우의 입에서 작은 소리가 새어나왔다.

"이게 여기 들어 있었구나! 찾았었는데……."

연우는 승하의 손에서 그림을 받아 눈앞으로 가져갔다. 그림
에 적힌 날짜로 보아 돌아가시기 두 달 전에 그린 그림이다.

"전혀 아픈 사람 같지 않아."

연우는 손으로 그림 속 엄마의 얼굴을 쓸어보며 중얼거렸다.

"아프셨어요?"

"응."

엄마는 위암이 말기가 되어서야 발견이 되었고, 육 개월 만에
돌아가셨다. 너무나 순식간에 꿈처럼 연우의 곁을 떠나 버렸던
엄마. 사업을 위해서라면 물불을 가리지 않았던 남편에 의해 친
정이 몰락하는 것을 보아야 했고, 자식 하나를 가슴에 묻었다.

강우 아래 둘째 아들이었던 태우, 그는 아버지 서종학의 지나

친 기대를 감당하지 못하고 스스로 목숨을 끊어버렸다. 태우 오빠는 피는 못 속인다는 말이 나올 만큼 아버지를 닮았었다. 그래서 아버지의 총애를 한 몸에 받았었다. 하지만 그가 없는 지금 아버지의 사업은 미우나 고우나 큰오빠 강우의 손에 넘겨질 것이다. 셋째인 정우는 스스로 자유인임을 선포하고 제멋대로 살아온 사람이라 아버지도 거의 포기한 상태였다. 그는 의대에 재학 중, 돌연 학교를 그만두고 미국으로 떠나 버렸다. 그가 왜 떠났는지 정확히 아는 사람은 아무도 없다. 연우는 그도 자신만큼이나 아버지에게 환멸을 느끼고 있었으리라고 어렴풋이 짐작을 했다.

그림을 쓰다듬던 연우의 눈에 습기가 차 올랐다. 아버지께 언어적 폭력에 가까운 모진 말들을 들으면서도 한마디 대꾸조차 하지 못한 바보 같았던 엄마다. 연우는 엄마가 폭군 같았던 아버지 앞에서 말 한 번 제대로 하지 못하고 속으로 삭이느라 병이 들었다고 생각했다. 엄마의 응원이 없었다면 자신은 결코 화가의 길로 들어서지 못했을 것이다.

"넌 정말 네가 원하는 대로 살아. 엄마같이 바보처럼 살지 마."

아버지가 무서워 주저앉으려 할 때마다 화구들을 챙겨 등을 떠밀던 엄마였다.

"좋은 분이셨군요?"

촉촉해진 연우의 눈을 보며 승하가 물었다.

"응, 따듯하고 마음이 예쁜 분이셨어."

승하가 휴지를 몇 장 뽑아 내밀었다. 어느새 흘러내렸는지 눈물이 턱에서 대롱거렸다. 휴지를 받아 눈물을 훔쳐 내고 코까지 야무지게 푸는 연우를 보며 승하는 버릇처럼 소리없이 싱긋 웃었다.

"그럼 그리기 전에 커피 한 잔 끓여 드릴까요?"

연우가 오후 내내 그가 끓여주는 커피를 얼마나 그리워했었는지를 아는 듯 승하는 성큼성큼 걸어가 익숙한 손놀림으로 커피를 탔다.

"위로주를 사드리고 싶지만 그럴 순 없고…… 이건 위로의 커피예요."

김이 모락모락 올라오는 커피 잔을 내밀며 승하는 그렇게 말했다. 위로의 커피는 종일 기다렸던 어떤 그리움처럼 갈급한 식도를 타고 흘러들었다. 마음이 따듯해지고, 행복한 느낌이다. 엄마가 돌아가시고 누구에게 이런 위로를 받아본 적이 있었던가 생각해 보니…… 없었던 것 같다. 모두들 눈물을 닦아주고 곧 괜찮아질 거라며 등을 다독여 주었지만 그런 말들은 위로가 되지 못했다. 그런데 말없이 건네주는 위로의 커피는 정말 위로가 된다. 싱긋 웃는 승하의 웃음이 위로가 된다, 신기하게도.

"부론이란 곳을 아세요?"

어제 그린 그림에 열심히 색을 입히던 승하가 문득 물었다. 명준과 농구를 하던 그날 이후 그곳이 내내 머리를 떠나지 않는다. 뭔가 막 그리웠던 그것이 마치 그곳이었던 듯.

"부론?"

난생처음 들어보는 이름이다.

"아주 특이한 지명이네? 부론……."

연우는 고독하고 처연한 느낌의 그 이름을 되뇌어보았다.

"원주 조금 못 가서 문막 옆의 조그만 마을이에요."

"아."

"그곳에서 아버지와 함께 살았어요."

승하는 다시 석공이었다는 키워준 아버지 얘기를 꺼냈다. 아버지 얘기를 할 때마다 승하의 눈은 막막한 그리움에 젖어들었다. 그분은 승하를 정말 사랑해 주셨던 분인가 보다.

"집 앞으로 목계강이 흘렀는데 돌 사이로 흐르는 강물 소리가 어찌나 시끄러운지 밤이면 쉽게 잠을 잘 수가 없는 곳이에요."

"아……!"

연우는 승하가 표현하는 그곳을 상상하며 작은 감탄사를 내뱉었다.

"엄마는 아버지께 절 맡겨두고는 가끔 찾아오셨어요. 그때 전 겨우 열두 살이었는데 우리 엄마가 참 뻔뻔하다는 생각이 들더라고요. 몇 달에 한 번씩 찾아와서 두어 밤 지내고 가는 게 전부였는데 아버지께 전혀 미안해하지도 않으셨어요.”

승하 엄마의 애기는 언제나 뜨악하다. 승하는 말짱한 얼굴로 그 뜨악한 애기를 잘도 한다.

“거긴 밤이 되면 별들이 모래만큼 많아요.”

연우는 모래만큼 많은 별들이란 어떤 모습일까 상상이 가지 않는다.

부론을 애기하는 내내 승하의 눈은 연우의 주변을 까칠하게 흘렀다. 표정 하나하나, 입가에 스치는 작은 미소까지 관찰하듯 살폈다. 좀 불편하고 난감하다. 승하가 따갑도록 자신을 관찰하고 있다는 느낌, 이런 기분은 요즘 들어 종종 느끼고 있다. 연우는 짐짓 무심한 척 물감을 묻혀 색을 입혔다. 쓱…… 문지르다 급하게 붓을 멈추었다. 색이 너무 진했다.

왜 이래, 안 하던 실수를 다 하고? 쯧.

스스로에게 질책 같은 짜증을 내며 얼른 붓을 씻어 캔버스 위의 물감을 닦아내었다. 그리고 다시 씻어 닦아내고 하는 동안 승하의 눈은 내내 연우의 손끝을 따라다녔다. 한동안 얌전히 잘 지내더니 또 악동 같은 장난기가 발동한 것은 아닌가 은근히 걱정된다. 연우는 칭칭 감기듯 따라다니는 승하의 눈을 무시하며 다시 물었다.

“아버진 아직도 거기 계셔?”

“돌아가셨어요. 제가 여기 지금 아버지 집으로 오고 일 년 반 만인가? 사고였대요. 차도 잘 다니지 않는 곳인데 사고는 무슨……."

승하는 더 이으려던 말을 멈추어 버렸다. 그리고 보일 듯 말 듯 가만 입술을 깨물더니 그 모습을 감추듯 고개를 숙이고 다시 붓질을 하기 시작했다. 연우는 멀리서도 승하의 붓끝이 떨리고 있다는 것을 알았다. 또다시 마음이 찌릿하다. 위로해 줄 무언가가 필요해 보였다. 잠깐 생각에 잠겨 있던 연우는 뭔가 떠오른 듯 눈을 반짝였다.

"주말에 같이 가볼래?"

"……?"

"부론."

일곱 시쯤 승하를 만나 태우고 부론으로 향했다. 옆에 앉은 승하의 머리가 천장에 닿을 듯 말 듯하는 것을 보며 연우는 천장과 승하의 머리 사이에 장난스럽게 손을 넣어보다가 웃음을 터뜨렸다.

"너 이제 더 크지 마. 생활하기 불편하겠다."

그 소리에 목을 움찔하는 승하를 보며 연우는 다시 웃음을 터뜨렸다. 목젖까지 보이며 큰 소리로 웃는 연우의 얼굴 위에서 차창으로 스며든 햇살이 빛났다.

안내 표지판에서 부론이라는 지명을 발견하고도 차는 한참을 더 달렸다. 길은 점점 깊은 골로 이어졌고, 강폭이 조금씩 넓어지고 있었다. 승하는 약간 상기된 표정으로 차창을 내렸다. 순

간 차 안으로 숨결을 관통하는 듯한 맑은 공기가 불어 들어왔
다.

"와! 공기 정말 좋다. 폐가 놀라겠어!"

연우는 흥분한 듯 목소리를 높였다. 그녀는 자신이 한때 이런
곳에서 사는 꿈을 꾸었던 적이 있었다는 것을 떠올렸다. 공기
도, 인간관계도 복잡하고 탁한 도시는 언제나 견디기 힘들다.
그곳은 자신의 운명의 땅이 아닌 듯싶다. 그래서 자신이 언젠가
는 결국 이런 곳으로 찾아들고 말 것이라는 생각이 든다.

"부론이라는 지명이 무슨 뜻인지 아세요?"

승하가 한층 밝아진 목소리로 물었다. 부론, 언제 들어도 입
안에서 음울하게 웅얼거리게 되는 이름이다. 고독하고 깊은 내
면의 뜻을 지니지 않았을까?

"부(富)를 논(論)하는 곳이래요."

"아, 한자였구나!"

그 뜻이 좀 실망스럽다. 조금 더 달리자 두 개의 갈림길이 나
오고 좌측으로 작은 비포장 길이 보였다. 승하는 그쪽을 가리켰
다.

"저 길로 조금만 더 들어가면 돼요."

승하가 조금만이라고 말하고도 삼십여 분이나 더 달려서야
집들이 띄엄띄엄 나타났다. 간간이 보이는 집들은 대부분 쓰러
져 가는 빈집들이었지만 간혹 사람의 흔적이 보이는 집들도 있
었다. 가는 길 내내 깎아지른 절벽 옆으로 계곡이 흘렀고 울퉁

불퉁한 비포장 길의 끝 즈음에 다다르자 승하는 고개를 뻗어 앞을 바라보았다.

"저기예요!"

승하가 가리킨 곳은 계곡과 맞닿은 언덕에 있는 작은 집이었다. 예전부터 차가 드나들던 곳인 듯 차는 마당까지 쉽게 올라갈 수 있었다. 바퀴 아래에서 마당 가득 깔린 화강암 조각들이 잘그락 소리를 내었다. 집은 여전히 사람이 사는 것처럼 깨끗했지만 현관에 걸린 굵은 자물쇠가 이 집이 빈집임을 말해주었다. 마당 끝에 서서 보니 강바닥이 보일 만큼 강과 집은 가까웠다. 강물 소리가 지척처럼 들렸다. 밤새 강물의 잔물결 소리가 마음을 온통 흔들어댈 이런 곳에서는 정말 잠을 이룰 수 없을 것 같다.

"여기서 오 년간 살았어요."

승하는 새삼스러운 듯 집을 둘러보다 연우 곁으로 다가와 강을 내려다보았다. 강물은 햇살이 부서져 내려 금빛의 물비늘이 반짝였다. 그 비늘을 가르며 햇살에 그은 까만 얼굴로 어설프게 고기를 잡던 늙은 석공과 작은 사내아이가 눈앞을 스친다.

어느 날 문득 다방으로 찾아온 늙은 석공이 엄마와 하룻밤 지낸 것을 인연으로 남편이 되어주고 아버지가 되어주겠다고 했다. 그의 행색으로 보아 당장 나가라고 쫓아버릴 줄 알았는데 엄마는 무슨 이유인지 말없이 이곳으로 따라왔고 한 달 만에 승하만 두고 떠나 버렸다. 지상에는 존재하지 않는 오지 같은 이곳에 어린 승하와 늙은 석공만이 남은 것이다. 그 후, 엄마는 잊을 만하면 간간이 찾아왔고 엄마가 온 날에는 밤새 강물의 잔물결 소리가 더욱 크게 들렸다. 그렇게 서너 날 밤을 지내고 엄마는 다시 떠났다.

엄마가 다녀가고 나면 아버지는 한동안 돌을 다듬지 않았다. 산자락을 쩡쩡 울리던 정 소리가 들리지 않는 날이면 승하는 물비늘이 일렁이는 강으로 나가 고기를 잡았다. 여자가 다녀간 다음 남자가 저렇게 일어나지 못한다거나 남자가 다녀간 다음 여자가 넋이 나간 얼굴로 종일 누워만 있는 이유를 그는 아주 어릴 적에 이미 깨달아 버렸다. 기억에도 가물한 그 남자—나중에 안 일이지만 그 남자는 친아버지 이태일이었다—가 다녀가고 난 날이면 엄마도 늘 저렇게 아무것도 먹지 못한 채 누워만 지냈었다. 그것은 꼭 몹쓸 병 같았다. 더 많이 사랑하는 쪽이 더 아프고 마는 몹쓸 병. 예전에는 엄마가 그랬고, 지금은 늙은 석공 아버지가 그렇다.

"저기 계세요."

승하는 건너편 산자락을 손가락으로 가리켰다. 숲이 우거져 아무것도 보이지 않지만 그곳 어딘가에 승하의 아버지 묘소가 있는 모양이다. 강가에 반짝이는 하얀 돌들을 바라보던 승하는 무슨 생각에선지 강으로 풀쩍 뛰어내렸다. 그리고 신발을 벗고 양말까지 벗어 돌 위에 가지런히 놓아두고는 바지를 둥둥 걷었다. 강으로 다가간 승하는 커다란 돌멩이 하나를 번쩍 들었다. 커다란 돌들이 장난감처럼 승하에게 번쩍번쩍 들려 물이 얕은 곳으로 옮겨져 징검다리가 만들어졌다. 승하는 건너편에서 손을 흔들어 보이고는 다시 징검다리를 풀쩍풀쩍 건너와 신발을 신고 마당에 서 있는 연우를 향해 손을 내밀었다.

"같이 가요!"

승하의 손을 잡고 둑을 조심조심 내려가 강으로 가까이 다가가니 돌 사이를 흐르는 물소리가 생각보다 요란했다. 위에서 내려다보던 것보다 물살도 훨씬 빠르다. 승하가 만들어놓은 징검다리는 폭이 넓어서 쉽게 발을 내디딜 수 없었다. 돌 사이를 빠르게 빠져나가는 물을 내려다보고 있자니 어지럽기까지 하다. 승하는 먼저 두어 칸 건너가서 어서 건너라고 손짓을 했다.

"괜찮아요. 발을 쭉 내밀고 디디시면 돼요."

그러나 연우는 발을 내밀다가 다시 거두어 버렸다.

"못 가겠어."

연우는 겁을 잔뜩 먹은 얼굴로 승하를 바라보았다. 어느새 건너왔는지 승하의 손이 코앞으로 불쑥 들어왔다.

"잡으세요."

혼자 갔다 오라는 말을 하려던 연우는 앞으로 불쑥 들어온 손을 보다가 어쩔 수 없다는 듯 그 손을 잡았다. 그리고 승하의 손에 의지해 돌멩이를 풀쩍 건너뛰었다. 순간 몸이 휘청한다.

"엄마!"

그러나 강하게 당기는 승하의 손힘에 의해 금방 균형이 잡혔다.

"겁먹지 마세요. 물살 때문에 어지러워서 그런 거니까 너무 밑만 보지 마시고 건너편을 보세요."

연우는 고개를 끄덕이며 다시 발을 내밀었다. 승하의 한쪽 발과 연우의 두 발이 작은 돌멩이 하나에 나란히 올라섰다가 다시 다음 돌멩이로 똑같은 모양으로 옮겨갔다. 물살은 빠르게 흐르고 돌멩이 위에서는 승하의 커다란 신발과 연우의 조그만 신발이 닿았다 떨어졌다 했다.

승하는 연우의 손을 아프도록 꼭 움켜잡았다. 차갑고 촉촉한 조그만 손이 자신의 손 안에 쏙 들어와 있었다. 승하는 그 손이 더 이상 자신보다 일곱 살이나 많은 선생님의 손이라 생각되지 않았다. 그저 잔뜩 겁을 먹은 채 자신에게 의지한 작은 여자의 손일 뿐이었다. 물빛에 반사되어 하얗게 반짝이는 연우의 이마를 보며 승하는 가슴이 두근거렸다. 삐걱거리는 의자를 빙글 돌리며 훔쳐보던 그때처럼, 버스에서 내려 '숲'을 향해 달리던 그때처럼 가슴이 두근거린다. 마지막 돌을 건너 강가로 폴짝 뛰어내리며 연우는 승하의 가슴이 얼굴을 기댔다.

"후."

빠른 물살이 여전히 잔상으로 남아 현기증이 인다. 승하의 손이 등에 닿자 그제야 연우는 고개를 들었다. 정말 많이 긴장했는지 얼굴까지 노랗다.

"정말 무서웠어요?"

연우의 노란 얼굴에 승하는 조금 놀란 듯했다. 버스를 함께 탔던 그날처럼 세상 밖에서의 서연우는 왠지 자신의 보호가 필요한 여자란 생각을 하며 싱긋 웃었다.

"가요."

그리고 다시 손을 꼭 잡고 언덕을 올랐다.

"승하야, 손 놔. 이 정도는 혼자서도 올라갈 수 있어."

별로 가파르지도 않은 언덕을 오르며 승하는 잡은 손을 놓아주지 않았다. 놓고 싶지 않다. 연우의 작은 손이 빠져나가려 잠깐 꿈틀거렸지만 이내 편안히 잡혀 있었다. 징검다리를 건너올 때보다 더 확연해지는 마음을 확인하며 승하는 입술을 꽉 깨물었다. 연우의 손에서 촉촉한 물기가 스며왔다. 손 안에 들어온 이 작은 손 하나 때문에 이렇게 가슴이 두근거리다니, 믿을 수가 없다.

무덤은 승하의 큰 덩치로 다 품어버릴 만큼 작고 초라했다. 승하는 가방에서 소주와 오징어를 꺼냈다. 그리고 종이컵이 넘칠 만큼 가득 부은 술을 무덤 주변에 뿌리며 나직이 중얼거렸다.

"그러게, 술 마시고 왜 큰길로 나갔어? 내가 그러지 말랬잖아."

늙은 석공은 술을 마시고 큰길로 나갔던 모양이다.

"내가 자주 찾아올 거라고…… 찻길엔 나오지 말랬잖아."

그는 그곳에서 승하를 기다리다 사고를 당한 모양이다.

"어딜 가도 난 영원히 아버지 아들이라고 했잖아."

다시 술을 가득 부어 무덤에 뿌리는 승하의 눈이 촉촉하게 젖었다. 저토록 따듯하고 촉촉한 승하의 눈은 처음이다. 연우는 문득 승하가 어딜 가도 영원히 당신의 아들일 무덤 속 석공이 세상에서 가장 행복한 사람처럼 느껴졌다.

무덤에서는 승하가 자랐다는 집과 강이 훤히 내려다보였다. 승하는 말없이 그곳을 내려다보다가 나직이 중얼거렸다.

"우리 엄만 참 나쁜 여자예요."

나쁜 여자가 될 수밖에 없었던 엄마를 떠올리며 승하는 연우의 젖은 신발코를 바라보았다. 무릎을 모은 채 까딱까딱 흔들리는 그녀의 신발은 참 작다. 바람이 불어와 귀밑머리가 날려 도톰한 귓불이 드러난 연우의 옆얼굴을 바라보며 승하의 얼굴에 홍조가 일었다.

"고마워요, 선생님."

"응?"

연우는 까딱이던 신발을 멈추고 무슨 뜻이냐는 눈으로 물었다.

"사실은…… 이런 위로가 필요했었거든요. 누군가 말없이 가만히 옆에 있어주는 거요. 무엇이 그렇게 화가 나느냐고 묻지도 말고, 궁금해하지도 말고, 불쌍한 놈처럼 보지도 말고, 그냥 옆에 있어주는 거요.”

　연우를 바라보는 승하의 눈은 방금 전 늙은 석공의 무덤을 바라볼 때만큼이나 따듯하고 촉촉했다. 연우는 승하의 말뜻을 금방 알아들었다. 그리고 자신이 승하에게 그런 존재라는 것이 가슴 뿌듯할 만큼 행복했다. 시리도록 서늘한 그의 눈과 울분이 가득한 얼굴을 볼 때마다 가슴이 저릿하게 아팠었다는 것을 말해주고 싶었다. 이렇게 따듯하고 촉촉한 너의 눈이 좋다고도 말해주고 싶었다.

　“선생님은 말없이 가만 계셔도 위로가 돼요.”

　승하는 더 깊을 수 없는 눈으로 연우의 얼굴을 살폈다. 징검다리를 건너며 깨달아 버린 그것은 이미 오래전에 느껴왔던 감정이었다는 것을 이제야 알겠다. 왜 처음부터 그 ‘숲’이 그토록 마음에 들었던 건지, 달아나고 싶었던 그 밤에 왜 자신의 발길이 ‘숲’으로 향했던 건지, 그리고 시리기만 하던 가슴이 이렇게 따듯해지는 이유도 다 알 것 같다.

　승하의 눈이 따갑게 얼굴을 스치자 연우는 난감한 웃음을 지으며 자신의 얼굴을 만졌다.

　“왜 그렇게 빤히 쳐다봐, 민망하게? 너 요즘 자주 이러는 것 같다?”

　“예뻐서요.”

　“풋!”

　“어, 정말인데?”

"그러게? 나 예쁜 거 정말인데 왜 그 말을 이렇게 오랜만에 들어보는 거지?"

농담 반 진담 반, 웃음을 흘리며 연우는 기분이 좋다. 승하의 입에서 나오는 예쁘다는 말도 좋고, 자신의 존재가 승하에게 위로가 된다는 것도 좋다. 그리고 무엇보다 승하의 느낌이 자신과 닮았다는 것이 좋다.

승하도, 연우도 말이 많지 않은 편이다. 그런데도 연우는 승하와 자신이 많은 대화를 나눈 사람처럼 느껴진다. 너무 많은 대화를 나누어 서로의 속내를 다 알고 있는 사람처럼 편하다. 승하가 툭툭 던지는 말들을 긴 설명 없이도 자신이 다 알아들을 수 있듯이 승하도 그런 것 같다. 승하도 연우의 말들을 긴 설명 없이 참 잘 알아듣는다. 타인과의 대화가 이렇게 쉬웠던 적이 있었던가, 생각해 보니 그다지 많지 않다. 아니, 없다. 그들을 이해시키기 위해서는 언제나 설명이 필요했고, 긴 설명 후에도 그들을 이해시키지 못하는 경우가 더 많았다. 그런데 승하에게는 설명을 하지 않아도 말을 알아듣는다.

다시 징검다리를 건너야 할 강가에 도착했다. 요란한 소리를 내며 흘러가는 물살을 바라보던 승하가 메고 있던 가방을 앞으로 돌려 안고는 연우의 앞에 등을 내밀었다.

"업히세요."

넓고 길쭉한 승하의 등이 앞을 막고 앉았다. 생각보다 훨씬 넓은 등이다. 넓고 든든한 남자의 등이다. 승하에게서 문득 건너오는 남자의 느낌에 연우는 한 발 물러났다.

"그냥 건널래."

"손 잡고 건너는 것보다 이게 편해요."

어서 업히라는 듯 돌아보는 승하의 얼굴에 맑은 웃음기가 번졌다. 망설이며 어깨에 손을 살짝 얹는 순간 승하가 엉덩이를 훌쩍 치받아 올리며 벌떡 일어났다. 강 가운데로 들어갈수록 물살 소리가 점점 요란해졌다. 산자락에서 바람이 불어왔다. 연우는 저도 모르게 머리를 등에 가만 기댔다. 따듯한 햇살과 바람 소리, 물소리, 그리고 승하의 느낌. 그것은 깨어나고 싶지 않은 평화로움 같은 것이었다. 강을 다 건너왔을 즈음, 연우는 표 나지 않도록 등에 기대었던 얼굴을 들었다.

"……해요."

마지막 돌을 건너 연우를 내리며 승하가 무슨 말인가를 했다.

"뭐라고?"

승하는 약간 상기된 표정으로 하얀 이를 드러내며 웃음을 지어 보이더니 다시 입을 열었다.

"선생님이 좋다고요."

승하는 수줍음 많은 소년 같은 표정으로 그렇게 말했다. 이렇게 순한 애가 처음엔 왜 그토록 짓궂었을까 의아할 지경이다.

"나도 네가 좋아. 물론 처음엔 엄청 미웠지만 말이지. 가만 보면 우리 둘, 은근히 닮은 구석이 있어. 그치?"

"……네."

“재미없고, 건조하고, 차갑고…….”

“따듯해요. 선생님 따듯한 사람이에요. 그리고 재미없지도 않아요. 음…… 그리고 건조하다기보다는 담백해요.”

“너 왜 이렇게 나한테 점수가 후해?”

승하는 대답없이 다시 하얀 이를 드러내고 웃었다. 저녁 해를 받은 목계강도 노을빛으로 반짝였다.

시험이 끝나자마자 화실로 달려왔던 승하는 잠겨 있는 문을 툭툭 차보다가 건너편 패스트푸드점으로 들어갔다.

“다음 주는 시험 기간이라 화실에 못 와요.”

그 말을 해버린 것은 부론에 다녀오던 그날 저녁이었다. 시험 공부도 안 할 거면서 왜 그런 말은 불쑥 해버렸는지 모르겠다.

햄버거로 간단히 저녁을 때우고 독서실로 가서 책상에 엎드려 잠을 잤다. 다시 눈을 떴을 때는 이미 열 시가 넘어 있었다. 다섯 시간 가까이 잤나 보다. 그제야 몸이 가뿐했다. 집에서는 아무리 편한 침대 위에서도 잠자리가 편치 않았기 때문에 늘 잠이 모자랐다.

승하는 화실이 있는 버스 정류장까지 삼십 분의 거리를 걸어왔다. 4월이 지나 5월이 오고 있는데 아직 밤공기가 차다. 집으로 가는 버스를 타기 위해 잠시 서성이던 승하는 문득 몸을 돌려 화실 쪽으로 걸었다. 아직 자정이 멀었으니 좀 더 배회하다 집으로 들어갈 생각이다. 생각에 잠겨 걷다 보니 어느새 과일가게도 지나고 슈퍼도 지나 버렸다. 다시 되돌아 나가려 몸을 돌리던 승하의 걸음이 우뚝 멈추어 섰다. 문득 올려다본 화실의 창에 불이 있다. 성큼 한 걸음 내디디던 그는 뛰기 시작했다. 골목을 돌아 계단을 두 개씩 한꺼번에 뛰어올랐다.

이번 주는 중간고사 기간이라 승하가 화실에 오지 않겠다고 했기 때문에 연우는 오랜만에 만난 도예원 식구들과 술을 마셨다. 그날은 이상하게 술이 잘 넘어가서 평소의 주량을 넘어 그녀답지 않게 몸을 가누지 못할 만큼 취해 버렸다. 데려다 주겠다는 양진호를 기어이 뿌리치고 택시를 탔는데 도착하고 보니 아파트가 아니라 화실이었다. 한껏 취해서도 그림이 그리웠던 모양이다. 택시를 돌려 집으로 갈까 생각하다가 그냥 내렸다. 간만의 알코올 기운에 상상력이 무한대로 솟아오를 만큼 기분이 좋았다. 이대로 밤을 새며 그림을 그려도 좋을 듯했다. 화실에 들어와 윗도리를 막 벗던 중 노크 소리가 들렸다. 이 늦은 시간에 찾아올 사람은 없는데…… 양진호가 걱정되어 따라온 건가 생각했다.

"누구세요, 진호니?"

그러나 문밖에서는 아무 소리도 들리지 않았다. 잘못 들었나? 고개를 갸웃하며 돌아서려는데 다시 노크 소리가 들린다.

"누구세요?"

"저예요, 승하."

"승하!"

이 늦은 시간에 얘가 무슨 일일까? 놀라 문을 여니 정말 승하다.

"무슨 일이야?"

불빛 때문인지 연우의 얼굴이 빨개 보였다.

"지나다가 불이 켜져 있길래요."

"아…… 들어와! 잠깐 들어와!"

반갑게 손을 잡아당기는 연우의 표정이 전에 없이 기분 좋아 보였다. 안으로 들어오고 나서야 연우에게서 술 냄새가 풍기고 있다는 것을 알았다. 약간 붉어진 얼굴과 웃음이 지워지지 않고 있는 얼굴을 보니 제법 마신 모양이다.

"술 드셨어요?"

"응, 오랜만에 마셨더니 취하네. 택시를 탔는데 눈을 떠보니 화실이지 뭐야? 하하하…… 분명 집으로 가자고 한 것 같은데 말이야."

"아……."

"양진호라고, 친구 녀석이 도예원을 하는데 내가 찻잔 디자인을 하나 해준 게 있거든. 그게 잘 팔리나 봐, 대박이래. 하하하. 사실 그게 좀 튀는 디자인이었거든. 그런 거 있잖아, 왜? 물을 받아 마시고 싶은데 마시면 왠지 체할 것 같은 컵. 약간 거부감이 이는 그런 거야. 사람들의 머리 속에 각인된 컵의 모양이 절대 아니거든. 하하하……."

생각지도 않은 시간에 찾아온 승하가 왜 이렇게 반가운지 모르겠다. 꼭 승하가 보고 싶다는 생각으로 택시를 이쪽으로 몰아온 것처럼 반갑다. 묻지도 않은 컵의 모양까지 손으로 그려 보이며 연우는 술김에 수다를 늘어놓았다. 그리고 실없는 여자처럼 자꾸 웃었다. 두 달 가까이 들어왔던 말보다 더 많은 말을 한 시간 동안 다 쏟아내었다.

이렇게 풀어진 연우의 모습은 처음이다. 계단을 뛰어오르며 꽉 뭉쳐 있던 심장이 그제야 조금씩 풀어졌다. 종일 틀어지고 갈라져 있던 가슴에 물이 차 올랐다. 트고 갈라진 가문 논바닥에 물이 스미듯 가슴이 촉촉이 젖어들었다. 아무래도 이 '숲' 과 연우는 승하의 안식처임이 분명했다.

"그래서 술 드신 거예요?"

승하는 순하고 촉촉한 눈으로 연우를 내려다보며 물었다.

"어, 진호가 한 잔 샀거든. 그 구두쇠가 말이야."

그리고는 뭐가 그렇게 우스운지 허리를 꺾으며 까르륵 웃었다. 연우의 얼굴에 핀 붉은 웃음꽃을 보며 승하의 얼굴이 화르륵 달아올랐다.

그만 가야 할 것 같다. 이대로 있다간…….

"주무세요, 전 그만……."

"왜? 커피 한 잔 하고 가."

커피도 한 잔 하고, 얘기도 좀 더 나누고, 내가 택시 잡아줄게…….

그런 말들을 주절이며 싱크대로 가기 위해 몸을 돌리던 연우가 휘청 흔들렸다. 승하는 얼른 팔을 뻗어 연우를 붙잡았다.

"괜찮으세요?"

귓가를 스치는 승하의 입김이 유난히 뜨겁다 느끼며 연우는 다시 웃음을 터뜨렸다.

"아, 정말 취하긴 취했나 봐. 하하하…… 막 어지럽네?"

연우를 부축해 소파에 앉힌 승하는 주방으로 가 주전자에 물을 올렸다. 연우는 소파에 비스듬히 기댄 채 커다란 승하의 형상이 불빛에 번져 흔들리는 모습을 바라보았다. 이 순간 승하가 이곳에 있다는 것이 좋다. 승하와 얘기를 나누는 이 시간이 너무 좋다. 가슴이 뿌듯하게 차 오르는 느낌, 밀려드는 행복감, 약간의 두근거림까지…… 아무래도 술을 너무 많이 마신 것 같다.

"승하야."

"네."

승하는 커피를 타며 돌아보지 않은 채 대답만 했다.

"승하야……."

"네."

길게 여운을 남기는 목소리로 재차 부르자 승하가 고개를 돌렸다. 연우가 게슴츠레한 눈으로 승하를 바라보며 해죽 웃었다.

"커피 마시고 얘기 좀 더 하다가 가. 내가 택시 태워줄게, 응?"

"네."

"오래오래 있다가 가, 알았지?"

"그럴게요."

커피 잔을 들고 오니 연우는 이미 소파에 반쯤 누운 자세로 눈을 감고 있었다. 붉은빛이 돌던 얼굴도 다시 본연의 색으로 돌아와 하얀 얼굴에 분홍빛 입술이 도드라져 보였다. 승하는 그 입술을 만져 보고 싶었다. 그러나 그는 뻗어가던 손을 멈추었다. 지극히 절제된 그의 이성이 '하지 마!' 라고 말하는 것 같았다. 승하는 주먹을 아프게 그러쥐었다.

화실에 딸린 작은 방의 침대에 연우를 안아 뉘고 나온 시간은 새벽 세 시경이었다. 그는 텅 비어 적막한 도로를 바라보다가 쏜살같이 달려오는 택시를 향해 손을 들었다.

"서울역으로 가주세요."

그때까지도 그의 몸은 아프도록 경직되어 있었다. 두 시간이 넘도록 눈에 담고 있었던 연우의 잠든 얼굴이 눈앞에 아른거려 가슴은 터질 듯이 답답했고, 입을 열면 불덩어리라도 토해 버릴 것 같았다.

갑자기 엄마가 보고 싶어졌다. 남은 시험도 생각나지 않았다. 쓸데없이 찾아오지 말라던 그 소리가 자주자주 찾아오란 소리란 걸 알면서도 두 달이 넘도록 찾아가지 않았다. 엄마를 볼 때마다 끊임없이 솟아나는 애증(愛憎)의 감정 때문에 견딜 수가 없어서였다. 엄마의 삶은 견딜 수 없이 밉고, 견딜 수 없이 측은하다.

엄마는 아버지가 가정이 있는 남자인 줄 뻔히 알면서 왜 사랑을 했을까? 왜 그 가족에게 고통을 주고, 상처를 주고, 도망을 쳤을까?

날마다 술에 취해 사랑을 읊조리던 엄마는 밤이 되면 그 사랑을 조롱하기라도 하듯 남자를 안았다. 어린 승하로서는 도저히 이해할 수도 없었고, 받아들일 수도 없었던 엄마의 행동들, 승하는 그 행동들을 증오했다. 그러나 그 모든 것들이 무엇에서 비롯되었는지를 이제는 알 것 같다. 마음을 이토록 걷잡을 수 없는 것, 견딜 수 없이 아픈 것, 아니, 행복한 것…… 그 행복이 감당이 되지 않아 눈물이 쏟아져 버릴 것 같은 것, 이런 것들의 정체를 엄마는 알 것이다.

다음날, 화실에서 아침을 맞으며 연우는 몸도, 마음도 혼란스러웠다. 무언가 마음을 한바탕 휘저어놓은 느낌이다. 승하를 바라보며 충만했던 행복감과 두근거림이 또렷이 기억이 났다.

별…… 그러게 술은 절대 많이 마실 게 아니다.

시험이 끝나던 날 연우는 일찍부터 화실의 문을 열고 승하를 기다렸다. 어쩌면 승하가 시험을 마치자마자 달려올지도 모른다고 생각했다. 그러나 두 시가 넘어 문을 두드린 사람은 승하가 아니라 강명준이었다. 그는 다짜고짜 승하의 행방을 물었다. 승하가 시험도 팽개친 채 사라져 행방이 묘연하다는 것이다.

연우는 머리 속이 하얘졌다. 화실에서 밤을 새며 그림을 그리던 날, 반짝 빛나는 눈으로 다가와 '언젠가는 다시 도망칠 거예요'라며 혼자만의 비밀스런 계획을 속삭이던 승하의 얼굴이 떠올랐다.

정말 어디로 도망쳐 버린 것일까? 그럴 리 없는데…….

연우는 승하가 자신에게 한마디 말도 없이 어딘가로 가버릴 리가 없다고 생각했다. 비록 짧은 기간이었지만 그녀는 승하를 이해했고, 승하도 그녀를 이해했다. 어딘가로 도망칠 생각이었다면 누구보다 그녀에게 먼저 이야기를 했을 것이다.

"학교 주변은 찾아보셨어요? 혹시 친구한테라도……?"

강명준은 연우의 얘기가 채 끝나기도 전에 고개를 흔들었다.

"승하한테는 친구가 없어요."

"그럴 리가요?"

"제가 아는 한 단 한 명도……. 그리고 이미 찾아볼 만한 덴 다 찾아봤어요."

승하에게 친구가 단 한 명도 없었다는 말에 연우는 가슴이 콱 막혀 버리는 듯했다. 왜 그랬을까? 승하는 왜 그토록 서늘한 눈으로 사람들이 다가서는 것을 차단하다시피 했을까? 승하를 볼 때마다 느꼈던 통증 같은 저릿함이 다시 밀려왔다. 이걸 한동안 잊고 있었다. 아니, 느끼지 못했었다. 그 애의 얼굴에 웃음이 넘치고 있었기에.

두 손을 꽉 움켜쥔 채 초조하게 서성이는 연우를 강명준은 흥미로운 눈으로 바라보았다. 딱 자기 할 일만 하고 남의 일에는 관심조차 보일 것 같지 않던 차가운 여자가 익은 콩잎처럼 노란 얼굴이 되어 정신을 놓을 듯한 표정을 짓고 있는 것이 신기했다.

"승하 엄마가 계신 곳이 어디죠?"

"속초…… 아!"

그제야 강명준은 자신의 머리를 두드리며 고개를 끄덕였다. 다 찾아다녔으면서도 왜 엄마에게 갔을 거란 생각을 못했던 건지 모르겠다. 제 엄마에 대해서는 워낙 입을 열지 않던 녀석이라 그랬던 모양이다.

강명준이 뛰어나가고도 연우는 한동안 불안하게 서성거렸다.

만약 정말 승하가 어딘가로 도망을 친 거라면…….

연우는 강명준을 따라 속초로 달려가고픈 마음을 억누르며 주먹을 꽉 그러쥐었다. 하여간 여러모로 신경 쓰이게 하는 녀석이다.

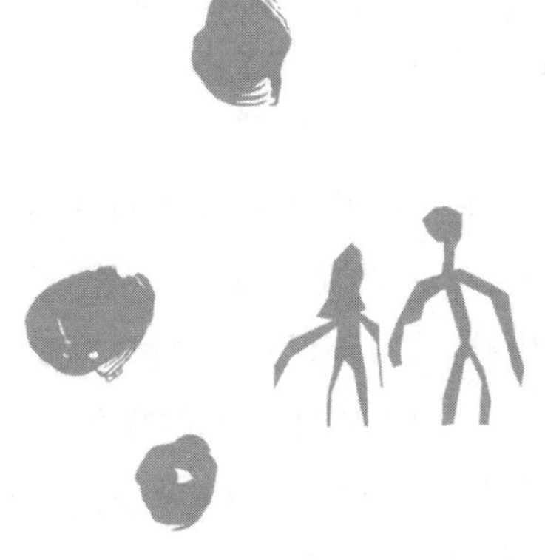

5.
소박하고 담백해

불안했던 몇 시간이 지나고 강명준으로부터 승하가 속초에 있다는 전화를 받고서야 마음이 조금 안정되었다.

그러고도 며칠이 지나도록 승하는 돌아오지 않았다. 승하가 화실에 오지 않은 며칠 사이 연우는 자신의 생활이 엉망으로 흐트러져 버렸다는 생각이 들었다. 그림은 단 1%의 진전도 없었고, 생각은 늘 오후 다섯 시에 집중되어 있었다. 창밖을 내다볼 때면 버스 정류장에서 우르르 내리는 사람들 속에서 자꾸 승하의 형상이 스쳤다. 커피를 마실 때도, 그림을 들여다볼 때도 빙글 의자를 돌리며 그녀를 훔쳐보던 승하의 눈이 따라다녔다. 따갑게 얼굴을 스치던 그의 눈이 떠오를 때면 자신도 모르게 가슴

이 움찔할 때도 있다. 지금 그녀의 솔직한 마음을 표현한다
면…… 승하가 그립다, 몹시도.

　엄마는 조금도 변함이 없었다. 의사 몰래 요양원 화단에 술병
을 숨겨놓고, 담배를 숨겨놓았다. 그녀는 무슨 첩보 놀이를 하
듯 승하를 몰래 데리고 나와 자랑스럽게 그것들을 꺼내어 한 모
금씩, 한 개비씩 즐기곤 했다. 그것이 엄마의 목숨을 야금야금
갉아먹고 있다는 것을 알면서도 승하는 말리지 않았다. 이제껏
살면서 지금의 엄마 얼굴이 가장 행복하고 평화로워 보이기 때
문이었다.
　"몸은 괜찮아? 안 아파?"
　술을 한 모금 달게 마시던 엄마가 동그란 눈으로 승하를 살피
더니 이렇게 되물었다.
　"너 어디 아파?"
　가끔 요양원에 오더라도 눈 한 번 마주쳐 주지 않았고 말 한
마디 건네지 않은 채 멀뚱히 앉아 있다가 가버리곤 하던 승하가
자신에게 말을 거는 것이 신기한 모양이었다. 게다가 따뜻하기
까지 한 말을. 그런 엄마의 표정을 보며 승하는 다시 피식 웃었
다.
　"점점?"
　동그란 눈을 코앞에까지 가져와 들여다보는 엄마의 행동은
꼭 어린애 같다. 좀처럼 보기 힘든 승하의 밝은 얼굴을 신기한

듯 살피던 그녀는 향나무 가지 사이로 손을 뻗어 숨겨놓은 담배 한 개비를 꺼내어 불을 붙여 길게 한 모금 빨더니 승하의 얼굴에 장난스럽게 연기를 훅 내뿜었다. 승하가 얼굴을 찡그리자 그녀는 어린애처럼 까르륵 웃어젖혔다. 아무런 걱정도 없고 가식도 없는 그 웃음에 승하는 조금 어이가 없었다.

"뭐가 그렇게 우스워?"

"엄마 미워하는 것도 이젠 재미없는 거야? 오늘은 네 녀석 눈이 왠지 나를 안 미워하는 것 같아 보여서 기분 좋다."

다시 담배 연기를 승하의 얼굴로 훅 내뱉으며 깔깔 웃는 엄마의 모습이 어이없어서 결국 승하도 웃고 말았다. 갑작스럽게 찾아온 승하에게 엄마는 아무것도 묻지 않았다. 늘 있어왔던, 아무것도 아닌 일처럼 공부에 대해서도, 그림에 대해서도 아무 관심이 없는 듯 묻지 않았다. 그리고 학교는 어쩌고 왔는지조차 묻지 않았다. 그녀는 무료한 일상에 찾아온 행운처럼 승하와의 시간을 즐기려는 듯했다. 엄마는 승하의 어깨에 팔을 걸친 채 비밀스런 이야기를 들려주듯 승하의 귀에 속살거렸다.

"키만 조금 작으면 네 아버지랑 쏙 빼닮았어."

이마를 덮은 머리칼을 쓸어 넘겨주는 그녀의 손길이 애틋했다. 애벌레처럼 고물거리던 녀석이 참 많이도 컸다. 이꼴저꼴 별꼴을 다 보여주면서 키웠는데 승하의 눈은 언제나 순결했다.

"아버지, 얼마나 사랑했어?"

갑작스런 물음에 그녀는 승하가 어느 아버지를 두고 하는 말인지 잠깐 생각했다. 그리고 이내 대답했다.

"죽을 만큼……."

죽을 만큼 함께 살고 싶어서 그의 가정이 깨져 버리기를 바랐다. 그래서 시도 때도 없이 전화를 걸어 그 부인을 괴롭혔고, 결국 이태일은 매몰차게 돌아서 버렸다. 그녀는 혼자서 승하를 낳았고, 간간이 들르는 이태일에게 복수하듯 몸을 팔았다. 얼마나 어리석었던가! 자신의 삶을 돌아보면 승하가 이렇게 온전한 것이 기적 같을 뿐이다. 그 기적을 만들어준 사람이 바로 늙은 석공이었다.

"좋은 사람이었어."

엄마는 승하의 어깨를 당겨 안으며 다시 그렇게 중얼거렸다. 앞서 말한 죽을 만큼은 친아버지를 두고 한 말일 것이고, 뒤의 좋은 사람이란 석공 아버지를 두고 한 말일 것이다. 화장기 하나 없는 엄마의 얼굴은 수명을 다해가는 물건처럼 낡아 보였다. 정말 오랜만에 엄마의 얼굴을 찬찬히 훑어보던 승하는 다시 물었다.

"후회 안 해?"

엄마는 필터만 남은 담배꽁초를 다시 한 모금 빨아들이더니 아쉬운 눈으로 들여다보다 발 아래로 던져 비벼 껐다. 그리고 오래오래 말이 없었다. 승하는 엄마의 입에서 후회한다는 말이 나올까 봐 더럭 겁이 났다. 아무리 힘든 삶이었었어도 엄마가 사랑 때문에 행복했었다는 말을 해주었으면 좋겠다. 사랑이란 그런 것이어야 하니까.

드디어 엄마의 입이 떨어졌다.

"후회해."

"후회해?"

후회한다는 엄마의 말에 승하는 실망한 표정을 지었다. 그런 승하의 표정을 유심히 살피던 엄마는 무엇이 재미난지 갑자기 키득키득 웃기 시작했다. 엄마는 정말 애 같다. 승하는 나직이 한숨을 지었다. 그렇게 한참을 웃던 그녀는 심각한 얼굴로 바라보고 있는 승하의 머리칼을 손바닥으로 헝클었다. 그리고는 양손으로 승하의 얼굴을 감싸고 아기를 들여다보듯 승하의 눈을 들여다보았다.

"갑자기 왜 이런 질문을 해? 혹시…… 사랑에 빠진 거니?"

감당할 수 없는 그 마음을 콕 집어 올리는 엄마의 질문에 승하는 눈물이 날 것 같았다. 사랑을 하는 것 같은데 무엇을 어떻게 해야 할지 모르겠다. 그곳을 떠나온 내내 그녀 생각으로 숨을 쉴 수가 없다.

"……그런 것 같아."

갈라진 목소리로 힘겹게 그 말을 하는 승하의 눈은 첫사랑의 두려움과 전율에 떨고 있었다. 그녀는 안타까운 손길로 승하의 볼을 쓸었다.

그래서 새벽같이 찾아왔구나. 내 아기…… 벌써 그럴 나이가 되었니? 아! 그러고 보니 스물하나네? 내가 널 낳았던 그 나이.

감당할 수 없는 마음뿐, 욕심뿐 아무것도 생각하지 못했고, 보이지도 않았었다. 사랑은 그렇게 하는 게 아니었는데…….

볼을 쓰다듬던 그녀는 승하를 가만 안고 등을 다독였다. 그녀는 아들이 사랑하는 사람이 누군지, 뭘 하는 사람인지, 어떻게 생겼는지, 나이는 몇 살인지 아무것도 묻지 않았다. 기댈 곳이 필요하고, 의논할 사람이 필요한 순간 승하가 자신을 떠올려 찾아왔다는 것이 그저 고맙고 고마울 따름이다. 승하를 안아 다독이며 그녀는 무슨 말인가 해주고 싶었지만 아무 말도 떠오르지 않았다. 사랑에 눈이 멀어버린 순간에는 어떤 조언도 필요없다. 그녀의 경우엔 그랬다. 후회없이 사랑하고, 사랑하고, 또 사랑하는 것만이 중요했다. 하지만 그녀는 그러지를 못했다. 채우지 못한 사랑에 급급해 주지 못한 사랑이 너무 많았다. 나중에는 그것이 온통 상처가 되어 그녀를 괴롭혔었다.

이런 생각들을 멋지게 포장해서 들려주고 싶은데 배운 것이 없으니 말도 잘 못하겠다. 순간 그녀는 자신의 무식함이 속상했다. 한참을 생각하던 그녀는 드디어 한마디가 생각난 듯 승하의 귀에 속삭였다.

"축하해."

그 소리에 승하는 엄마의 어깨에 고개를 묻고 풋, 웃음을 터뜨렸다. 정말 엄마다운 말이다. 고3 입시생 자식이—그것도 이 년이나 늦은—사랑에 빠졌다고 하는데 축하한다고 말할 엄마가 과연 몇이나 될까?

"그래도 대학은 가야 해!"

엄마는 진지한 눈으로 그 말을 잊지 않고 했다. 그녀에게 있어 대학은 마치 삶의 한 경계선인 것처럼 느껴졌다. 이쪽과 저쪽의 경계선, 그녀가 늘 동경하던 그 경계선 너머의 세상으로 들어가는 길을 마치 대학이라는 이름이 만들어주기라도 하는 듯. 승하는 엄마의 맹목적이고 단순한 그 소망을 들어주기로 했다. 그래서 고개를 끄덕였다.

"알았어."

엄마의 입가에 다시 아이 같은 웃음이 번졌다. 그리고 호기심 가득 반짝이는 눈으로 승하를 들여다보았다.

"예뻐?"

"소박하고 담백해."

그녀는 여자가 소박하고 담백하다는 것이 어떤 것인지 그 의미를 잠깐 생각했다. 화려하게 핀 장미꽃은 아닌 모양이다. 여자는 장미꽃처럼 활짝 펴야 예쁜데…… 화려하지 않다는 것이 좀 마음에 들지 않지만 그래도 뭐 나름대로 좋은 뜻 같다. 한껏 기분이 좋아진 그녀는 다시 잎이 무성한 개나리나무 사이로 손을 넣어 술병을 꺼내더니 홀짝 한 모금 마셨다.

"보고 싶다."

"나중에."

정말 나중에 연우를 엄마에게 보여줄 수 있을까? 그때까지 엄마가 기다려 줄까?

순간 승하의 얼굴이 어두워졌다. 엄마에게서는 방금 전 홀짝 마신 술 냄새가 풍겨왔다. 너무나 익숙한 엄마의 냄새다.

"기다려, 내가 그 여자 데려올 때까지…… 기다려."

발끝을 내려다보며 낮게 읊조리는 승하의 말에 그녀는 시큰해지는 코끝을 문지르며 다시 승하의 머리칼을 흩트렸다.

아이처럼 매달리며 행복해하는 엄마를 두고 쉽게 돌아설 수가 없어서 이틀이나 더 그곳에 있었다.

수요일 아침, 눈을 뜬 그녀는 정신이 한층 맑아졌다. 승하는 환자용 침대 아래의 간이침대에 쪼그리고 잠이 들어 있었다. 해준 것이 아무것도 없는데 그래도 엄마라고 찾아오는 것이 고맙다. 자신의 병을 알고 늙은 석공에게서 빼앗듯이 승하를 데려오며 그에게 미안했지만 그것이 승하를 위한 길이라고 생각했다. 자신이 존재하지 않는 세상에 승하를 혼자 두고 떠날 수는 없었다. 싫어도, 힘들어도 승하가 이태일의 곁에서 잘 견뎌주기를 바란다. 그래도 그는 아버지니까 승하를 지켜줄 것이다.

아침에 눈을 뜨니 엄마는 다시 온통 붉은색으로 화장을 하고 있었다. 그리고 그제야 승하가 이곳에 온 지 일주일이나 지났다는 것을 알았다는 듯 폴짝 뛰며 눈을 흘겼다.

"학교를 일주일씩이나 빠졌네? 미친놈! 빨리 돌아가!"

"알았어."

옷을 차려입고도 일어나지 않는 승하에게 그녀는 다시 다그쳤다.

"응? 얼른 일어나!"

얼른 일어나라고 다그치면서도 옷자락을 붙잡듯 늘어지는 엄마의 눈빛이 안쓰러워 쉽게 일어날 수가 없었다. 이젠 정말 엄마를 그만 미워하게 될지도 모르겠다.

"알았어, 점심 먹고 갈게."

윤재에게 전화가 걸려온 것은 정말 의외였다. 성격으로 보아 그는 영원히 서연우 앞에는 나타나지 못할 사람이었다. 소심하고, 양심적이고, 착한 사람이었으니. 그런데 다소 긴장되고 조심스러운 목소리로 전화를 받는 연우에 비해 윤재의 목소리는 의외로 아무렇지가 않다.

[돌아오자마자 회사 일을 맡게 되어서 좀 바빴어. 잘 지냈지?]

"어? 으응."

[나 오늘 그쪽으로 갈 일 있는데 네 화실 한번 들여다봐도 돼?]

마치 잠깐 여행을 다녀온 사람처럼 가볍기 그지없는 목소리다. 그것이 연우의 마음까지 가볍게 만들었다. 뭐, 원수 같은 사이도 아니고 거절할 빌미도 없다.

"그래…… 와."

약간 나른한 느낌으로 앉아 있던 오후, 노크 소리에 승하인가 생각하며 벌컥 문을 여니 커다란 꽃바구니를 든 윤재가 서 있었다. 연우는 그제야 아침에 걸려왔던 전화를 떠올렸다.

"안녕?"

여전히 귀티 나고 따듯한 얼굴, 따듯한 목소리다. 연우는 자신도 모르게 엷은 미소를 지었다. 그를 마주하고 서 있는 마음이 이렇게 가벼울 줄 몰랐다. 조윤재의 그림자는 자신도 모르는 사이 이미 마음에서 바래 버린 모양이었다. 문을 열고 잠깐 머뭇거리는 사이 윤재는 고개를 뻗어 화실 안을 살폈다.

"깔끔하네?"

"어? 응…… 들어와."

연우를 따라 화실로 들어온 윤재는 화실을 구석구석 살피더니 그제야 들고 온 꽃바구니를 내밀었다. 좁은 화실에 무안할 만큼 큰 꽃바구니다. 이 큰 걸 어디 두어야 할지조차 난감하다.

"생각보다 좁네?"

"작업공간으로 마련한 거라…… 그리고 그림 그리는 데는 이 정도면 충분해."

"넌 더 예뻐진 것 같다."

"오빠는 살이 좀 붙었나? 훨씬 좋아 보여."

"그래?"

살 붙은 자신의 얼굴을 확인하듯 얼른 손으로 볼을 쓰다듬는 윤재의 얼굴이 왠지 쓸쓸해 보였다.

"앉아. 차 한 잔 해. 근데 녹차가 없는데 어쩌지?"

"그냥 커피 줘."

싱긋 웃으며 그렇게 말한 윤재의 눈길이 그림으로 향했다. 연우의 그림들은 여전히 화려하지 않다. 소박하고 담백한, 그래서 그녀만의 독특한 맛이 제대로 느껴지는 그림들이다. 연우는 화려한 배경을 가지고도 그것과는 거리가 먼 삶을 살아가는 여자다. 그것이 자신이 연우를 사랑했던 이유 같다. 화려한 꽃들보다 작은 풀꽃들에 넋을 놓아버리던 어리고 순결했던 연우……윤재는 커피를 타고 있는 연우를 아련한 눈으로 바라보았다.

대학을 졸업하고 유학을 준비하고 있던 무렵, 아버지의 사업은 날로 기울어져 부도 직전에 놓여 있었다. 그때 손을 뻗어준 사람이 사채업자 민병두였다. 그는 그 대가로 대한민국 최고학부를 나와 유학을 준비 중인 수재로 소문난 윤재를 원했다.

집안의 운명이 자신의 마음 결정 한 번에 달려 있다는 것을 알았을 때, 마음이 아팠지만 민세린과 결혼하는 것을 주저하지는 않았다. 연우를 사랑했지만 집안의 운명을 내팽개칠 수는 없었고, 자신이 떠난다고 해서 크게 상처받을 연우도 아니라고 생각했다. 연우에게는 그림이 있으니까 잘 이겨 나갈 거라고 생각했다. 입으로는 사랑한다고 하지만 연우는 자신에게 늘 보이지 않는 벽을 두르고 있는 여자였다. 그 벽 속에 숨어서 가끔씩 그를 내다보고 있는 느낌, 그래서 늘 목마른 사랑을 할 수밖에 없는 여자였다. 그것에 약간은 지쳐 있었다는 것이 그가 그런 결정을 내리는데 한몫했다는 것도 핑계라면 핑계랄까?

커피, 프리마, 설탕을 넣고 물을 붓는다. 그리고 버릇처럼 소금을 한 톨 넣으려고 손을 뻗던 연우는 문득 멈추어 버렸다. 승하의 다방커피에 입맛이 들어버린 모양이다. 자신의 커피 잔에 소금을 넣고 윤재의 잔에는 넣지 않았다. 이게 무슨 심리인지 모르겠다. 무슨 심술도 아니고 그냥 다른 사람에게는 가르쳐 주고 싶지 않은 비밀 같은 그런, 혼자만 알고 싶은 그런 맛? 연우는 소리없이 웃음을 흘리며 찻잔을 들고 왔다.

"그림이 여전해. 따뜻하고, 소박하고."

"그게 내 약점이기도 하잖아. 화려하지 않아서 한눈에 들어오지 않는다는 거."

"그래도 다시 보고 싶어지잖아. 네 그림은 그래. 한 번, 두 번, 보면 볼수록 깊이 빠져들어."

오랜만에 들어보는 칭찬이다. 예전에도 윤재는 연우의 그림을 참 잘 이해해 주었었다.

"근데 여긴 어떻게 알았어?"

그가 이 화실의 위치를 어떻게 알았는지 모르겠다. 이곳은 친한 친구 몇과 가족들만 아는데?

"어…… 강우 형."

"강우 오빠?"

후, 연우는 입속에서 낮은 한숨을 내쉬었다.

오빠는 도대체 무슨 마음으로 여길 가르쳐 준 걸까? 아직도 내가 윤재 오빠를 잊지 못하고 있다고 생각하는 건가?

연우는 그럴지도 모른다고 생각했다. 아니라고 하는데 왜 다

들 믿지 못하는 건지 답답하다. 윤재에게 그녀가 느끼는 감정이
란 첫사랑의 아련함, 집을 나와 한참 고생하고 있을 때 그가 보
여주었던 따듯함에 대한 고마움, 그것 외엔 아무것도 없다. 가
끔은 생각한다.

내가 정말 조윤재를 사랑했을까?

그 질문에는 늘 고개가 갸웃해진다.

"여기서 매일 이렇게 그림만 그려?"

"응, 거의 매일."

"지겹지 않아?"

"그럭저럭…… 견딜 만해."

연우는 심드렁하게 대답했다. 그림쟁이더러 그림 그리는 것
이 지겹지 않냐고 묻는 데는 딱히 대답할 말이 없다.

"아, 작년에 뉴욕에서 네 그림 봤어."

윤재는 문득 생각난 듯 마시던 커피를 내려놓으며 말했다.

"뉴욕에서?"

"한국에서 잠깐 생활했던 미국 친구였는데 그 친구 집에 네
그림이 걸려 있어서 굉장히 반가웠어."

"아……."

"곰배령 야생화 그림."

"곰배령 야생화 그림?"

그 그림을 그렸을 시기면 막 대학을 졸업하고 신인작가로 이
름이 알려지기 시작하던 시기였다. 의욕이 넘쳐 다작을 하던 시

기라 무슨 그림들을 그렸었는지 기억이 다 나지 않는다.

윤재는 곰배령에서 너른 산자락에 피어난 순결하고 여린 야생화들에 파묻혀 있던 연우를 떠올리며 다시 아련한 눈빛이 되어 말했다.

"거긴 꼭 다시 한 번 가보고 싶은 곳이야."

"정말……."

연우도 아련한 눈빛으로 맞장구를 쳤다. 정말 그곳에는 다시 한 번 가보고 싶다. 막내오빠 정우와 윤재, 그리고 연우. 이렇게 셋이서 떠났던 여행이었다. 숲이 짙을수록 물소리가 더욱 또렷이 들리던 그 맑은 계곡과 군락을 이룬 조팝나무들, 키 작은 꼬마장군, 박새풀. 그리고 고갯마루에 오르면 수천 평의 초지 위에 융단처럼 깔려 있던 야생화들. 피나물꽃, 미나리아재비, 달맞이꽃, 둥근이질풀…….

금방이라도 달려나갈 듯 아련해지는 연우의 눈을 보며 윤재의 입가에 미소가 지어졌다.

"언제든 가고 싶음 말해. 같이 가자."

순간 꿈에서 깨듯 연우의 눈이 차갑게 굳었다.

"왜?"

그제야 연우는 약간 경계하는 눈빛으로 그를 살폈다. 윤재가 이렇게 불쑥 찾아온 의도가 뭔지 몹시 궁금해졌다.

"왜는 무슨. 우리 둘 다 거기 가고 싶어하니까 그렇지. 말만 해, 내가 팀을 만들어볼 테니까. 이쪽 친구들 싫으면 그림 그리는 친구들이랑 가도 좋고.”

그는 정말 아무렇지도 않은 듯 편한 얼굴이었다. 오히려 연우의 반응이 과민해 보일 정도다. 그는 따듯한 눈으로 연우를 바라보며 말했다.

“널 정말 오래오래 아껴주고 사랑하고 싶었어. 하지만 그럴 수 없었던 건 운명이 아니었을까 생각해. 다시 그때로 돌아갈 순 없겠지. 그렇지만 널 이렇게 가끔 들여다보고 걱정해 주는 친구처럼, 오빠처럼 그렇게 지내고 싶은 욕심은 있어. 우리…… 예전에는 정말 말이 잘 통하는 오누이 같았잖아, 정우가 샘을 낼 만큼 말이야. 안 될까?”

윤재의 목소리는 예전에 그녀가 좋아했던 그를 다시 보는 듯 진지하고 따듯했다.

그래, 처음엔 정우 오빠가 샘을 낼 만큼 절친한 오빠, 동생 사이였었지. 그때의 윤재가 좋았었는데…….

그의 따듯하고 편한 얼굴을 대하고 있자니 정말 그때처럼 지내도 거리낄 것이 없을 것 같았다. 약간의 질척거림이 느껴지긴 하지만 그런 제의를 거부할 만큼은 아니다. 연우의 입가에 미소가 지어졌다.

“좋아.”

연우의 입에서 그 소리가 나오기 무섭게 윤재의 손이 앞으로 불쑥 나왔다. 그 손을 한참 바라보던 연우는 다시 미소를 지으며 가볍게 잡아 흔들었다. 화실 문이 벌컥 열린 것은 그 순간이었다. 돌아보니 상기된 얼굴의 승하가 숨을 헐떡이며 서 있었다.

그의 눈은 연우가 잡고 있는 윤재의 손에 내리꽂힌 채 목계강의 빠른 물살처럼 새파랗게 흔들렸다. 차갑고 촉촉하던 그녀의 작은 손이 단정한 귀공자풍의 남자의 손 안에 들어 있는 것을 보는 순간 승하는 가슴에서 화륵 불이 일어 현기증이 날 것 같았다.

"어떻게 된 거야!"

연우는 악수하던 손을 놓으며 벌떡 일어나 승하에게 다가갔다. 화가 난 듯 소리를 높였지만 반가움이 먼저 묻어나는 목소리였다. 그러나 승하의 눈은 다가오는 연우보다 여전히 윤재를 향해 새파랗게 흔들리고 있었다.

윤재는 갑작스럽게 들어선 커다란 남자를 의아한 눈으로 바라보다가 그 눈에서 뿜어져 나오는 서늘하고 차가운 기운에 몸을 움찔했다. 그에게로 다가가는 연우의 몸짓은 바람처럼 재빨랐다. 잠시 후 다시 연우의 화난 목소리가 들렸다.

"도대체 어떻게 된 거야?"

"며칠 속초에……."

커다란 남자에게서 들리는 목소리는 바람이 섞인 듯 건조하고 약간 떨리는 것 같기도 했다. 연우가 다가가자 새파랗던 그의 눈이 이내 순하게 변하는가 싶더니 연우의 얼굴에 내리꽂힐 듯 박혔다. 다시 무어라 소리라도 칠 것 같던 연우에게서는 더 이상 아무 소리도 들리지 않았다. 그리고 어느새 연우의 눈도 그의 얼굴에 박혀 묘한 그림을 연출했다. 그 모습을 지켜보던 윤재는 자신도 모르게 잠깐 호흡을 멈추었다.

뭐라 꼭 집어 말할 수는 없지만 묘한 분위기다. 그곳은 자신이 있어서는 안 될 것 같은 낯선 사람들의 낯선 공간이었고, 눈앞에 보이는 여자는 자신이 알던 서연우가 아닌 것 같았다. 짧은 정적의 시간 동안 윤재의 존재는 섬처럼 붕 떠버렸다. 윤재는 헛기침을 두어 번 하며 그들 곁으로 다가갔다. 그제야 윤재의 존재를 느꼈는지 고개를 돌린 승하의 눈이 다시 번쩍 떠졌다. 새파란 불똥이 튀며 적의가 뿜어져 나오는 눈에 윤재는 우뚝 걸음을 멈추어 버렸다. 자신보다 한 뼘은 커 보이는 키에 비쩍 마른 몸인데 가까이 다가가 보니 아직 어려 보였다.

"누구야?"

"어, 내가 가르치는 입시생."

간단하게 대답하고는 그녀의 눈길은 다시 승하에게로 향했다. 입시생? 고등학생으로 보기에는 다소 조숙해 보인다. 게다가 학생으로 보기에는 길어 보이는 저 머린…… 윤재의 인상이 저도 모르게 찌푸려졌다.

"학원은 접은 걸로 아는데?"

학원도 아닌데서 왜 입시생을 가르치느냐는 물음이었다. 그러나 연우는 그 물음에는 대답도 하지 않은 채 시계를 들여다보며 퉁명스럽게 말했다.

"수업 시작해야 하는 시간이거든?"

그만 나가달라는 말이었다. 방금 전, 악수를 나누며 보여주었던 미소는 온데간데없이 윤재를 바라보는 연우의 눈은 건조했다.

연우는 자신이 왜 승하를 가르치고 있는지에 대해 설명하고 싶지도 않고, 필요도 느끼지 않았다. 지금은 그저 윤재가 얼른 이 화실을 나가주었으면 하는 생각뿐이다. 갑자기 그의 존재가 견딜 수 없이 성가셔졌다.

무어라 긴 인사를 남기며 나가는 윤재를 따라간 연우는 그가 화실을 나가자마자 '쾅' 하고 문을 닫았다. 돌아서는 연우의 얼굴은 잔뜩 굳어 있었다.

"너 뭐 하는 녀석이야?"

정말 단단히 화가 난 듯하다. 승하는 아무 말도 못한 채 연우를 내려다보았다. 화장기 없는 말간 얼굴이 그리운 부론처럼 다가와 승하의 눈앞을 흐리게 했다. 며칠의 그리움이 한꺼번에 터질 듯 밀려올라 와 명치끝이 아팠다.

"이런 식으로 맘대로 행동하려면……!"

그러나 연우의 차가운 목소리는 거기에서 멈추어 버렸다. 새파랗던 승하의 눈에 보일 듯 말 듯 물기가 어려 있었다. 무언가 일렁…… 흔들렸다. 뭐지? 연우의 눈이 가까이 다가오자 승하는 얼른 눈을 깜박이며 입을 열었다.

"속초에…… 엄마가 있어요. 요양원에요."

"알아. 강명준 씨한테 들었어."

"명준이 형한테요? 형 만났어요?"

"찾아왔었어. 지난 주 수요일 너 사라졌다고 정신이 하나도 없는 얼굴로 찾아왔더라. 나도 그때서야 네가 없어졌다는 걸 알았고."

"풋, 밥줄 떨어질까 봐 어지간히 겁이 났던 모양이네?"

주먹으로 입을 가리고 키득 웃는 승하의 모습에 연우는 화가 났다. 말없이 사라져 버린 저 때문에 강명준이 얼마나 혼이 빠진 얼굴로 찾아다녔었는지—그건 사실 그녀가 신경 쓸 일이 아니지만—어쨌든 승하는 저렇게 키득 웃어서는 안 된다. 지난주 수요일부터 꼬박 일주일 동안 그녀는 아무것도 하지 못했다. 내내 창가에만 서 있었다. 그런데 저 녀석은 여전히 장난스럽다.

"이유없이 그림수업을 빠진다거나 그러지 않기로 했잖아! 그 약속 잊었어?"

연우에게서 발끈하는 목소리가 들려오자 승하는 그제야 웃음을 멈추고 고개를 들었다. 그녀는 승하가 말없이 화실에 오지 않은 것만이 화가 난다는 듯 물기 하나 없는 건조한 표정이었다. 승하는 그저 말없이 그녀를 내려다볼 수밖에 없었다. 가슴이 꽉 막히도록 막막한 이 그리움은 무엇 때문인지…… 무슨 이야기부터 시작해야 할지 모르겠다.

"갑자기 누구와 의논할 일이 생겼는데 문득 엄마가 떠올랐어요. 엄마는 뭘 의논할 만한 사람이 못 되는데. 우리 엄마 보셨죠? 산만하고, 대화도 잘 안 통하고, 나이가 마흔두 살인데 얘기해 보면 꼭 열다섯 먹은 애 같아요. 근데도 왜 그 순간에 엄마가 떠올랐는지 저도 모르겠어요. 그냥 무작정 엄마에게 가면 뭐든 답이 보일 것 같아서 갔어요."

차근차근 설명을 듣다 보니 마음이 조금씩 누그러졌다. 무작정 엄마를 찾아갈 정도로 승하를 고민에 빠뜨린 일이 뭘까? 조금 걱정도 되고, 승하 엄마의 나이가 겨우 마흔둘이라는 것이 조금 놀랍기도 하다. 오십은 족히 된 줄 알았었다.

"그래서, 답을 찾았어?"

엄마는 아무 답을 주지 않았다. 사랑을 후회한다고 하면서 사랑에 빠졌다는 승하에게는 축하한다고 했다. 엄마에게는 두 말이 다 답이었을 것이다. 그러나 승하는 축하한다는 말만 가슴에 담아왔다. 후회할 일은 결코 만들지 않을 것이므로. 승하는 단호하고 확신에 찬 목소리로 대답했다.

"네, 찾았어요."

"그래? 다행이네. 그래도 아무 말 없이 사라져 버렸던 건 잘못한 거야."

"네, 잘못했어요. 다시는 안 그럴게요."

승하는 착한 눈으로 연우를 내려다보며 잘못했다고 말했다. 착하고 부드러운 그 얼굴에서 맑은 바람이 부는 듯했다. 순간 연우는 생각했다. 자신이 일주일 내내 그리워했던 것이 바로 이 느낌이라고, 이 맑은 느낌. 화실 '숲' 에 커다란 나무 한 그루가 성큼 걸어 들어왔다.

그제야 연우는 일상의 평화를 되찾은 듯 입가에 미소가 지어졌다.

"어머니는 어디가 편찮으신 거야?"

마흔둘이면 아직 젊은 나인데 무슨 병으로 요양원에 있을까?

그러나 승하는 그 질문에 대해서는 대답하지 않은 채 연우의 얼굴을 따갑게 훑어 내렸다. 또 시작이다, 이 녀석의 장난기!

이마를 스쳐 내려온 승하의 눈이 천천히 얼굴을 한 바퀴 돌더니 다시 그녀와 눈을 마주쳤다. 장난이라 생각하면서도 그 눈길의 따가움을 견딜 수가 없다. 난감할 정도의 따가운 시선에 연우의 얼굴이 붉어졌다.

"왜 관찰해?"

새삼스럽게 왜 자신을 관찰하느냐는 연우의 물음에 승하의 입가에 보일 듯 말 듯 미소가 지어지더니 의외의 말이 툭 튀어나왔다.

"보고 싶었어요."

따듯한 시선이 다시 한 번 연우의 얼굴을 찬찬히 살폈다. 지금껏 보아온 승하의 얼굴 중 가장 진지한, 그래서 조금은 낯선 느낌이지만 그 마음만은 오롯이 전해졌다. 승하가 정말 자신을 많이 보고 싶어했다는 것을.

마찬가지로……

연우는 입 안에 맴도는 그 말을 꿀꺽 삼켰다. 그리고 승하의 말을 가볍게 받아넘기려 짐짓 목소리를 높였다.

"나도 보고 싶었어. 함께 그림 그리는 데 길들여졌나 봐? 나 혼자 심심해서 혼났잖아!"

돌아선 연우는 윤재가 겨우 한 모금만 마시고 놓아둔 다 식은 커피를 싱크대에 쏟아 부었다.

"누구예요?"

다시 커피를 끓이기 위해 물을 올리는 연우를 보며 승하가 물었다.

돌아보니 승하의 눈이 탁자 옆에 놓인 커다란 꽃바구니를 향해 있었다. 이 작은 화실이랑 담백한 서연우랑 참 안 어울린다 생각하며 꽃바구니를 바라보는 승하의 턱이 네모나게 각이 졌다. 꼭 무슨 전시회 입구에서나 봤음직한 커다란 꽃바구니가 승하는 유머러스하다고 생각했다. 도대체 서연우의 어디를 보고 저따위 웃기는 꽃바구니를 들고 왔을까? 그녀는 결코 저런 류의 화려한 꽃과 어울리는 여자가 아니다.

승하는 심술이 잔뜩 난 얼굴로 꽃바구니를 노려보았다. 연우는 손으로 꽃을 쓸어보다가 가볍게 대답했다.

"우리 작은오빠 친구."

"아……."

그 소리에 네모로 각이 져 있던 승하의 턱이 부드럽게 풀렸다.

"그리고…… 나 버리고 떠났던 첫사랑."

그 말을 하며 연우는 푸훗, 웃음을 흘렸다. 자신의 입으로 말하는 첫사랑이란 단어가 색 바랜 낡은 그림을 보는 듯 아무 감흥이 없어서 약간 슬펐다.

허리를 움찔하며 웃음을 흘리는 연우를 바라보는 승하의 눈이 다시 새파랗게 흔들렸다. 풀렸던 턱이 각이 지며 이 사이로 빠득 소리라도 나올 것 같다.

"근데 왜……?"

왜 다시 찾아왔느냐고 묻는 승하의 목소리가 약간 격해진 것을 느끼며 연우는 웃음을 멈추고 가볍게 대답했다.

"친구 하재."

약간은 쓸쓸한, 그리고 장난기 어린 웃음이 연우의 얼굴에 그려졌다. '그때 왜 사고가 났었냐면 실연을 당했거든' 이라며 가볍게 툭 내뱉던 그 말처럼 '친구 하재' 란 말도 참 가볍게 들렸다.

"그래서 그러기로 하셨어요?"

"응."

"실은 그다지 내키지 않으시잖아요."

"그렇게 보여?"

승하는 연우의 눈을 바라보며 고개를 끄덕끄덕했다. 실은 좀 그렇긴 하다. 친구처럼 지내자는 윤재의 손을 아무렇지도 않은 척, 다 잊은 척 가볍게 잡았지만 기분이 그다지 좋은 건 아니다. 좀 화도 나고, 더 솔직히 말하자면…… 상큼하지 못하게 질척거리는 것 같아서 싫다. 그런 속내를 승하에게 딱 들켜 버린 모양이다.

하여튼 이 녀석, 예민한 건 알아줘야 한다.

연우는 예민한 시선으로 자신을 관찰하고 있는 승하를 흘겨보았다.

이렇게 속속들이 날 관찰하는 녀석이 말 한마디 없이 사라져?

연우는 다시 부아가 난 얼굴로 승하에게 손을 불쑥 내밀었다.

"네 핸드폰 줘봐."

승하가 호주머니에서 핸드폰을 꺼내어 주자 그녀는 자신의 번호를 꼭꼭 눌러 저장을 하며 중얼거렸다.

"다음부턴 어딜 가든 꼭 연락해."

"걱정하셨어요?"

묻는 승하의 눈가에 아이 같은 웃음이 그려졌다.

"걱정되지, 그럼! 넌 내가 말도 없이 사라지면 걱정 안 되겠어?"

"당연히 걱정되겠죠. 아마 잠도 못 잘 거예요."

승하는 연우의 눈앞으로 얼굴을 바짝 당겨와 싱긋 웃었다.

"잠도 못 잘 거라는 그런 과장된 말은 해주지 않아도 돼. 내가 갑자기 사라질 일은 없을 테니까. 너나 다시는 그러지 마!"

연우가 샐쭉하니 눈을 흘기며 핸드폰을 돌려주자 승하는 바로 이름을 찾아 통화 버튼을 눌렀다. 탁자 위에 놓여 있던 연우의 핸드폰에서 바흐의 부레(Bouree)가 흘러나왔다. 연우가 다가가 핸드폰을 드는 순간 신호음이 뚝 끊겼다. 연우는 메뉴를 눌러 발신자 번호를 확인했다.

"이게 네 번호야?"

승하는 그 물음에 대답하지 않은 채 약간 상기된 표정으로 연우를 바라보며 말했다.

"전화 한번 걸어보세요, 그 번호로 통화 버튼 한번 눌러보세요."

연우는 승하가 왜 저렇게 흥분하는지 알 수 없었다. 고개를 갸웃하는 사이 승하는 다시 얼른 전화를 걸어보라고 다그쳤다. 연우는 그 번호로 통화 버튼을 눌렀다. 순간 승하의 손에 들린 핸드폰에서 부레가 흘러나왔다. 신기한 우연도 다 있다.

6.

숲이랑 나무랑 사랑하는 거네?

"**너**무 어두워."

그림에 색을 입히고 있는 승하의 뒤로 다가온 연우가 양손으로 그의 어깨를 짚으며 그림을 들여다보았다.

"이쪽이 너무 어두워서 그림이 기울어져 보이잖아."

여전히 한쪽 손을 승하의 어깨에 올려놓은 채 연우는 고개를 숙여 눈으로 지적한 부분을 손가락으로 짚어가며 다시 설명했다. 승하의 그림은 전혀 오염되지 않은 순수가 있는 대신 기초적인 부분에서는 문제가 있었다. 누구의 간섭도 받지 않은 채 오랜 기간 혼자서만 그림을 그려온 결과일 것이다.

그녀의 얼굴이 승하의 귀에 닿을 듯 말 듯 가까이 다가와 있

었다. 연우에게서는 상큼한 숲의 향기가 났다. 살짝 고개를 돌려 설명을 할 때마다 따듯한 입김이 볼을 간질였다. 연우에게서 미세한 온기가 건너오는 것을 느끼며 승하의 귓불이 후끈 달아올랐다. 불안하게 두근대는 심장 소리가 밖으로 새어나갈까 봐 가슴을 움츠렸다. 일부러 헛기침까지 두어 번 하며 건성으로 고개를 끄덕끄덕했다.

"추워?"

"……아뇨."

"근데 왜 자꾸 몸을 웅크려?"

그 말을 하며 연우는 승하의 어깨에 올려져 있는 손을 얼른 내렸다. 조심을 한다는 것이 어느새 또 올려져 있었던 모양이다. 요 며칠 내내 이런다. 다가가지 말아야지 생각하면서도 어느새 승하의 뒤에서, 옆에서 서성이는 자신을 발견한다. 창으로 다가간 연우는 나직한 한숨을 내쉬었다.

왜……?

왜 자꾸 승하에게로 다가가게 되는지, 헤어져야 할 이 시간이 왜 이토록 싫은지 모르겠다. 당황스럽다. 자신을 감싸고 있던 그 단단하던 벽들은 다 어디로 가버렸는지 너무도 쉽게 성큼 다가오는 승하의 존재에 마음이 찔릴하다.

"저녁에는 아직 바람이 차지?"

그녀는 무심히 중얼거리며 창을 닫았다. 어느새 창밖에는 어둠이 내리고 있었다. 시곗바늘은 일곱 시를 향해 내달리고 있다. 승하는 째깍거리는 시계 소리가 원망스러웠다. 서연우와 서연우의 느낌만이 고요하게 흐르는 화실 안은 모든 것이 거북스럽기만 하던 도시를 벗어나 마음의 오지로 숨어들어 온 듯 평화로웠다. 이제 이 평화로운 곳을 떠나야 할 시간. 승하는 가방을 주섬주섬 챙기기 시작했다. 실은 챙길 것이 아무것도 없는 가방이었지만 괜히 지퍼를 열었다 닫았다, 책을 넣었다 뺐다 한다. 그 모습을 물끄러미 바라보던 연우가 다가왔다. 그리고 왠지 가고 싶지 않은 빛이 역력한 승하의 얼굴을 가만히 바라보다가 말했다.

"모델…… 서줄래?"

아직도 마무리를 짓지 못한 승하의 초상이 걸린 이젤을 눈짓으로 가리키며 그렇게 물었다. 이젠 모델을 세울 필요 없는데, 여백만 마무리 지으면 되는데, 연우는 모델을 서달라고 말했다. 승하를 보내고 싶지 않았다.

좁은 화실에 가득 흐르는 승하의 연필 터치 소리는 연우의 가슴에서 수많은 그림들을 그렸다. 종일 무료하고 감흥없던 가슴에서 쓱, 쓰윽…… 소리들은 고요하게, 혹은 격정적으로 연우의 마음에 물결을 그렸다. 이런 느낌이 낯설면서도 싫지가 않다.

승하는 잠시 망설이더니 이내 고개를 끄덕끄덕했다. 그의 얼굴에 낮게 드리워졌던 수심이 순식간에 사라졌다. 그리던 그림을 치우고, 어질러졌던 탁자도 치우고, 구석진 자리에 밀쳐 놓았던 이젤을 당겨와 연우의 앞에 놓아주며 자리를 잡고 하는 동안 승하의 입가에서는 미소가 떠나지 않았다.

승하의 움직임은 물처럼 부드럽다. 스륵…… 손이 한 번만 스쳤는데도 어느새 탁자 위가 깨끗해졌다. 두어 걸음 성큼 걸어 이젤을 당겨와 그녀의 앞에 놓아주고 돌아서는 승하의 뒷모습을 보는 순간 마음이 이상하게 울렁거렸다. 울컥해지는 그 마음이 연우는 당황스럽다. 뭐야? 라고 자신에게 묻기도 전에 맞은편에 앉은 승하의 따가운 눈이 눈앞으로 성큼 다가왔다.

"아직 많이 멀었어요? 빨리 보고 싶은데."

이젤을 가져다주며 얼핏 스쳐 본 그림은 거의 마무리 단계였다. 그녀의 손으로 표현된 자신의 모습을 얼른 보고 싶다.

그녀의 다른 그림들처럼 따뜻하고 담백할까, 아니면 그녀의 또 다른 모습처럼 차갑고 건조할까? 아, 그렇지! 저 그림을 자손 대대 가보로 남겨야겠군. 너의 할머니 그림이다, 이렇게.

쿡, 웃음이 새어나왔다.

"왜 웃어?"

"아니에요, 그냥. 흠……."

웃음을 참으며 주먹으로 입을 가리고 헛기침을 하는 승하의 모습이 의아스럽다. 발딱 일어난 연우는 벽에 걸린 거울 앞으로 가서 얼굴을 살폈다.

말짱한데?

다시 등 뒤에서 쿡쿡 웃는 승하의 웃음소리가 들렸다. 거울을 들여다보던 연우는 민망한 듯 돌아서며 이번엔 옷매무새를 살폈다. 아무리 살펴도 자신의 모습이 그다지 웃기는 모습은 아니다.

"뭐야, 왜 웃는데? 말 안 할래!"

연우는 민망함을 감추지 못하고 승하를 다그쳤다.

"선생님 때문에 웃는 거 아니에요. 저 때문에 웃는 거예요."

승하는 억지로 웃음을 멈추었다가 다시 풋, 하고 웃음을 터뜨렸다.

"아, 뭐야 정말? 같이 좀 웃자!"

같이 좀 웃자고 투덜거렸지만 연우는 그 웃음의 이유가 그다지 궁금하지 않다. 승하의 얼굴에 번진 웃음이 너무 보기 좋다. 요즘 승하의 눈은 서늘함보다는 따듯함이 넘치고 있다. 뭔지 모를 것에 충만한 눈, 늘 텅 비어 있던 승하의 눈을 충만시켜 준 것은 무엇일까? 그것이 무엇이든—자신이든, 혹은 또 다른 무엇이든—승하의 웃음을 보는 것은 행복한 일이다. 그냥 행복하다.

더 이상 모델이 필요없을 만큼 그림은 완성 단계에 접어들었다. 연우는 그림에 색을 입히며 한 번도 고개를 들지 않았다. 아니, 승하의 눈이 너무나 따갑게 그녀를 따라다니고 있었기 때문에 고개를 들 수 없었다. 속초에서 돌아온 후 그것은 더욱 노골적이다. 다시는 그런 눈으로 바라보지 말라고 말하리라 생각했지만 한 번도 그 말을 꺼내지 않았다. 그 말을 꺼내어 버리는 순간 뭔가가 터져 버릴 것 같은 두려움 때문이다. 승하의 눈 속에 든, 그리고 자신의 마음에 들어앉은 이 뚜렷한 느낌이 당황스럽

다. 연우는 승하가 눈치 채지 못하도록 입술을 잘근 깨물며 붓
에 물감을 찍었다.

"안 어울려요."

웃음을 멈추고 한동안 조용히 앉아 있던 승하가 퉁명스럽게
말했다. 연필을 멈추고 고개를 들어보니 볼이 불룩해진 승하의
얼굴에 아이 같은 심술이 묻어났다. 연우는 자신의 생각이 들키
기라도 한 것 같아서 순식간에 얼굴이 화륵 달아올랐다.

"뭐, 뭐가?"

"저거요."

승하가 턱짓으로 가리킨 것은 윤재가 들고 왔던 커다란 꽃바
구니였다. 그것은 여전히 유머러스한 모습으로 탁자 옆에 놓여
있다.

"선생님과 안 어울려요."

심술난 아이 같은 표정의 승하가 재미있어서 연우는 짐짓 놀
란 표정을 지었다.

"그렇게 보여?"

"네. 저곳에 있는 게 마음에 안 들어요. 이 화실이랑도 안 어
울려요."

"난 괜찮은데. 예쁘잖아?"

정말 예쁘지 않느냐는 표정으로 연우는 꽃바구니를 돌아보았
다. 예쁘긴 한데 정말 취향이 아니긴 하다. 게다가 이 좁은 화실
에 어울리지 않게 저 큰 덩치라니…… 귀공자풍의 윤재랑 잘

어울리는 꽃바구니라 생각하며 고개를 돌리니 승하는 여전히 불룩한 표정으로 꽃을 노려보고 있었다. 연우는 그 모습이 은근히 귀여웠다. 조금만 더 약을 올리면 당장이라도 달려와 꽃바구니를 어떻게 해버릴 태세다. 연우는 다시 가슴이 울렁거렸다.

꽃을 만지던 연우는 승하와 눈이 마주치자 자신도 모르게 얼른 손을 내려 버렸다. 할 수만 있다면 저 꽃들을 아작아작 씹어 먹어 버릴 듯 승하의 눈에 불꽃이 튀었다. 자리에서 벌떡 일어난 승하가 불룩한 얼굴로 성큼 다가왔다. 그리고 꽃바구니를 들더니 창 쪽으로 던지듯이 밀어버렸다.

"거기 두면 햇빛 때문에 빨리 마를 텐데?"

얼른 말라 비틀어져 버렸으면 좋겠다. 승하는 보이지 않게 바구니를 발끝으로 툭 찼다. 그러나 연우는 그 모습까지 다 보고 있었다. 어쩌면 저렇게 애 같을까 싶기도 하고, 승하의 그런 모습을 보면 볼수록 자꾸 마음이 울렁거리는 자신이 약간 두렵기도 하다.

다음날, 일찍 화실에 나와 청소를 하던 연우는 창가 구석진 자리에 놓여 있는 꽃바구니 앞에서 문득 멈추어 섰다.

"선생님과 안 어울려요. 저곳에 있는 게 마음에 안 들어요. 이 화실이랑도 안 어울려요."

심술난 아이 같은 표정으로 퉁명스럽게 내뱉던 승하의 말들과 얼굴이 떠올라 입가에 설핏 웃음이 지어졌다. 저 꽃바구니가 이 화실과는 정말 어울리지 않는다는 생각이 든다. 연우는 싱크대를 열어 도자기 하나를 꺼냈다. 지난번 도예원에 갔을 때 색이 예뻐서 들고 왔던 원통 모양의 화병이다. 약간 푸른 기운이 도는 민무늬의 그 화병을 탁자 위에 올린 연우는 다시 가위를 들고 왔다. 그리고 꽃바구니에서 장미꽃 하나를 뽑아 긴 줄기를 싹둑 잘랐다. 싹둑, 싹둑…… 가볍게 잘려진 줄기들이 탁자 위로 툭툭 떨어졌다.

창을 활짝 열자 오후의 햇살이 눈을 찔러왔다. 햇살은 날로 변화하고, 바람도 느낌이 달라지고 있다. 약간은 후덥지근한 바람이 불어왔다. 시간은 이렇게 소리없이 흐르고 있었나 보다. 벌써 한 해의 절반을 향해 달리고 있다.

내 인생은 어디로 흘러가는 것일까?

문득 잊고 있었던 고뇌의 뿌리들이 머리를 들고 일어났다. 따갑게 다가오던 승하의 시선이 떠오르자 그녀는 한숨을 훅 내쉬었다. 요즘은 뭘 하든 늘 승하의 눈동자가 따라다니는 것 같다. 아니, 어쩌면 그녀가 승하의 눈동자를 쫓아다니는 건지도 모른다.

잠깐 이러다 말겠지?

그 물음에 연우는 고개를 끄덕였다. 그래, 잠깐 이러다 말 것이다. 승하와 그녀는 여러모로 닮은 구석이 많으니까 아마도 그 느낌 때문에 생긴 호감일 것이다. 아니면 그림에 대한 권태기인지도 모른다.

그림에 조금 더 박차를 가해볼까? 그럼 좀 나아질까? 느낌을 얻기 위해 어디 먼 여행이라도 다녀오는 게 좋겠지? 군산의 보리밭이든, 아니면 윤재가 제안한 곰배령이든…….

따끈한 햇살이 쏟아지는 창틀에 기대어 연우는 생각이 많다. 따갑던 햇살이 색을 달리하면서 시간이 다섯 시를 향하고 있었다. 오후의 나른한 햇살을 맞으며 창가에서 턱을 고이고 있던 연우의 눈에 무언가가 들어왔다. 멀리 큰길의 버스 정류장에서부터 성큼성큼 달려오는 남자가 있었다. 전자 대리점을 지나고, 분식집을 지나고, 과일가게를 지나 성큼성큼…… '숲'으로 달려오는 승하가 보인다. 순간 연우는 가슴으로 성큼성큼 걸어 들어오는 발자국 소리를 들었다. 그것은 두근대는 자신의 심장 소리였다.

화실로 들어서던 승하는 문득 걸음을 멈추었다. 얼른 말라 비틀어져 버렸으면 좋겠다고 생각했던 꽃바구니가 보이지 않았다. 대신 탁자 위에 서연우를 쏙 빼어 닮은 푸른빛이 도는 민무늬의 화병에 장미꽃이 특별한 꾸밈없이 소복이 꽂혀 있었다. 예쁘다. 차갑지만 정갈하고 포근한 그녀의 느낌을 꼭 닮았다. 탁자로 다가간 승하는 허리를 굽혀 꽃병을 한참 동안 내려다보았다. 연우는 허리를 굽힌 승하의 뒷모습을 난감한 마음으로 바라보았다.

무슨 생각으로 저것들을 싹둑싹둑 잘랐을까?

탁자 위에 놓인 꽃병이 발가벗겨진 자신의 속내처럼 느껴져서 몹시 당황스러웠다. 승하가 고개를 돌려 당황스런 자신의 눈을 봐버리기라도 할까 봐 두렵기까지 하다.

"예뻐요."

"어?"

승하는 기분 좋은 웃음을 지으며 이젤 앞에 자리를 잡고 앉았다.

"저거요. 꽃도 예쁘고, 도자기도……."

"바구니에 오래 두면 시들 것 같아서, 그대로 버리긴 아깝잖아. 그래서……."

그러다 연우는 입을 다물어 버렸다. 왜 이렇게 변명 같은 긴 설명을 하는지 모르겠다. 이런 감정에 휘둘리는 스스로가 싫다. 방금 전 들어버린 자신의 심장 소리가 두려웠다.

그저 잠깐 스쳐가는 바람일 거라고 생각하자. 짧으면 사오 개월, 길어봐야 육 개월 후면 더 이상 승하를 볼 일도 없을 것이다. 가볍게 넘기자. 승하도 그저 소년의 호기심 같은 그런 감정일 것이다. 대학 들어가면 금방 다 잊혀져 버릴…….

"무슨 생각을 그렇게 하세요?"

갑자기 눈앞으로 커피 잔이 불쑥 들어왔다.

"어? 아, 고마워."

커피 잔을 받아 들며 고마움에 살짝 웃어주던 그녀의 볼을 승하의 손가락이 순간적으로 쓸고 지나갔다. 놀라듯 움찔 물러나며 볼을 감싸는 연우의 모습에 승하도 약간 당황한 듯했다.

"물감이 묻었어요."

"아."

연우는 얼른 고개를 돌려 당황을 감추었다.

승하는 여전히 볼을 감싼 채 고개를 돌리고 있는 연우를 빤히 바라보았다. 속초에 다녀온 후 내내 그녀는 그의 눈을 피하는 것 같다. 그러면서도 승하는 자신이 내내 그녀의 시선 속에 들어 있는 느낌이다. 자신의 눈이 따갑게 그녀를 따라다니듯 그녀의 눈 또한 끊임없이 자신을 따라다니고 있다는 느낌은 착각일까? 무슨 말인가를 해야 할 것 같은데 입이 떨어지지 않는다.

두 시간 내내 승하의 시선은 끊임없이 연우를 따라다녔다. 의식하지 않으려 하면 할수록 그것은 더욱 따갑게 살갗을 찔러왔다. 두 사람 사이에 보이지 않는 줄이 팽팽하게 당겨져 있는 듯했다. 그 아찔한 긴장감에 연우는 숨이 막혔다. 얼른 이 시간이 지나가 버리기를 바랐다. 그러나 승하의 시선이 떠나간 다음엔 또 어떤 허탈감에 빠져 버릴지 두려웠다. 실은 어제도, 그제도 승하를 보내고 그 공허함을 견디지 못해 화실을 서성거렸었다.

연우는 물감을 찍으려다 멈칫하며 그를 훔쳐보았고, 그것이 후회되어 가만히 입술을 깨물다가 그를 훔쳐보았고, 캔버스를 노려보다가 다시 그를 훔쳐보았고, 그런 스스로에게 화가 나 못 견디겠다는 눈으로 또 그를 훔쳐보았다. 성가신 무언가가 자신의 인생을 기웃거리는 느낌이다. 머리 속에서 얼른 문을 닫으라고 종용하는 소리가 들렸다. 기웃거리는 저것이 들어서는 순간 그녀의 인생은 온통 흐트러져 버릴 것이다. 그럼에도 그녀의 마음은 눈앞에 뻔히 보이는 위험신호를 무시하고 달려나가고 싶어 안달을 내고 있었다.

어느 순간부터 승하는 붓을 놓고 있었다.

연우도 붓을 놓아버렸다.

화실의 공기는 딱딱하게 굳었다. 마주 앉은 두 사람의 거리는 여덟 걸음 남짓, 두 사람은 작은 숨소리까지 서로를 감지하고 있었다.

"그만 가줄래?"

"우리…… 얘기 좀 해요."

두 사람의 말이 동시에 나왔다. 연우의 목소리는 단호했고, 승하의 목소리는 떨렸다. 연우는 드디어 올 것이 와버렸다는 것을 알았다.

"얘기 좀 해요, 우리."

"다음에…… 다음에 얘기하고 오늘은 그만 가."

연우는 먼저 일어나 작업 중이던 그림을 정리하기 시작했다. 있어서는 안 될, 있을 수 없는…… 인정할 수 없는 일이 벌어졌다. 언제나 단호하고 냉정하던, 그래서 실수조차 잘 하지 않던 서연우가 어쩌다가 저 어린 녀석에게 이런 감정이 생겨 버렸는지 도무지 납득이 가지 않는다. 붓을 치우고, 캔버스를 밀치고 타닥, 팔레트를 닫는 그녀의 손목이 순식간에 다가온 승하에게 잡혀 버렸다.

"도망치지 말아요."

승하의 목소리도, 잡은 손도 뜨겁고 떨렸다.

"도망치지 마세요."

이번엔 확신에 찬 목소리였다. 그녀는 단호하게 손목을 비틀어 승하의 손을 떨쳐 내었다.

"학원 늦겠어, 그만 가."

불안한 손길에 탁자 위의 붓들이 바닥으로 와르르 쏟아져 내렸다. 연우는 말도 안 되는 이 상황과 흔들리는 자신의 마음에 화가 났다. 일곱 살이나 어린 녀석 앞에서 이게 무슨 꼴인가 싶었다. 쏟아진 붓들을 한 번에 쓸어 움켜쥐며 그녀는 나직이 한숨을 내쉬었다. 발딱 일어나는 그녀의 눈앞으로 승하의 얼굴이 불쑥 다가왔다. 그리고 툭툭 내뱉던 버릇처럼 건조한 음성을 툭 던졌다.

"좋아해요."

그녀는 무시하며 몸을 돌렸다. 승하는 얼른 손을 뻗어 연우의 팔을 잡아채었다.

"제발 도망가지 마세요!"

"이러지 마!"

연우는 여전히 승하를 외면한 채 다시 몸을 돌렸다. 순간 울컥 당겨진 몸이 승하의 팔 안에 갇혀 버렸다. 그에게서 뜨겁고 후끈한 열기가 뿜어져 나왔다. 한동안 잊고 있었던 서늘하고 거친 승하가 느껴졌다. 약간의 두려움마저 일었다. 연우는 반사적으로 승하의 가슴을 밀어내었다.

"너 정말 왜 이래? 당장 가방 챙겨 나가, 그러지 않으면……!"

주춤 물러난 연우의 등은 벽에 기대어졌고, 승하의 눈은 이마에 닿을 듯 가까이 다가와 있었다. 쿵쿵 울려대는 승하의 심장 소리가 연우의 귓전에까지 울렸다. 승하에게서 뿜어져 나오는 뜨겁고 후끈한 열기가 몸을 뒤덮어 버릴 것 같았다. 달막거리는 승하의 입술이 떨렸다. 부론에 다녀온 후 내내 가슴에 망울처럼 달려 있는 이 말 때문에 가슴이 터질 것 같다.

"사랑해요, 선생님."

그 말이 주는 격정적 감상을 이기지 못하고 승하의 눈은 이슬이 맺혀 반짝였다. 경직되어 있는 연우의 눈동자를 보며 그는 다시 한 번 그 말을 되풀이했다.

"선생님을 사랑해요."

건조한 듯 말간 그녀의 얼굴을 얼마나 좋아하는지, 그녀를 닮은 담백한 이 화실을 얼마나 좋아하는지, 바람처럼 들리는 그녀의 목소리를 얼마나 좋아하는지…… 다 말해주고 싶은데 아무 말도 할 수가 없다. 막막한 듯 바라보는 연우의 눈이 슬프게까지 보였기 때문이다. 자신의 말 때문에 그녀가 슬퍼 보인다는 것은 견딜 수 없다.

"그런 눈…… 하지 말아요."

승하의 손은 자신도 모르게 연우의 볼을 감싸고 있었다. 승하의 손이 볼에 닿자 설명 못할 감정이 그녀의 얼굴을 스쳤다. 조심스럽게 입술을 더듬는 승하의 손은 떨렸다. 가늘게 경련이 이는 그 입술 위에 자신의 뜨거워진 입술을 대어보고 싶었다. 미칠 만큼 사랑한다고 말하고 싶었다. 스물한 살의 이성으로서는 참을 수 없는 욕망이 그의 몸을 휘감았다. 그는 거침없이 입술을 가져갔다.

"사랑해요, 선생님."

그리고 불같이 뜨거워진 입술을 차가운 그녀의 입술에 대었다. 그러나 그 불꽃은 채 피어오르기도 전에 강하게 밀어내는 손에 의해 사그라져 버렸다. 눈앞에서 불꽃이 번쩍했다. 승하는 화끈거리는 볼을 감싸고 그녀를 내려다보았다. 새파란 불똥이 그녀의 눈에 들어앉아 있었다.

"당장 나가."

연우의 목소리는 들릴 듯 말 듯 작았지만 단호하고 차가웠다.

"방금 한 말은 안 들은 걸로 하겠어. 당장 나가!"

"선생님!"

"그래. 비록 제도권은 아니지만 난 엄연히 네 선생이야. 그걸 잊지 말았으면 좋겠어."

"선생님이 제 선생님이라는 거 잊은 적 없어요."

"그럼 그런 말도 해선 안 되잖아!"

"왜 안 된다는 거죠? 선생님이고 제자고 그게 뭐 어때서요? 제가 선생님을 사랑하듯이 선생님도 그렇다는 거 알아요. 눈에 빤히 보이는데 왜 도망치려고만 하세요?"

승하는 무엇이 문제냐는 듯 도전적인 눈으로 연우를 노려보았다. 그래, 그게 뭐 어때서? 그러나 연우에게는 그것이 여전히 문제일 뿐이다. 세상에 그것보다 더 큰 문제는 없어 보일 정도로 엄청난 문제였다. 그리고 지금은 난데없이 찾아든 승하에 대한 이 어지러운 감정마저 추스르지 못한 상태다. 승하의 입술이 닿는 순간 정신을 놓을 것 같았던 그 짜릿함조차 받아들일 수가 없다. 어떻게 이토록 순식간에 승하가 다가와 버렸는지, 언제부터였는지, 왜 이토록 미친 듯이 가슴이 뛰어대는지 아무것도 이해되지 않는다.

"더 이상 얘기하고 싶지 않아. 당장 돌아가!"

연우는 신경질적으로 돌아섰다. 그리고 스스로의 감정을 주체하지 못한 채 서성이다가 화실에 딸린 작은 방으로 들어가 버렸다. 한동안 노크 소리가 계속되었고, 두어 번 문이 울컥하고 흔들렸다. 승하가 그 큰 덩치로 문을 부수어 버릴지도 모른다는 생각이 들었다. 그러나 금방이라도 밀고 들어올 것 같던 노크 소리는 어느 순간 잠잠해졌다. 그때껏 문에 기대어 있던 연우는 다리에 힘이 빠진 듯 스르르 주저앉았다. 아무것도 감당이 되지 않는다. 거칠게 밀고 들어오는 승하도, 가슴을 열고 튀쳐나올 것 같은 이 두근거림도.

이불을 머리끝까지 뒤집어쓰고 뒤척이던 연우는 다시 벌떡 일어났다. 도무지 잠을 이룰 수가 없다. 주방으로 가 와인을 꺼내어 한 잔 가득 따랐다. 그리고 창으로 다가갔다. 벌써 새벽 네 시가 넘었다. 눈은 따가웠지만 정신은 여전히 말똥했다. 어제는 화실에서 집까지 어떻게 왔는지 모르겠다.

승하가 나가는 소리를 듣고도 한동안 넋이 나간 듯 앉아 있다가 아홉 시가 훨씬 넘어 화실을 나왔다. 술을 한 모금 마시자 뜨거웠던 승하의 입술이 다시 화끈 다가오는 것 같다. 마치 불덩어리 같았던 그 애의 입술…… 그녀는 입술을 꼭 깨물었다.

이제 어쩌지?

연우는 자신에게 승하를 단호히 거부할 마음이 있는지 생각해 보았다.

단호하게, 똑 부러지게, 깔끔한 감정으로 거부할 마음이 있을까? 모르겠다. 아니…… 없다.

그의 말대로 그녀는 승하가 좋다. 꺾일 듯 휘청한 큰 키도 좋고, 예민한 그 애의 감각도 좋다. 나이에 비해 묵직한 조숙함도 좋고, 서늘한 듯 깊은 그 애의 눈은 특히나 좋다. 그리고 무엇보다 설명이 필요없는 감정의 흐름, 승하와 그녀 사이에는 그것이 있는 것 같다. 어떤 사물에 대해, 사건에 대해, 소리에 대해 느끼는 감정이 너무나 닮아 있어서 승하도 그녀도 놀랐던 적이 얼마나 자주 있었던가. 승하와 함께하는 시간은 언제나 아쉬울 만큼 빠르게 흘렀다. 승하와 함께 있는 순간들이 얼마나 뿌듯하고 좋은지, 그리고 자신이 날마다 그 시간을 얼마나 기다리는지를 부정하고 싶지 않다. 그 시간들이 너무나 행복하고 좋다. 그런 승하를 단호하게 떨쳐 버릴 자신이 없다. 오히려 그를 향해 내달리는 마음을 감당하지 못할 지경이다.

그럼 뭘 고민하는가! 그래, 나도 너 좋아해! 그러면 간단할 것을?

그러나 연우는 이내 자조의 웃음을 짓지 않을 수 없다.

흣, 퍽도 간단하겠다! 나이가 일곱 살이나 차이가 난다, 일곱 살! 게다가 아직도 고등학생이다. 하…….

그녀는 한 번도 자신의 의지를 굽혀본 적이 없을 만큼 고집스럽고 용감하게 살아왔다. 그렇게 용감할 수 있었던 것은 누구에게도 흠 잡히지 않을 만큼 도덕적이고 옳은 판단을 하며 살아왔기 때문이다. 그래서 그녀는 누구 앞에서든 부끄러울 것이 없었고 당당했다.

지금도 그럴 수 있을까? 일곱 살이나 어린 제자를 사랑한다고 당당히 말할 수 있을까? 부끄럽지 않을까? 죄책감…… 느껴지지 않을까?

연우는 다시 한숨을 푹 내쉬었다. 단숨에 홀짝 넘긴 술이 빈속에서 화르륵 불을 지폈다. 찌릿하게 전해오는 전율에 몸을 떨었다. 어느새 창이 훤하게 밝아오고 있었다. 뜨거운 물에 몸을 담갔다가 침대로 쓰러져 들어간 시각은 여섯 시가 넘어서였다. 그녀는 꿀 같은 단잠에 빠져들었다.

부레의 경쾌한 리듬 소리에 잠이 깼을 때는 이미 오후 세 시가 넘어 있었다. 장장 아홉 시간을 잔 모양이다. 머리가 깨질 듯이 아팠고 몸은 천근만근 무거웠다. 연우는 전화를 받지 않았다. 팔을 뻗을 수 없을 만큼 몸이 무겁기도 했지만 승하의 전화일 거라고 짐작되었기 때문이다.

다시 눈을 떴을 때는 이미 창이 어두워진 후였다. 낮에 눈을 떴을 때와는 달리 한 번에 몸을 일으킬 수 있을 만큼 개운했다. 샤워를 하고 나오니 배에서 꼬르륵 소리가 들렸다. 종일 아무것도 먹지 않고 잠만 잤으니 속이 빌대로 비었을 것이다. 그녀는 냉장고를 뒤져 반찬이란 반찬은 다 꺼냈다. 전자레인지에 데운 식은 밥 위에 그 반찬들을 다 쏟아 부었다. 그리고 거기에 고추장과 참기름을 넣고 비빈 뒤 양푼을 끌어안고 소파에 앉아 TV를 켰다. 이름도 모르는, 그러나 꽤나 유명한 가수인지 개그맨인지 소속도 모호한 연예인들의 말장난을 보며 입이 터지도록 밥을 밀어 넣고 씹다가 깔깔 웃었다.

와! 웃긴다, 웃겨! 이렇게 재미난 걸 왜 진작 보지 않았을까? 푸하하!

몸을 아끼지 않는 살신 연기에 소파에서 데굴데굴 구르며 웃다가 밥이 목에 걸려 눈물까지 찔끔 흘렸다. 그렇게 웃으며 먹다보니 양푼에 한가득 비볐던 밥을 다 먹어버렸다. 평소의 그녀라면 종일 먹고도 남을 밥을 한 번에 다 먹고, 생전 보지도 않던 오락프로를 보며 깔깔거리고, 커피까지 진하게 한 잔 마셨는데도 무엇이 모자란 듯 허했다. 허탈하다. 거실을 서성이던 그녀는 침실로 들어가 침대 서랍을 뒤졌다.

여기 어딘가 있을 텐데?

그곳을 다 뒤지고 화장대 서랍까지 뒤지고 다시 옷장을 뒤졌
다.

아, 있다!

연우는 옷장 서랍 겨울옷들 사이에서 찾은 그것을 꺼내었다.
엄마가 돌아가시고 이 년간이나 끊었던 담배다. 오랜만에 만나
는 친구를 보듯 감격스런 눈으로 그것을 들여다보던 연우는 주
방으로 갔다. 그리고 가스레인지를 따르륵 켜서 불을 붙였다.

승하를 처음 만난 그날처럼 가스레인지로 담배에 불을 붙여
베란다로 나갔다. 십이층 높이의 아파트에서 내려다보는 도시
의 밤은 휘황찬란하다. 연우는 담배를 입에 물고 한 모금 길게
빨아들였다. 이 년간이나 잠들어 있던 진한 고독 같은 매캐한
연기가 입 안에서 감돌았다. 달다.

그래, 숨어서 하는 이런 것들은 언제나 달콤했다. 그녀가 담
배를 피운다는 사실은 엄마도 모를 만큼 감쪽같은 비밀이었다.
오랜만에 들어가는 담배 연기에 몸속 어딘가가 거부반응을 일
으키듯 불편하다. 배가 터질 듯 밀어 넣은 밥 탓인지도 모르겠
다. 연우는 결국 담배 한 개비를 다 태우지도 못하고 화장실로
달려갔다.

"욱……."

쏟아져 나오는 오물을 보니 참 미련하게도 쑤셔 넣었던가 보

다. 먹은 밥의 두 배쯤 되어 보이는 오물을 쏟아내고 다시 침대
에 쓰러졌다. 온몸이 부서질 듯이 아팠다. 그러고 보니 아까부
터 몸도 뜨거웠다. 몸살이 덮친 모양이다. 침대에 엎드려 있는
연우의 눈앞에 핸드폰 불빛이 깜박였다. 그녀는 몇 번이나 망설
이다 손을 뻗어 핸드폰을 잡았다. 부재중 전화가 네 통이다.

〈7시, 오빠의 전화.

5시 50분, 조윤재의 전화.

5시 10분, 나무(승하의 번호다).

3시 40분, 나무.〉

나무……? 풋. 웃긴다, 이 녀석! 나무라니?

그럼 승하의 핸드폰에 그녀가 저장해 준 서연우란 이름은 아
마도 '숲'이란 이름으로 둔갑해 있지 않을까 싶다. 마치 연분홍
편지지에 연서를 쓰던 시절처럼 나무란 이름도, 숲이란 이름도
유치찬란하고 간지러운 이름처럼 느껴져서 연우는 자꾸 웃음이
새어나왔다.

이틀을 열에 들떠 끙끙 앓은 연우는 결국 스스로 병원을 찾았
다. 타고난 건강 체질인지, 강단이 있다고 해야 할지 모르겠지
만 어릴 적부터 병원과는 담을 쌓고 살아온 그녀였기에 접수를
하고 의사 앞에서 자신의 몸 상태를 설명하는 것이 어색하다.

"몸살감기입니다. 피로가 누적된 것 같군요. 이럴 땐 쉬는 게

제일 좋습니다. 비타민 보충해 주시고 잠도 푹 주무시구요. 링거 주사 한 대 맞죠?"

"링거 주사요?"

"사흘 동안 아무것도 못 드셨다면서요? 탈수가 오면 병이 오래갑니다."

그런 건 엄마처럼 아무것도 못 먹는 환자들이나 맞는 줄 알았는데 감기 환자도 맞는 모양이다. 얼결에 고개를 끄덕이고 나와 수납을 하고 그들의 안내에 따라 침대에 누웠다. 하얀 약물이 든 작은 병 하나와 포도당 수액이 동시에 대롱거리며 매달렸다.

"세 시간쯤 걸릴 겁니다. 한숨 푹 주무세요."

그녀의 나이 또래로 보이는 간호사가 생긋 웃어주며 커튼을 치고 나갔다. 그녀는 이마에 손을 얹으며 눈을 감았다.

보고 싶다, 승하…….

겨우 나흘째인데 견딜 수 없이 보고 싶다. 이런 감정은 난생처음이다. 조윤재를 사랑한다고 생각할 때도 그녀에게는 스스로조차 인정하는 벽이 있었다. 세상의 모든 남자에게 그녀는 보이지 않는 벽을 쌓고 있었다. 그러나 승하에게는 처음부터 그러질 못했다. 푸른빛 도는 승하의 서늘한 눈이 왠지 자신에게 기대어오는 느낌 때문이었는지도 모르겠다. 승하가 그녀 속에 생각보다 더 깊이 들어와 있다는 것을 인정하지 않을 수 없다. 아니, 밤새 자신을 집어삼킬 듯이 덤빈 것은 사실 들끓는 열이 아니라 승하였다는 것을 부정하지 않겠다. 마치 첫사랑의 그 느낌처럼 가슴이 먹먹하고 불안하다.

이토록 명확한 마음을 알면서 뭘 망설이고 있는가? 나이? 승하의 물리적인 나이가 어떻든 그와 얘기를 나누며 나이 차이를 느껴 대화가 엇갈린 적은 없었다. 그가 어리다고 느껴진 적은 한 번도 없었다. 대화가 통하고 느낌이 상통하는 것, 사실 그것만큼 중요한 게 또 어디 있던가? 그럼 된 거 아닌가?

연우는 입술을 터질 듯이 깨물었다.

아버지, 오빠, 나와 연관된 많은 사람들, 세상의 눈들, 입들…… 그런 건 나중에 생각하자. 당당하지 못할 이유가 뭐가 있을까? 항상 감정에 솔직하게 살아왔던 내가 아닌가. 겁쟁이처럼 도망치지 말자. 아무도 몰래 감쪽같이 담배를 피웠듯, 아무도 몰래 감쪽같이 연애만 하자. 그 다음 일은 그 다음에 생각하면 되니까.

링거를 맞고 집으로 돌아와 침대에 쓰러져 있는데 오빠에게서 전화가 왔다. 강우의 목소리는 유난히 들떠 있었다. 그는 들뜬 목소리로 미국에서 유학 중이던 올케 선경의 귀국 소식을 전해주었다.

학내 커플이었던 강우와 선경은 대학 졸업과 동시에 어린 나이에 결혼을 했다. 그저 평범한 집안의 딸이었던 선경은 절대로 아버지가 원하는 며느리 감이 아니었다. 그럼에도 두 사람이 결혼할 수 있었던 것은 순전히 뱃속에 들어 있었던 유리 덕이었다.

싹싹하고, 예의 바르고, 누구와도 잘 어울렸고, 명랑 쾌활했던 선경은 결혼하자마자 무거웠던 집안 분위기를 순식간에 꽃밭처럼 만들어주었다. 강우가 군대에 가 있는 삼 년 동안 선경은 혼자서 유리를 낳았고, 폭군 같은 아버지의 횡포를 혼자서 고스란히 견뎌냈다. 그러나 아무리 노력을 해도 아버지에게는 여전히 눈에 가시 같은 며느리일 뿐인 자신의 존재에 대해 선경은 회의를 느끼기 시작했다. 삼 년을 참으며 강우가 제대하기만을 기다렸지만 믿었던 강우는 그녀의 바람막이가 되어주지 못했다. 자유분방한 가정에서 자란 선경은 아버지의 말을 결코 거역하지 못하는 오빠가 답답했을 것이다. 그리고 자신은 물론 친정까지 노골적으로 무시하는 아버지를 견뎌내지 못했다. 결국 올케 선경이 여섯 살과 두 살 먹은 조카를 데리고 유학길에 오르면서 두 사람의 별거가 시작되었다. 그것이 벌써 오 년 전의 일이다.

"완전 귀국한 거야?"

[몰라. 유리는 처형한테 맡겨두고 보리만 데리고 나왔어. 그러니 언제 또 나갈지 몰라. 못 가도록 설득해 봐야지.]

"오빠가 설득 좀 당하면 안 돼?"

연우의 조심스런 말에 강우는 말이 없었다. 답답해 죽겠다, 정말. 아버지 그늘을 벗어나기가 그렇게 힘든가?

[일요일에 시간 있어? 선경이랑 보리랑 밖에서 저녁 먹기로

했는데 너도 와.]

"오랜만에 가족끼리 오붓하게 먹는데 내가 눈치없이 거긴 왜 끼어?"

[선경이도 너 보고 싶어해. 네 올케랑 너, 둘이 죽이 잘 맞잖아.]

"글쎄?"

여전히 망설이는 연우의 말을 들으며 강우는 어렵게 말을 꺼냈다.

[와라. 저녁 먹고 보리 맡길 데도 마땅찮고……]

아! 그제야 연우는 강우의 뜻을 알아차리고 고개를 끄덕였다. 오빠가 어지간히 급했던 모양이다. 그래, 어느 쪽이든 적극적으로 나서서 설득을 하든지 당하든지 그러길 바란다. 그래서 둘이 다시 행복해졌으면 좋겠다.

"알았어, 갈게."

전화를 끊은 연우는 다시 침대에 쓰러지듯 누웠다. 오늘은 승하의 전화가 없다. 지금 심정이라면 휴대폰이 울리고 '나무'란 이름이 뜨는 순간 주저없이 전화를 받을 것 같다. 그만큼 보고 싶다. 링거 주사를 맞으며 아무도 몰래 감쪽같이 연애만 하자 마음먹은 후부터 그리움이 더 심해진 것 같다. 연우는 사춘기 소녀처럼 두근대는 이 마음이 자꾸만 낯설다.

링거 주사 덕인지 일요일 아침에는 가뿐하게 일어날 수 있었다. 꼭 나오라는 강우의 당부 전화가 한 번 더 있었고, 도예원에는 왜 뜸하냐는 진호의 전화도 있었다. 그러나 기다리던 승하의 전화는 없었다. 그날 아침, 연우는 담배를 다섯 개비나 피웠다.

이 년 만에 다시 보는 선경은 훨씬 더 세련되어졌고, 얼굴은 오히려 어려진 것 같았다. 여전히 귀엽고, 싹싹하고, 명랑 쾌활한 성격으로 분위기를 이끌어갔다.

"연우 아가씬 어떻게 더 어려진 것 같아요? 이제야 좀 동생 같네!"

"그럼 언니는 지금까지 내가 동생 같지 않았다는 얘기네요?"

"좀 그랬죠? 아가씨가 좀 어른스러워야 말이지. 어떨 때 보면 유리 아빠보다 더 어른스러웠다니까요."

특유의 눈웃음을 지으며 강우를 바라보는 그녀의 눈은 사랑으로 넘쳐 났다. 연우가 보기에 두 사람은 전혀 별거 중인 부부 같지가 않다. 가운데 앉은 보리만 멀뚱한 눈으로 별거 중인 부부의 아이 같은 표정을 짓고 있었다. 연우는 따듯한 눈으로 보리에게 손을 내밀었다.

"보리, 안녕?"

그러나 보리는 손도 내밀지 않고 여전히 눈만 깜박였다.

"보리야, 고모 안녕하세요, 해야지?"

선경의 다그침에도 보리는 꼼짝도 하지 않았다. 새까만 눈으로 자신을 탐색하는 보리의 눈동자를 살피던 연우의 입가에 웃음이 지어졌다.

"너무 오랜만이라 서먹하지? 이젠 자주 보자."

손을 뻗어 작은 손을 꼭 잡아주자 꼼지락거리던 손가락이 금세 빠져나가 버렸다. 그 모습을 지켜보던 선경의 얼굴이 살짝 어두워졌다.

보리는 나이가 어려 부모가 별거 중이라는 것을 인식하지 못했고, 그동안 강우가 자주 미국을 드나들었기 때문에 더욱 그것을 알지 못했다. 그런데 작년에 학교에 입학하면서부터 뭔가를 인식하는 것 같더니 어느 날 불쑥 자신들이 왜 아빠와 떨어져 사는지에 대해 물었다. 선경은 보리가 이해할 수 있도록 조심스럽게 설명을 해주었다. 보리가 변한 것은 그때부터였던 것 같다. 원래 내성적인 아이라 말이 별로 없긴 했지만 그 이후, 보리는 거의 입을 다물어 버렸다. 사람을 경계했고, 날카로워졌고, 날마다 아빠만 찾았다. 그즈음 국내 모 대학으로부터 강의를 맡아달라는 연락이 왔다. 사실, 그 제의를 선뜻 받아들인 것은 순전히 보리 때문이었다. 보리에게 아빠를 돌려주고 싶어서. 자신의 이기적인 감정 때문에 아이에게 아빠 자리를 빼앗을 권리가 그녀에겐 없다고 생각했다.

말똥히 앉아 있던 보리가 화장실에 가겠다며 일어나자 강우가 따라나섰다. 손을 잡고 사라지는 부자를 바라보던 선경은 입가에 가늘게 웃음을 지으며 연우를 돌아보았다.

"보리가 좀 이상하죠? 우리 별거 중인 거 알고부터 애가 많이 변했어요."

"그래서 돌아오신 거예요?"

"뭐, 그 이유가 80%라고 봐야죠."

"그럼 오빠하고는 다시 합치시는 거예요?"

연우의 조심스런 물음에 선경은 알 수 없는 미소만 지은 채 아무 말도 하지 않았다. 보리 때문에 돌아왔다면 오빠와의 관계 개선을 바라고 온 것이 아닐까 싶지만, 아니, 정확하게 말하면 아버지와의 관계 개선일 것이다. 오빠와 그녀 사이는 전혀 문제 없어 보이니까. 그러나 한참 만에 입을 연 선경에게서는 의외의 말이 나왔다.

"그냥 이대로도 좋은 거 같아요. 뭐, 꼭 같은 집에 살아야 할 이유 있나? 보고 싶으면 언제든 만나면 되고, 사랑하고 싶으면 하면 되고, 서로 자존심 내세우며 부딪칠 일도 없고, 아버님께 이유없이 무시당할 일도 없고…… 좋잖아요?"

"그럼 보리는 어떡하고요?"

"시간이 지나면 이해해 줄 거예요. 유리도 처음엔 힘들어했었는데 잘 이겨냈어요. 우리가 서로 사랑해서 저 낳았고, 지금도 저를 끔찍하게 사랑한다는 거 알면 문제없다고 생각해요, 난."

"그럼 오빠랑은 그냥 이렇게 지내실 거예요?"

그 물음에 그녀는 다시 알 수 없는 미소만 지었다.

"글쎄요?"

연우는 선경에게 한 번 더 생각해 보라는 말을 하려다 입을 다물어 버렸다. 아버지의 노골적인 무시와 폭군 같은 모습에 학을 떼며 미국으로 떠나 버렸던 그녀에게 다시 그런 시아버지와 얼굴을 마주하라는 말을 할 수가 없었다. 연우 자신이어도 아마 선경과 같은 결정을 내리지 않았을까? 아니, 오히려 선경보다 더 극단적인 결정을 내려 버리지 않았을까, 하는 생각이 든다. 화장실에 갔던 보리가 강우의 손을 잡고 재잘거리며 돌아오고 있었다.

"저 녀석, 내 앞에선 한 마디도 안 하더니 오빠 앞에선 종달새 같네."

종달새 같은 아들의 손을 잡고 오는 오빠의 모습이 안타까워 보였다. 아버지가 오빠의 저런 모습을 알고나 있을까 싶다. 정말 그러고 싶지 않지만 연우는 다시 아버지가 원망스러워졌다.

어떡하든 보리를 꼬드겨 보려고 애를 써보지만 자꾸만 쏙쏙 빠져나가는 녀석 때문에 연우는 안달이 났다. 강우는 선경과 있을 둘만의 시간이 절실해 보였고, 연우는 어떡하든 그 시간을 만들어 주고 싶었다. 급기야 칭얼거리기까지 하는 보리를 억지로 꼬드겨 아파트로 왔다. 보리는 씻자마자 잠이 들어버렸다. 이불을 다독여 주고 거실로 나온 연우는 그제야 생각난 듯 휴대폰을 꺼냈다. 부재중 전화가 세 통이나 와 있었다. 모두 식사를 하며 보리와 실랑이를 하던 그 시간에 걸려온 승하의 전화였다. 연우는 액정에 찍힌 '나무' 란 이름을 손가락으로 가만 만져 보았다. 마음이 찌릿하니 아프다. 이렇게 마음이 저린 걸 보니 정말 많이 보고 싶은 게 분명하다.

승하는 수업을 마치자마자 다시 화실로 향하는 버스에 몸을 실었다. 나와 있지도 않을 그녀를 생각하며 또다시 마음이 앞선다. 일주일 내내 연우는 전화를 받지 않았다. 오늘도 연락이 되지 않으면 아버지께 연우가 사는 곳을 물어볼 참이다.

버스에서 내려 느린 걸음으로 화실에 도착한 승하는 문 앞에서 잠깐 서성거리다가 휴대폰을 꺼내었다. 그리고 '숲'을 찾아 통화버튼을 눌렀다. 부레(Bouree)의 경쾌한 리듬이 들렸다. 그녀의 전화 속 음악도 부레다. 이 음악이 끝나면 폴더를 내릴 것이다.

갑자기 음이 뚝 끊겼다. 승하는 뭐가 잘못되었는지 확인하기 위해 전화기를 들여다보다가 다시 귀를 대어보았다. 저쪽에서 전화를 받은 것이 분명하다. 승하는 의심스런 목소리로 그녀를 불러보았다.

"선생님?"

작고 까만 구멍에서 거짓말처럼 연우의 목소리가 흘러나왔다.

[어…… 어디야?]

"여, 여기 화실……."

화실 앞이라는 말을 채 꺼내기도 전에 화실 문이 조용히 열렸다. 건조하고 말간 얼굴의 연우가 역시나 건조한 눈으로 승하를 올려다보았다.

"일찍 왔네?"

아무 일도 없었던 것처럼 생긋 웃기까지 한다. 심장이 멎을 것 같았다.

"뭐 해? 계속 그렇게 서 있을 거야?"

승하는 그제야 꿈에서 깨듯 성큼 걸음을 옮겨 안으로 들어섰다. 너무나도 익숙한 물감 냄새가 승하를 맞았다. 의자 앞에 캔버스가 놓여 있고 축축한 물감 냄새가 나는 것으로 보아 그녀는 그림을 그리고 있었던 듯하다. 승하는 따가운 시선으로 연우를 살폈다. 그렇게 생각해서 그런지 얼굴이 조금 핼쑥해진 것 같다.

"저……."

"커피……."

두 사람의 입에서 동시에 말이 나오자 연우는 잠깐 웃다가 다시 입을 열었다.

"커피 한 잔 끓여줄래? 네가 끓여주는 커피 마시고 싶어."

그녀의 얼굴은 따뜻하다. 눈빛도, 목소리도 따뜻하다. 좋은 징조 같다.

승하는 메고 있던 가방을 얼른 벗어 의자에 걸어두고 주방으로 갔다. 따르륵 가스 불이 켜지고, 물 끓는 소리와 딸각딸각 찻잔 부딪치는 소리도 들리고, 이내 진한 커피 향이 피어올랐다. 커피를 타는 승하의 행동들은 물처럼 부드럽다. 이 작은 소리 하나하나들이 몹시도 그리웠던 일주일이었다. 어느새 김이 모락모락 올라오는 커피 잔이 탁자 위에 놓였다. 잔이 하나밖에 없는 것을 보고 연우가 의아한 듯 물었다.

"넌 안 마셔?"

"네."

"왜? 같이 마시지."

"그냥, 마시고 싶지 않아요."

실은 넘어가지 않을 것 같아서 타지 않았다. 그녀에게 무슨 말이든 듣기 전에는 아무것도 넘길 수 없을 것 같다. 승하의 긴장한 표정을 짐짓 무시하며 연우는 커피 맛을 음미했다. 입 안에 감도는 고소한 끝 맛이 정말 일품이다.

"아, 맛있다."

연우는 혼잣말처럼 중얼거렸다. 승하는 그런 연우가 야속했다. 커피를 다 마신 연우는 승하가 미처 다른 말을 꺼내기도 전에 그림을 그리자고 다그쳤다.

"일주일이나 붓을 잡지 않았더니 느낌이 다 달아나 버렸어. 다시 집중하려면 이삼 일 걸릴 것 같다."

그리고 방해하지 말라는 듯 그림 속으로 빠져 버렸다. 승하는 몇 번이나 입을 달막거리다가 포기하듯 연필을 들었다. 그러나 그림에 집중이 되지 않는다. 그녀는 혼자 뭐가 즐거운 듯 콧노래까지 흥얼거리며 그림을 향해 눈을 반짝였다.

한 시간쯤 지난 후부터 연우는 내내 승하의 뒤에 서 있었다. 그리고 전에 없던 잔소리를 해댔다.

"이쪽을 스케치 할 땐 연필을 눕혀야 그림이 날카로워 보이지 않지. 아니, 조금 더 눕혀.”

그리고 승하의 손에 들린 연필의 각도를 직접 조절해 주었다. 가르쳐 준 대로 연필을 잡고 스케치를 하자 그녀는 칭찬하듯 등을 따뜻하게 쓸어주기도 했다. 그러다 승하의 신경이 연우에게 쏠리며 집중이 흐려질 때는 매운 손바닥으로 어깨를 모질게 탁 쳤다. 그녀의 뜻이 무엇인지 승하는 도무지 가늠이 되지 않았다. 그림을 그리는 내내 마음이 타 들어갔다. 궁금하면 물어보면 될 것을 그것조차 못하겠다. 연우의 입에서 감당 못할 거부의 말이 나와 버릴까 봐 두려운 것이다. 마칠 시간이 되어 가방을 정리하며 승하는 스스로에게 몹시 화가 났다. 얼굴이 새까매지도록 속이 타고 있는 자신을 빤히 바라보면서도 아무 말도 해주지 않고 있는 연우도 원망스러웠다. 잔뜩 굳은 얼굴로 고개를 꾸벅하고 돌아서 문고리를 잡는 순간 연우의 목소리가 들렸다.

“네가 나무면 난 뭐야?”

무슨 뜻인가 잠깐 생각하는데 다시 그녀의 말이 들렸다.

“혹시 내가 숲이야?”

아, 그제야 연우의 말뜻을 이해한 승하가 보일 듯 말 듯 고개를 끄덕였다. 그녀가 무슨 말인가를 들려주려 하고 있었다. 승하의 눈은 두려운 듯 흔들렸다. 건조한 듯도 보이고, 따뜻한 듯도 보이는 그녀의 표정만으로는 뜻을 짐작하지 못하겠다.

연우의 눈이 승하의 얼굴을 훑었다. 많이 보고 싶었는데……
그래서 두 시간 내내 바라보았는데도 여전히 목이 마를 만큼 보고 싶은 얼굴이다. 한참을 말없이 얼굴만 살피던 연우가 드디어 입을 열었다.

"그럼…… 숲이랑 나무랑 사랑하는 거네?"

숲이랑 나무랑 사랑하는 거네?

숲이랑 나무랑…… 사랑하는 거네!

그 말의 뜻을 깊이 생각하고 싶지 않았다. 그저 들리는 대로 숲과 나무는 서로 사랑하고 있다는 뜻이다. 가방을 떨어뜨린 승하가 터질 듯한 얼굴로 성큼 다가섰다. 연우의 눈동자도 흥분으로 일렁이는 것 같았다. 빠른 걸음으로 다가온 승하는 아무 말도 필요 없다는 듯 강한 힘으로 연우를 안았다. 그 힘에 밀려 연우의 몸이 벽에 부딪혔다. 놀란 연우가 잠깐 밀어내 보았지만 승하는 꼼짝도 하지 않았다. 너무나 힘껏 안았기 때문에 숨조차 쉴 수 없었다. 울컥 안은 승하의 몸이 전율에 떨렸다. 쿵쿵 울려대는 그의 심장 소리에 연우의 몸까지 움찔거릴 지경이었다. 그 흥분이 그녀에게로 건너왔다. 연우는 천천히 손을 올려 승하의 등을 안았다. 처음엔 어색하게, 조심스럽게. 그러나 이내 그녀의 팔에 힘이 들어갔다.

꼭 껴안은 채 풀지 않는 승하의 팔을 억지로 떼어내었지만 승하는 가고 싶어하지 않았다. 성큼 다가와 그녀를 꼭 껴안았던 그 격한 감정을 여전히 추스르지 못한 채 그녀만 응시했다. 시간이 지났으니 얼른 가라고 밀어내어도 승하는 꿈쩍도 하지 않았다. 고집불통 어린아이 같았다.

"정말 학원 안 갈 거야?"

"이대로 가고 싶지 않아요. 오늘만요. 잠깐만 더 있다 갈게요."

조금만 더 그녀 곁에 있고 싶다는 간절한 승하의 애원에 연우는 어쩔 수 없이 웃고 말았다. 불도 켜지 않은 화실 안에서 두 사람은 어깨를 기대고 소파에 앉아 있었다. 창으로 들어온 가로등 불빛과 간간이 지나는 자동차 불빛 때문에 서로의 얼굴을 훤히 볼 수 있었다.

"일주일 내내 이곳에 왔던 거야?"

"네, 갈 곳이 없었어요. 다른 곳에는 가고 싶지 않았어요. 선생님은요? 선생님은 어떻게 지내셨어요?"

"난 음…… 고민도 하고, 생각도 하고."

그러고 보니 그녀의 얼굴이 안되어 보였다. 며칠 얼마나 깊은 고민을 했을까 생각하니 마음이 쓰렸다.

"그리고…… 좀 아팠어."

그 소리에 승하가 놀라듯 고개를 돌렸다. 놀라움과 걱정이 가득한 그 모습이 새삼스러워 연우는 피식 웃었다. 승하의 걱정스런 눈빛에서 그녀를 향한 지극한 순수와 사랑이 느껴졌다. 아무 계산도 두려움도 없는 사랑뿐인 사랑.

내가 이 사랑을 받아들이는 것이 과연 옳은 일일까?

잠깐 생각하던 연우는 이내 고개를 흔들었다. 중요한 것은 자신의 마음에 대해 솔직해지는 것이다. 숨기고, 억압하고 그래서 얻은 평화가 과연 행복한 삶일까? 아니라고 생각한다. 그녀는 지금껏 자신의 감정에 솔직하게 살아왔고 지금도 그러고 싶다.

"그냥 몸살이었어. 병원 가서 링거 주사 맞고 약 먹고 했더니 금방 나았어."

"저 때문이었어요? 제가 선생님을 사랑한다고 해서……."

"아니, 나 때문이었어. 널 사랑하는 것 같은 내 마음 때문에, 그게 쉽게 인정이 되지 않아서 병이 났었어."

그 말에서 오늘 이렇게 화실에 나오기까지 그녀가 얼마나 많은 고민을 했었는지 짐작이 갔다. 그녀는 사랑이라는 말을 독특하게 또박또박 말했다.

"솔직히 지금도 이게 옳은가, 하는 의문이 없는 건 아냐. 하지만…… 나를 속이며 살고 싶진 않아."

창으로 들어온 불빛이 승하의 얼굴에 일렁 그림자를 드리웠다. 연우는 고개를 돌려 승하의 얼굴을 살폈다. 희미한 빛 속에서도 승하의 눈은 서늘한 빛을 발하며 빛났다. 음영이 드리워진 얼굴은 더욱 조숙해 보였고 꼭 다문 입술은 무거웠다. 무겁게 다물어져 있던 그 입술이 어둠 속에서 달싹 움직였다.

"언제까지나……."

그러나 연우의 말이 승하의 다음 말을 막아버렸다.

"어떠한 다짐도 맹세도 하지 말자. 그냥 솔직하게, 정직하게, 그리고 용감하게…… 그렇게 사랑해."

연우는 승하의 무릎에 놓인 손을 꼭 쥐었다. 한동안 잡혀 있던 승하의 손이 빠져나가더니 그 커다란 손으로 연우의 손을 다시 꼭 쥐었다. 숨어들지 않고 솔직하게 자신의 감정을 드러내는 연우가 고맙고 자랑스럽다. 솔직하게, 정직하게, 그리고 용감하게 사랑하자는 연우의 말에 동의한다는 듯 승하는 고개를 끄덕였다. 그리고 촉촉하고 조그만 이 손을 절대로 놓치지 않을 것이라는 혼자만의 다짐도 했다.

이게 어디에서 나오는 용기인지 모르겠다. 이제껏 살아오면서 집을 뛰쳐나온 것 외에 이렇게 무모한 길을 선택했던 적은 없었다. 이건 언제나 단호하고 명확한 길만을 선택했던 서연우의 모습이 아니다. 그러나 또한 서연우이기에 선택할 수 있는 길이기도 하다.

가자, 가보자. 가다 보면 길도 보이고 방법도 보이겠지. 지금은 오직 사랑만 하자.

창으로 비쳐 들어오는 희미한 불빛에 승하의 눈은 유난히 반짝였고, 짙은 음영 속에 반듯한 이목구비가 오히려 또렷하게 드러나 보였다.

사랑은 느닷없이 쏟아지는 소나기 같다. 가늠할 틈도 없이 젖어버렸고, 깊이 들어와 버렸다. 그것은 혼란이기도 하고 짜릿한 희열 같기도 하다.

"첫사랑이에요."

그 말을 하는 승하의 눈동자는 스쳐 가는 불빛에 떨렸다. 순간 연우는 한 번도 느껴보지 못한 격정적인 감정이 자신을 휘감는 것을 느꼈다. 잠들어 있던 몸에서 파릇한 것들이 돋아오르는 것 같았다. 유치하고 어린 마음이 그녀를 자극했다.

"키스해 봤어?"

느닷없는 물음에 승하는 놀라 고개까지 흔들었다.

"아, 아뇨."

연우는 꼭 잡고 있던 승하의 손을 놓았다. 그리고 다시 담담한 목소리로 말했다.

"해볼래?"

첫사랑의 호기심처럼 그녀의 얼굴에는 어린 장난기가 흘렀다. 한참 동안 승하가 아무 행동도 하지 않았기 때문에 연우는 무안해졌다. 자신의 말에 승하가 많이 당황한 모양이라고 생각했다. 불빛에 시계를 비쳐 보니 이미 열 시가 훨씬 지나 있었다. 그만 보내야겠다.

"이제 그만……."

이제 그만 나가자는 말을 하며 일어서는 연우의 어깨를 승하의 커다란 손이 잡았다. 연우가 움찔하며 빠져나가려고 하자 남은 한쪽 어깨도 마저 잡고 자신 쪽으로 몸을 돌렸다. 그녀의 차갑고 보드라웠던 입술이 살짝 닿다 말았던 그날의 기억이 승하의 가슴을 뜨겁게 했다. 가슴이 감당할 수 없도록 두근댔다. 승하는 떨리는 손으로 연우의 얼굴을 들어 올렸다. 그리고 고개를 숙여 다가갔다.

후끈한 승하의 입술이 다가오자 연우는 꼼짝도 할 수 없었다.

실상 그녀에게 있어서도 키스는 처음이나 다름없다. 윤재와 나누었던 두어 번의 키스는 기억에도 가물할 만큼 밋밋했다. 윤재의 혀가 입속을 침입하는 순간 이상한 불쾌감에 입술을 떼어버렸던 기억뿐이다.

승하의 입술이 떨리듯 살짝 닿았다 떨어졌다. 두근대는 심장 소리가 들렸다. 다시 다가온 승하의 입술이 연우의 입술을 꼭 눌렀다. 촉촉하고, 다정하고, 뜨거웠다. 그러나 그것이 다였다. 다급하게 혀를 밀고 들어오지도 않았고, 섣불리 입술을 벌려 타액을 묻히지도 않았다. 그리고 다가올 때와 마찬가지로 조용히 떨어져 나갔다.

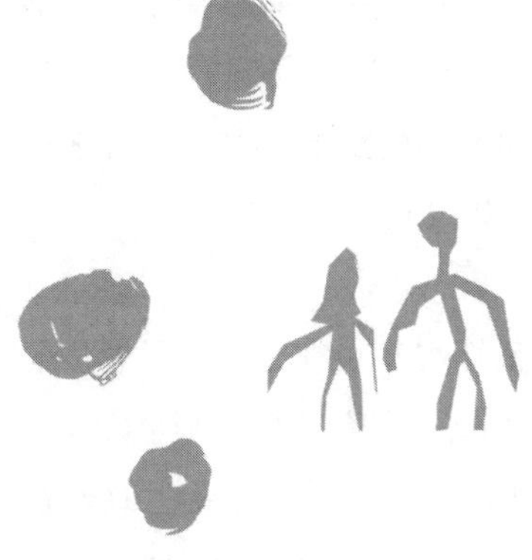

7.

떨려요

"잠이 잘 오지 않아요."

"왜?"

"벅차서요."

승하는 그런 말을 자주, 주저없이 했다. 얼굴은 활력에 넘쳐 빛이 났고, 눈에는 어느새 삶의 진지함도 비쳤다. 그것이 연우를 뿌듯하게 했다. 승하의 얼굴은 조숙함보다는 오히려 첫사랑에 막 눈을 뜬 소년처럼 어려 보였다. 그 풋풋함이 그녀에게도 건너온 듯 마음이 날마다 두근댔고 어려졌다.

"안아봐도 돼요?"

어느 날 수업을 마치고 나가며 현관에서 머뭇거리던 승하가 그렇게 말했다. 그 말이 며칠을 망설인 끝에 나온 말이란 걸 연우는 알고 있었다. 허락을 하기 전에는 아무것도 하지 않겠다는 듯 주먹을 꽉 쥐고 서 있는 승하가 귀여웠다. 연우는 입가에 미소를 머금은 채 천천히 고개를 끄덕였다.

"응."

승하는 잠깐의 머뭇거림도 없이 성큼 다가와 연우를 안았다. 아프도록 꼭 안았다. 옷자락을 어색하게 잡고 있던 연우도 용기를 내어 승하의 허리를 꼭 안아주었다. 꼭 안겨서 듣는 그의 힘찬 심장 소리가 좋았다. 자신의 존재가 그렇게 힘차게 승하를 차지하고 있는 느낌이었다.

석 달을 끌었던 승하의 초상이 완성되었다. 처음 한 달은 이미지 잡기가 힘이 들어 지지부진, 그 다음 달인 5월에 거의 마무리된 그림이었지만 6월 내내 바빠서 완성할 여유가 없었다. 좀 더 솔직히 고백하자면 눈앞에서 살아 움직이는 승하의 얼굴을 들여다보느라 바빠서 그 그림을 돌아볼 시간이 없었다.

연우는 완성된 그림을 다시 한 번 살폈다. 연필을 잡을 때의 승하의 첫 느낌이 서늘하고 날카로웠다면 마지막 색을 입힌 지금 승하의 모습에서는 따듯하고 온화한 빛이 뿜어져 나왔다. 서늘하고 차가웠던 승하의 얼굴에 웃음이 번져 있었다. 웃고 있어도 이상하게 늘 마음을 찌릿하게 하는 아이인데 그림 속 승하는 행복해 보인다. 그래서 그런가? 지금까지 그린 어떤 인물화보다

만족스런 그림이다. 얼른 보여주고 싶지만…… 이 그림은 승하
가 대학에 입학하는 날 입학 선물로 줘야겠다. 연우는 그림을
포장해 노끈으로 묶어 선반 위에 올렸다.

윤재가 다시 전화를 걸어왔다. 그는 다짜고짜 곰배령에 갈지
안 갈지를 결정하라고 했다. 연우는 재빠르게 생각했다. 지금
가지 않으면 일 년 중 곰배령의 가장 아름다운 풍경을 놓칠지도
모른다. 그곳의 풍경을 승하에게 꼭 보여주고 싶다.

"갈게."

연우는 별생각없이 그렇게 말했다.

[정말!]

기대하지 않았던 대답을 들은 듯 윤재의 목소리가 올라갔다.

[민경이도 가기로 했어.]

"나도 데리고 갈 사람 있어."

[누구? 내가 아는 사람이야?]

"승하, 내가 가르치는 입시생. 오빠도 지난번에 한번 봤을
걸?"

[그렇게 해. 그럼 오늘 바로 신청하고 날짜 정해지면 연락할
게.]

잘하는 짓일까? 살짝 걱정도 되지만 곰배령은 승하에게 꼭
보여주고 싶은 곳이다. 그리고 승하도 자신도 그림에 좀 더 박
차를 가하려면 본격적인 더위가 시작되기 전에 한 번쯤 바람을
쏘이는 것도 좋을 것이란 생각이 들었다. 벌써 여름의 시작인

7월이다.

　며칠 후, 윤재는 7월 둘째 주말로 날이 잡혔다는 전화를 했다. 일주일밖에 남지 않았다. 그날, 화실에 온 승하에게 연우는 곰배령 얘기를 꺼냈다.
　"강원도 인제의 점봉산이라고 그곳에 있어. 식물자원 보호 구역이라 산림청의 허가를 받아야 갈 수 있는 곳인데 정상 마루에 오르면 축구장 넓이만한 들판에 들꽃이 융단처럼 깔려 있어. 상상이 가니?"
　연우의 눈은 이미 곰배령 정상에 닿은 듯 아득해져 있었다.
　"그래서…… 가실 거예요?"
　"응, 다음 주말에 가기로 했어. 같이 가자."
　연우는 그녀의 첫사랑이었다던, 그녀에게 실연을 안겨주었다던 그 남자 조윤재와 곰배령에 가겠다고 했다. 승하는 그녀가 설명해 주는 곰배령의 환상적인 모습 따위 귀에 들어오지 않았다. 오직 조윤재, 그 남자의 제의를 그녀가 받아들여 그와 함께 곰배령에 가기로 했다는 사실만이 머리에 쏙 들어왔다.
　"몇 년 전에 오빠들이랑 한번 갔었는데 정말 환상적이었어. 그래서 한동안 들꽃 그림만 그려댄 적도 있었지."
　함께 간 일행들까지 놓쳐 버렸을 만큼 넋을 놓게 했던 들꽃들의 향연을 승하에게도 꼭 보여주고 싶다는 생각을 하며 고개를 돌렸는데 승하의 딱딱한 얼굴이 들어왔다. 왠지 화가 난 듯한 표정이다. 연우는 고개를 갸웃하며 왜 그러느냐고 물었다.

그녀에게 첫사랑이 있었다는 것도, 실연을 당했다는 것도, 그것 때문에 사고를 낼 만큼 화가 났었다는 것도 다 화가 나는 일이다. 상처를 주었던 남자를 친구처럼 받아들일 수 있다고 생각하는 연우의 사고도 마음에 들지 않았다. 간간이 화실에서 그 남자가 다녀간 흔적을 느낄 때는 화가 나서 견딜 수 없었다. 그런데 함께 여행을 가겠다고? 억누르고 있던 질투심에 화륵 불이 붙어버렸다. 잔뜩 힘이 들어간 턱을 실룩이던 승하가 퉁명스런 말을 내뱉었다.

"가지 마세요."

"뭐?"

"가지 마시라고요!"

버럭 소리를 지르는 승하의 눈에서 새파란 불똥이 튀었다.

막 시작된 여름 더위가 화실 안을 덮쳤다. 짧은 정적이 흐르는 동안 두 사람의 눈이 공중에서 엉켰다. 얼마 후, 이마가 살짝 찡그려지며 웃음기가 사라지는 연우의 얼굴을 보고서야 승하는 자신이 잘못했다는 것을 깨달았다. 차고 건조한, 감정을 억누른 연우의 음성이 들렸다.

"왜 가지 말라는지 이유를 설명해 봐."

건조한 그 음성 속에 아릿한 날이 서려 있었다. 승하는 당장 사과하려고 했다. 그러나 입이 쉽게 떨어지지 않았다. 무작정 그녀에게 끌려가기 싫었다.

첫사랑이었다는 남자가 제 여자 곁을 맴도는데 가만있을 남자가 어디 있을라고?

그런 생각이 들었다.

"내년에 가요, 저랑 둘이서."

"왜 가지 말라는지 이유를 설명해 보라고."

연우는 승하의 눈에 가득한 질투의 불을 이미 느끼고 있으면서도 재차 물었다. 한 번도 생각해 보지 않았던 난데없는 승하의 이런 반응이 당황스럽다.

"그 사람…… 그 사람과 간다는 게 마음에 안 들어요. 싫어요."

"그래서 너도 함께 가자고 하잖아."

"제가 만약에 못 가면요?"

못 가면 둘이서라도 갈 거냐고 새파란 승하의 눈이 물었다. '그래' 라고 대답을 해버리면 눈에서 그 새파란 물을 좌륵 쏟아내어 버릴 것 같다. 승하의 예민한 이성이 스스로 상처라도 내어버릴 듯 날카로워져 있었다.

"그 사람 여동생도 같이 가기로 했어."

조윤재와 서연우, 두 사람이 사랑했던 기억을 고스란히 가지고 있을 그 여동생과 장본인 두 사람. 그 속에 나를 끼워 가겠다고?

승하의 눈에서 가라앉았던 새파란 불똥이 다시 화륵 피어올랐다.

“그 여동생도 선생님과 그 사람이 친구 하기로 한 거 아나
요?”

“글쎄?”

“당황스럽지 않을까요? 어쩌면 올케가 됐을지도 모르는 여자
였는데 말이에요. 아, 아니지. 가볍게 깔끔하게 받아들일지도
모르겠군요. 저같이 뒤틀린 성격들이 아닐 테니…….”

승하의 입꼬리가 실룩 비틀려 올라가며 특유의 기분 나쁜 조
소가 흘렀다. 처음 이곳에 왔을 때 입가에 늘 달고 다니던 픽 새
어나오는 그 조소다.

“너 지금…… 내가 윤재 오빠와 친구 하기로 한 것에 대해 비
웃는 거니?”

“아뇨, 제가 감히 어떻게 선생님을 비웃겠어요. 그 사람이 친
구 하자고 한 진짜 속뜻이 뭔지 알지도 못하는데요. 친구가 되
어주는 선생님 마음이 뭔지도 모르겠고, 이해도 안 되고, 수용
도 못하는 저 같은 어린 녀석이 무슨…… 첫사랑과 여행 간단
한마디에 이렇게 속이 뒤틀려서 정신 못 차리는 녀석이 무
슨…….”

승하는 뒤틀린 속에서 나오는 말들을 아무렇게나 쏟아내다가
문득 입을 다물어 버렸다. 정말 속이 뒤틀려서 정신을 못 차리
겠다. 꽉 쥔 주먹 안에서 뚝, 연필 부러지는 소리가 들렸다. 그
소리는 멀찍이 떨어진 연우의 귀에까지 들렸다. 승하의 저런 모
습이 이해가 되면서도 한편으로는 화가 난다.

윤재와 나의 관계를 승하는 여태 저런 식으로 생각해 왔던 것일까? 서연우의 첫사랑 조윤재, 내가 친구라는 이름하에 그에게 뭔가 찌꺼기라도 남기고 있다고 생각했던가? 세상에! 그럼 그동안 윤재가 이곳을 다녀갈 때마다 내내 얼마나 괴로웠을까? 재가 저런 생각이 들도록 한 번이라도 내가 조윤재에 대한 감정을 드러낸 적이 있었던가? 쳇! 드러내려고 해도 뭐가 있어야 드러내지!

억지도 저런 억지가 있을까 싶다. 그동안 승하가 워낙 조숙한 모습을 보였었고 무엇보다 특별한 말이 필요없을 만큼 서로의 마음을 잘 이해했기 때문에 지금의 승하의 모습이 더 당황스러운지도 모르겠다. 승하가 저러는 것이 어쩔 수 없는 어린 나이 때문인지, 아니면 결국은 유치한 놀음일 수밖에 없는 사랑 때문인지 모르겠다.

연우는 들고 있던 붓을 던져 두고 승하에게 다가갔다. 꽉 쥔 주먹 탓에 승하의 몸은 잔뜩 경직되어 있었다. 슬쩍 내려다보니 꽉 그러쥔 주먹 안에 부러진 연필이 꺾인 모습 그대로 들어 있다. 뾰족해진 승하의 마음처럼 뾰족하게 드러나 있는 연필심, 그 끝에 찔려 독기로 부풀어 오른 질투심이 승하의 양 볼에 불룩했다. 어이없기도 하고 화도 나지만 귀엽기도 하다.

얠 어떻게 달래주나?

승하의 길쭉한 등을 쓸어보던 연우는 뒤로 다가가 어깨를 꼭 잡으며 고개를 옆으로 숙여 승하를 들여다보았다. 그리고 부드럽고 다정한 목소리로 물었다.

"왜 그래? 난 조윤재 씨에 대한 내 감정을 네가 다 이해하고 있다고 생각했는데 아냐? 다시 설명해 줘?"

굳이 그녀의 설명을 듣고 싶지는 않다, 조윤재, 그가 그녀에게 더 이상 아무것도 아니라는 걸 다 아니까. 그래도 그 사람이 연우의 주변에 얼쩡거리는 건 싫다. 함께 여행 가는 건 더더욱 싫다. 곰배령에 가지 않겠다는 대답을 받아내야 하는데 그녀의 말을 듣다 보면 다 옳은 말뿐이기 때문에 대꾸할 말이 없어져 버릴 것이다. 말이나 논리로는 그녀를 절대로 이기지 못할 것이니 이럴 땐 막무가내로 나가는 수밖에 없다.

"안 간다고 하시면 그걸로 다 설명이 되잖아요. 다른 설명은 필요없어요."

"이미 가겠다고 했는데 어떻게 안 가. 너랑 함께 가겠다고 했어. 가자, 응?"

그녀는 승하의 말을 무시한 채 다시 목에 팔을 두르고 다정하게 얼굴을 들여다보았다. 이렇게 달래주면 금방 풀려 버릴 어린 심술이라 생각했다. 그러나 승하의 얼굴은 금방 풀려 버릴 어린 심술만으로 보이지는 않았다. 그는 그녀가 생각하는 것보다 훨씬 심각한 것 같았다.

그 다음 주는 내내 곰배령 가는 일로 냉전이었다. 어떤 설명도 타협도 소용없을 만큼 가지 말라는 승하의 요구는 막무가내였다. 도대체가 말이 안 통하는 덩치 큰 어린애가 떡하니 버티고 앉아 있는 것 같았다.

사실, 월요일에 화실로 나올 때만 해도 한 번 더 얘기해 보다 정말 싫다고 하면 안 갈 작정이었다. 승하와 마음이 상해가면서까지 굳이 가야 할 이유도 없었고, 또 그럴 만큼 절실히 가고 싶은 것도 아니었다. 그런데 승하가 들어서자마자 퉁명스런 얼굴로 그 얘기를 꺼내는 바람에 기분이 틀어져 버렸다. 내가 네 고집에 꺾이랴, 하는 오기가 불끈 생겨 버렸다. 급기야 금요일 날 수업을 마치며 연우는 '난 기어코 가야겠으니 오려면 오고 말려면 말아라' 하는 식의 말을 내뱉고 말았다. 그 소리에 승하는 붉어져 터질 듯한 얼굴로 연우를 노려보았다.

고집불통! 쇠심줄! 정말 똥고집쟁이 같은 여자다. 할 수만 있다면 아무 데도 못 가게 꽁꽁 묶어버리고 싶다.

"전 안 갈 거예요."

"맘대로 해."

"정말 안 갈 거라고요!"

떼쟁이 같은 울먹거림이 들렸지만 연우는 못 들은 척했다.

울기라도 하겠다는 거야, 뭐야? 정말 못 말리는 어린 녀석이잖아? 떼쟁이가 따로 없어!

흥, 콧방귀를 뀌듯 창 쪽으로 고개를 돌려 버리는 연우를 보며 승하는 발이라도 꽝꽝 굴리고 싶었다. 정말 간다면 가만두지 않겠다고 으름장이라도 놓고 싶었다. 그러나 심장만 사납게 벌렁거릴 뿐 도무지 입이 떨어지지 않았다. 승하는 거칠게 가방을 챙겨 인사도 없이 화실을 나와 버렸다. 꽝, 문을 부술 듯 닫아버리고 계단을 뛰어내려 왔다. 성큼성큼 걷다가 휙 돌아보았지만 화실 창은 꽁꽁 닫혀 있었다.

토요일 내내 연우는 휴대폰을 손에 꼭 쥐고 있었다. 액정에 '나무'란 이름이 찍히기를 기다렸다. 승하가 전화를 걸어 화를 내든 징징거리든 한 번만 더 가지 말라고 하면 '그래, 알았어'라고 대답을 해주었을지도 모른다.

일요일 아침, 조금 이른 시간에 집을 나섰다. 곰배령까지는 윤재의 차로 가기로 했기 때문에 근처 유료 주차장에 차를 세워 두고 타박타박 걸어 약속 장소로 갔다. 윤재는 아직 도착하지 않았다. 밤새 잠을 설쳐서인지 피곤이 몰려왔다. 커피라도 한 잔 마셨으면 좋겠다 생각하며 자판기를 찾아 두리번거리는데 커다란 그림자 하나가 앞을 턱 가로막았다. 승하였다.

가벼운 등산복 차림을 한 승하는 처음 화실에 왔을 때만큼이나 서늘하고 우수에 젖은 눈으로 연우를 내려다보았다. 속이 많이 상했던 듯 얼굴도 까칠했고 눈도 충혈되었다. 승하의 얼굴은 여전히 연우를 원망하는 기색이 역력했다. 그러거나 말거나 연우는 꼭 껴안아 주고 싶을 만큼 승하가 온 것이 반가웠다. 미안함과 반가움이 섞인 야릇한 미소를 지으며 다가가 무슨 말인가 건네려는 찰나, 윤재의 목소리가 들렸다.

"일찍 왔네?"

환한 얼굴로 다가오는 그의 뒤에 깜찍하고 귀여운 외모의 아가씨가 달랑달랑 따라왔다.

"연우 언니!"

달려와 손을 잡고 폴짝폴짝 뛰어대는 그녀는 삼 년 만에 보는 윤재의 여동생 민경이었다. 스물셋, 대학 졸업반이라 하기에는 아직도 어려 보이는 그녀는 하는 행동마저 통통 튀는 발랄한 아가씨로 자라 있었다. 민경은 승하를 따라 뒷좌석으로 오르는 연우를 당겨 앞좌석으로 밀어 넣었다. 그리고 자신이 먼저 승하의 옆 자리에 냉큼 앉아버렸다.

"언니가 앞에 타. 난 앞에 타면 머리 아파."

어쩔 수 없이 앞좌석에 올라 안전벨트를 매고 고개를 드니 룸미러 속에서 승하의 눈이 뚫어지게 그녀를 바라보고 있었다. 더 이상 사납지도 않고, 서늘하지도 않은…… 곧 병이 나고 말 것 같은 여린 눈빛이었다. 연우는 민경에게 밀려 앞자리에 탄 것을 후회했다.

연우가 눈을 떴을 때 차는 어느새 현리를 지나고 있었다. 정말 많이 피곤했던지 차가 출발하자마자 잠이 들었던 모양이다. 그녀는 룸미러를 통해 승하의 눈을 찾았다. 승하는 창에 머리를 기댄 채 잠이 들어 있었다.

"피곤한가 봐. 얜 오는 내내 잠만 자네?"

민경이 심심해 죽겠다는 표정으로 말했다. 차가 덜컹거릴 때마다 승하의 머리도 불규칙적으로 흔들렸다. 까칠한 얼굴로 세상모르고 잠이 들어버린 승하를 보니 마음이 좋지 않았다.

산에 오르기 전에 우선 점심부터 먹자며 음식점 앞에 차를 세우자 승하는 그제야 눈을 떴다. 아침에 차를 탈 때도 그러더니 식당에 들어온 민경은 다시 연우를 윤재의 옆으로 밀어 앉히고 자신은 승하와 나란히 앉았다. 다분히 의도된 듯 느껴지는 그 행동에 연우는 마음이 상했다. 아무리 좋게 보아주려 해도 윤재가 자신에게 다가온 의도는 한 가지뿐이라는 것을 부인할 수 없다. 그것을 알고도 이렇게 함께 곰배령 산행을 감행한 마음은 또 뭔지…… 쯧. 마주 앉은 승하의 얼굴이 까칠한 것을 보며 연우는 갑자기 스스로에게 짜증이 났다.

연우의 손이 움직일 틈도 없이 윤재가 재빠르게 수저를 챙겨 연우의 앞에 가지런히 놓아주었다. 연우는 그것을 다시 승하 앞에 가지런히 놓아주었다. 윤재가 다시 다른 수저를 챙겨 연우의 앞에 놓아주었다. 물 컵도, 물수건도 그런 식으로 연우를 거쳐 다시 승하 앞에 먼저 놓여졌다.

시간이 그다지 많지 않은 관계로 설피마을을 지나 막다른 길까지 차를 몰고 올라가 세워두고 본격적으로 곰배령에 올랐다. 여기서부터는 설렁설렁 올라도 두 시간이면 충분할 것이다. 강선리 계곡을 끼고 울창한 숲으로 들어서자 마치 원시 밀림으로 들어선 듯 발 아래에서 습한 기운이 스멀스멀 올라왔다.

연우는 계곡 초입에 들어서면서부터 카메라를 꺼내어 셔터를 누르느라 정신이 없었다.

이건 마타리, 이건 어수리꽃, 둥근산이질풀, 동자꽃, 그리고

요건 금강초롱…… 이름도 다 기억나지 않는 들꽃들을 카메라에 담는 동안 윤재가 몇 번이나 손을 내밀어도 주지 않던 연우의 가방이 어느새 승하의 어깨에 걸려 있었다.

점심 먹을 때부터 이미 여러 번 연우에게 외면을 당해온 윤재의 기분은 상할 대로 상해 있었다. 가지 않겠다는 민경을 새벽부터 두드려 깨워 온갖 교육을 시켜 데리고 온 건데 처음에는 제법 잘한다 싶던 민경은 어느새 제 임무를 망각하고 승하인가 뭔가 하는 기분 나쁜 연우의 제자 녀석에게 붙어서 종알거리느라 정신이 없었다.

"고3치고는 꾕장히 조숙해 보인다. 정말 고3 맞아?"

"예."

또 짤막. 도대체 예, 아니오 외에는 아는 말이 없는 사람처럼 산에 올라 한 시간 동안 걷는 내내 민경이 승하에게 들은 말이라고는 그것뿐이다. 그렇지만 워낙 붙임성이 좋은 성격인지라 그런 것은 그다지 신경이 쓰이지 않는 듯 민경은 말끝마다 어깨를 툭툭 치기도 하고 옷자락을 당기며 깔깔 웃는 모습이 오래전부터 알고 지낸 사람처럼 스스럼이 없었다.

민경은 처음부터 연우에 대한 윤재의 집착 같은 감정이 마음에 들지 않았다. 게다가 직접 만난 연우 또한 윤재에 대해서는 눈곱만큼도 마음이 없다는 걸 단박에 깨달았다. 그랬기에 민경은 윤재 곁에 그녀를 앉히고 함께 걷도록 교묘히 길을 만들어주고 하는 자신의 행동들이 내내 마음에 들지 않던 터였다. 아, 지겹고 따분해 죽겠다 생각하는 순간 잘 깎아놓은 조각상 같은 연우의 제자에게 문득 호기심이 생긴 것이다. 좀처럼 말이 없는 거나 차고 건조한 눈빛이나 또 뭐라 설명하기 곤란한 여러 느낌들이 재미없는 서연우랑 참 많이 닮았다. 딱 그 스승에 그 제자다.

막 봉우리를 터뜨리고 있는 달맞이꽃에 카메라를 가져가던 연우는 옆으로 손을 뻗으며 승하를 불렀다.

"승하야, 달맞이꽃……."

그러나 당연히 옆에 서 있을 줄 알았던 승하가 없다. 승하는 두어 걸음 앞서 민경과 함께 걷고 있었다. 민경의 손은 승하의 팔에 매달려 있었고, 뭐라 뭐라 종알거리던 민경이 승하의 어깨를 탁 치며 까르르 웃었다. 민경은 막 터진 꽃봉오리처럼 절정에 오른 빛을 뿜고 있었다. 아, 예쁘다! 생각하는 순간 민경의 웃음소리에 섞여 승하의 웃음소리가 들렸다. 이 짙은 숲의 나무를 닮은 승하의 모습과 터질 듯 붉은 웃음을 뿜어내는 민경의 모습이 너무나도 예쁜 그림으로 비쳤다. 민경을 보며 무어라 중얼거리던 승하가 다시 하하 웃었다. 순간 연우의 가슴이 덜컥 내려앉았다. 가슴이 쿵쿵거리고 눈을 어디에 둬야 할지도 모르겠다. 당장 '승하야, 이리 와!' 라고 불러 버리고 싶다.

"달맞이꽃이네?"

슬쩍 다가와 말을 거는 윤재의 존재가 성가시다. 깔깔 웃으며 걸음을 내딛던 민경이 미끈하자 승하의 손이 얼른 그녀의 팔을 잡아주는 모습이 보였다. 싫다. 승하의 옆에 누가 서 있는 것이 이렇게 싫을 수가 없다. 당장 달려가 승하의 옷자락을 잡은 민경의 저 손을 떼어버리고 싶은 마음을 참아내기가 힘이 든다. 어린애도 아니고 이게 무슨 마음인지 모르겠다. 달맞이꽃에 카메라 렌즈를 맞추던 연우는 다시 들리는 민경의 웃음소리에 결국 승하를 부르고 말았다.

“승하야!”

고개를 휙 돌리는 승하와 눈이 마주친 순간 연우의 발이 미끈했다. 그리고 계곡을 낀 밀림 같은 숲으로 굴러 떨어진 것은 순식간의 일이었다.

“헉!”

몸이 뒤로 기우뚱하며 승하의 눈을 놓쳐 버렸다.

“연우야!”

“언니!”

놀라 소리치는 윤재와 민경의 눈에 또 하나의 물체가 낭떠러지 숲으로 빨려드는 모습이 보였다. 마치 연우의 몸과 끈으로 묶인 사람처럼 찰나 같은 순간에 연우가 사라진 낭떠러지로 함께 사라진 사람은 승하였다.

“연우야!”

“언니! 연우 언니!”

윤재와 민경의 외침 소리가 계곡을 울렸다. 그러나 아래에서는 아무 대답이 없었고 계곡 물소리만 요란했다. 밑을 살피려 했지만 짙은 숲으로 가려져 있어 아무것도 보이지 않았다.

"오빠, 어떡해? 어떡해, 어떡해! 구조 요청부터 해야 하는 거 아냐?"

민경은 호들갑을 떨며 폴짝폴짝 뛰었다. 대답이 없으면 정말 구조 요청을 할 생각으로 윤재는 아래를 살피며 다시 애타게 연우를 불렀다.

"연우야! 연우야, 대답해!"

한참 후, 아래에서 연우의 목소리가 들렸다.

"나 괜찮아!"

윤재는 그제야 안도의 숨을 내쉬며 떨어뜨렸던 가방을 들쳐 메었다.

"기다려! 내가 그쪽으로 내려갈게."

"그럴 필요 없어! 우린 이쪽 길로 해서 올라갈 테니까 정상에서 만나!"

아랫길까지 내려가려면 왔던 길을 다시 돌아 내려가서 아랫길을 택해야 하기 때문에 적어도 두 시간 이상은 걸릴 것이다.

"그래도 내려갈게! 상처도 봐야 하고……!"

"정말 괜찮다니까! 아무 데도 다친 곳 없어! 정상에서 만나! 나 이쪽 길 잘 알아!"

연우의 목소리는 정말 아무렇지도 않은 듯 생기있게 들렸다. 민경은 연우의 말을 무시하고 금방이라도 돌아 내려갈 듯 서두르는 윤재의 옷자락을 잡았다. 그러잖아도 이 산행이 지겨워 죽을 판인데 두 시간이나 허비해 가면서 쓸데없이 땀을 빼고 싶은 생각이 없다.

"그래, 오빠. 다시 돌아 내려가려면 두 시간은 걸릴 거야. 언니! 정말 괜찮은 거지? 언니 제자도 괜찮아?"

"괜찮아!"

목소리로 보아 두 사람 다 괜찮은 것 같았다.

"알았어, 언니! 그럼 정상에서 만나! 빨리 와!"

얘기를 마친 민경은 윤재의 옷자락을 당겼다.

"빨리 가, 오빠. 괜찮은 것 같네. 그리고 언니 제자도 함께 있으니까 괜찮을 거야. 괜히 왔다 갔다 시간 낭비할 필요 뭐 있어? 정상에서 만나면 되잖아."

맞는 말이긴 하지만 윤재는 왠지 불안한 마음을 떨칠 수 없다. 이승하, 그 녀석은 어떻게 그렇게 전광석화 같은 몸놀림으로 벼랑 아래로 뛰어들 수 있는지 모르겠다. 아니, 뛰어들었다기보다는 마치 연우와 끈으로 묶여 있었던 것처럼 빨려들었다고 하는 편이 옳을 것이다. 어쩔 수 없이 민경과 정상으로 오르며 윤재는 내내 그것이 의문이었다.

'승하야' 하고 부르는 소리에 돌아보았을 때 연우의 표정이 왠지 성난 어린애 같다고 생각했다. 그러잖아도 민경과 얘기를 나누면서도 신경은 온통 윤재와 함께 있는 연우에게 집중되어 있는 상태였다. 무슨 일일까 한 걸음 내딛는 순간 연우의 몸이 휘청하며 짙은 숲으로 미끄러져 내리는 모습이 보였다. 연우를 붙잡아야 된다는 생각 외에는 아무것도 떠오르지 않았다. 떨어지는 그곳이 얼마나 가파른 곳인지, 위험한 곳인지 따위를 가늠할 겨를이 없었다. 순식간에 몸을 날리듯 뛰어든 승하는 긴 팔을 뻗어 연우의 옷자락을 잡아채었다. 넝쿨로 뒤덮인 낭떠러지를 구르던 두 사람은 굵은 나무 등걸에 부딪히면서 속도가 줄었다. 다시 한 바퀴 굴러 까마득하게 느껴지는 낭떠러지로 떨어지는 순간 연우는 승하의 가슴에 얼굴을 묻은 채 눈을 꼭 감아버렸다. 머리 속이 까마득해지며 나뭇잎이 눈처럼 쌓인 골짜기로 두 사람의 몸이 떨어져 내렸다. 나뭇잎이 몇 년을 쌓여 솜처럼 푹신한 그곳에 두 사람의 몸이 푹 잠겼다가 다시 떠올랐다. 그때까지 승하는 온 힘을 다해 연우를 꼭 끌어안고 있었다.

"괜찮으세요?"

꼭 감고 있던 연우의 눈이 천천히 떠졌다. 그와 동시에 승하의 입에서도 안도의 한숨이 나직이 새어나왔다. 세월의 묵은 냄새가 퀴퀴하게 나는 나뭇잎 위에서 두 사람은 한동안 가만히 누워 있었다. 놀란 가슴은 아직도 두근거렸고, 머리 속도 여전히 아찔한 상태였다. 이름 모를 벌레 소리와 계곡 물소리가 요란하게 귓전을 울렸다. 꼭 껴안은 두 사람은 서로의 얼굴에서 눈을 떼지 못했다. 무언가 뜨거운 기운에 휩싸인 느낌이었다. 이마에서 승하의 뜨거운 입김이 느껴지더니 촉촉한 입술이 내려앉았다.

윤재와 민경의 외침 소리에 그들은 꿈에서 깨듯 고개를 들었다. 연우는 여전히 승하의 얼굴에서 눈을 떼지 않은 채 큰 소리로 괜찮다고 말했다. 짙은 나뭇잎 냄새와 계곡 물소리와 산새 소리, 그리고 숲처럼 푸릇한 승하의 얼굴, 깊은 그의 품을 벗어나고 싶지 않았다. 누구에게도 그들의 시간을 방해받고 싶지 않았기에 말짱하다고, 정상에서 만나자고 말했다.

민경 덕분에 의외로 쉽게 그들과 떨어질 수 있었다. 윤재의 목소리가 더 이상 들리지 않자 승하는 연우의 얼굴을 빤히 들여다보다가 키득 웃으며 그녀를 꼭 끌어안았다. 전혀 그럴 것 같지 않은 연우가 그들을 떼어내는 솜씨가 보통이 아니다. 잠시 안겨 있던 연우는 승하를 떼어내고 일어나 앉으며 물었다.

"너 괜찮아?"

"괜찮아요."

이곳저곳을 살피던 그녀는 승하의 볼이 길게 일자로 긁혀 있는 것을 발견하고 손으로 살짝 건드렸다. 상처에 손가락이 닿자 승하의 얼굴이 찡그려졌다.

"아……!"

"가만있어 봐. 다른 데는 다친 데 없어?"

가만 보니 이마로 목으로 얼굴로 온통 긁힌 자국투성이다. 그에 비해 연우는 승하가 잡아채는 순간 품에 꼭 안긴 채 굴렀기 때문에 상처 하나 없이 말짱한 얼굴이었다. 상처를 살피던 연우는 속상한 얼굴로 주위를 살피며 계곡까지 내려갈 길을 찾았다. 움푹 팬 골짜기로 조그만 길이 보였다.

얼음처럼 차가운 계곡 물에 얼굴을 씻고 가방에서 연고를 꺼
냈다. 연우의 가느다란 손가락이 상처 위를 스칠 때마다 승하의
몸이 움찔움찔했다. 머리 속이 까마득해지던 순간 옷자락을 잡
아채어 가슴에 품던 승하의 마음이 얼마나 절박하게 다가왔던
지 지금도 가슴이 저릿할 지경이다. 연우는 까마득해 보이는 절
벽 위를 다시 올려다보았다. 저 높은 곳에서 떨어지고도 둘 다
이렇게 멀쩡할 걸 보면 정말 하늘의 도움이라는 생각밖에 안 든
다.

"거기가 어디라고 그렇게 생각없이 뛰어들어?"

속상한 연우의 목소리에 승하가 피식 웃음을 흘렸다. 그녀가
눈앞에서 사라지던 순간 승하의 눈에는 연우 외에는 아무것도
보이지 않았었다. 아무 생각도 할 수 없었다. 연고를 다 바른 연
우는 기습적으로 승하의 입술에 입을 쪽 맞추었다.

"상이다. 나 구해준 거 예뻐서 주는 상."

연우의 갑작스런 행동에 움찔하던 승하의 입가에 웃음이 번
졌다. 일주일 내내 틀어져 있던 기분이 한순간에 풀려 버린 느
낌이다. 사실, 아까 점심 먹으면서부터 이것저것 챙겨주는 연우
를 보며 많이 풀리긴 했었지만. 들꽃을 보자마자 넋을 놓은 듯
카메라 셔터를 눌러대던 그녀를 보며 저렇게 좋아하는 걸 왜 그
토록 반대했을까 슬쩍 후회까지 되었었다.

윗길로 가는 것보다 정상에 오르는 시간이 더 걸릴 거라며 서
둘러 일어서는 연우의 손을 승하가 잡았다.

"잠깐만요."

그는 연우를 달랑 안아 계곡물 가운데에 있는 조그만 바위 위에 앉혔다. 그리고 그녀의 양말을 벗겨 차가운 물속에 발을 당겨 넣었다.

"예전에 아버지께서요, 석공 아버지요. 이렇게 하면 산길을 아무리 걸어도 피곤하지 않댔어요."

차가운 물속에서 승하의 커다란 손이 연우의 작은 발을 조몰락조몰락 매만졌다.

"간지러워."

달아나는 연우의 발을 잡아 발가락 하나하나 마사지를 하듯 힘을 주어 꼭꼭 주물렀다. 얼음처럼 차가운 물속에서 부드럽고 따듯한 승하의 손이 발을 꼭 쥐었다 놓을 때마다 피로가 한 꺼풀씩 벗겨져 나가는 것 같았다. 승하는 바지가 흥건히 젖는 것도 잊은 채 연우의 발을 주물렀다. 조그만 발가락이 손 안에서 꼼지락거리는 느낌이 좋았다.

숲을 뚫고 들어온 햇살이 물빛을 받아 승하의 얼굴에 물그림자가 일렁거렸다. 화실에서 그림에 몰두해 있는 승하를 볼 때면 문득문득 얼굴을 만져 보고 싶다든지 입술을 대어보고 싶다는 유혹을 느낄 때가 있었다. 그리고 지금도 물그림자가 일렁이는 그의 투명한 얼굴을 만져 보고 싶은 유혹을 느낀다. 그러나 슬쩍 올라간 연우의 손은 그의 얼굴이 아니라 부드러운 머릿결을 쓸어내렸다.

계곡 물에서 나온 그들은 서둘러 길을 잡아 다시 정상으로 향했다. 처음 오를 때처럼 여전히 연우의 손에는 카메라가 들려 있었지만 이번에 카메라에 담기는 것은 꽃보다 승하가 더 많았다. 계곡의 아름다운 풍경만큼이나 연우의 눈에 비친 승하의 모습도 아름다웠다.

정상을 눈앞에 두고 숨이 턱에 찰 듯 가파른 길이 이어졌다. 가방을 두 개나 메고 그녀의 손을 꼭 쥔 채 가파른 길을 성큼성큼 걷는 승하의 뒷모습이 연우의 눈에 가득 들어왔다. 승하의 모습은 더 이상 어리지 않았다. 어느 순간 승하 속에 숨은 강한 남자가 그녀를 향해 불쑥 걸어나올 것 같다. 연우는 촉촉한 승하의 손을 꼭 쥐었다. 고갯마루가 눈앞에 보이자 승하가 고개를 돌려 물었다.

"그 사람들 앞에서는 손 잡으면 안 되죠?"

"응, 아직은……."

아직은 승하를 사랑한다고 당당하게 말할 용기가 없다. 승하는 그녀의 말을 무시하듯 손을 울컥 잡아당기며 곰배령 정상을 향해 마지막 걸음을 내디뎠다. 순간 천상의 화원이 눈앞에 펼쳐졌다.

"와……!"

짧은 탄성을 내뱉으며 내려다보는데 저 아래 사람들 사이에서 사진을 찍고 있던 윤재와 민경이 그들을 발견한 듯 달려오는 모습이 보였다. 연우는 승하에게 잡힌 손을 돌렸다. 그러나 승하는 그녀의 손을 더욱 꽉 쥔 채 놓아주지 않았다.

"승하야, 놔."

손을 비틀며 다급하게 속삭이자 그제야 승하는 꽉 쥔 손을 놓아주었다.

"좋아요, 대신 그 사람 보면서 웃지 말아요."

눈앞으로 바싹 다가온 승하의 눈이 사납게 일렁거렸다. 무서워라.

돌아오는 길에 연우는 피곤하다며 기어이 승하와 함께 뒷자리를 고집했다. 차가 출발한 지 얼마 지나지 않아 두 사람은 서로에게 기댄 채 잠이 들어버렸다. 곰배령으로 가는 내내 잠을 자더니 돌아오는 길에서도 약속이나 한 듯 두 사람은 잠만 자고 있는 것이다. 룸미러에 비친 그들의 잠든 모습을 보며 민경은 윤재의 눈치를 살폈다.

민경은 연우와 그녀의 제자인 승하라는 애의 사이가 왠지 예사로 보이지 않았다. 처음에는 느끼지 못했는데 낭떠러지에 떨어져 헤어졌다가 정상에서 다시 만났을 때부터 어렴풋이 느껴졌던 것이 룸미러에 비친 그들의 잠든 모습을 보는 지금은 확연히 느껴진다. 무엇이라고 꼭 집어 말할 수가 없는, 여자만 느낄 수 있는 육감 같은 것이라고밖에 표현 못하겠다.

저들은 결코 스승과 제자의 관계만은 아니다!

윤재는 입을 꾹 다문 채 운전에만 집중하고 있었다. 민경은 오빠가 집안을 위해 자신의 사랑을 포기했던 것은 마음 아픈 일이지만 연우와의 사랑을 다시 되돌리고 싶어하는 지금의 그를 결코 응원하고 싶은 마음은 없다.

남자들은 왜 저렇게 다들 단순할까? 오빠는 정말 연우가 다시 자신을 받아들일 거라고 생각하는 걸까?

그건 아무래도 오빠의 이기적인 욕심이라고밖에 생각 못하겠다. 그는 제 감정밖에 생각 못하는 것 같다. 차가 울컥하며 연우의 고개가 기울어지자 눈을 감은 채 그녀의 고개를 살짝 들어 다시 자신의 어깨에 걸치는 승하의 모습이 비쳤다. 민경은 어제 저녁 윤재가 하던 얘기를 떠올렸다.

"연우는 여전히 날 사랑하고 있어. 단지 자존심 때문에 그것을 인정하지 않을 뿐이지. 그러니까 네가 좀 도와줘."

마치 연우와 보이지 않는 끈으로 연결된 듯 순식간에 벼랑으로 뛰어들던 승하를 떠올리며 민경은 고개를 설렁설렁 흔들었다. 윤재가 지금 뭔가 큰 착각을 하고 있다는 생각이 자꾸 든다.

근데 이제 겨우 고3이라니! 그럼 저 둘의 나이 차이가 어떻게 된다는 거야? 아홉 살! 설마? 서연우가 그런 철없고 무모한 사랑을 할 사람은 결코 아닌데……?

민경은 혼자서 온갖 상상을 하며 윤재가 왠지 측은한 생각이 들었다. 첫사랑에 상처 입은 사람은 연우가 아니라 오히려 윤재 같다.

집까지 데려다 주겠다는 윤재의 말에 연우는 아침에 만난 장소에서 가까운 유료 주차장에 차를 두었다며 그곳으로 데려다 달라고 했다. 내내 참고 있던 윤재의 얼굴에 어두운 그늘이 졌다. 말은 하지 않지만 그는 오늘의 산행에서 여러모로 상처를 입은 듯했다. 점심 먹으면서부터 내내 이어졌던 연우의 외면과 낭떠러지에서 실족한 연우를 향해 몸을 날리던 승하의 모습, 그리고 정상에서 다시 만난 그들에게서 느껴지던 묘한 분위기까지……. 어두워진 윤재의 얼굴과 묘한 호기심으로 반짝이는 민경의 눈을 뒤로하고 연우는 차를 출발시켰다. 그들이 시야에서 완전히 멀어지자 연우는 가볍게 한숨을 내쉬었다.

저런 느낌들…… 너무 싫다. 윤재는 더욱 고집스러워질지도 모르고, 눈치 빠른 민경은 가볍고 호기심 많은 그 입으로 모임에 나가 어떤 말을 흘리고 다닐지 알 수 없다.

어릴 적 아버지에 의해 인연이 맺어져 만들어졌던 그 모임, 자신들을 무슨 별나라의 종족쯤으로 알고 있는 그들 사이에서 자신의 존재가 어떻게 받아들여지고 있는지 연우는 잘 안다. 그 도도함을 한 번쯤 모질게 꺾어버리고 싶은 거북살스러운 존재가 연우일 것이다. 그들이 말하는 연우의 도도함이란 자신들을 지독한 돈의 노예쯤으로 여기는 연우의 청청한 눈빛을 두고 하는 말이다. 그러나 연우는 결코 그들을 경멸한 적이 없다. 그저 그런 삶이 편치 않을 뿐이다. 언젠가 준하에게 했던 말처럼 그들이 솔잎을 먹는 송충이들이라면 그녀는 자신이 송충이에게서 태어난 돌연변이 누에가 분명하다는 생각이 든다. 그들의 모든 사고가 이토록 거북스러운 걸 보면…….

"괜찮을까요?"

자동차에 속도를 올리자 승하가 걱정스러운 투로 물었다.

"뭐가?"

"저 사람들요. 조민경이란 여자는 뭔가 눈치를 챈 거 같은데…… 죄송해요, 제가 조심했었어야 하는데."

곰배령 정상에 올라 자신이 너무 노골적으로 연우의 곁에만 붙어 있었던 것 같다. 걱정이 가득한 승하의 얼굴을 보며 연우는 피식 웃었다.

"그래서? 소문날까 봐 두려워?"

"전…… 선생님이 걱정돼요."

승하는 수심이 가득한 얼굴로 정면을 응시했다. 자신은 잃을 것이 없으니 두려울 것도 없다. 그러나 연우는 다르다. 그녀에게는 이제 막 꽃을 피우고 있는 재능이 있고, 그 재능을 알아주는 세상이 있다. 그리고 사랑하는 가족들이 있다. 어쩌면 그녀 인생의 전부일지도 모를 그것들에 금이 갈지도 모르는 일이다. 그런 상처를 입으면서까지 연우가 자신과의 사랑을 지켜줄까? 갑자기 아무것도 확신할 수 없는 믿음이 두려움이 되어 그를 삼켜 버릴 것 같다.

"뭘 그렇게 걱정해?"

운전을 하던 연우가 갑자기 조용해진 승하를 돌아보다 가볍

게 어깨를 툭 치자 승하에게서 단말마 같은 신음 소리가 새어나
왔다.

"윽!"

"왜 그래?"

"아니, 아니에요."

아니라고 하면서도 승하는 손으로 어깨를 감싼 채 얼굴이 고
통스럽게 일그러졌다. 깜박이를 켜고 갓길에 차를 세웠다. 거부
하는 승하의 손을 뿌리치고 소맷자락을 슬쩍 들추어보았다. 어
깨 아래 팔뚝이 퉁퉁 부었고 거무스름하게 멍들어 있었다.

"세상에……!"

"아까 굴러 떨어질 때 나무에 부딪혔어요."

"왜 말 안 했어!"

"아깐 괜찮았거든요."

뼈를 다치지는 않았을까 걱정스럽다. 응급실에라도 가볼 생
각으로 급하게 시동을 걸었다. 그러나 승하는 병원에는 가지 않
겠다고 버텼다.

"응급실까지 갈 정도는 아니에요. 며칠 지나면 가라앉을 거예
요."

고집스럽게 가지 않겠다고 버티는 애를 끌고 갈 수도 없
고…… 약국도 이미 문을 닫았을 시간이다. 집으로 가봐야 승하
의 상처를 살펴보고 약을 발라주고 할 사람이 없다는 걸 뻔히
알면서 이대로 보낼 수는 없었다. 연우는 잠깐 망설이다 자신의

아파트 쪽으로 차를 몰았다. 망설임보다는 승하의 상처가 더 걱정되었다.

승하는 현관에 서서 머뭇거리며 집 안을 들여다보았다. 상상해 왔던 모습 그대로다. 그녀의 아파트엔 아무것도 없다. 그러나 모든 것이 꽉 들어찬 담백한 느낌, 바로 그녀의 모습이다. 연우는 탁자 위에 가방을 툭 던지고 방으로 들어가더니 구급함을 들고 나왔다. 그때까지 승하는 현관에 서 있었다.

"뭐 해? 얼른 들어와."

그녀는 승하의 손을 이끌어 소파에 앉히고 반팔 소매를 살짝 걷어보았다. 검푸른 빛깔의 멍이 얼룩처럼 온 팔뚝을 뒤덮고 있었고 멍은 어깨 쪽과 등 쪽까지 번져 있었다. 팔의 움직임으로 보아 뼈가 상한 건 아닌 것 같지만 일단은 윗도리를 벗어야 찜질을 하든지 약을 바르든지 할 수 있을 것 같았다.

"안 되겠다. 윗도리 좀 벗어봐."

"집에 가서 제가 약 바를게요."

"등에도 완전히 시퍼런데 혼자서 어떻게 약을 발라? 고집 부리지 말고 옷 벗어."

연우가 장난스럽게 등을 두드리자 승하는 어쩔 수 없다는 듯 윗도리를 벗었다. 거뭇거뭇한 멍은 어깨 아래 팔뚝과 겨드랑이 아래, 그리고 갈비뼈 뒤쪽의 등까지 얼룩처럼 번져 있었다. 넝쿨로 뒤덮인 가파른 낭떠러지를 구를 때 굵은 나무둥치에 부딪히며 속도가 줄어들었었다. 아마 그때 생긴 멍인 모양이다. 그때 승하는 연우를 보호하기 위해 온몸으로 그녀를 감싸고 있었다. 멍든 부분에 소염 진통제를 바르는 연우의 입에서 자꾸만 한숨 소리가 새어나왔다. 마음이 저리고 속이 상하다.

"내일 병원 가보자."

승하는 대답이 없었다.

"혹시 모르니까 사진도 찍어보고……."

중얼거리며 약을 바르던 연우의 손가락이 멈칫했다. 승하의 몸이 잔뜩 경직되어 있다는 것이 느껴졌다. 등 뒤로 뿜어져 나오는 기운이 뜨거웠다.

"그만…… 약 다 발랐으니까……."

더듬거리며 쓸어 넣던 약통이 툭 떨어져 데구루루 굴러 승하의 발치에서 멈추었다. 두 사람의 손이 동시에 약통을 집었다. 승하의 손은 뜨거웠다. 당황한 연우가 손을 빼려고 했지만 그는 연우의 손을 꼭 잡은 채 놓아주지 않았다. 억세고 강한 힘이 느껴졌다.

"승하야……."

"잠깐만요."

한숨처럼 토해내는 그 말에서도 뜨거움이 느껴졌다. 승하는 고개를 들지 못했다. 욕망으로 뜨거워진 눈으로 그녀를 보아버린다면 참을 수 없을 것 같았다. 참을 수 없는 욕망으로 그녀를 범할지도 모른다는 것이 두려웠다.

연우는 아프도록 손을 움켜잡고 있는 승하를 내려다보았다.

그가 끓어오르는 욕망을 안간힘을 다해 누르고 있다는 것이 느껴졌다. 그러나 그 열기는 이미 연우의 가슴으로 건너오고 있었다.

낭떠러지로 떨어질 때 억세고 강한 힘으로 자신의 팔을 잡아채던 승하의 손과 수북이 쌓인 나뭇잎 위에서 느꼈던 승하의 깊은 품과 뜨거운 숨결, 그리고 차가운 계곡에서 물빛이 일렁이던 그 얼굴과 입술까지. 그 모든 것들이 한꺼번에 그녀의 가슴을 흔들었다. 곰배령을 오르며 느꼈던 승하 속의 강한 남자가 연우의 가슴으로 성큼 걸어 들어오고 있었다. 서서히 힘이 풀리는 승하의 손을 연우의 손이 다시 꼭 잡았다.

굵직굵직한 골격들이 연우 앞에서 수줍은 듯 떨렸다. 수천 년을 어둠 속에 잠들어 있다 난생처음 세상으로 나온 짐승처럼 생소한 공기, 생소한 달빛, 그리고 그녀의 뜨거운 눈빛 앞에 승하는 숨을 죽였다. 창으로 스며든 달빛을 받아 은빛으로 빛나는 연우의 나체를 향해 손을 뻗었다. 살짝 닿은 손길에도 그녀의 어깨가 움찔 움츠러들었다. 그녀도 승하만큼이나 떨고 있었다. 승하는 무릎을 굽힌 채 침대에 손을 짚고 살짝 다가갔다. 곰배령에서 묻어온 듯 그녀에게서 상큼한 들꽃 향이 풍겼다. 불에 덴 듯 화끈한 입술이 살짝 닿았다 떨어졌다.

"떨려요……."

그 말을 증명이라도 하듯 떨어져 나가는 입술이 파르르 경련을 일으켰다. 고장나 버린 듯 울려대는 심장의 두근거림이 연우의 머리를 흔들었다. 뜨겁게 다가오는 승하에 대한 두근거림만큼이나 세상에 대한 두려움도 컸다. 그 모든 것들을 무시해 버릴 만큼 승하를 안고 싶은지, 그만큼 사랑하는지 아무 답을 찾지 못하겠다.

손등으로 가만 얼굴을 쓸던 승하가 다시 다가왔다. 뜨겁고 붉은 입술이 얼굴을 스쳐 목을 더듬어 내려갔다. 망설임도, 두려움도 다 잊어버리고 싶었다. 가슴 밑바닥에서 올라오는 뜨거운 전율에 바르르 떨며 연우는 눈을 감았다.

괜찮아…… 우린 사랑하잖아.

스스로에게 되뇌며 마지막 남은 망설임을 떨치고 승하의 목을 안았다. 승하의 손이 그녀의 머리와 허리를 감싸며 당기자 두 사람의 몸이 침대로 스르륵 무너졌다.

어떤 남자에게도 완전히 마음을 연 기억이 없다. 스스로를 지키기에 급급해서 경계선을 넘지 않으려 노력했다. '여기까지'라고 선을 그어두고 그 선을 넘는 순간 그것이 암적 요소라도 되는 듯 잘라 버렸었다. 윤재가 그렇게 떠나지 않았다면 그도 언젠가는 그녀에게서 잘려 나갈 가지에 불과했으리라. 그녀에게 접근해 왔던 모든 남자들이 그랬다. 유일하게 남은 친구 양진호는 결코 그녀 앞에서 남자가 되려 하지 않았기에 남을 수 있었던 것이다.

남자에 대해 병적인 이 결벽은 아마도 아버지 때문일 것이다. 엄마를 단 한 번도 인격적으로 대해주지 않았던 아버지, 남자

앞에서 여자란 그저 복종 외에는 아무것도 해서는 안 되는 존재처럼 여겼던 아버지. 그래서 연우는 남자를 신뢰하지 않았다. 자신을 지켜줄 사람은 남자가 아니라 오직 자신뿐이라고 생각했다. 그녀는 자신의 삶을 결코 남자에게 의지하고 싶지 않았다. 남자로 인해 자신의 삶이 흔들리는 것도 원치 않았다.

그러나 지금, 그녀는 어리디어린 남자로 인해 회오리 같은 삶 속으로 들어가려 한다. 난생처음 가슴이 떨렸던 남자다. 그래서 그를 운명이라 생각한다. 아직 어려서 모자란다면 자신의 것으로 채워주고, 채운 그것이 그를 키워 언젠가는 다시 그녀의 버팀목이 되어줄 것이다.

"아, 승하야……."

절정의 문턱에서 그녀는 승하를 불렀다. 승하는 그녀의 상체를 살짝 일으켜 꼭 안았다. 정신이 아득해지면서 자신 속에서 무언가가 빠져나가는 것을 느꼈다. 그것이 바르르 떨리는 그녀 속으로 스며들고 있다는 것도 느꼈다. 승하는 그녀를 안은 손에 힘을 주었다. 연우는 작은 새처럼 승하의 가슴에 얼굴을 묻고 있었다. 깊은 나락으로 가물 꺼졌던 정신이 조금씩 돌아오고 있었다. 연우의 몸을 살포시 누인 승하는 그녀의 이마를 손으로 슬쩍 쓸어 촉촉한 땀과 아직 남은 열기를 걷어내며 물었다.

"괜찮으세요?"

아직도 흥분이 가시지 않은 목소리였다.

"……음."

　연우는 약간의 부끄러움과 드러내고 싶지 않은 흥분을 감추
며 작은 소리로 대답했다. 그리고 무엇을 더 묻기 전에 승하의
목을 안아버렸다. 쑥스럽고, 어색하고, 서투른 교합이었지만 마
음만은 절정의 행복에 닿은 듯했다. 가슴에 닿아 있는 아이처럼
건조하고 매끄러운 승하의 피부가 너무나 좋다.

　승하를 보내고 그녀는 밤새 우울에 빠져 있었다. 후회는 아니
다. 다만 우울했다. 승하를 향한 자신의 급박한 감정의 흐름이
마음에 들지 않았다. 그러나 그것은 의지로 조종이 되지 않는다
는 것을 안다. 평소에는 고요한 호수 같다가도 무언가 마음에
닿으면 순식간에 파도치듯 몰아쳐 버리는 것이 그녀의 성격이
다. 지금은 승하가 마음에 닿았다는 뜻일 것이다. 흐르는 물을
억지로 막은 보는 언젠가는 터지고 만다. 연우는 자신의 감정을
그렇게 막고 싶지 않다. 인위적으로 물길을 돌릴 마음은 더더욱
없다. 그러니 자연스럽게 감정이 흐르는 대로 두어버리자 싶다.
　밤새 가물가물 빠져들었다 깨어났다 하는 잠결에 계곡물 속
에서 자신의 발가락을 만지작거리는 승하의 손길이 느껴졌다.
가슴이 간지러웠고, 촉촉한 행복에 젖어들었다.

활짝 웃어줄 누군가가 있는 사람은
행복한 사람일 거야

곰배령 산행 후, 일주일 만에 윤재에게서 전화가 왔다. 그의 음성은 가라앉아 힘이 없었다. 무언가 그를 의구심에 빠뜨렸다는 것이 느껴졌다. 바에 들어가니 윤재는 혼자서 이미 술잔을 기울이고 있었다. 연우가 다가앉는 것을 힐끗 돌아보며 부어놓은 잔을 홀짝 비웠다.

"오빠, 지금 착각하고 있는 것 같다. 연우 언닌 전혀 아니던데?"

가시처럼 톡 쏘던 민경의 말이 알코올이 들어간 입 안에서 번졌다. 술맛이 쓰다. 인정하고 싶지 않은, 그러나 이미 다 알아버린 감정이지만 미련스럽게도 자꾸만 확인을 하고 싶다.

"물어볼 말이 있다. 진지하게 듣고 진지하게 대답해 줘?"

"해."

연우는 가벼운 목소리로 고개를 끄덕였다. 곰배령에 다녀오며 자신에게 접근해 왔던 그의 의도를 느껴 버린 후 아련하게 남아 있던 감정마저 사라져 버렸다.

"미국으로 간 후 짧은 결혼 생활 내내 날 지배했던 여자는 아내가 아니라 너였다. 이유야 어찌 되었든 그런 널 나 스스로 떠났으니 이혼과 함께 내가 겪었던 정신적 고통은 마땅히 받아야 할 벌이라고 생각했어. 너무나 그리웠지만 너에겐 결코 돌아올 수 없으리라 생각했어. 네 성격에 절대 받아들여 주지 않을 테니까. 그런데 귀국하며 네 사고 소식을 듣는 순간 난 눈앞이 아득했어. 내가 잘못 생각하고 있었다는 걸 깨달았지. 내가 뒤늦게 너에 대한 깊은 사랑을 깨달았듯 너도 그렇다고 생각했어. 그렇게 활발하던 작품 활동조차 완전히 접어버린 채 좁은 화실에서 일 년째 칩거하고 있다는 사실도 그걸 증명하는 것이 아닐까 생각했어."

"그건……!"

"내 말부터 먼저 들어!"

윤재의 눈이 날카로워졌다. 말을 하는 내내 왜 이렇게 짜증이 나는 건지 모르겠다. 꼭 허공에다 대고 하는 공허한 외침처럼 윤재는 자신의 말이 쓸데없게 느껴졌다.

"넌 여전히 날 사랑하지만 네 자존심이 그 감정을 결코 인정하지 않을 거라고 생각했어. 그래서 다시 시작한다는 기분으로 천천히 네게 다가가고 싶었어. 친구처럼, 오빠처럼 지내다 보면 다시 예전의 감정이 되살아날 테고 그럼 다시 우린 새로운 사랑을 할 수 있지 않을까, 그랬었어. 하지만 곰배령에 다녀와서 민경이가 그러더라. 내가 엄청난 착각을 하고 있다고, 네게 단 일 퍼센트의 희망도 갖지 말라고. 뭘 가지고 그렇게 자신하느냐고 물었더니 여자만의 육감이라고 하더군."

윤재는 씁쓸한 표정으로 술잔을 기울였다. 옆에 앉은 연우에게서 차가운 냉기류가 건너왔다. 마치 민경의 말을 증명이라도 해 보이려는 듯. 그럼에도 또다시 확인을 해보고 싶다. 왜 이토록 어리석고 미련스러울까?

"내가 착각한 거니? 정말 내겐 단 일 퍼센트의 희망도 없는 거야?"

윤재는 연우에게서 혹시 모를 숨겨진 감정이라도 찾으려는 듯 간절하게 그녀를 살폈다. 그러나 연우는 한순간의 망설임도 없이 대답했다.

"내 마음속에 더 이상 조윤재는 없어. 그리고 그 사고는 그냥 사고였을 뿐이야. 오빠 때문이란 건 오해야."

모질다 싶을 만큼 단호한 대답이었다. 건조한 얼굴로 빤히 바라보는 연우의 눈을 보자 윤재의 저도 모르게 픽, 쓴웃음이 지어졌다. 그녀에게서는 조윤재의 티끌조차 느껴지지 않는다.

"그래…… 그럼 한 가지만 더 묻자. 너랑 네 제자라는 그 녀석, 어떤 관계야?"

잠깐 움찔하던 연우의 눈이 이내 안개 속에 숨듯 속내를 숨기고 웃음을 머금었다.

"내가 그런 것까지 오빠에게 대답해 줘야 해?"

분명히 뭔가 있다.

"들어야겠어."

윤재의 눈이 날카롭게 빛나며 다가왔다. 연우는 계속 발뺌을 할 것인지, 털어놓을 것인지 잠깐 망설였다. 기어이 아니라고 발뺌을 한다면 그도 더 이상 묻지 않을 것이다. 그러나 그러고 싶지 않았다. 굳이 나서서 떠들고 싶지도 않지만 누구 앞에서 승하를 부정하고 싶지도 않다.

"오빠가 짐작하는 대로야."

그에게서 끙, 하는 신음 소리가 새어나왔다. 도저히 있을 수 없는 얘기를 들은 사람처럼 윤재의 얼굴이 혼란스러웠다. 이어 어이없는 웃음이 새어나왔다.

"훗, 불장난할 나이는 지났잖아?"

"불장난 아냐, 진심이야."

"너 그렇게 말하지 않아도 나 더 이상 너한테 미련 같은 거 안 가질 거야. 걱정하지 마!"

"왜 못 믿어, 진심이라니까?"

순간 윤재의 입에서 고함 소리가 터져 나왔다.

"도대체……! 넌 이게 말이 된다고 생각해? 다른 사람도 아니고 네가! 서연우가! 아홉 살이나 어린 녀석이랑 연애를 한다는 걸 어떻게 믿으라는 거야!"

"조용히 해. 여기 우리만 있는 거 아냐."

그제야 힐끗힐끗 자신들을 향하는 눈길을 느꼈는지 윤재는 흥분을 가라앉히기 위해 심호흡을 했다. 어렴풋이 짐작만 하고 있던 일을 연우의 입으로 직접 듣는 기분이 이렇게 더러울 줄 몰랐다. 결코 상상도 할 수 없는 연우의 이런 변화가 꼭 자신 탓만 같았다. 사랑에 상처를 입어 아무나 하고 사랑을 해버리는 것은 아닐까, 하는 생각이 드는 것이다.

"아홉 살 차이 아니야. 어쩌다 보니 학업이 늦어진 거지. 승하, 스물한 살이야."

친절하게 나이까지 정정해 주는 연우의 담담한 얼굴을 보며 윤재는 그만 말문이 막혀 버렸다. 도저히 자신이 알고 있던 연우 같지가 않다. 이런 무모한 사랑은 민경이 같은 애들한테나 어울리는 말이지, 서연우와는 거리가 멀지 않은가!

"연우야, 너……."

"오빠, 나한테 미련 같은 거 안 가지겠다면서 왜 이렇게 과민 반응을 보이는지 모르겠어. 나 지극히 정상이고 나쁜 짓 하는 것도 아냐. 이상한 사람 보듯 하지 마."

연우는 윤재에게 쏟아내는 자신의 말을 들으며 점점 확신에

차 오르는 마음을 확인했다. 결코 순간의 감정을 이기지 못해 승하를 안았던 것이 아니라는 것과 단순히 스쳐 가버릴 사랑도 결코 아니라는 것을. 가슴속에 묵직하게 들어차 있는 승하의 존재 때문에 얘기하는 내내 마음이 저릿했다.

"너 정도면 얼마든지 능력있고 멋진 사람 만날 수 있을 텐데 왜 하필 그 녀석이야? 이건 전혀 너답지 않아. 내가 알고 있는 넌 누구보다 조심스럽고 야무진 애야. 길이 아니면 결코 가지 않을 사람이잖아?"

"길이라 생각하면 천둥번개가 쳐도 가버리는 사람이 나이기도 해."

"그럼 넌 지금 이게 네 길이라고 생각하는 거야?"

"그래."

전혀 망설임없는 대답이었다.

"8월 첫째 주에 일주일간 쉴 거야. 난 휴가고 넌 방학이다."

"휴가는 어디로 가실 거예요?"

"원래는 파리로 가서 미술관들 좀 돌아보려고 했는데 일주일 가지고는 안 될 것 같아서 원주에나 가보려고 해. 원주에 친구가 있거든."

원주란 소리에 승하의 눈이 반짝였다. 부론과 가까우니 함께 가고 싶어졌다. 승하의 눈 속에 든 생각을 빤히 들여다보던 연우는 안 된다는 듯 그의 볼을 톡톡 두드렸다.

"이번엔 개인플레이 해. 꼭 들여다봐야 할 친구거든."

수진이 임신했다는 소리를 듣고도 한 번도 가보지 못한 것이 마음에 걸렸다. 그래서 이번 휴가는 내내 그곳에서 보낼 참이다.

7월의 마지막 주 금요일, 두 사람은 일주일간 비워놓을 화실을 함께 청소했다. 승하는 바람에 휘릭 날리는 연두색 커튼을 걷어 올려 높이 묶었다. 승하는 창을 닦고, 연우는 그림들을 정리하는 화실 안에는 '나무' 의 음악이 흘렀다. 아무리 들어도 이 팀의 음악은 너무 순박하다. 창밖에 펼쳐진 저 회색 빛 도회에서는 그 소리가 죽어버릴 음악, 그래서 그렇게 단명을 했던 것일까?

창을 다 닦고 돌아보니 연우가 벽에 걸린 사진들을 떼어내고 있었다. 그것은 승하가 이곳에 처음 왔을 때 상 받으려고 그림을 그리느냐며 핀잔을 주었던 그 사진들이었다. 승하는 성큼 다가가 막 내려지는 사진 액자를 잡았다.

"왜 떼세요?"

"그냥…… 이제 이곳과는 어울리지 않는 것 같아서."

"괜찮은데?"

승하는 받아 든 액자를 들여다보았다. '전국학생미술대회' 라는 플래카드가 걸려 있고 그 아래에서 단발머리보다는 조금 긴 머리칼의 앳된 여학생이 트로피를 들고 활짝 웃고 있었다.

"귀여워요. 중학생 때?"

“음.”

연우는 다시 돌아서서 액자를 하나씩 떼어내었다. 내려지는 사진들은 모두 그녀의 어릴 적의 모습들이다. 사진 속의 그녀는 카메라가 아닌 그 옆에 선 누군가를 향해 환하게 웃는 듯 보였다. 웃는 모습들이 반짝반짝 빛이 났다.

“이렇게 환하게 웃으니까 보기 좋아요.”

“사진기사 옆에 늘 엄마가 서 계셨거든.”

엄마가 아버지께 유일하게 맞섰던 것은 바로 연우가 그림을 그리는 문제에서였다. 어떤 면에서는 그녀보다 엄마가 더 적극적이었다고 생각할 만큼 엄마의 그림에 대한 집착은 대단했다. 그녀를 환하게 웃게 만들었던, 환하게 웃어주어야 할 유일한 대상이었던 엄마. 연우의 눈이 아련해지는 것을 보며 승하가 다시 말렸다.

“그냥 둬도 괜찮을 것 같은데…… 혹시 제가 처음 이곳에 왔을 때 했던 말 때문이에요?”

“아냐, 그런 거. 엄마가 돌아가시고 난 더 이상 웃을 수 없었거든. 그래서 이 사진들을 보면서 위안을 받았어. 어쩌면 이 사진들을 보며 난 이렇게 활짝 웃던 날들을 그리워했던 건지도 몰라. 엄마는 나의 가장 든든한 후원자였고, 내 그림의 팬이셨어. 이렇게 활짝 웃어줄 누군가가 있는 사람은 행복한 사람일 거야, 그치?”

그리고 연우는 다시 사진들을 떼어내었다. 마음속의 오래된 그늘을 떼어내듯 액자를 떼어 승하에게 건네며 생긋 웃었다. 이젠 사진 속의 저 웃음들이 그립지 않다, 승하가 있으니.

사진을 떼어낸 자리에는 연우가 가장 아끼는 나무 그림을 걸기로 했다. 말라비틀어져 고사해 버릴 것 같은 나무둥치에서 삐죽 고개를 내미는 연록색의 어린 가지들이 그려진 그림이었다. 승하는 망치로 쾅쾅 못을 박았다. 그리고 손으로 흔들어보아도 꼼짝도 하지 않을 만큼 단단하게 박힌 못 위에 커다랗고 무거운 액자를 번쩍 들어 걸었다. 그 그림은 숲이 어린나무들을 감싸고 있는 모습이었다. 그러나 저 어린나무들이 다 자라면 언젠가는 나무가 숲을 덮을 것이다. 그림을 보며 생각에 잠긴 승하의 어깨를 연우가 툭 쳤다. 그리고 물에 빤 수건을 휙 던졌다.

"뭘 정신을 놓고 있어. 얼른 청소하자!"

밀대로 한번 밀어놓은 바닥을 승하의 물수건이 지나가고, 그 뒤를 연우의 마른 수건이 따라갔다. 스르륵 빠르게 닦으며 지나가는 승하의 뒤를 연우도 빠르게 따라갔다. 땀이 송골송골 맺힐 만큼 더운 날인데 두 사람 다 별 더위를 느끼지 못한 채 열심히 청소를 했다. 수건을 깨끗하게 빨아 들고 나온 승하가 이번에는 위치를 바꾸자고 했다.

"이번엔 선생님이 앞에서 닦으세요."

무릎을 꿇고 꼼꼼하게 바닥을 닦으며 앞서 가는 연우를 바라보던 승하는 마른 수건을 바닥에 놓고 쭉 밀고 가다 연우의 엉덩이를 머리로 쿵 박았다.

"엄마! 뭐야아?"

놀라 돌아보는 연우에게 승하는 장난스럽게 머리를 흔들었
다.

"빨리 안 가면 또 박아버릴 거예요."

"하지 마?"

경고하듯 눈을 흘기고 돌아서는 그녀의 엉덩이를 또 쿵 박았
다. 그리고 휙 돌아보는 그녀에게서 물수건을 빼앗아 저만치 던
져 버렸다.

"바닥은 이만하면 깨끗해요."

무릎걸음으로 다가가며 웃는 승하의 모습은 능글맞기까지 했
다. 다가오는 승하를 보며 연우는 슬금슬금 엉덩이를 뺐다. 그
러자 승하의 커다란 손이 그녀의 발목을 꽉 붙잡았다.

"어딜 도망가시려고?"

잡은 발목을 쓱 당기자 연우의 몸이 기울어지며 바닥에 누워
끌려가는 꼴이 되고 말았다.

"엄마! 놔, 안 놔?"

"싫어요."

승하는 연우가 일어나지 못하도록 얼른 몸으로 눌렀다. 그리
고 바동거리는 손목마저 꼭 잡아 눌렀다.

"빠져나가 봐요."

그는 능글능글 눈웃음을 치며 내려다보았다. 청소하는 내내
느끼지 못했던 더위가 한꺼번에 후끈 올라왔다. 목울대를 울렁

거리며 승하의 얼굴이 다가왔다. 길어진 해는 여섯 시를 넘기고
도 제 빛을 죽이지 않은 채 창을 통해 화실 안을 비추었다. 그
햇살에 승하의 아이보리 색 교복이 주홍빛으로 물들었다.

"너무…… 밝아."

그러나 촉촉하고 뜨거운 승하의 입술이 연우의 그 말을 삼켜
버렸다. 묶어둔 커튼이 스륵 풀리며 아래로 떨어져 창으로 들어
오던 저녁 햇살을 가렸다.

"어머, 어머, 세상에! 웬일이니, 웬일이니! 정말이야? 정말이
야, 연우야? 꺄악!"

사랑하는 사람이 생겼다는 소리에 수진은 호들갑을 떨며 연
우를 껴안았다. 물론 사랑을 하고 짝이 있어야만 인생이 행복한
것은 아니지만 수진은 연우가 마음에 담을 치고 남자를 대하는
것이 늘 걱정되었었다.

"어떤 사람이니? 뭐 하는 사람이야? 아니, 아니. 처음에 어떻
게 만났는지부터 먼저 얘기해 봐."

흥분한 수진의 모습을 보며 연우는 잠시 난감해졌다. 얘길 다
듣고 나서도 수진이 저렇게 기쁘게 흥분해 줄지 의문이다. 수진
은 중학교 때부터 알고 지낸 친구이고, 서로의 모든 것을 안다
고도 할 수 있는 친구임에도 불구하고 연우는 승하의 얘기를 망
설일 수밖에 없다. 그것은 승하와 자신의 관계가 결코 세상이라
는 틀에 자연스럽게 맞출 수 있는 모습이 아니기 때문이다. 소

위 말하는 평범한 사랑이 아니라는 것이다. 이것을 과연 수진이 이해해 줄까?

"뭘 그렇게 뜸을 들여? 빨리 말해봐. 나 같으면 좋아서 벌써 이리저리 자랑하고 다녔을 텐데. 계집애, 하여튼 뭐든 감쪽같다니까? 너, 진호에게도 말 안 했지?"

"응."

어떻게 양진호에게 말을 할 수 있었겠는가? 이것은 누구에게든 쉽게 꺼낼 수 있는 이야기가 아니다. 어쩌면 여름휴가를 굳이 이곳으로 택했던 이유는 바로 이것 때문이었는지도 모른다. 수진이라면 이해해 주지 않을까, 응원군이 되어주지 않을까. 사실은 그것이 몹시 필요했다. 승하를 사랑한다고 믿으면서도 막상 부딪쳐야 할 현실을 생각하면 자꾸만 피곤해지는 느낌, 그것이 성가셨으므로 마음을 나누어 줄 누군가가 필요했다.

"그림을 배워."

한참을 망설인 끝에 나온 연우의 말에 수진의 눈이 동그래졌다. '그림을 그려'가 아니라 '그림을 배워'란 말의 뉘앙스가 의구심을 자아낸 모양이었다. 무슨 생각엔가 빠져 있던 수진의 눈이 한참 만에 반달 모양을 그리면서 웃음이 지어졌다.

"아, 늦은 나이에 그림을 시작했구나! 그럼 그림 배우기 전엔 뭐 하던 사람이야?"

여전히 호기심이 가득한 수진의 눈을 보고 있자니 입이 떨어지지 않았다. 죄를 지은 것도 아닌데 꼭 죄를 고백하는 심정 같은 이 느낌은 또 뭔가? 수진에게는 어떤 사람이냐가 중요한 것이 아니라 뭐 하던 사람이냐가 더 중요한 듯 느껴졌다. 그것이 연우에게 사춘기 소녀 같은 반항심을 불러일으켰다. 그래서 순식간에 승하의 존재를 다 틀어놓게 만들어 버렸다.

애기가 끝났을 때 수진은 할 말을 잃은 채 연우를 바라보았다. 믿을 수 없다. 수진은 앞에 앉은 여자가 정말 자신이 알던 서연우가 맞나 의심이 들 지경이었다.

수진이 입술을 움직이려는데 연우가 먼저 선수를 쳤다.

"아무 소리 하지 마. 나 그 애 진심으로 사랑하고, 그만두고 싶은 생각도 없어."

저렇게 다른 소리 못하게 단호하게 딱 잘라 버리는 말투를 보니 연우가 맞긴 맞는 것 같은데……? 그래도 여전히 믿어지지 않는다. 아니, 이건 연우니까 할 수 있는 일인지도 모른다. 애기를 하는 내내 연우는 약간 흥분되어 있었고, 지금도 감정이 들떠 있는 상태로 보였다. 도대체 늘 잔잔한 호수 같았던 서연우의 마음을 저렇게 흔들어 버린 일곱 살이나 어린 그 남자가 어떻게 생긴 사람인지 궁금했다.

침묵이 계속되자 연우가 수진의 무릎을 탁 쳤다.

"뭐라고 말 좀 해. 쑥스럽잖아!"

"아무 말 하지 말라며?"

새침 흘겨보는 수진을 보다 연우는 풋, 웃고 말았다. 저렇게 흘겨보면서 수진은 결국 자신의 가장 든든한 응원군이 되어줄 것이다.

"너, 참 예의없어? 이런 얘기 할 땐 본인을 데려오든지 그게 어려우면 적어도 사진이라도 보여줘야 하는 거 아냐?"

그 소리에 연우는 드디어 소리 내어 웃음을 터뜨리고 말았다. 그 말은 몇 년 전, 수진이 진태와 사랑을 하고 있다는 고백을 했을 때 연우가 했던 말이다. 그때 수진은 시어머니도 이런 시어머니는 없을 거라며 눈을 흘기면서도 그 길로 원주까지 내려와 진태를 데리고 다시 연우를 찾아와 인사를 시켰었다.

"이건 아무래도 불공평하다고 생각되지 않니? 우리 진태 씬 그때 휴가까지 내게 하고 너한테 데려갔었단 말이야!"

"그래서, 나도 당장 승하를 네 앞에 데려오라고?"

"그래, 내일 가서 데려와."

"안 돼. 대학 입학하면 정식으로 인사시켜 줄게. 지금은 고등학생 냄새가 나서 아무래도 너 거부감 생길 게 뻔해."

"휴, 그러게 그 남자는 왜 학교를 이 년간이나 땡땡이를 치고 그랬대?"

"나 만나려고 그랬나 보지, 하하하."

말린다고 들을 연우도 아니지만, 말릴 상황도 아닌 것 같다. 그만큼 연우의 얼굴은 수진이 지금까지 보아온 얼굴 중 가장 행복한 얼굴이었다. 환하게 웃음을 터뜨리는 연우를 보니 안심이 되기는 하지만 수진은 여전히 불안을 떨칠 수가 없다. 연우의 아버지, 서종학 회장을 아는 사람이라면 누구나 연우를 말릴 것이다. 이건 섶을 지고 불속으로 뛰어들겠다는 뜻 아닌가! 그는 딸보다 일곱 살이나 어린 남자를 받아들일 사람이 아니다, 절대로. 무슨 대단한 집안의 자식이 아닌 다음에는.

"근데 연우야, 괜찮겠어? 너희 아버지 성격에 이 사실을 아시면 가만 안 계실 텐데."

"상관없어."

금세 싸늘해져 버리는 연우의 얼굴을 보며 수진도 그만 입을 다물어 버렸다.

수진의 걱정을 뒤로한 채 연우는 일주일을 계획하고 왔던 휴가를 반으로 접고 사흘 만에 그곳을 떠났다. 견딜 수 없을 만큼 승하가 보고 싶었다. 수진이 일깨워 준 아버지의 존재 때문이었는지도 모른다. 아무리 무시하고, 잊어버리려 해도 아버지의 존재는 역시나 무섭다. 수진의 말처럼 아버지가 어떤 짓을 할지는 아무도 모른다.

태우 오빠가 어떻게 죽었던가! 강우 오빠의 결혼 생활이 왜 그렇게 불행하게 되었던가! 정우 오빠가 왜 집시처럼 그렇게 떠돌아다니는가! 오빠들이 어떤 식으로 살았었어도 아버지는 결국 만족하지 못했을 것이다. 그분은 당신 스스로 외에는 누구에게도 만족하지 못하는 사람이니까.

연우는 수산나 요양원 앞에서 잠깐 차를 세웠다. 요양원으로 들어가는 길목은 아름드리 히말라야 시다가 터널처럼 그늘을 드리우고 있었다. 그림자 밖과 안 사이에는 다른 세상으로 들어서는 경계처럼 선명한 선이 그어져 있었다. 들어설 것인가, 말 것인가? 이전의 연우라면 분명 그것을 고민했겠지만 지금 연우 는 망설임없이 액셀러레이터를 밟았다. 그녀의 마음은 이미 브 레이크가 고장나 버린 자동차 같은 건지도 모른다.

햇볕이 세상을 태워 버릴 듯 내리쬐었다. 그래서인지 요양원 은 다니는 사람 하나 없이 쥐 죽은 듯 고요했다. 주차장에 주차 된 차들이 없었다면 잘못 찾아온 것이라고 착각할 정도였다.

연우는 주차장 옆에 있는 등나무 아래에서 승하에게 전화를 걸었다. ‘여기 주차장 옆 등나무야’ 란 말을 다 하지 못했는데 전 화가 끊겼다. 고개를 갸웃하며 끊겨 버린 전화기를 잠깐 내려다 보다가 손부채로 얼굴에 바람을 두어 번 일으키고 요양원을 쓱 훑어보는 데까지 이십 초쯤 걸렸나? 바람처럼 달려온 승하가 넘 어뜨릴 듯 강한 힘으로 연우를 안았다. 달려온 반동을 이기지 못해 두어 걸음 밀리며 연우의 몸이 휘청할 정도였다.

아침에 눈을 떴을 때부터 왠지 마음이 설레었었다. 그다지 기 쁠 일도, 흥분할 일도 없었는데 마음이 두근거렸다. 점심을 먹 은 후 낮잠이 든 엄마를 두고 휴게실로 나와 커피를 뽑아 마시 다 연우를 떠올렸다. 견딜 수 없도록 보고 싶었다. 청소를 하다 화실 바닥에서 그녀를 안아버렸던 지난 금요일의 저릿한 흥분 이 아직도 완전히 가시지 않았다.

"여긴 퇴폐 화실이야."

농담처럼, 진담처럼 그 말을 하며 그녀는 승하의 머리를 쓰다
듬었었다. 아마도 그가 입고 있던 교복이 부담스러웠으리라. 그
순간 입고 있던 교복이 얼마나 싫었었는지……. 그날의 기억 때
문에 아침부터 마음이 두근거렸었던가 보다. 전화를 해볼까도
생각해 보았지만 오랜만에 만났을 친구와의 시간을 방해하고
싶지 않았다.

커피를 다 마신 승하는 병실 쪽이 아닌 중앙 현관 쪽으로 걸
음을 옮겼다. 산책하듯 요양원이나 한 바퀴 돌 생각이었다. 장
마가 끝나면서 연일 불볕더위가 계속되고 있었다. 오늘도 아침
부터 창을 쪼갤 듯 햇살이 눈부시더니 도저히 햇빛 속으로 걸음
을 내디딜 용기가 나지 않을 만큼 뜨거운 날이었다. 눈을 찡그
리며 잠깐 서 있었는데 눈에 익은 자동차 하나가 주차장으로 들
어서는 것이 보였다. 그리고 거짓말처럼 연우가 내리는 것이었
다. 그녀는 주위를 잠깐 살피더니 그늘이 있는 등나무 쪽으로
걸어갔다. 이어 휴대폰이 울렸다.

[여기 주차장…….]

승하는 곧장 그녀가 걸어간 등나무 쪽으로 달렸다. 손부채로
바람을 일으키며 요양원을 둘러보는 그녀의 모습이 보였다. 승
하는 먼 전생의 어느 순간에도 그녀는 분명히 자신의 짝이었을
거라고 생각했다. 그렇지 않고서야 어떻게 이 아침 눈을 뜨면서

부터 마음이 설레었겠는가! 그렇지 않고서야 어떻게 이유없이 가슴이 두근거렸겠는가! 그렇지 않고서야 어떻게 그녀의 그림자를 감지한 듯 발걸음이 중앙현관 쪽으로 향했겠는가!

달려온 그의 힘에 밀려 두어 걸음 물러나며 휘청이는 연우를 꼭 당겨 안았다. 한참 안겨 있던 그녀는 주차장으로 들어서는 차를 의식한 듯 승하를 밀어내며 얼굴을 들었다. 상기된 승하의 얼굴이 눈앞으로 다가왔다.

"보고 싶었어요."

승하의 목소리는 흥분한 듯 조금 떨렸다.

"나도."

"그래서 오셨군요?"

"응."

대답은 짧았지만 연우는 깊은 감정을 담은 눈으로 승하를 바라보았다. 승하의 얼굴은 약간 감격의 빛이 감돌았다. 햇볕이 너무나 뜨거워서 등나무 그늘에 들어와 있는데도 눈이 부셨다. 눈이 부신 그것이 정말 햇빛 때문인지, 아니면 눈앞의 승하 때문인지 알 수 없었다. 연우는 그 순간 깨달았다.

아, 내가 얠 정말 많이 사랑하는구나!

눈물이 핑그르르 돌 것 같았다.

"우리 엄마 한번 만나보실래요?"

요양원에 딸린 보호자를 위한 원룸 형식의 방에서 잠을 잔 다음날, 승하가 새벽같이 이른 시간에 찾아와 그렇게 말했다. 그리고 다시 이렇게 말했다.

"사실은 그런 사람이 엄마라는 게 부끄럽고 화가 나지만……
그래도 엄마니까요."

승하의 얼굴에는 약간의 부끄러운 절망감이 감돌았다. 엄마라는 이름은 승하에겐 언제나 그런 느낌으로 다가오는 모양이었다. 연우는 무어라 해줄 말이 딱히 떠오르지 않아 대답없이 가만있었다.

"지금이 엄마의 정신이 가장 맑을 시간이거든요."

화장실에 들어가 세수를 하고 손으로 머리를 다듬다가 문득 거울을 보았다.

예쁘게 하고 가야 할까?

승하는 의자에 앉아 신문을 보고 있었다. 연우는 화장실 밖으로 고개를 내밀며 물었다.

"어머니가 우리 사이 아셔?"

"상대가 선생님이시란 건 모르세요."

알았다는 듯 고개를 끄덕이며 들어가는데 승하의 말이 다시 이어졌다.

"어쩌면 금방 눈치를 채버릴지도 몰라요. 이십여 년 동안 사랑타령만 하면서 사신 분이거든요."

그리고 승하는 주먹으로 입을 가리고 쿡쿡 웃었다.

원수 같은 사랑, 눈물 같은 사랑. 엄마에게는 술도 사랑 때문

이었고, 담배도 사랑 때문이었고, 몸을 팔았던 것도 그놈의 사
랑 때문이었다. 모든 것을 사랑 탓으로 돌렸다. 정말 지겹도록
들었던 단어가 사랑이다. 그때 승하에게 사랑이란 말은 조금도
사랑스런 단어가 아니었다. 홀로 잠드는 밤이 두려워 몇 번이나
가위눌림처럼 깨어나 울다가 겨우 잠이 든 새벽녘이면 독한 알
코올 냄새에 젖은 엄마가 비틀거리며 돌아왔다. 그때도 엄마는
어김없이 사랑이란 말을 썼다.

“사랑스런 내 새끼…….”

엄마가 비벼대는 볼은 뜨거웠고, 그리고 언제나 축축했다. 그
것이 그녀가 묻혀온 새벽 기운이 아니라 눈물이었다는 것을, 그
눈물이 사랑에서 비롯되었다는 것을 승하는 이제야 마음속 깊
이 인정이 된다.

다섯 시가 가까워오는 시각, 밖은 이제 막 새벽의 푸른빛이
거두어지고 있었다. 숙소에서 요양원으로 향하는 좁은 산책길
은 이슬에 젖어 축축했다. 약간 찬 기운이 느껴지자 승하는 커
다란 손으로 연우의 어깨를 감쌌다. 연우는 팔로 승하의 허리를
두르고 바짝 붙어서 아주 느린 속도로 걸음을 옮겼다. 밤새 숲
에서 울어대던 풀벌레 소리마저 들리지 않았다. 세상이 잠드는
시간은 밤이 아니라 실은 새벽이 아닐까 하는 생각이 들었다.
모든 세상이 잠이 든 그 새벽을 승하와 함께 걷는 것이다. 그것
은 오싹하고, 짜릿한 느낌이었다. 어느새 이슬을 먹은 공기들이
온몸을 축축하게 적시고 있었다. 승하는 발을 더욱 느리게 움직

이며 어깨를 감싼 손에 힘을 주었다. 그리고 힘겹게 입을 열었다.

"우리 엄마요…… 폐암이에요. 석공 아버지 돌아가신 소식 듣고 가출했다가 일 년 만에 잡혀왔을 때 아버지가 그러시더라고요. 기적이 일어난다면 육 개월쯤 더 살 수도 있다고……. 그래서 전 육 개월만 죽은 듯이 지내자 생각했어요. 제가 그 집 식구로 사는 것이 엄마의 소원이라고 하시니까 살아 계신 동안만이라도 들어주기로 했어요. 기적이 일어나기를 바라는 마음이 훨씬 많았지만, 사실 그따위 기적은 일어나지 않기를 바라는 마음도 있었어요. 그들과 가족이 되고 싶은 마음이 추호도 없었거든요. 그래서 고문 같은 날들이 제발 빨리 끝나기를 빌었죠. 그것이 엄마의 죽음을 의미한다는 것을 알면서도 말이에요. 그 말을 듣고 일 년이 넘었는데도 저렇게 멀쩡히 살아 계신 거 보면 이게 기적인가 싶기도 해요."

승하는 담담한 목소리로 이야기를 이어갔다.

"엄마, 그러면 떠오르는 낱말은 술, 담배, 창녀…… 그리고 그 웃기는 사랑. 이런 말들이에요. 얼마 전까지만 해도 엄마에 대한 제 감정들은 부끄럽고 창피하다, 그게 다였어요. 어릴 때는 혼자 잠들어야 하는 밤들이 얼마나 무서웠는지…… 그러다 조금 더 나이가 들어서는 술과 담배에 절어 있는 엄마를 보느니 무서워도 혼자 잠드는 밤이 차라리 낫다 싶어졌어요. 일곱 살 때 서울을 떠나 강원도의 어느 조그만 도시로 이사를 가게 되었는데, 그때 엄마는 저를 데리고 야반도주를 하듯 달아났어요.
왜냐하면……."

　연우는 손톱 밑으로 참을 수 없는 아픔이 스멀스멀 기어드는
것을 느끼며 승하의 허리를 꽉 잡았다. 그러나 돌아보는 승하의
눈에서는 아픔을 지난 평화로움이 감돌고 있었다.

　언제부턴가 낯선 남자가 서너 달에 한 번씩 집으로 찾아왔다.
그가 오는 날이면 엄마에게서는 절은 담배 냄새와 술 냄새 대신
달콤한 향수 냄새가 풍겼다. 잎이 다 져버린 풀죽은 모란꽃 같
았던 엄마는 순식간에 물오른 장미꽃으로 변신했다. 인간이 또
다른 인간으로 인해 새로운 인간으로 변신할 수 있다는 것이 신
기할 지경이었다. 그가 다녀가고 나면 엄마는 한동안 아무것도
하지 못했다. 멍하니 천장을 바라보며 누워만 있었다. 그러다
며칠이 지나면 엄마의 생활은 또다시 술, 담배, 남자를 쳇바퀴
처럼 돌았다. 마치 그 남자에게 빨리 오라고 시위라도 하듯 술
을 마시고, 담배를 피우고, 몸을 팔았다. '몸을 팔았다' 그 말은
지금 생각해 보니 적절한 말이 아닌 것 같다. 엄마가 실제로 몸
을 팔았는지 어쨌는지 승하는 정확히 모른다. 그저 어릴 적부터
사람들의 입을 통해 들은 '창녀'란 말이 승하의 머리에 몸을 팔
았다란 말로 박혀 버린 것이다. 어쩌면 엄마는 그저 웃음만 팔
았던 여자인지도 모른다. 어쨌든 엄마는 밤만 되면 붉어 터질
듯한 화장을 하고 집을 나갔고 새벽이 되어서야 돌아왔다.

어느 날, 그날도 석 달 만에 그 남자가 왔던 날이라 승하에게 는 무척 행복한 날이었다. 그 남자는 승하에게 당시 아이들 사이에 한창 유행하던 장난감 로봇을 사주었다. 당장 들고 나가 이렇게 자랑하고 싶었다.

"이거 우리 아빠가 사준 거야. 오늘 우리 아빠가 미국에서 돌아오셨거든."

아이들에게 자랑할 온갖 거짓말들을 상상하면서 잠이 들었던 그날 새벽, 그들이 살던 반 지하 아파트 유리창에 누군가 돌멩이를 던졌다. 깨어진 유리 파편이 승하의 얼굴에 튀어 이마에서 뜨거운 물이 주르륵 흘러내렸다. 그것이 피라고 느끼는 순간 너무나 무서워서 울음을 터뜨렸다. 그러나 방 안에는 그 남자도, 엄마도 없었다. 깨진 유리창 너머에서 누군가 울부짖는 소리가 들렸다. 그는 울면서 '저 여자가 우리 엄마를 죽게 했어!' 하고 소리쳤다. 밖을 내다보니 사람들이 우르르 몰려나와 있었고, 바닥에 무너지듯 쪼그리고 앉아 있는 엄마와 그 옆에 석상처럼 서 있는 그 남자가 보였다. 그리고 그들 앞에서 고등학생쯤 되어 보이는 아이가 건장한 남자들의 손에 끌려가며 발버둥 치는 모습이 보였다. 그는 끌려가면서도 고함을 멈추지 않았다.

"저 여자가 우리 엄마를 죽게 했어! 날마다 전화를 해대던 여자가 바로 저 여자란 말이야! 아버지……!"

건장한 남자들이 그 아이를 차에 태우고 떠나자 그들을 둘러싸고 있던 사람들도 수군거리며 집으로 들어갔다. 그들이 떠나자 다시 집으로 들어온 그 남자는 벗어놓은 양복을 찾아 입고 나가다가 승하를 돌아보았다. 그는 금방이라도 쓰러질 듯한 얼굴로 승하를 바라보았다. 순간 승하는 그 남자의 마음이 제 이마의 상처만큼이나 아프다는 것을 알았다. 따갑고 쓰라린…… 핏줄을 따라 온몸이 욱신욱신 쑤시는 그런 느낌 말이다.

밖으로 나간 그 남자는 그때까지 넋을 놓고 길바닥에 쪼그리고 앉아 있던 엄마를 승하를 볼 때와 똑같은 표정으로 바라보았다. 두 사람은 그렇게 아무 말 없이 오랫동안 서로를 바라볼 뿐이었다. 그 남자가 돌아서던 순간 엄마의 몸이 얼마나 떨렸는지…… 승하는 엄마의 몸이 절규하듯 소리를 지르고 있다고 생각했다. 그러나 한 번 몸을 돌린 그 남자는 두 번 다시 돌아보지 않은 채 떠나 버렸다. 승하는 그가 다시는 그들을 찾아오지 않을 것이라는 걸 알았다. 엄마는 달팽이처럼 몸을 웅크린 채 쪼그리고 앉아 있었다. 엄마는 그렇게 앉아 정말 달팽이처럼 소리가 나지 않는 울음을 울고 있었다. 그 다음날 새벽에 모자는 그곳을 떠났다.

메밀꽃이 흐드러지게 피어 있을 거라고 자랑하더니 사방천지 감자밭밖에 보이지 않던 평창 어디쯤에 정착한 엄마는 다방을 차렸다. 다방 뒤편에 살림집이 있었고 승하는 그곳에서 석공 아버지를 따라갈 때까지 오 년 동안 다방 아가씨들을 누나로 부르며 자랐다. 세상의 부모들이 자식들에게 보여주고 싶어하지 않은 모든 것들을 다 보며 자라던 시절이었다. 승하는 그곳에 사는 동안 분노를 키웠고, 거칠어지기 시작했다. 서울에서 도망쳐 오며 엄마는 좌절해 있었다. 그래서 승하에게도 완전히 신경을 놓아버린 듯했다.

석공 아버지가 찾아와서 함께 살자 했을 때 왜 엄마가 그렇게 순순히 따라나섰는지, 그리고 자신을 왜 석공 아버지께 버려두고 떠났었는지 이제야 조금 짐작이 간다. 엄마는 아마 석공 아버지가 승하의 거칠음을 다듬어줄 사람이라고 생각했을 것이다. 그는 바보스러울 만큼 맑고 순수한 영혼의 소유자였으니까…… 어쨌든 엄마는 아들을 사랑했으니까……. 그것도 엄마 나름의 사랑이었을 것이다.

"석공 아버지를 따라 부론에서 살면서 어릴 때 가끔 찾아왔던 그 남자가 아버지였다는 것을 알게 되었어요. 그리고 그때 우리 집 창에 돌을 던지며 울부짖던 사람이 바로 작은형이었다는 것은 지금 집에 들어가서야 알게 되었죠."

긴 이야기를 마친 승하는 느리게 걷던 걸음을 멈추었다. 산자락을 타고 내려온 햇살이 요양원 앞마당에 금빛 기둥처럼 떨어져 내렸다.

"인간이 인간을 용서한다는 말은 좀 아닌 것 같아요. 제 경우엔 제가 과연 그럴 자격이 있는 사람인가 그런 생각이 들거든요. 그들이 제게 준 상처만큼 저도 그들에게 상처를 줬으니까요. 제 존재만으로도 그들에겐 상처였을 테니 말입니다. 그래서…… 가능할진 모르겠지만 엄마를 이해해 보려고 해요. 형들도 이해해 보고, 아버지도 이해해 보려고요. 다 이해하고 나면 분노도 사라질 테고, 그럼 어쩌면 그들을 사랑할 수도 있을 거예요.”

금빛 기둥처럼 떨어지던 햇살이 부챗살 모양으로 퍼지고 있었다. 이 아침 승하는 햇살보다 빛나고 당당했다. 연우는 감히 자신조차 꺼내보지 못한 용서와 이해라는 단어를 승하가 당당히 쓰고 있다는 것이 대견하고 자랑스러웠다. 그가 ‘이건 선생님이 가르쳐 주신 거예요’라고 했을 때 연우는 아직도 아버지에 대해 조금도 마음을 열지 못하고 있는 자신이 부끄러웠다.

병실 앞에서 승하는 잠깐 멈추어 서서 조심스럽게 말했다.

“우리 엄만 다른 사람들과 많이 달라요. 말하는 것도, 생각하는 것도…… 많이요.”

“다른 사람들과 많이 다른 건 나도 마찬가진걸?”

연우는 걱정 말라는 듯 웃어주고 어서 들어가자고 눈짓을 했다.

병실로 들어서니 엄마는 침대에 앉아 연한 분홍빛의 커튼을 한 손으로 붙들고 있었다. 가만 보니 그녀는 커튼 사이로 들어오는 햇빛을 구경하고 있었다. 승하가 다가서자 그녀는 한 손으로 붙잡고 있던 커튼을 흔들었다.

“이거 좀 치워줘.”

어린아이처럼 맑은 음성이었다. 승하는 얼른 다가가 힘차게 커튼을 걷었다. 햇살이 소나기처럼 쏟아져 들어왔다.

"요즘은 이걸 안 보면 내 몸이 눅눅한 빨래 같아져서 싫어."

그녀는 정말 빨래를 말리듯 움츠렸던 가슴을 쭉 폈다. 햇살이 쏟아져 들어오는 병실의 하얀 침대에 앉아 있는 그녀는 육 개월 전 연우가 보았던 온통 붉은색으로 덧칠되어 있던 천박한 여자가 아니었다.

"엄마, 누가 왔어."

돌아보는 그녀의 하얀 피부가 햇빛에 반사되어 뼈마디까지 훤하게 드러나 보일 듯 투명했다.

"안녕하세요?"

가볍게 목례를 하고 다가서는 연우를 그녀는 알아보지 못했다. 고개를 갸웃하다 동그래진 눈으로 승하를 바라보았다.

"나 빚지고 온 거 없는데?"

맙소사! 엄마는 연우를 빚쟁이로 착각한 모양이었다. 승하가 아니라고 말을 하기도 전에 고개를 돌려 버린 엄마는 다시 동그란 눈으로 연우의 아래위를 훑었다.

"나한테 떼인 돈 있어요? 아닌데, 다 찾아서 갚았는데? 아! 내 돈 떼먹고 도망친 적 있구나! 평창에 있을 때 그런 계집애들이 좀 있었는데? 어쩜 좋아! 이렇게 찾아오지 않아도 되는데. 그런 돈 안 갚아도 돼. 아가씨도 어차피 중간 포주 놈한테 억울하게 뜯긴 거잖아."

"엄마!"

승하의 얼굴이 벌게져 있었다. 함부로 마구 쏟아내는 엄마의 말들은 정말 참기가 힘들다. 더구나 연우 앞에서 이런 말들을 여과없이 해버리다니! 승하는 참고 있었던 두드러기가 돋을 것 같았다. 꽉 움켜쥔 주먹이 떨렸다. 그때 연우가 승하를 진정시키듯 옷자락을 잡더니 한 발 앞으로 다가섰다.

"저 모르시겠어요?"

승하가 버럭 소리를 지를 때부터 엄마는 자신이 실수를 했다는 것을 알았다. 자신을 모르겠느냐며 한 발 앞으로 다가와 상냥하게 인사하는 여자의 눈이 심장을 툭 건드릴 듯 투시해 들어오고 있었지만 여전히 누구인지 기억이 나지 않았다. 승하와 연우의 얼굴을 동시에 바라보던 엄마는 그제야 그녀가 승하에게 그림을 가르치는 선생이라는 것을 짐작했다.

"아……."

짐작만으로 아, 하던 그녀는 다시 확실히 기억이 난 듯 손뼉까지 치며 알은체를 했다.

"아! 맞다! 승하 그림 선생님이시구나! 어머, 어떡해?"

그러더니 까르륵 웃음을 터뜨렸다.

"세상에! 난 티켓다방 아가씬 줄 알았네? 그러게, 그런 여자치고는 눈빛이 영 아니다 했어. 어떡해, 승하야?"

다시 까르륵……. 어린애가 따로 없다. 승하는 주먹의 힘이 다 풀려 버렸다. 엄마의 모습이 어이가 없지만 어쩌겠는가. 저 모습이 바로 자신의 엄마, 양화연의 본모습인걸.

"그만 웃어, 엄마."

"응? 어, 미안해서 그러지."

그리고는 또 까르륵 웃는데 승하는 그만 어이가 없어지고 만다. 미안하다면서 사람 무안하게 왜 자꾸 웃는 것인지……. 난감한 표정으로 돌아보는데 엄마를 바라보는 연우의 눈이 웃고 있었다.

거칠고 천박해 보이던 여자는 어디 가고 웬 조그만 여자가 침대 위에서 열다섯 소녀처럼 까르륵 웃고 있었다. 그것은 한발 한발 다가오는 죽음을 맞는 사람의 모습과는 너무나 동떨어져 있어서 조금 의아하기도 했다. 티켓다방 아가씨로 잘못 알아 미안해서 웃는다며 다시 까르륵 웃는 그녀를 보고 연우도 그만 웃고 말았다.

엄마는 연우가 이 시간에 어떻게 이곳에 와 있는지 묻지 않았다. 그저 일상적인 인사를 나누고 날씨 얘기를 하며 아침을 먹었다. 한눈에 보기에도 그녀의 병세는 심각해 보였다. 죽 한 그릇을 넘기는 데도 한 시간이나 걸렸고, 그것도 넘어가서 넘기는 것이 아니라 승하가 떠먹이니 어쩔 수 없이 넘기는 듯했다. 그러면서도 잠시도 입을 다물지 않고 무슨 말인가를 중얼거렸다.

"저기 2병동 아래 개나리나무 속에 숨겨놓은 담배가 있는데 어떻게 됐을까?"

"그건 비에 젖어서 못 피워."

"술은 괜찮겠지?"

"술도 거기 숨겨났어?"

"응, 따로 숨겨놓으면 못 찾아. 내 기억력이 어지간해야 말이지. 저번에 네 아버지가 사다 준 위스키는 정말 맛있는 거였는데 어디 숨겨났는지 기억이 안 나."

"아버지 왔었어?"

"어? 응……."

엄마는 말꼬리를 흐리며 얼른 죽을 한입 가득 받아먹었다. 아마 그 술은 병마개도 따지 않은 채 요양원의 어느 나무 아래에 숨겨져 있을 것이다. 엄마는 그것을 가끔 찾아 들여다보며 아버지의 마음을 느꼈을 테지? 마지막 죽을 입에 넣어주고 식판을 치운 승하가 창을 활짝 열었다.

"어디부터 찾아볼까? 그 위스키 내가 찾아줄게."

두 사람을 보며 잠깐 기다리라고 말한 승하는 병실을 뛰어나갔다. 잠시 후, 2병동 아래의 화단에 들어간 승하가 나무 아래를 뒤적이는 모습이 보였다. 햇살은 어제처럼 세상을 녹여 버릴 듯 내리쬐고 있었다. 침대와 창이 약간 거리가 있었기 때문에 엄마는 바깥의 풍경을 완전히 볼 수 없었다. 승하가 2병동 화단을 지나 1병동 화단의 나무들을 뒤적이고 있다고 말해주자 고개를 끄덕이던 엄마가 다시 물었다.

"승하, 그림은 어때요?"

연우를 만난 후 처음으로 묻는 사적인 질문이었다.

"승하 그림 정말 좋아요. 아주 좋은 대학은 아니라도 괜찮은

곳에 지원해도 충분할 만큼요."

"행복해 보이던가요? 그림을 그리는 게 승하를 행복하게 하는 것 같아요?"

그제야 연우는 그녀의 질문의 뜻을 알아차리고 반갑게 대답했다.

"그럼요!"

"그럼 됐어요."

그녀는 방금 전 승하와 말장난하고 있을 때와는 전혀 다른 모습이었다. 사십대 중반의 엄마의 모습, 엄마의 목소리였다.

"선생님, 나이가 어떻게 돼요? 스물일곱? 여덟?"

"여덟이요."

"아……."

고개를 끄덕이며 그녀는 연우를 살폈다. 결코 가볍게 살 여자 같지는 않다. 그러니 승하에 대한 감정도 가볍지는 않으리란 생각이 든다. 병실에 들어와 잠깐 애기를 나누는 사이 양화연은 이미 이 미술선생과 아들의 관계를 짐작했다.

어느 날 불쑥 사랑하는 사람이 생겼다며 찾아왔던 행복한 승하의 얼굴을 내내 잊을 수가 없었다. 그리고 방학이 되어 다시 찾아온 승하는 흔들리던 마음이 안정되어 보였고, 눈은 한층 더 깊어져 있었다. 그리고 이렇게 이른 아침에 불쑥 찾아온 이 젊은 여자의 눈빛도 승하처럼 깊었다. 얼핏 보면 차가워 보이지만 다시 보면 따듯하고 깊은 눈을 가진 여자다.

일곱 살 차이라…… 그게 문제가 될까?

승하는 지금 석공 늙은이와 살던 때의 그 평온한 얼굴을 되찾은 것 같다. 그 늙은이…… 정말 고맙고 좋은 사람이었는데 일 년을 넘기기 힘들 거라는 의사의 진단을 받고 제정신이 아니었다. 혼자 남겨질 승하 외에는 아무도 보이지 않았었다. 그 늙은이가 조금만 젊었고, 힘이 있었다면 그렇게 모질게 승하를 빼앗아오진 않았을 것이다. 그렇게 늙은 몸으로 승하 곁을 얼마나 지켜줄 수 있었겠는가. 오래오래 승하를 지켜줄 사람이 필요했다. 그녀는 한숨처럼 다시 입을 열었다.

"우리 승하……."

그때 창 아래에서 연우를 부르는 승하의 목소리가 들렸다. 연우는 얼른 창밖을 내다보았다.

"왜?"

"아무리 찾아봐도 없어요! 엄마한테 혹시 다른 곳에 숨겨둔 건 아닌지 여쭤보세요!"

엄마는 건너편 화단을 뒤져 보고 없으면 손님들이 묶는 숙소 쪽을 찾아보라고 했다. 그 먼 곳까지 엄마 혼자 다니셨을까, 승하는 고개를 갸웃하다가 알았다는 듯 건너편 화단 쪽으로 달려갔다. 연우가 다시 곁으로 다가오자 엄마가 손을 내밀었다. 연우는 잠깐 망설였지만 얼른 손을 꼭 잡아주었다. 그녀의 손은 어찌나 말랐는지 뼈마디가 앙상했다.

"우리 승하는 나처럼 외롭지 않게 살았으면 좋겠어요. 내가 부모형제 없이 혼자 살아봐서 아는데 세상에 그것만큼 겁나고 서러운 건 없어요. 지지고 볶고 싸워도 가족이 있다는 건 행복한 거예요. 그 집 형제들…… 우리 승하 미워하는 거 알지만, 그게 사실은 다 나 때문인데…… 그래도 피를 나눈 형제니까 남보단 나을 거예요. 화가 나고 서러워도 못난 엄마 둔 탓이라 생각하고 제가 좀 참고, 이해하고…… 다시는 집을 나간다거나 그러지 않았으면 좋겠어요. 그래도, 아무리 미워도 가족이잖아요."

"네, 그렇죠."

"마음이 들풀 같은 아이예요, 우리 승하 말이에요. 내가…… 내 인생이 괴로워서 저 앨 방치했었어요. 몹쓸 짓도 많이 하고, 몹쓸 말들도 많이 퍼부었고…… 다행히 늙은 석공을 만나서, 늙은 석공 애기 들으셨죠?"

"네."

"그 늙은이가 돌만 잘 깎는 게 아니라 사람 마음도 잘 다듬었던 모양이에요. 한 번씩 갈 때마다 묵은 때가 벗겨지듯 아이가 반짝거리더군요. 내 몸이 병들지만 않았어도 그곳에서 영원히 데려오지 않았을 거예요."

그녀는 잡고 있던 손에 힘을 주었다. 그리고 연우의 눈을 진심으로 바라보았다.

"우리 승하…… 사랑하시죠?"

연우는 눈을 어디다 두어야 할지 몰라 당황했다. 승하의 말처럼 그녀는 한눈에 둘의 관계를 꿰뚫어 보고 있었던 모양이다.

"저, 그게……."

"아무 말 하지 말아요. 나하고 승하 아버지, 스무 살 차이예요. 그래도 사랑이 되더라고요. 이미 가정이 있는 남자를 탐낸 그것이 잘못이지 지금도 내 사랑이 잘못된 거라고는 생각 안 해요. 승하 저 녀석, 내 아들이지만 멋진 녀석이에요. 나이가 조금만 더 들면 정말 좋은 남자가 될 거예요."

"네, 멋진 녀석이에요. 그리고 지금도 이미 좋은 남자인걸요."

연우는 수줍게 미소를 지었다.

"보시다시피…… 내가 앞으로 살날이 얼마 안 남았어요. 그래서 마음을 잡지 못하는 승하가 늘 걱정이었는데 선생님을 보니 이젠 안심해도 될 것 같아요. 내가 배운 건 없어도 사람 보는 눈은 있거든요. 우리 승하 잘 지켜줄 수 있을 것 같아요. 그럴 수 있죠?"

무한한 믿음으로 바라보는 그녀의 눈을 연우는 똑바로 바라보았다. 그리고 대답했다. 네, 라고.

다시 창 아래에서 승하가 부르는 소리가 들렸다.

"엄마! 선생님!"

양화연은 창으로 다가가는 연우에게 말했다.

"사실은 위스키 따윈 없어요. 그 사람은 한 번도 찾아오지 않았거든요. 그러니까 그만 찾고 들어오라고 하세요."

씁쓸한 그녀의 표정을 보다 창을 내다보니 승하의 손에 위스키 병이 들려 있었다.

"찾았어요! 저기 손님들 묶는 숙소 앞 나무 아래에 숨겨져 있었어요! 혼자서 거기까진 어떻게 가셨나 몰라요? 이제 이 나무에 숨겨놓을 테니까 잊어버리지 마시라고 하세요!"

그러면서 승하는 엄마의 병실 바로 아래의 나무 아래 덤불에 술병을 숨겼다. 돌아보니 양화연은 다시 어린아이처럼 까르륵 넘어가며 웃었다.

"어머나! 어디서 사 왔나 봐?"

까르륵 넘어가며 웃어대던 그녀가 손가락을 입에 가져가며 속삭였다.

"처음부터 위스키가 없었다는 말은 비밀이에요?"

잠시 후, 병실로 들어온 승하가 땀을 닦으며 투덜거렸다.

"대체 정신을 어디다 두고 사는 거야! 숨겨놓으려면 좀 쉬운데다 숨겨놓지, 찾느라고 혼났네!"

"내 정신이 가출한 게 어디 한두 번이야? 에이, 찾은 김에 좀 들고 올라오지 그랬어? 딱 한 잔만 했으면 좋겠는데."

"그랬다간 당장 여기서 쫓겨날걸? 그리고 이제 술은 안 돼! 화단 구석구석 웬 담배는 그렇게 많이 숨겨놨냐? 내가 다 찾아서 쓰레기통에 버렸으니까 담배도 못 피워!"

"어머! 그 담배들 내 거 아닌데? 다른 사람들도 다 그렇게 숨겨놓고 피워. 어떡해? 담배 찾으러 나왔다가 허탕들 치고 들어가겠네?"

뭐가 그렇게 재미난지 손뼉까지 치며 다시 까르륵 넘어가는 엄마를 보다 승하도 그만 웃고 말았다. 연우는 왠지 승하 엄마가 너무 마음에 들었다. 아무 생각 없는 듯, 정신없는 듯 보이지만 인생을 아는 여자 같았다.

그곳에서 사흘을 보내고 돌아오는 차 안에서 승하는 고백을 하듯 속삭였다.

"그 위스키 말이에요, 사실은 아무리 찾아도 없기에 제가 사 온 거예요. 엄마가 숨겨둔 건 누가 가져가 버렸나 봐요. 아버지가 사다 준 거라고 한 모금도 안 하고 숨겨뒀던 모양인데……."

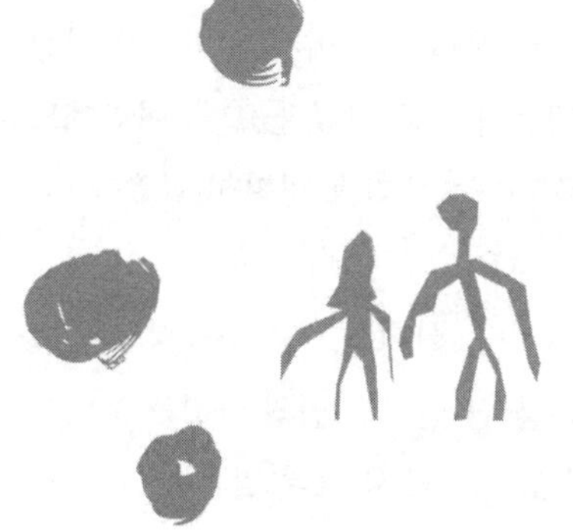

9.
여기가 숲이라는
퇴폐 화실이거든요

점심 무렵 전화가 와서 잠깐 만난 양진호는 또다시 수진과 똑같은 말을 했다.

"난 네 아버지가 걱정돼."

화실로 돌아오는 길에 연우는 갓길에 차를 세 번이나 세워야 했다. 생각이 덜컥덜컥 부딪칠 때마다 이상하게 차까지 덜컥거렸다.

아버지가 그렇게 무서운 사람이었던가? 다들 왜 그렇게 걱정들인지 모르겠다. 무섭긴 하지만 넘지 못할 산은 결코 아니라고 생각했는데 다들 저렇게 걱정을 하니 갑자기 그 산의 높이를 가늠하기 힘들 만큼 머리 속이 복잡해져 버렸다. 그래서 차가 덜컥했다.

머칠 전부터 회사로 한번 들어오라는 아버지의 명령이 담긴 김 비서의 호출 메시지가 휴대폰에 뜨고 있었다. 오늘 아침에도 메시지를 읽었지만 그것을 무시하듯 폴더를 내려 버렸었다. 다시 차가 덜컥했다.

태우 오빠는 시를 쓰고 싶어했다. 실제로 그는 고등학교 다닐 때까지 백일장에서 여러 번 상을 탈 만큼 시인의 자질을 보이기도 했었다. 그러나 그는 소심했고, 그래서 그런 말은 입 밖에도 꺼내지 못했다. 그는 그저 아버지가 원하는 대학, 원하는 학과에 말썽없이 척척 붙어주던 효자였을 뿐이었다. 그가 시가 가득 적힌 대학노트 두 권을 끌어안고 음독자살을 했을 때에야 그의 꿈이 시인이었다는 것을 알게 되었다. 그는 현실과 이상의 괴리에 고뇌하고 있었던 것이다. 겨우 그런 것 때문에 죽음을 선택하다니, 얼마나 어리석은 짓인가! 또다시 차가 덜컥했다. 시동을 걸어보았지만 꼼짝도 하지 않았다. 연우는 차에서 내려 신경질적으로 바퀴를 발로 냅다 차버렸다.

나는 결코 그따위로 살지 않겠어!

견인차를 불러 차를 끌고 가게 하고 택시를 타고 화실로 왔다. 들어서자마자 창을 활짝 열고 밖을 내다보았다. 약속이나 한 듯 멀리 버스 정류장에서 달려오는 승하가 보였다. 연우는 아랫입술을 꽉 깨물었다. 내일 당장 새 차를 구입해야겠다. 불쾌하게 덜컥거리는 건 이제 참을 수 없다. 전자제품 대리점을 지나고, 과일가게를 지나고, 슈퍼를 지나 승하는 성큼성큼 달렸다. 연우의 가슴도 승하를 향해 성큼성큼 달려갔다.

무슨 일이 있어도 승하는 언제나 저렇게 나를 향해 달려올까?

승하가 달려올 그 길에 놓인 장애가 까마득한 산 같아서 숨통이 조여왔다. 소중한 무엇을 잃어버릴 것처럼 마음이 불안하고 두려웠다. 정말…… 정말 승하를 잃어버리고 싶지 않다. 누군가를 떠올리며 가슴이 이렇게 꽉 차는 느낌도 난생처음이고, 바라보면 눈물이 날 것 같은 사람도 난생처음이다.

노크 소리와 함께 화실 문이 열렸다. 연우는 달려가 승하를 안았다. 후끈한 땀 냄새가 풍겼다. 견딜 수 없는 통증이 심장을 조여왔다. 견딜 수 없었다. 이 불안으로부터 그녀를 구해줄 사람은 승하뿐이었다. 가방을 벗겨내고 셔츠를 벗겼다. 승하의 가슴은 땀이 축축했다. 연우는 그 가슴에 얼굴을 비비며 꼭 끌어안았다. 쿵쿵 울리는 승하의 심장 소리가 건너왔다. 그 소리에 맞춰 그녀의 심장도 울컥거렸다. 울컥울컥 견딜 수 없는 뜨거움에 머리가 어지러웠다. 연우의 손이 다급하게 버클을 벗기려 하자 승하가 그녀의 손을 붙잡았다. 연우가 왠지 불안해 보인다. 전혀 그녀답지 않은 행동들에 승하도 조금 당황한 듯했다.

"왜 그러세요?"

"싫어?"

"아뇨, 그게 아니라……."

"그럼 아무 말 하지 마."

버클을 푸는 그녀의 손가락이 떨렸다. 버클을 풀고 재빠르게
바지를 벗겨 내린 연우는 쓰러지듯 승하의 품에 온몸을 기댔다.
뜨겁고 단단한 승하의 몸이 흔들리는 그녀를 꼭 안았다.

무슨 일일까? 연우가 왜 이렇게 불안해하는지 알 수가 없다.
옷을 헤집고 들어온 뜨거운 손이 그녀의 등을 따듯하게 쓰다듬
었다. 긴 손가락들이 떨리는 세포들을 하나하나 짚어 내려갔다.
그리고 순식간에 몸이 휘청하며 옆으로 기울어졌다. 승하는 그
녀를 품에 꼭 안은 채 성큼성큼 걸어 작은 방으로 들어갔다.

마지막 떨림을 뒤로하고 연우의 의식은 나른하게 퍼졌다. 승
하의 긴 손가락이 땀에 젖은 머리칼을 걷어 올렸다.

"무슨 일이에요?"

"음……."

"음?"

"푸훗, 여기 정말 퇴폐 화실 같아."

그녀는 승하의 가슴에 이마를 기대고 쿡쿡 자조 섞인 웃음을
웃었다. 자신이 점점 뻔뻔스러워지는 것 같다. 그렇게 정신없이
승하의 옷을 벗기다니, 그리고 연이은 두 번의 절정까지. 어느
새 마음은 다시 평화로워졌다. 왜 그렇게 불안했던가 싶을 만
큼.

"정말 말 안 해줄 거예요?"

승하가 머리를 쓰다듬으며 나직이 물었다. 아무 일도 아니라

고 말하고 그냥 넘어가 버릴까 생각하다가 그래선 안 될 것 같
은 생각이 들었다. 어차피 부딪칠 일, 승하도 마음의 준비가 필
요할 것이다.

"우리 아버지……."

"네."

"우리 아버지가 많이 엄하셔. 아니, 엄하다기보다는 지독할
만큼 자기중심적이고, 속물적인 사람이야. 우리 엄마, 우리 오
빠들…… 모두 그 희생자들이야. 아버진 당신의 성에 차지 않는
자식들은 못 보시거든. 그 결과로 큰오빠 불행한 결혼 생활을
하고 있고, 둘째 오빠 스스로 목숨을 끊어 세상을 등졌고, 그리
고 셋째 오빠 집시처럼 떠돌아다니고 있어. 그래서 아버지가 우
리 관계를 아시게 된다면…… 후, 친구들이 자꾸 겁을 주네? 어
쩌면 다음 차례는 내가 아닐까 하고 말이야."

"그래서 두려우셨어요?"

"약간."

승하는 안타까운 마음으로 연우를 내려다보았다. 자신이 나
이가 어리지 않았고, 자신이 사회적 지위와 능력이 있는 남자이
고, 그리고 자신이…… 정상적인 가정의 자식이었다면 그녀가
이렇게 두려움을 느끼지는 않았을 것이다. 그러나 승하는 안다.
그런 것들이 결코 그녀의 사랑을 결정짓지는 않는다는 것을. 그
래도 미안했다.

연우는 침울해 보이는 승하의 얼굴을 쓰다듬으며 말했다.

“죄책감 느껴.”

“뭐가요?”

“네 교복을 벗기고, 널 안고…… 이러는 거.”

“그래서 후회해요?”

“아니.”

후회하지 않는다, 조금도. 그러나 죄책감이 밀려드는 건 어쩔 수 없다.

“후…… 시간이 얼른 갔으면 좋겠어.”

승하는 가슴께에 올려져 있는 그녀의 손을 꼭 잡았다. 죄책감 따위, 교복 따위, 세상의 눈 따위, 다 쓰레기통에 처박아 버리고 싶다. 그녀를 위로하듯 꼭 품어 안았다. 승하의 강한 힘을 느끼며 연우는 그의 가슴에 기대어 중얼거렸다.

“아직 아무 일도 일어나지 않았는데 왜 미리 겁을 먹었을까? 바보같이…….”

“덕분에 전 오늘 수업 공쳤어요. 보충해 줘요.”

“또 수업을 공치다니 누군지 정말 골치 아픈 선생이네?”

“여기가 숲이라는 퇴폐 화실이거든요.”

승하는 조그만 침대에서 넘쳐 나는 커다란 몸을 다시 연우의 몸에 포갰다.

승하는 가출을 하며 완전히 놓아버렸던 공부에 다시 흥미가 붙었다. 가출하기 전까지 그의 취미가 그림과 함께 공부하는 것이었다면 누가 믿어줄까?

학원 수업을 마치고 나와보니 연우에게서 문자가 와 있었다. 내일 새 차가 도착하니 시승식을 가지자는 내용이었다. 그는 버스에서 내리자마자 연우에게 전화를 걸었다. 귓가에 들리는 경쾌한 부레(Bouree)에 발걸음을 맞추었다. 한참 만에 저편에서 연우의 음성이 들렸다.

[여보세요?]

"뭐 하세요?"

[음악 듣고 있었어. 넌?]

"집으로 가는 길이에요. 방금 차에서 내렸어요. 천천히 걸으면 십오 분쯤 걸려요."

십오분쯤 통화할 수 있다는 얘기다.

"무슨 음악 들어요? 또 나무?"

[아니, 숲. 포레스트(Forest)의 묘지란 노래를 듣고 있어. 그레이브야드(Graveyard).]

"그 음악도 포크예요?"

[응. 잠깐 들어볼래?]

핸드폰에서 경쾌한 듯하면서도 허무감이 느껴지는 플루트 소리가 들렸다. 이어 들리는 중성적인 음성의 여성 보컬의 노랫소리가 들리더니 다시 '어때?' 하는 연우의 음성이 들렸다.

"좋아요. '숲'이란 그룹도 처음 듣는 이름이에요."

[오래된 그룹이야. 비틀즈 말기에 나왔으니까.]

“내일 가져오셔서 들려줘요.”

[알았어. 이제 집에 도착하지 않았어?]

“아뇨. 흠…… 저랑 얘기하는 거 싫으신가 봐요?”

[동네 한 바퀴 더 돌고 들어가라고 하고 싶다는 거 알면서 그래? 지금 들어가면 바로 씻고 자?]

“아뇨, 책 좀 더 보다가 두 시쯤 자요.”

[피곤하겠다.]

“전혀! 요즘은 세상 다 산 얼굴로 빈둥빈둥 놀면서 싸움질이나 하던 예전의 그 녀석을 생각하면 막 때려주고 싶어요. 왜 그렇게 살았나, 참 철없었다, 그런 생각도 들고. 그래서 더 열심히 하게 돼요. 저 예쁘죠?”

[응, 예뻐. 멋져. 대견하고 고마워.]

연우의 칭찬보따리에 기분이 좋아진 승하는 그 자리에서 풀쩍 뛰며 빙그르 돌았다. 기분 좋게 한 바퀴 휙 도는 순간 두어 발짝 뒤에 서 있는 강명준과 눈이 딱 마주쳤다. 그는 멋쩍은 듯 머리를 긁적이며 고개를 돌려 버렸다.

“어…… 그만 끊어야겠어요. 내일 봬요.”

폴더를 내린 승하가 새파란 눈으로 한 발 성큼 다가가자 강명준이 움찔했다. 버스에서 내리자마자 거북이처럼 걸으며 전화하느라고 부르는 소리도 못 듣더니 눈이 마주치자 갑자기 사람을 잡아먹을 듯이 새파란 불똥을 튀기며 다가오는 모습에 명준은 당황스러웠다.

"뭐야, 형?"

"오랜만에 만나서 말버릇이 그게 뭐냐?"

명준이 반갑게 어깨를 툭 치자 승하가 다시 버럭 소리를 질렀다.

"뭐냐니까! 이젠 전화까지 엿듣고 고자질하래?"

"엿듣긴 누가 엿들었다고? 얌마, 버스에서 내리기에 오랜만에 얘기나 좀 나눌까 하고 따라왔던 거다. 네가 워낙 느림보 걸음이라 걷다 보니 바로 뒤까지 따라온 거고! 누구랑 통화하기에 부르는 소리도 못 듣는 거냐? 왜 과민 반응을 보이고 그래? 혹시 너, 계집애랑 연애하냐?"

얼굴까지 바싹 다가온 강명준의 눈이 장난기로 반짝거렸다. 그의 모습을 보니 일부러 엿들으려는 의도는 전혀 없어 보였다. 그리고 통화 내용을 자세히 듣지도 못한 듯하다. 그제야 승하의 얼굴이 조금 펴졌다.

"연애는 무슨……. 근데 정말 오랜만이다, 형."

"알긴 아는구나? 뭐가 그렇게 바빠서 얼굴 볼 시간도 없는 거야? 전화도 없고."

정말 요즘 승하는 학교 마치자마자 화실로 뛰었고, 그리고 학원과 집으로, 잠깐 말 붙일 시간도 없이 바빠 보였었다. 처음부터 그랬지만 승하는 명준이 자신을 따라다닌다는 것은 의식조차 하지 않는 듯했다.

"입시가 다가오잖아."

"대학 가려고?"

"음."

어두워서 그런가? 승하의 얼굴은 꽤나 진지해 보였다. 처음 만났을 땐 대학 따위 관심조차 없어 보였었는데. 그러고 보니 걸음걸이도, 표정도, 말하는 것도 너무나 변해서 마치 다른 사람처럼 느껴진다. 갑자기 어른이 되어버린 것 같기도 하고.

"너, 좀 변했다? 다른 사람 같아."

그 소리에 승하는 말없이 미소만 지었다. 과장된 거칠음을 완전히 버렸으니 다른 사람 같을 수밖에. 그땐 자신이 꼭 다른 사람의 껍질을 뒤집어쓰고 사는 것 같았었다. 지금이 바로 승하의 본연의 모습이란 걸 명준은 모를 것이다. 호기심 어린 눈으로 바라보는 명준에게 승하는 어깨를 으쓱하며 이렇게 말했다.

"인생의 목표가 생겼거든."

지금 당장 오라는 아버지의 호출 전화를 받고 연우는 무거운 마음으로 회사로 향했다. 회사는 스무 살 때 가보고 처음 가는 것이니 거의 팔 년 만인 것 같다. 대성그룹의 본사 건물은 연우가 생각했던 것보다 훨씬 화려하고 웅장했다. 몇 년 전, 몇 개의 기업을 통합해 대성산업에서 대성그룹으로 출범한다는 사보를 잠깐 접했던 것 외에는 아버지의 회사에 대해 연우가 아는 것은 전혀 없다. 그만큼 무심하게 살았다는 얘기다.

육중한 문을 밀고 들어갔을 때 첫 관문인 경비에게 제재를 당했다. 별생각없이 회장님을 만나러 왔다고 하자 그는 연우의 옷차림부터 살폈다. 그리고 이내 난감한 표정을 지으며 이것저것 질문을 했다. 연우는 대답하기가 귀찮아 김 비서에게 전화를 걸어 경비를 바꿔주었다. 전화를 끊은 경비는 이내 부동자세가 되어 엘리베이터가 있는 곳까지 연우를 안내했다. 가볍게 목례를 하고 엘리베이터에 오른 연우는 문이 막 닫히는 순간 다시 열림 버튼을 눌렀다.

"아저씨! 회장실이 몇 층에 있죠?"

뜨악한 그의 표정을 보자 괜히 미안하기도 하고 부끄럽기도 했다.

십이층에서 내려 겨우 회장실을 찾아 들어갔다가 비서실에서 다시 제재를 당했다. 청바지에 티셔츠와 카디건 차림으로 들어서는 맨얼굴의 연우를 보자 젊은 남자가 놀란 듯 자리에서 뛰어나와 앞을 가로막았다.

"어떻게 오셨죠? 여긴 함부로 들어오는 곳이 아닙니다."

그 말속에는 당신 같은 차림의 여자가 함부로 들어올 수 있는 곳이 아니라는 위압 같은 것이 있었다. 그의 눈을 의식하며 자신의 옷차림을 살피던 연우는 저도 모르게 피식 웃음이 새어나왔다. 지난달에 오빠가 사준 유명 디자이너가 만들었다는 그 정장을 입고 올 걸 그랬나? 연우는 어깨를 으쓱하며 앞을 막고선 남자를 빤히 쳐다보았다.

"저기요, 우리 아버지 만나러 왔거든요? 좀 비켜주실래요?"

그러나 연우의 말을 못 들은 건지 그는 여전히 앞을 가로막고
비켜주지 않았다. 얼른 나가지 않으면 밀쳐 버리기라도 하겠다
는 듯 그의 눈이 사뭇 험악했다. 그때 회장실 문이 열리며 서류
를 옆에 낀 김 비서가 나오는 것이 보였다.

"아저씨!"

반가움에 사적인 자리에서나 부르던 호칭이 불쑥 튀어나왔
다. 그러자 앞을 막고 서 있던 남자가 움찔 물러났다.

"어, 왔네? 얼른 들어가 봐. 회장님 기다리셔."

"근데 무슨 일이에요?"

"어, 저기……."

김 비서는 연우의 옷자락을 잡고 조금 옆으로 비켜서더니 낮
은 목소리로 속삭였다.

"사장님이 집을 나가셨어. 지난주에 용인에 있는 집수리 끝내
고 어제 그곳으로 들어가셨어."

"아……!"

오빠가 드디어 결단을 내린 모양이었다. 그러니 지금쯤 아버
지가 얼마나 화가 나 있을지 짐작이 갔다. 연우는 저도 모르게
긴장이 되어 심호흡을 했다. 김 비서는 안쓰러운 눈으로 그 모
습을 보다가 옆에 선 남자에게 지시했다.

"따님 오셨다고 말씀드려."

그 와중에도 연우는 그 남자의 얼굴이 당황스럽게 일그러지
는 모습이 안쓰럽고 우스웠다.

아버지는 육중한 책상과 의자에 몸을 파묻고 있었다. 아버지는 너무 화났을 때 늘 하던 버릇대로 뱀처럼 똬리를 틀듯 잔뜩 웅크리고 있었다.

"부르셨어요?"

천천히 뜨는 눈이 피곤에 절어 보였다. 늙으셨다. 연우는 마른침을 꿀꺽 삼켰다.

"넌 아비가 죽어 나자빠져도 부르지 않으면 들여다볼 생각이 없는 녀석 같구나!"

"죄송해요."

"여전히 그놈의 그림나부랭이나 붙들고 있는 거냐?"

"그림나부랭이가 아니라 그림이죠."

"어미를 닮아서 그놈의 고집은, 쯧."

"엄마 욕하지 마세요!"

발끈하는 연우의 목소리에 아버지는 무언가를 밀어 내리듯 끙, 하고 신음 소리를 내었다. 그것이 아버지로서는 엄청난 참을성을 발휘하는 것이라는 것을 연우는 안다. 다급하긴 다급하신 모양이다, 저렇게 참아내시다니. 빠득 이가 부딪치는 소리가 들렸다.

"너…… 전주에 좀 내려갔다 오너라. 보리 어미 좀 만나고 와. 내가 아무것도 따지지 않겠다고, 다 덮어줄 테니 보리 데리고 당장 올라오라고 해."

언제나 일방적인 아버지의 이런 사고방식, 너무 싫다.

"학기 중이잖아요. 언니 강의 나가는 거 모르세요?"

"그깟 이름도 없는 지방 대학, 쳇! 정 원하면 내가 서울에 있는 괜찮은 대학교에 교수 자리 하나 마련해 준다고 해!"

말문이 탁 막힌다. 도대체 아버지와는 정상적인 대화를 나눌 수가 없다. 이러니 선경 언니더러 참고 들어오라는 소리를 어떻게 하겠는가.

"언니 안 올 거예요."

"어째서 내가 이렇게 물러서는데도 안 온다는 거냐? 못된 것, 지 남편 꼬드겨 부모 자식 간에 인연 끊어놓을 짓을 해!"

"언니 탓 아니에요, 오빠가 스스로 선택한 일이지. 아버진 여전히 언니 인정 안 하시잖아요. 언니 실력으로 스스로 얻어낸 교수 자리마저 인정 안 하시는데 언니가 어떻게 아버지를 받아들이겠어요?"

"그놈의 자존심 하고는, 쯧. 사돈이란 작자도 회사에 중역 자리 하나 내주겠다는데 죽어도 싫다더니 서울에 있는 대학에 교수 자리 마련해 준대도 싫대? 하여간 그놈의 집안 식구들은 알 수가 없다, 끙!"

맙소사! 사돈어른께 그런 제의를 하시다니, 그 청정하신 분께서 얼마나 마음의 상처를 입으셨을까?

삼십오 년을 손에 들고 있는 리모컨으로 조종을 하는 듯하던 아들이 갑자기 당신의 품을 벗어나겠다고 뛰쳐나갔으니 아버지가 느낄 배신감이 얼마나 클지 짐작이 갔다. 그 당황스러움은 아버지의 표정에서 고스란히 나타났다. 희끗한 머리와 늘어난 주름, 그리고 퀭한 눈이 가련해 보였다.

"아버지, 오빠 이제 그만 놔주세요. 그만 하시면 됐잖아요. 오빠, 아버지께 충분히 할 만큼 했어요. 이제 조금 떼어내고 편하게 바라보실 때도 됐잖아요."

"도대체가 믿을 구석이 있는 녀석이어야 말이지! 태우만큼만 해도 내가 이러지 않는다!"

"그래서 태우 오빠가 아버지 만족시켜 줬어요? 아니잖아요, 비겁하게 도망쳤잖아요!"

"이 녀석이!"

순간 그 방의 가구를 닮은 육중한 느낌의 재떨이가 아버지의 손에 들려 부르르 떨리고 있었다. 연우는 눈을 꼭 감아버렸다. 어디로 날아들지 모를 재떨이를 생각하며 온몸에 소름이 돋았다. 집에서 지낼 때 언제나 반복되던 이런 장면들이 눈앞을 스쳤다. 한참 만에 탕, 하는 소리와 함께 재떨이가 책상 위로 툭 던져졌다.

서종학은 분을 삭이듯 호흡을 가다듬었다. 가슴에 송곳처럼 박혀 있는 태우의 얘기는 왜 꺼냈던가. 그는 눈썹 하나 깜짝 않고 대어드는 연우를 원망스럽게 바라보았다. 단 한 번도 죽어 들어오는 법이 없는 녀석, 그래서 제 어미처럼 쉽게 꺾어버릴 수 있는 꽃이 아니다.

"어쨌든…… 전주에 다녀와. 가서 내가 한 말 잘 생각해 보라고 전해.”

“직접…….”

직접 가시죠, 라고 말하려던 연우는 입을 다물어 버렸다. 거대한 의자에 파묻힌 웅크린 아버지의 작은 몸이 가엾어 보여서다.

“알았어요. 하지만 기대하진 마세요.”

벌게진 얼굴로 방을 나오니 들어올 때 앞을 가로막았던 그 남자가 자리에서 벌떡 일어나 다시 앞을 가로막았다.

“아까는 몰라봐서 죄송합니다.”

“죄송하실 필요 없는데요. 생전 처음 보는데 모르는 게 당연하죠.”

건조하게 툭 내뱉는 말에 남자는 더욱 난감한 표정을 지었다. 피곤이 몰려왔다. 연우는 얼른 이곳을 나가고 싶었다.

“그럼, 전 이만.”

가볍게 목례를 하고 나온 연우는 휘 둘러보다 또 난감해졌다. 오빠가 어디에서 일하는지 모른다. 연우는 다시 비서실 문을 빠끔 열었다.

“저…….”

남자가 화들짝 놀라며 자리에서 일어나 다가왔다. 이 남자가 오늘 자신 때문에 고생이 많다 싶었다.

“사장실이 어디예요?”

그 사람의 안내를 받아 사장실로 갔지만 오빠는 없었다. 여행 중이라 언제 돌아올지 알 수 없다고 했다. 하긴 일을 이렇게 벌여났으니 잠깐 피하는 게 상책이긴 했다.

전주로 내려가 선경을 만나고 올라오며 연우는 갑자기 어깨가 무거워짐을 느꼈다. 오빠가 혼자 감당해 왔던 것들을 이젠 자신이 조금은 나누어져야 한다는 것을 깨달았다. 그러려면 아버지와의 부딪침도 잦아질 것이다. 약간의 두려움과 지끈거리는 두통. 승하가 보고 싶다. 그녀는 자동차에 속력을 내었다.

입시가 다가올수록 승하의 마음은 편안해지는 데 반해 연우는 자꾸 조급해졌다. 자꾸 안고 싶었고, 수업이 끝나도 보내고 싶지 않았다. 강우 오빠가 집을 나가면서 극도로 날카로워진 아버지 때문인지도 모르겠다. 아버지를 대하면 대할수록 잊고 있었던 막막함이 밀려왔다. 예전부터 아버지와는 도저히, 어떤 식으로도 오 분 이상 대화를 이어갈 수 없었다. 아버지의 막무가내 같은 말들을 듣고 있으면 견딜 수 없는 답답함에 숨이 턱에 차 오르곤 했다. 이런 아버지가 승하와 자신의 관계를 안다면 어떤 반응을 보일 것인가. 그건 불을 보듯 뻔한 일이다. 그 생각이 연우를 지치게 했다.

일곱 시가 가까워오자 승하는 커피를 한 잔 타서 연우의 책상에 올려주었다. 그리고 그녀의 앞에 앉아 얼굴을 가만 쓸었다. 요즘 들어 왠지 연우의 얼굴이 어두워 보인다. 무언가를 불안해하고, 답답해하는 느낌이다. 그것이 무엇인지 어렴풋이 짐작이 가기에 마음이 아팠다. 아직 그런 것들을 해결하기에 자신은 너무나 미약하다. 그러나 도망치진 않을 것이다. 승하의 입술이 가볍게 볼을 스쳤다.

"또 가야 해요."

"응."

"두 달 후에 전 당당하게 선생님 가족들을 찾아갈 거예요. 그들 눈엔 제가 이제 겨우 대학에 입학한 조무래기로 보일지 모르겠지만 기죽지 않을 겁니다. 미래엔 더 잘할 자신 있으니까요."

모락모락 올라오는 김에서 진한 커피 향이 풍겼다. 꼭 다문 승하의 입술은 단호하고 믿음직스러워 보였다. 두 달 후를 기약하는 승하에게 연우는 고개를 끄덕였다. 이 순간 승하는 연우보다 훨씬 어른스러워 보였다.

그러나 그녀는 왜 이렇게 어린애처럼 자꾸 매달리고만 싶은지 알 수가 없다. 안고 싶고, 기대고 싶고, 만져 보고 싶다. 그림 외에는 어떤 것에도 관심이 없었고 열정이 없었는데 승하에게 그것을 느끼고 있다. 보아도 보아도 채워지지 않던 그림에 대한 갈증, 그래서 그것이 운명이라고 받아들였던 그때처럼 승하를 향한 마음이 딱 그렇다.

“주말에 집에 올래?”

결국 가방을 메고 화실을 나서는 승하에게 연우는 그렇게 말하고 말았다.

“엄마한테 간다 하고 왔어요.”

토요일 저녁, 생각지도 않은 시간에 승하가 찾아와 그렇게 말했다. 연우는 짧은 반바지에 허름한 남방을 걸치고 있었다. 단추는 중간쯤까지 풀려 있었고, 남방 끝자락으로 허리를 잘룩 묶고 있었다.

“뭐 하고 계셨어요?”

승하는 고개를 뻗어 거실을 들여다보며 물었다. 거실의 풍경으로 보아 청소기를 돌리고 있었던 모양이다.

“저런 건 내가 잘하는데.”

싱긋 웃으며 들어온 승하가 재킷을 벗고 청소기를 집어 들었다.

“내가 할게.”

청소기를 빼앗으려는 연우를 소파에 앉힌 승하는 팔까지 둥둥 걷었다.

“거기 가만있어요.”

승하는 큰 키를 구부리고 청소기를 쓱쓱 밀었다. 쓱쓱, 승하가 하는 일은 뭐든 쉬워 보인다. 승하는 익숙한 솜씨로 구석구석 먼지를 긁어내듯 꼼꼼하게 청소기를 밀었다. 연우는 팔짱까지 낀 채 승하가 하는 양을 지켜보았다. 청소기를 다 돌리고 청소기 속까지 깨끗하게 털어낸 승하가 현관에 놓인 쓰레기봉투를 들고 나섰다.

"버릴 거 이거밖에 없어요?"

"잠깐만."

베란다로 뛰어간 연우가 이것저것 분리해 놓은 비닐봉투를 들고 승하를 따라나섰다.

"같이 가."

쓰레기를 쓰리기통으로 풀쩍 던져 넣은 승하가 연우의 손에 들린 분리수거 물품들을 받아 들었다. 그리고 아주 익숙한 솜씨로 분리를 해서 통 속으로 던져 넣었다.

"분리수거 해봤어?"

"아뇨."

"근데 어떻게 그렇게 잘해?"

승하는 어려울 거 뭐 있냐는 듯 피식 웃었다. 연우는 아직도 분리수거를 하려면 물건을 들고 어느 통에 넣어야 할까 한참을 헤맨다. 이걸 플라스틱에 넣어야 하나 말아야 하나 싶은 물건들이 왜 그렇게 많은지 모르겠다.

연우가 저녁을 준비할 동안 승하는 작은 방에 들어가 한쪽 벽면 전체를 차지하고 있는 음반을 구경했다. 승하에게는 하나같이 생소한 음반들이었다. 음반의 삼 분의 일가량이 예술적인 재킷을 자랑하는 ECM 음반들이었고, 나머지 음반들도 재킷이 우선 눈에 들어올 만큼 껍질이 아름다운 음반들이었다. 대부분의 앨범 속지에는 짤막한 그녀의 감상평들이 적혀 있었다. '바람의 부대낌' 이라든지 '장마 끝 햇살' 이라고 적힌 감상평들을 읽다가 눈을 감고 가만, 그 소리들을 상상하기도 했다.

음반들을 뒤적이고 있는데 연우가 문을 열고 빠끔 얼굴을 디밀었다.

"나와, 저녁 준비 다 됐어."

식탁에는 짧은 시간에 언제 이렇게 준비를 했을까 의심이 들 정도로 많은 음식들이 차려져 있었다.

"와! 이게 다 선생님이 만드신 거란 말이죠?"

연우는 믿을 수 없다는 눈으로 내려다보는 승하의 옷자락을 당겨 자리에 앉히고 자신도 마주 앉았다. 텅 비어 있던 집이 승하 하나만으로도 꽉 찬 느낌이었다. 누군가를 마주 보면서 행복한 식사를 한 기억이 가물가물하다. 그것은 승하도 마찬가지였다. 이렇게 누군가와 식탁에서 행복한 마음으로 마주 앉은 기억이 없다. 식탁에서 좋은 냄새가 풍겨 올라왔다. 누구에게 선가 꼬르륵 소리가 새어나오자 두 사람의 얼굴에 동시에 웃음이 번졌다. 두 사람은 수저를 마주 들었다.

"먹자!"

"먹어요!"

처음에는 차려진 음식의 가짓수에 놀랐던 승하의 눈이 음식을 먹으면서 점점 감탄으로 변했다. 어느 것 하나 입에 거슬리는 음식이 없었다. 승하가 조금 놀랍다는 표정으로 물었다.

"요리 배우셨어요?"

"아니, 타고났나 봐."

담담하게 대답하던 연우가 갑자기 풋, 웃음을 터뜨렸다.

"실은 이 음식들 내가 한 거 아냐. 어제저녁에 아줌마 다녀가셨거든. 안산댁이라고 우리 집에서 이십 년 넘게 일하시는 아주머니가 계셔. 집 나온 뒤로 그 아줌마가 반찬 쭉 해다 주셨어. 일주일에 두 번씩은 직접 오셔서 국까지 끓여놓고 가셔. 어제가 바로 그날이었거든."

"아."

"내가 제대로 할 줄 아는 건 밥하고 라면 끓이는 정도? 진짜 내 음식 솜씨는 한마디로 음…… 꽝이야."

"풋, 하하하."

음식을 입에 넣고 오물거리며 잠깐 생각에 잠겼던 연우의 입에서 '꽝이야'란 말이 나오자 승하가 넘어가듯 웃어 젖혔다. 식사 시간이 늘 이렇게 행복한 거라면, 그리고 그녀와 함께라면 '꽝'인 음식도 상관없었다.

식사를 마치고 승하는 연우의 앞치마를 빼앗아 목에 걸었다. 껑충한 키 때문에 목에 걸린 앞치마가 댕강 올라가 있는 모습이 어찌나 우스운지 연우는 배를 잡고 깔깔 웃었다. 승하는 의자를 싱크대 쪽으로 돌리고 연우의 손을 잡아끌어 그곳에 앉혔다.

"다른 데 보지 마세요."

툭 던지고 돌아서는 승하의 말에 깔깔거리던 웃음이 목젖에 걸려 버렸다. 딸꾹거리다 얼굴까지 벌게지자 승하가 얼른 물 컵을 내밀었다.

"겨우 그런 말에 체해요? 이러실까 봐 하고 싶은 말 하나도 못하고 죽어라 참고 있는 거 알아요? 큰일이네."

"내가 뭐 그 말 땜에 딸꾹! 딸꾹질해? 딸꾹! 참긴 왜 참아, 해."

"정말 해요?"

"해, 딸꾹!"

승하의 입에서 무슨 말이 나올까 장난 반, 호기심 반으로 연우는 얼른 말해보라고 다그쳤다. 평소 마음으로 느끼는 것, 알고 있는 것, 그것을 귀로 전해듣는다면 더욱 행복할 것 같았다. 사실, 승하는 지나치게 과묵하긴 하다. 그러나 연우의 반짝이는 눈을 뒤로하고 승하는 다시 싱크대 앞으로 가버렸다. 그리고 수세미에 세제를 짜서 거품을 보글보글 내고 그릇을 닦았다.

한마디 해주지…….

마른 목으로 꼴깍, 침이 넘어갔다. 사랑을 마음껏 표현할 수 없다는 것이 연우를 조급하고 목마르게 한다. 화실 안에만 갇혀 있는 사랑, 그림 속에만 머물러 있는 사랑, 어쩌면 영원히 갇혀 있어야 할지도 모르는 사랑. 거품 묻은 승하의 손이 재빠르게 그릇들을 헹궈 나갔다. 승하의 손등으로 좌르륵 스치는 물소리에 가슴이 울렁, 흔들렸다.

"평생 아무 데도 보지 말고 나만 봐요. 만약 선생님이 다른 사람 보게 되면…… 슬퍼서 죽어버릴 거예요."

물소리 때문에 승하의 말이 자세히 들리지 않았다.

"왜 태어났을까…… 참 많이 원망했는데 지금은 태어나지 않았으면 어쩔 뻔했나 싶어요. 선생님이 제가 없는 세상에서 저 아닌 누군가를 운명으로 생각하고 살아간다는 건 상상이 안 돼요. 그래서 요즘은 날마다 엄마한테 고마워하고 있어요. 이 말은 우리 엄마한테 꼭 들려줘야 하는데, 쿡쿡."

연우가 어느새 등 뒤에 다가와 있다는 것도 모른 채 승하는 싱크대의 물기를 닦은 행주를 빨아 꼭 짜며 다시 중얼거렸다.

"저랑 영혼의 무늬가 닮은 사람은 세상에 없을 거라고 생각했는데……."

행주를 탁 털어 걸고 돌아서는데 연우의 이마가 얼굴에 닿을 듯 가까이에 다가와 있었다. 동그랗고 새까만 눈이 의문부호를 하나 달고 그를 올려다보고 있었다.

"……했는데?"

그녀의 눈이 답을 요구하고 있었다. 마음으로는 이미 느끼는 얘기, 그러나 귀로는 듣지 못한 얘기를…….

승하의 입가에 설핏 미소가 지어졌다.

"신기하게도…… 있더라고요."

승하의 따뜻한 눈이 제 영혼의 무늬를 들여다보듯 내려다보았다. 따뜻한 온기가 온몸으로 번졌다.

"그러게…… 나도 없을 줄 알았는데 있더라. 신기해, 그치?"

뭉클한 무엇이 코끝을 찌르르 찔렀다.

"나쁘다. 그런 말을 돌아서서 하다니. 물소리 때문에 못 들을 뻔했잖아."

"손 꼭 잡고 거리를 활보하면서 서연우는 내 여자라고 막 뻐기고 싶어요."

"뻐길 만한 여잔 못 될 텐데?"

"누가 그래요? 눈이 삐었나 보지."

"풋, 네 눈에 콩깍지가 씐 거야."

연우는 뒤꿈치를 들어 승하의 목에 걸린 앞치마를 벗겨내었다.

"우리 그거 해볼까? 손 잡고 막 돌아다니는 거 말이야."

"정말요?"

"응."

고개를 끄덕이는 연우의 눈이 반짝였다.

손을 꼭 잡고 거리를 활보하는 것, 그것은 결코 어렵지도 않고 힘든 일도 아니었다. 조금만 용기를 내고 고개를 당당히 들면 아무것도 아니었던 일을 왜 그동안은 한 번도 하지 못했을까? 옆을 지나던 남자의 어깨가 툭 부딪치자 승하가 재빨리 그녀의 어깨를 감싸 당겨 안았다. 그리고 조금 앞에서 걸어가는 예쁜 연인의 모습처럼 연우의 팔을 잡아 자신의 허리를 감싸게 했다. 형형색색의 네온사인 불빛과 모처럼 접하는 사람의 물결이 조금 어지럽기는 했지만 좁은 화실에 꽁 박혀서 느꼈던 답답함이 없어 좋았다. 막상 세상 밖에서 남자로 연우 곁에 서 있는 승하는 화실의 그림에 갇혀 있을 때보다 훨씬 강인하고 커 보였다. 그의 눈길 하나하나, 손길 하나하나에서 연우를 보호하려는 강한 의지가 느껴졌다. 누군가에게 이토록 깊이 보호받는 느낌을 받아본 적이 없다. 물론 그녀 스스로 누구의 보호를 원치 않기도 했었지만.

집에서 나와 이십여 분 걸어 두 사람은 호프집으로 들어갔다.

"주량이 얼마나 돼?"

"음…… 대중없어요. 기분이 안 좋으면 조금만 마셔도 취해요. 기분 좋을 때는 주는 대로 얼마든지 마실 수는 있지만 좋아하진 않아요."

"주는 대로 얼마든지? 난 술 약한데, 조금만 마시면 얼굴이 빨개져."

"그리고 나중엔 하얘지죠?"

"응."

"그때 선생님 얼굴이 흰 물감처럼 하얗더라고요."

"아…… 나 그때 정신없었지? 아, 주정하는 여잔 정말 싫은데."

"얼굴이 하얘 가지고 쉴 새 없이 웃고, 승하야, 승하야, 그러면서 자꾸 부르고, 얘기 더 하고 가라고 계속 붙들고…… 킥, 귀여웠어요.”

“흠…… 술 취한 김에 엉큼한 속내를 드러낸 거야.”

“커피를 끓여달래서 끓였더니 이미 잠들어 버렸더라고요.”

“음, 그것조차 의심스럽네? 일부러 잠든 척한 거 아닐까? 아무래도 엉큼해.”

계속되는 연우의 장난에 키득 웃던 승하는 맥주를 마시고, 땅콩을 주워 먹고, 다시 종알종알 재잘대는 그녀를 민망할 정도로 빤히 바라보며 말했다.

“선생님 주무시는 거 들여다보다가 세 시쯤에 화실을 나왔어요. 그리고 바로 속초로 갔죠. 그날 처음으로 엄마를 이해할 수도 있겠다는 생각을 했었어요. 남의 가정을 그렇게 만들고 그 자식들을 상처 입히면서까지 사랑이라는 이름에 매달릴 수밖에 없었던 엄마의 심정을 조금은 이해할 것 같았거든요.”

거칠게 질주하여 터져 버리지 않고 끝없이 무언가를 느끼고 자라는 듯한 승하다. 그래서 이 애가 좋다. 연우는 손을 뻗어 승하의 얼굴을 당겨 쪽하고 입을 맞추었다. 주문한 샐러드가 탁자 위에 슬며시 놓이는 것도 상관하지 않았다. 기습적인 입맞춤에 승하의 얼굴이 확 달아올랐다. 그 모습이 좋아서 연우는 또 깔깔 웃었다.

“너 처음 봤을 때 딱 떠올랐던 그룹이 스파이로자이라(Spirogyra)였어.”

“또 처음 듣는 이름이에요.”

"70년대에 활동했던 영국의 포크 그룹인데 음악이 굉장히 독특해. 포크 음악에선 듣기 힘든 격정적인 바이올린 소리도 그렇고……."

연우는 눈을 반짝이며 스파이로자이라(Spirogyra)를 설명했다. 마틴 쿠크햄의 광기 어린 목소리와 지적이고 청아한 바바라 게스킨의 음성까지 모두 처음 보았던 승하의 느낌과 너무나 닮았다고 말했다. 스파이로자이라를 '미녀와 야수의 조합'이라고 말하며 그녀의 눈은 별처럼 반짝였다. 연우의 눈이 이렇게 별처럼 반짝이는 순간은 그림을 그릴 때와 음악 얘기를 할 때, 그리고 승하를 바라볼 때뿐이었다.

"격정적으로 질주하다 순식간에 꺾여 버렸던 그룹이었어. 그렇지만 삼십 년이 지난 지금도 나처럼 골수 마니아들이 있을 정도지. 널 처음 보았을 때 난 어쩌면 네가 그렇지 않을까 조금 격정이 되었었어. 격정적으로 질주하다 꺾여 버릴 악동. 사람의 인생이 그들의 행보를 닮으면 본인보단 가까이 있는 사람이 슬프잖아. 그런데 어느 순간부터 그 악동이 갑자기 천사처럼 돌변을 하더라? 지금 네 모습은 또 어떤 그룹인지 말해줄까?"

"어떤 그룹이죠?"

"마그나 카-르타(Magna Carta)."

"아, 그 팀은 알아요. 제가 좋아하거든요."

"따듯하고, 부드럽고……."

"그리고 조금은 철학적이고?"

"맞아. 음, 난 그들의 화음에서 천사의 느낌을 받아."

"악동? 천사? 킥킥, 둘 다 웃기는 표현이에요. 근데 고르라면 음, 전 마그나 카―르타의 음악이 좋아요. 물론 스파이로자이라는 들어보지 못했지만 음악이 격정적이란 소리는 아무래도 순식간에 빨려든다는 뜻 같은데 그건 빠져나오는 속도도 순식간일 거잖아요."

주량으로 시작된 이야기는 음악을 돌아 그림을 돌아 다시 대학 이야기로 이어졌다. 승하는 대학을 가긴 가겠지만 꼭 그것에 의미를 두지는 않겠다고 했다. 어느 곳이든 자신의 그림을 발전시킬 수 있는 곳이면 그곳으로 가겠다고, 일찌감치 유학을 가겠다는 뜻을 비쳤다. 처음 듣는 소리에 연우는 약간 놀랍고 당황스러웠다. 그것을 감지한 듯 승하가 연우의 손을 꼭 잡으며 다시 단호한 입술을 움직였다.

"가게 되면 함께 떠나요."

"함께……?"

"생각해 봤는데 그게 가장 좋은 방법 같아요. 여기서는 누구든 우리 관계를 편하게 받아들이기 힘들 거예요. 더구나 가족이라면 더 힘들겠죠. 어쩌면 우리…… 정말 많이 힘들지도 모른다는 생각이 들었어요. 어느 쪽이든 상처가 많이 날 거예요. 전 상처 나는 쪽보다 기다리는 쪽을 택하고 싶어요. 조금 떨어져서 그들이 우리를 편하게 받아들일 수 있을 때까지 느리고 천천히 싸워가는 거죠."

승하는 연우가 내내 고민해 오던 이야기를 먼저 꺼냈다. 승하가 제안한 방법은 결코 연우의 스타일이 아니지만 나쁘지 않았다.

"제가 비겁하게 도망친다고 생각하시는 건 아니죠? 선생님이 싫다고 하시면 다른 방법을 찾아보고요?"

"아니, 어쩌면 그게 가장 현명한 방법인지도 모르겠다. 근데 그런 생각은 언제부터 한 거야?"

"제법 됐어요. 그러니 이젠 혼자서 고민하고 그러지 마세요."

"고민은 누가 고민했다고……."

슬쩍 돌려 버리는 연우의 얼굴에 안도의 빛이 도는 것을 놓칠 리 없는 승하다. 도망가는 연우의 얼굴을 당기듯 승하는 잡고 있는 손을 힘주어 꼭 잡아당겼다.

"저 그렇게 어린 놈 아니라고 했잖아요. 제 여자 하나 지키지 못할 만큼 나약한 녀석 아닙니다. 또 혼자 고민하고 그러면 그땐 화낼 거예요?"

한없이 믿음직스러워 보이는 승하의 눈을 보며 연우는 고개를 끄덕였다.

"응."

"건배해요."

"건배."

쨍 부딪치는 잔 너머에서 사랑하는 이의 눈이 반짝였다.

봐! 저 믿음직한 남자, 저 예쁜 남자가 내 남자야!

연우는 사람들이 다 듣도록 큰 소리로 그렇게 말하고 싶었다. 정작 빼기고 싶은 사람은 승하가 아니라 그녀라는 것을 승하는 모를 거다.

호프집을 나온 그들은 이 가게 저 가게 기웃거리다가 연우가 양키스 모자를 승하에게 사주었다. 모자를 쓰고 싱글거리는 승하의 모습이 천진하고 멋져 보였다.

"데릭 지터(뉴욕 양키즈의 유격수)가 울고 가겠네."

"그 자식 좋아해요?"

"응."

"쳐부수러 가야지!"

승하가 주먹을 불끈 쥐며 손을 잡아끌자 연우는 깔깔 웃었다. 전투 의지에 불타는 기사처럼 당장이라도 미국으로 날아가 데릭 지터를 쳐부술 기세로 성큼성큼 걷는 승하의 넓고 큰 어깨가 마냥 좋았다. 아버지도, 오빠들도, 조윤재도, 그 누구도, 세상의 어떤 남자도 그녀에게 보여주지 못했던 믿음직한 어깨. 기대고 싶은 어깨. 매달려 보고 싶은 남자의 어깨를 연우는 승하에게서 발견을 했다.

이태일은 직접 차를 몰아 수산나 요양원으로 갔다. 매달 요양비를 보내며 최 비서로부터 양화연의 소식을 전해듣고 있었다. 직접 찾아와 위로를 하고 아픔을 함께할 수도 있었다. 그러나 이태일은 그렇게 하지 않았다. 자신이 저지른 외도로 인해 자식

들에게 준 상처가 너무나 컸기에 그는 자식들에게 언제나 죄인
의 마음이었다. 그리고 양화연도 그가 찾아오는 것을 원치 않았
다. 그들 모자를 외면한 자신을 원망하는 탓인지도 모른다. 원
망스러웠을 것이다. 병이 되도록 원망스러웠을 것이다.

지난주 양화연은 최 비서를 통해 요양원에 한번 다녀갔으면
좋겠다는 말을 전해왔다. 순간 이태일은 그녀에게 죽음이 다가
오고 있다는 것을 직감했다. 가벼운 마음으로 선뜻 병실로 찾아
갈 수가 없어 휴게실에서 한동안 머물던 그는 담배를 길게 한
모금 빨아 연기를 들이마신 후 비벼 끄고 병실로 향했다.

병실에는 가을 햇살이 부서질 듯 쏟아져 들어오고 있었다. 장
작개비처럼 마른 작은 여자가 침대 위에 잠들어 있었다. 하늘하
게 얇아진 피부가 끔찍하게 투명하여 살 속의 뼈들이 다 보일
것 같았다.

양화연을 처음 만난 것은 거래처 사장단과의 술자리에서였
다. 자연스럽게 분위기를 맞춰주는 다른 아가씨들에 비해 양화
연은 어설픈 솜씨로 술을 따르며 속없는 여자처럼 까르륵 까르
륵 웃어댔다. 얼핏 보기에 이런 곳과는 참 어울리지 않는 얼굴
이다 싶은데 머리부터 발끝까지 온통 붉은색으로 덧칠되어 있
는 그녀는 마치 자신의 자리는 바로 여기라고 발악이라도 하는
듯 보였다. 술자리는 길게 이어졌고 이태일도 정신을 놓을 만큼
술을 마셨다. 아침에 눈을 뜨니 눈앞에서 아주 앳되어 보이는
여자 하나가 눈을 반짝이며 그를 바라보고 있었다.

누구……? 라고 묻는 그의 몽롱한 눈을 보더니 자는 모습이 귀여워요, 그러며 까르륵 웃는 여자는 어제저녁 술자리에서 어설프게 술을 따르며 속없이 웃어대던 그녀였다. 화장기 하나 없이 말끔한 얼굴이 너무 앳되어 보여서 이태일은 흠칫 놀라며 몸을 일으켰다. 그의 몸을 따라 시트가 벗겨지며 봉긋하고 하얀 가슴이 드러났다.

"너 몇 살이냐?"

"스무 살이요."

그는 다시 무거운 머리를 베개 위에 떨어뜨렸다. 도대체 얼마나 마셔댄 건지 자정 이후의 일들은 아무것도 떠오르지 않았다. 그저 아내를 안고 격렬한 정사를 나누었던 기억뿐인데 그것이 아내가 아니었다. 손가락 하나 까딱할 수 없을 만큼 몸이 나른하게 꺼졌다. 그는 눈을 감은 채 중얼거렸다.

"난 좀 더 자야겠어. 저기 내 양복 호주머니 안쪽에 보면 지갑 있으니까 알아서 꺼내가."

그러나 한참이 지나도록 여자는 일어날 기미가 없었다. 무거운 눈꺼풀을 뜨고 보니 여자는 여전히 반짝이는 눈으로 그를 빤히 들여다보고 있었다.

왜……?

몽롱한 눈으로 고개를 갸웃하자 여자가 배시시 웃었다.

"양화연이에요, 내 이름."

"양화연?"

"잊어버리면 안 돼요?"

그리고는 벌떡 일어나 옷을 껴입기 시작했다. 탱탱하고 볼륨감 있는 몸이 눈부시게 찰랑거렸다. 속옷을 입고 청바지에 다리를 넣으며 양화연은 다시 밝은 목소리로 종알거렸다.

"아저씨가 내 첫 남자예요. 그래서 돈은 받지 않을 거예요."

윗도리까지 껴입고 거울 앞에서 머리를 매만진 그녀가 다시 침대로 다가왔다.

"어제 사장님들이 우리 가게에 들어오실 때 제가 아저씨를 찍었거든요. 내 첫 남자가 아저씨 정도는 돼야 한다고 생각했으니까요."

동그래진 눈으로 올려다보는 그를 보며 까르륵 넘어가듯 웃던 양화연은 순식간에 이태일의 입술에 진한 입맞춤을 하고 돌아섰다.

"아저씨 사랑해도 되죠? 안 된다고 하셔도 상관없어요. 나 혼자 사랑하면 되니까. 마음속에 그런 사람이 하나쯤은 있어야 살 수 있을 것 같거든요."

양화연이 방을 나가고 나서야 잠이 확 달아난 이태일은 벌떡 일어났다. 하얀 시트 위에 점점이 붉은 꽃들이 피어 있었다.

그것으로 끝날 수도 있었던 인연이었다. 오래된 아내의 병에 지쳐 있지 않았다면…… 시트 위에 점점이 피어 있던 붉은 꽃을 보지 않았다면…… 까르륵 넘어가던 그 속없는 웃음이 그립지 않았다면 그녀를 찾아가는 일은 없었을 것이다. 그렇게 헤어진지 보름 만에 이태일이 그녀를 찾아감으로써 해서는 안 될 사랑이 시작되었다.

양화연은 오후 네 시가 넘어서야 잠에서 깼다. 언제 왔는지 이태일이 창밖을 바라보고 서 있었다. 인기척을 느끼고 돌아서는 그는 어느새 저무는 햇살을 닮아 있었다. 참 많이 늙었다.

"오래…… 기다렸어요?"

"아니, 두어 시간 됐소."

그리고 다시 어색한 침묵이 흘렀다. 희끗한 머리와 눈가의 주름들, 거뭇한 피부. 늙어버린 이태일의 모습에 양화연은 마음이 슬퍼졌다. 죽음의 문턱에 서서, 이제 그만 그곳으로 발을 들여놓으려는 주제에 건강하게 살아 있는 사람이 짠하고 슬퍼 보이다니 웃기지도 않는다.

이태일은 천천히 걸음을 옮겨 가까이 다가와 의자를 당겨 앉았다.

"어디 불편한 곳은 없소?"

"괜찮아요. 당신이 돈을 많이 주어서 그런가, 요양원에서 대접이 아주 좋아요."

"다행이군."

"이런 호사도 얼마 안 남았어요. 어젠 두 번이나 까무러쳐서 이젠 저승인가 싶어 눈을 뜨니 여전히 이곳이더군요. 참 질기기도 하지. 하……."

“왜 그런 소릴……!”

왜 그런 약한 소리를 하느냐고 화를 내고 싶어도 그의 눈에 보이는 그녀의 모습은 그런 소리를 할 수밖에 없는 몸을 하고 누워 있었다. 그녀의 눈은 금방이라도 가물, 꺼져 버릴 촛불처럼 흔들렸다.

“우리 승하…… 내가 그 애한테 참 몹쓸 짓을 많이 했어요. 별별 꼴을 다 보여주고 살았는데…… 그래서 그 애가 그러는 거니까 미운 짓 하더라도 예쁘게 봐주고…….”

“쓸데없는 걱정을 다 하고 그러시오. 몹쓸 짓 한 것으로 따지자면 나만 할라고? 승하 착한 녀석이란 거 다 알고 있으니 아무 걱정 마시오.”

“그리고…….”

무슨 말을 하려는 건지 양화연은 좀처럼 입을 떼지 못했다. 그녀는 눈을 감기 전에 이십여 년을 돌처럼 안고 살았던 그 일에 대해서 사과를 하고 싶었다. 어린 욕심에 먹지 말아야 할 마음을 먹었고, 해서는 안 될 짓을 했다. 처음부터 내 것이 아니었던 사람인데 난생처음 받아보았던 눈물 날 만큼 따듯한 사랑에 잠시 정신이 나갔던 것이다.

“죽는 건 두렵지 않은데 저승 가면 사모님을 만날까 봐…… 그게 제일 무서운 걸 보니 내가 정말 큰 죄를 짓긴 지었나 봐요. 원래는 승하 형들도 함께 불러 용서를 빌고 싶었는데 그것까진 용기가 나지 않아 당신만 불렀어요. 용서…… 해달라고 하면 제가 뻔뻔한 거겠죠?"

　용서를 비는 양화연의 마르고 갈라진 입술이 파르르 떨렸다. 이태일은 양화연의 전화를 받고 아내가 심장 발작을 일으켰던 그날의 분노를 다시 떠올렸다. 그러나 그것은 순전히 자신의 이기에서 치솟았던 분노라는 것을 인정하지 않을 수 없다. 몇 년째 계속된 아내의 병에 지쳐 있었고, 어디에든 기대어 평안을 찾고 싶었다. 그래서 양화연에게 빠져들었었다. 그러나 그것은 어떤 이유로도 용납될 수 없는 엄연한 외도일 뿐이었다.

　"사모님이 그런 병을 앓고 있는 줄 알았다면 절대 그런 전화질을 하지는 않았을 겁니다. 제가 정말 몹쓸 짓을 했어요. 제가 정말……."

　자괴감에 찡그려진 그녀의 얼굴을 보며 이태일은 자신에게 화가 났다. 정말 몹쓸 짓을 한 것은 자신인데 왜 이 여자가 죽음을 앞에 두고서까지 이렇게 죄책감에 시달려야 한단 말인가!

　"그런 말 하지 마시오. 죄가 있다면 처자식을 두고 외도를 한 내가 죄인이지, 제 자식 낳은 여잘 나 몰라라 외면한 내가 죄인이지. 아내의 병은 오래된 것이었소. 그런 전화가 없었더라도 아내는 오래 살지 못했을 것이오. 아내가 그렇게 간 것은 그 전화들 때문이 아니오! 그러니, 그러니 쓸데없는 죄책감 따위 이제 그만 내려놓으시오. 지금까지만으로도 사죄는 충분히 했소. 남은 벌은 내가 받아야지, 내가 받는 게 옳아."

　말을 쏟아내던 이태일은 안타까운 마음으로 양화연을 바라보았다.

"죄책감 갖지 마라. 그 사람…… 그 전화 받기 전에 이미 삼 년을 살기 힘들 거라는 진단을 받았었다. 정말 죄라면 죽어가는 사람 옆에 두고 외도를 한 내 죄, 그게 정말 죄지. 그러니 이제 그만 마음 편하게 먹어."

이랬소, 저랬소. 하면서 꼬박꼬박 말을 높이던 이태일이 예전 처럼 말을 낮추며 진심 어린 위로를 해오자 양화연은 코끝이 찡 해졌다. 저승에 가서 사모님께 용서를 못 받는다 하더라도 이젠 상관없었다. 그에게 이런 위로를 받았으니 그것으로 되었다. 이 십여 년을 가슴에 달고 다니던 바윗덩이 하나가 툭 떨어져 내린 듯했다. 양화연은 한결 가벼워진 표정으로 다시 입을 열었다.

"한 가지 부탁이 있어요. 꼭 들어주셔야 해요."

"꼭?"

"꼭 들어주겠다고 약속해요."

"그, 그래. 약속하지."

"승하가, 우리 승하가 나중에…… 어떤 사랑을 하더라도…… 설사 당신이 결코 인정하고 싶지 않은 여자를 사랑한대도 나쁜 여자만 아니면 절대로 반대하지 말아요."

"그건…… 혹시 승하한테 무슨 말이라도 들은 건가? 왜 그런 소릴 해?"

"사랑하는데 함께 있을 수 없는 건 나만으로 족해요. 세상에 그것만큼 슬픈 일은 없더라고요. 그러니 반대하지 말아요. 승하에게 만약 그런 사랑이 생기면…… 온 세상 사람들이 다 반대를 하고 나서도 당신만은 그러지 말아요. 세상에 이해하지 못할 사랑은 없는 법이에요. 당신이 이해하고 그 애한테 힘이 되어줘요.”

슬펐던 자신의 사랑을 떠올리듯 양화연의 눈빛이 간절했다. 그 눈빛을 보자 이태일은 고개를 끄덕이지 않을 수 없었다.

“그래, 그럴게.”

“약속하는 거예요?”

“약속할게.”

그제야 양화연은 안심이 된 듯 긴 한숨을 내쉬었다. 긴 얘기가 힘에 부쳤는지 그녀는 한동안 눈을 감고 숨을 몰아쉬었다. 지난번 보았던 승하의 행복한 얼굴이 다시 떠올랐다. 그 애보다 일곱 살이나 많다던 연우의 다정한 눈빛도 떠올랐다. 두 아이의 예쁜 사랑이 힘들고 슬퍼질까 봐 내내 걱정이었는데 이제 한시름 놓은 듯하다. 다시 힘겹게 눈을 떠보니 이태일이 눈물이 그렁한 눈으로 내려다보고 있었다. 늙은 남자의 눈물은 마음을 너무 아프게 한다. 아저씨, 아저씨 하며 매달리고 싶었던 그 멋스러운 남자는 어디로 가버렸을까?

“아저씨도 참 많이 늙었다. 이제 보니 하나도 안 멋지네? 이런 사람이 뭐가 좋다고 그렇게 미친년처럼…….”

미친년처럼 날뛰었을까? 매달렸을까? 뭐가 그토록 괴로워 밤마다 남자 품을 찾아 헤맸을까?

양화연은 말을 하다 말고 갑자기 까르륵 웃었다. 이십여 년 전에 보았던 그 속없는 웃음 그대로다. 어이없는 저 웃음이 너무 예뻐 보였던 어린 여자가 뼈만 앙상한 몸으로 침대에 누워 있는 모습에 이태일은 무너지듯 주저앉아 버렸다.

"내 앞에서 웃음이 나와? 밉지도 않아? 억울하고 분하다고 한 번쯤 원망해도 될 텐데 왜 그리 속없이 자꾸 웃기만 하는가, 이 등신 같은 여자야……."

무너진 이태일의 눈에서 눈물이 흘러내렸다.

어떻게 알았는지 영하가 양화연이 살던 집으로 찾아와 돌을 던졌던 그날 새벽 이후, 이태일은 단 한 번도 승하 모자를 찾지 않았다. 그들이 소리없이 사라졌다는 것도 몇 달이 지나서야 알았을 정도였다. 그때도 걱정보다는 다행이다 싶은 생각이 앞섰었다. 어디 있는지 모르니 보고 싶어도 찾아갈 일은 없을 것이고, 그러면 자신은 아들들에게 더 이상 죄를 짓지 않을 것이었기 때문이다. 그들 모자가 어디서든 그저 건강히 살기만을 바랐을 뿐이었다.

십 년 만에 불쑥 찾아온 양화연이 승하를 맡겼을 때에야 자신이 얼마나 잘못했는지를 깨달았다. 준하와 영하가 소중한 자식이듯이 승하도 똑같이 소중한 자식이라는 것을 그제야 인정을 한 것이다. 자신이 그렇게 외면을 하지 않았다면 그녀가 이런 병에 걸리지 않았을까? 그랬을지도 모른다. 그것이 이태일을 괴롭히고 있었다.

　　고통스럽게 일그러진 얼굴로 눈물을 흘리고 있는 늙어버린 이태일의 모습에 양화연은 그저 막막한 아픔만이 밀려왔다. 이젠 아무런 원망도, 미움도 없다. 사십여 년 짧은 생애에 누군가를 죽도록 사랑할 수 있었던 것은 행운이었으리라. 양화연은 울고 앉은 이태일의 얼굴을 안타깝게 바라보다가 또다시 생각없는 여자처럼 까르륵 웃었다.

　　"다 늙은 남자가 애처럼 질질 우니까 웃겨. 하하하…… 승하가 아무래도 아저씨를 닮았는가 봐요. 걔가 보기보다 마음이 약하거든. 새색시같이 순한 애야. 내가…… 내가 별꼴을 다 보여주며 살았는데도 한 번도 날 미워하지 않았어요. 밉다, 꼴도 보기 싫다, 그러면서 눈을 부라렸지만 진짜로는 날 미워하지 않는다는 걸 다 알고 있었어요. 그 애 천성이 원래 남을 미워하거나 그런 거 못하거든. 당신 닮았어."

　　"미안하다, 정말 미안하다. 내가 너한테 못할 짓을 했다. 용서해."

　　"그런 말 하지 말아요. 날 사랑한 게 못할 짓이었다는 말로 들려서 싫어. 나 정말 당신 만나서 좋았어요. 당신 사랑했던 거 조금도 후회 안 해요. 평생 메마른 가슴으로 살다 가는 사람이 얼마나 많은데 그래도 난 사랑이란 걸 해봤잖아. 그게 어디야? 그러고 보면 난 정말 운이 좋은 사람인가 봐요? 당신 같은 사람…… 아저씨 같은 사람 만나서 사랑도 해보고 정말 운이 좋은 사람이야."

“화연아……."

“그러니까 미안하다든지 용서해 달라든지 그런 말 하지 말아요. 애처럼 울지도 마시고…… 그냥 편한 마음으로 보내줘요.”

“그래…… 그래.”

“아까 했던 약속…… 잊지 말고, 우리 승하 나처럼 사랑 때문에 가슴 앓는 일만은 없게 당신이 잘 지켜줘요.”

“그래.”

다시 한 번 다짐을 받으며 양화연은 피곤한 듯 눈을 감았다. 정신없이 산만하고, 아무 생각 없는 듯 까르륵 까르륵 웃으면서도 제 할 말은 다 하던 그때처럼 양화연은 오늘도 제 할 말은 하나도 남김없이 다 하고는 지친 듯 눈을 감더니 이내 잠이 들어버렸다. 이태일은 그제야 뼈만 앙상한 그녀의 손을 잡아보았다. 철없어 보이고, 천박해 보여도 알고 보면 양화연은 참 고운 여자였다. 속없는 사람처럼 웃던 그 웃음으로 자신을 행복하게 만들어주던 여자였다. 영원히 애처럼 천진할 줄만 알았던 양화연이 죽음을 담담히 받아들이는 모습은 초연해 보이기까지 했다. 세월이 그녀를 키운 건지, 아픔이 그녀를 키운 건지 알 수 없지만 훌쩍 커버린 그녀의 마음이 대견하면서도 아프다. 이태일은 그녀의 얼굴을 오래오래 안타깝게 쓸어보다가 병실을 나왔다.

11.

그 애와 함께 있으면 행복해

윤재가 강우를 찾아왔다. 그는 꼭 할 얘기가 있다며 시간을 내달라고 했다.

"제 말 오해하지 말고 들어주세요. 전 진심으로 연우가 걱정되어서 하는 소리니까. 이 일은 연우가 당분간 함구해 달라고 부탁까지 했는데 어쩌다 보니 우리 민경이가 알게 되었고, 걔가 이리저리 소문을 내버린 모양이에요. 지난주에 친구들을 만났는데, 그 녀석들 알죠? 성재랑 우진이, 민경이랑은 그 바닥에서 늘 얼굴 맞대는 사이들이라 연우 얘기가 오갔나 봐요."

"그래서?"

연우에 대해서 왜 말들이 오가기까지 했는지 강우는 이해가

가지 않았다. 연우가 그들이 보기에 좀 특별나게 살긴 하지만 남의 입방아에 오를 행동을 하는 것도 아닌데 왜들 그렇게 곱지 않는 시선으로 보는지 알 수가 없다.

자립심 강하고 욕심 없고 소박한 연우의 모습, 그것이 그들에겐 미운털이다. 가진 부모 덕에 온갖 사치를 일삼는 저희들 눈에 자신들보다 더한 부를 가지고도 그렇게 살지 않는 연우가 아니꼬운 거겠지.

"연우에 대해서 왜 말들이 오가? 걔가 언제 그런 빌미라도 보이는 애야?"

"연우한테 남자가 생겼어요."

"남자? 그게 뭐?"

아무것도 아닌 척 대답하지만 좀 의외다. 전혀 그런 느낌을 받지 못했는데 언제 남자를 사귄 걸까?

"그게 형, 문제가 좀 있어요. 연우 사귀는 남자…… 나이가 어려. 연우보다 한참이나 어린 녀석이란 말입니다."

"뭐?"

"이제 겨우 스물한 살이래요. 왜들 수군대는지 이제 아시겠어요?"

스물한 살이라니, 도대체 누가?

무슨 말도 안 되는 소리를 하는지 모르겠다. 윤재가 무언가를 잘못 알고 있다고밖에 생각되지 않았다. 강우는 할 말을 잃은 채 입만 딱 벌리고 있었다.

"형도 믿어지지 않죠? 저도 도저히 믿어지지가 않아요. 근데 사실입니다. 제 눈으로 그 녀석 직접 보고 연우에게 재차 확인까지 했습니다."

강우는 들고 있던 술잔을 단번에 들이켰다. 멀쩡히 길을 걷다 돌이라도 맞은 듯 황당하다.

"나중에 다른 사람 입을 통해 듣는 것보다 제게 듣는 게 나을 것 같아 말씀드린 겁니다. 성재나 우진이, 그 녀석들까지 안다면 회장님 귀에 들어가는 건 시간문제잖아요. 그전에 어떻게든 하셔야……."

"뭐 하는 녀석이야? 대학생인가?"

"아직 고등학생이랍니다. 사연이 있어 학업이 늦어졌다는데…… 아, 연우에게 그림을 배우고 있다니까 형도 아실지 모르겠네요. 지금 연우가 가르치고 있는 제자라고……."

"뭐?"

강우의 얼굴이 새파래졌다. 지금 연우의 제자라면 준하와 영하의 배다른 동생, 창녀의 자식이라는 그 사고뭉치 녀석을 두고 하는 말이 아닌가!

"너…… 뭘 잘못 알고 있는 거 아냐?"

강우의 목소리는 너무 떨려서 잘 들리지 않았다. 경직되어 바르르 떨리는 턱이 그가 지금 얼마나 충격에 휩싸였는지를 보여 주었다.

"제가 그 녀석을 직접 봤습니다. 연우를 만나 확인에 확인까지 했습니다. 연우가 말하기를 그게 제 길이라 하더군요. 그 녀석과 함께 가는 게 자기가 갈 길이랍니다. 말려보려 했지만 말이 통하지 않아요.”

강우는 대기하고 있던 기사를 돌려보내고 자동차에 시동을 걸었다. 손이 떨려서 열쇠구멍을 찾기조차 힘이 들었다. 아주 골 때리는 문제아라고 하던 준하의 말이 떠올랐다. 일 년이나 가출을 했었고 깡패들과 함께 생활하던 녀석을 잡아왔었다는 말도 들었다. 날마다 주먹질에 상처투성이의 얼굴로 돌아다닌다는 말도 했었다.

제기랄! 그런 소리를 듣고도 어떻게 연우를 말리지 않았을까? 그 녀석이 위험할 거란 생각은 왜 못한 거지? 그 좁은 화실에 시한폭탄 같은 그런 녀석과 단둘이 있을 줄을 뻔히 알면서 왜 아무 생각도 못한 거야!

강우는 연우가 그 녀석에게 무슨 일을 당했다고 생각했다. 그렇지 않고서야 이런 일이 일어날 리가 없다. 연우가 어떤 앤데 그런 녀석에게 눈을 돌리겠는가. 문제투성이에 저보다 일곱 살이나 어린 녀석에게 말이다. 연우를 너무 믿었던 게 탈이다. 무슨 일이든 막힘없이 해내던 연우였기에, 무서울 것이 없어 보였던 연우였기에 그 녀석이 위험하다는 생각조차 못했다. 제 아무리 야무지고 단단한 사람이라 해도 연우는 여자다. 스물한 살짜리의 건장한 남자가 마음먹고 덤비면 꼼짝도 못하고 당하고 말 여자!

강우는 목까지 올라온 울컥한 덩어리를 밀어내리며 액셀러레이터를 밟았다.

갑작스럽게 화실로 뛰어든 강우는 노랗게 질린 채 금방이라도 쓰러질 것 같았다.

"너…… 괜찮아?"

다가와 떨리는 손으로 어깨와 팔을 어루만지는 강우의 모습이 이상해서 연우는 그의 어깨를 흔들었다.

"왜 그래, 오빠? 갑작스럽게 나타나서 왜……?"

"너 괜찮냐니까!"

"오빠, 정말 이상하게 왜 그래? 그러고 보니 술 냄새까지 풍기네? 세상에! 술 마시고 운전한 거야?"

"나 지금 윤재 만나고 오는 길이다."

한바탕 잔소리라도 하려고 다가서던 연우가 윤재란 말에 움찔했다.

"윤재가 하는 소리 다 뭐야? 그 자식이 왜 그딴 헛소리를 해!"

불똥이 튀기는 눈으로 어깨를 흔들어대는 강우를 보니 이미 다 알고 온 모양이었다. 그렇게 입 다물어달라고 부탁까지 했는데…… 연우의 얼굴이 살짝 굳어지며 어깨를 움켜쥔 강우의 손을 떼어내었다.

"난 또 무슨 큰일이라도 난 줄 알았잖아."

강우는 무표정한 얼굴로 돌아서는 연우의 어깨를 다시 잡아채었다.

"그렇지? 아무 일 없는 거야. 윤재가 잘못 안 거야, 그렇지?"

강우는 스스로를 안심시키듯 머리를 끄덕이며 연우에게 대답을 종용했다.

우리 연우가 얼마나 똘똘하고 야무진 녀석인데 그런 일을 저질러! 그럴 리가 없지, 암!

그런 표정으로 고개를 끄덕이는 강우의 얼굴을 물끄러미 바라보던 연우는 다시 몸을 돌려 싱크대로 향했다.

"커피 마실래? 나 커피 무지 맛있게 타는 방법 아는데. 승하가 가르쳐 줬거든."

커피를 넣고, 설탕을 넣고, 프리마를 넣고, 그리고 소금을 한 톨 집는 연우의 손을 강우의 손이 다시 잡아채었다.

"너, 너 진짜…… 정말인 거야?"

믿을 수 없다. 연우가 그럴 리 없다. 믿을 수 없다는 듯 고개를 흔드는 강우를 보며 연우는 건조한 목소리로 대답했다.

"그래, 정말이야."

두어 걸음 뒤로 물러나던 강우는 의자에 털썩 주저앉았다. 아찔한 머리를 잠깐 흔들었다.

"그 녀석이 무슨 짓을 한 거야? 그 녀석이 너한테 무슨 짓을 한 거야!"

"무슨 소리야? 승하가 무슨 짓을 해?"

"승하, 승하! 그 녀석 이름 부르지 마! 준하에게 그 녀석 애길 들었을 때 널 말렸어야 했다. 아무리 이 사장님 부탁이었어도

안 되다고 거절했어야 했어. 네가 그런 녀석과 한공간에 있을
걸 뻔히 알면서도 왜 걱정이 되지 않았을까? 그 녀석이 무슨 짓
을 할지 왜 생각해 보지 않았을까? 내 잘못이야. 내가 좀 더 신
경을 썼었어야 했는데……."

강우는 자괴감에 머리까지 감싸고 연우를 바라보았다.

"오빠가 뭔가 오해하고 있는 것 같은데 승하, 무슨 짓 한 거
없어. 우린 그냥 자연스럽게 좋아진 것뿐이야."

"그게 말이나 돼? 그 녀석 이제 겨우 스물한 살 이라며? 그런
애랑 어떻게 자연스럽게 좋아져! 가출해서 깡패들하고 어울렸
다더니 그 녀석이 널 협박해? 안 사겨주면 칼로 찌르기라도 하
겠대?!"

"오빠, 어떻게 그런 소릴 해! 진정하고 내 말 좀 들어봐. 나 승
하 진심으로……."

"긴말할 필요 없다. 당장 화실 문 닫고 집으로 들어가. 그 녀
석 일은 내가 처리할 테니까. 안 되면 경찰의 도움이라도 받아
서……."

"오빠!"

"내일 당장 이 사장님을 만나 그 녀석 단속도 부탁드리고, 어
떡하든 조용히 마무리되도록 할 테니까 넌 가만히 있어."

"오빠, 정말 왜 이래? 왜 내 말은 한 마디도 들으려고 안 해?
승하 나한테 무슨 짓 한 거 아무것도 없어. 내가 좋아한다고 했
어! 내가 먼저 그 애 사랑했어! 오빠한테 우리 일 해결해 달라고

안 할 테니까 신경 쓰지 마!"

"이 녀석이!"

터질 듯이 일그러진 강우의 얼굴이 눈앞에서 일렁거렸다. 한 두 살도 아니고 일곱 살이나 어린 녀석을 먼저 사랑했다는 말이 연우의 입에서 튀어나오는 순간 그의 손이 치켜 올라갔다. 순간 연우의 말간 눈이 치켜 올라간 그의 손을 빤히 올려다보았다. 대학에 입학하고 집을 나가던 날, 솥뚜껑 같은 아버지의 손이 연우의 뺨을 후려쳤을 때 보았던 바로 그 눈이었다. 처연한 듯 하면서도 서글퍼 보였던 연우의 눈, 아버지를 안쓰럽게 바라보 던 그 눈이었다.

"오빠, 꼭…… 아버지 같다."

치켜 올라간 강우의 손이 부르르 떨리더니 툭 떨어졌다. 그는 스스로의 감정을 주체하지 못한 채 의자를 발로 찼다.

한참 만에 그의 감정이 조금씩 누그러지는 것을 보고 연우는 커피 잔을 내밀었다.

"앉아."

의자에 털썩 주저앉은 강우는 끙, 하고 신음 소리를 내며 머 리를 쓸어 넘겼다. 연우는 그가 얼마나 화가 나 있을지 짐작이 갔다. 그리고 그를 이해시키는 것이 너무나 어려울 것이라는 짐 작도 했다. 승하의 입시라도 끝나고 일어났으면 싶었던 일이 너 무 일찍 터져 버린 느낌이었다.

"윤재 오빠한테 어디까지 들었는지 모르겠지만 나랑 승하, 서

로 사랑한다는 말 사실이야. 승하 입시 끝나면 내 입으로 직접
말하려고 했었어. 미안해, 오빠.”

승하를 사랑하는 것이 왜 미안해야 하는 일인지 모르겠지만
연우는 강우에게 미안했다.

“오빠는, 오빠는 여전히 이해가 안 간다. 네가 왜 그런 문제아
녀석을 사랑한다고 하는지 이해가 안 가. 연우야, 오빠 이해 좀
시켜줘 봐라.”

강우는 어이없다는 표정으로 연우를 건너다보았다. 연우는
짧은 한숨을 훅 내쉬었다. 무슨 말을 해야 강우가 이해를 할까?

“오빠도 사랑해 봤잖아. 선경 언니 사랑하잖아. 그거면 됐지
무슨 이해가 더 필요해? 내 마음도 그거랑 꼭 같아.”

“그게 어떻게 같아! 넌 그 녀석보다 나이가 일곱 살이나 많아.
스물한 살이면 아직 어린애야. 그 녀석이 사랑이 뭔지나 알 것
같아? 호기심이야. 장난이라고! 이제 곧 대학 가면 널리고 깔린
게 여자인데 결국 상처받는 건 너뿐이라는 걸 왜 몰라!”

“승하 어리지 않아. 그저 숫자에 불과한 그 나이, 난 상관 안
해. 사랑이 뭔지에 대해서 나보다 더 깊이 아는 애야, 승하.”

“그 녀석 엄마가 창녀였다는 걸 몰라? 가출을 해서 깡패들과
어울려 다녔던 녀석이야. 거짓말을 밥 먹듯이 하고 날마다 싸움
질에! 담배에! 술에! 내가 들은 것만으로도 치가 떨릴 지경이다.
어떻게 그런 녀석을 사랑한다는 말이 나와! 그것도 네 입에서!”

“엄마가 창녀인 게 승하 죄야? 걘 아무 선택의 여지도 없이

그 사람 자식으로 태어난 죄밖에 없어. 그리고 나머지 얘긴 다 과장이야. 승하를 한 번도 본 적이 없는 오빠가 어떻게 알아? 승하랑 십 분만 얘기해 보면 준하 오빠가 한 얘기들이 다 과장이란 걸 알게 될 거야. 승하 전혀 문제성있는 애도 아니고 착해. 내 눈엔 천사처럼 착한 남자야."

"너, 정말……."

"나 그 애와 함께 있으면 행복해, 오빠."

강우는 할 말을 잃었다. 멱살을 잡고 정신 차리라고 소리라도 지르고 싶지만 그럴 수조차 없다. 행복하다는 연우의 말이 명치 끝에 걸려서 입이 떨어지지 않는다.

결국 어떤 말로도 강우를 이해시키지 못한 채 보내 버렸다. 오빠는 아버지에 버금가는 견고한 벽이었다.

그날 저녁 무렵, 맥 갤러리에서 연락이 왔다. 맥 갤러리에서 연우를 올해의 겨울 작가로 선정할 예정인데 전시회를 할 의향이 있는지를 묻는 전화였다. 십여 년간 이어온 맥 갤러리의 계절별 초대작가전은 신인작가에서 기성작가로, 무명에서 유명으로 올라가는 마지막 계단 같은 것이었다. 지난 이 년간 작품 활동을 전혀 하지 않았던 연우로서는 의외의 제의였다. 아직 신인에 속하는 연우에게 그런 제의를 한 것은 파격적이라고밖에 할 수 없었다.

전화를 걸어온 사람은 대학 시절 스스로를 속물이라며 떠들고 다니던 이주형 선배였다. 그가 맥 갤러리를 인수했다는 소문이 사실인 모양이었다.

[왜 조용해?]

"좀 의외라서. 내가 그럴 자격이나 있나? 난 아직……."

[왜 이래, 천하의 서연우 씨가 갑자기? 네 그림 좋다는 건 우리가 다 아는 사실이고 지난 이 년간 전시회도 전혀 없었으니 지금쯤 그림도 꽤 모였을 거잖아. 그 그림들 다른 데 뺏길 수야 없지! 우리 맥에서 조금 발빠르게 움직였다고 생각해. 아, 단순히 네 새로운 그림이 탐이 나서라는 오해는 하지 마. 너 충분히 자격있어. 우리 갤러리 계절작가 선정 기준이 얼마나 까다로운지 너도 알잖아?]

그러나 연우는 선뜻 대답이 나오지 않았다. 생각해 보겠노라는 연우의 말에 예상했다는 듯 잠깐 웃던 그는 그럼 일주일 안에 연락을 달라는 말을 남기고 전화를 끊었다.

"어떻게 생각해?"

다음날 화실에 온 승하에게 의견을 물었다. 지금껏 단 한 번도 누군가에게 자신의 행동을 결정지을 의견을 물은 적이 없었는데 승하에게는 참 자연스럽게 물어졌다. 승하는 호주머니에 손을 찔러 넣은 채 건달 같은 자세로 연우를 살폈다. 그 모습이 살짝 매력적이기까지 한 것이 어이없어서 연우는 창으로 고개를 돌리고 보이지 않게 피식 웃음을 흘렸다.

하여튼, 별게 다 멋져 보이는 녀석이라니까?

한참을 골똘하게 생각하던 승하가 천천히 창 쪽으로 걸어왔다. 그리고 팔짱을 낀 채 창에 기대고 서 있는 연우의 옆에 서서 어깨에 가볍게 손을 걸쳤다.

"음, 우선 그 전시회의 가치에 대해 설명해 주세요."

"맥의 계절작가 전시회는 누구나 한 번쯤 하고 싶어하는 전시회야. 가장 쉽게 기성작가의 대열에 뛰어들 수 있는 기회거든. 문제는…… 상업성이 짙다는 데 있지. 그곳에 내 그림이 전시되는 순간 그림의 가격이 매겨지기 시작할 거야. 작품 하나하나의 소장 가치가 적나라하게 드러나는 거지."

"화가로서 상처를 받을 수도 있겠군요?"

"그렇지."

승하는 어깨에 걸치고 있던 손가락으로 연우의 귓불을 장난스럽게 매만졌다. 살짝 열어놓은 창틈으로 제법 싸늘한 가을바람이 불어 들어왔다. 맞닿은 승하의 어깨가 따뜻했다. 연우는 그 어깨에 가만 머리를 기댔다.

"어제 오빠가 다녀갔어. 우리 일 다 알아버렸어."

승하는 귓불을 만지던 손을 내려 연우의 어깨를 꽉 잡았다. 그래서 내내 얼굴이 어두워 보였던 모양이다. 전시회 의견을 물으면서도 왠지 심드렁해 보였었다. 착 가라앉은 연우의 기분이 자신에게도 건너오는 것 같았다. 승하는 몸을 돌려 순식간에 연우를 번쩍 안아 창틀에 앉혔다. 언제나 높아 보이기만 하던 승하의 눈이 아래에서 그녀를 올려다보고 있었다.

“상처 입는 게 두려우세요?”

“응?”

“전시회 말입니다. 선생님 그림이 세인들의 혀에 난도질당하는 것 같아 망설이시는 거 아니에요?”

맞다. 그건 결코 자존심이 허락하지 않는 일이다. 자신의 속내를 빤히 들여다보는 승하가 얄미워 연우는 입술을 잔뜩 오므렸다. 그것을 놓칠 리 없는 승하가 얼른 다가와 뾰족 나온 입술을 쪽하고 빨았다가 놓아주었다.

“알 수가 없는 여자란 말이야? 거칠 것 없이 용감한 여자 같다가도, 또 어떤 때 보면 소심하기 이를 데 없단 말입니다. 어느 쪽이 진짜예요?”

싱글싱글 웃는 눈이 마음을 설레게 했다.

“글쎄? 넌 어느 쪽이 좋아?”

“음…… 전 용감한 여자가 좋아요. 제가 사랑하는 어떤 여자가 무지 용감하거든요. 그 여자가 소심한 여자였다면 저 같은 녀석은 결코 사랑할 수 없었을 거예요. 이런 진리죠, 용감한 여자가 멋진 남자를 얻는다! 흠, 용감하지 못하면 결국 놓치고 말아요.”

“그렇겠지?”

“그럼요!”

승하는 고개를 크게 끄덕였다. 자신의 말이 가라앉은 그녀의 기분을 전환시켜 주었기를 바랐다. 어떤 결정을 내리든 그것은 그녀의 몫이지만 그것이 두 사람 모두에게 후회없는 결정이 되기를 바란다. 잘할 것이다. 누구보다 용감한 여자니까.

승하는 창틀에 걸쳐진 연우의 엉덩이를 바짝 당겨 안았다. 그리고 갈구하듯 그녀의 눈을 올려다보았다. 뜨거운 그녀의 입술이 내려왔다. 깊고 진하고 다소 거칠게까지 느껴지는 키스를 퍼붓더니 순식간에 입술이 떨어져 나갔다.

창틀에서 폴짝 뛰어내린 연우는 벽에 기대어놓은 그림들 쪽으로 다가갔다. 지난 이 년 동안 칩거하며 그렸던 그림들이다. 외로움과는 다른 고독, 행복했던 영혼의 발자국들, 음악에 대한 느낌, 사랑에 빠진 어린 마음들이 그림 속에 고스란히 드러나 보인다. 몸을 돌린 연우는 호주머니에 손을 찔러 넣은 채 건달 같은 자세로 자신을 바라보던 승하의 흉내를 내며 장난스럽게 그를 바라보았다.

"결정했어. 맥 전시회를 수락하겠어. 그리고 우리 문제는, 일단은 부딪쳐 보는 거야. 지금은 오빠를 이해시키고 우리 편으로 만드는 게 제일 우선인 것 같아. 주말에 시간 낼 수 있지?"

창에 기대어 서 있던 승하가 성큼 다가와 그녀의 앞에 우뚝 섰다.

"이렇게 마음에 드는 결정 내리실 줄 알았어요."

묵직한 승하의 말에 연우는 저도 모르게 얼굴이 붉어졌다. 마음에 든다는 승하의 말이 그 어떤 격려보다 그녀에게 자신감을 불어넣어 주는 것 같다.

승하만 아니었다면 서연우 인생에 그렇게 비굴하게 남에게 열 번이나 넘는 전화를 하는 일은 없었을 것이다. 강우는 당장 화실 문을 닫지 않으면 강제로라도 닫게 하고 말겠다며 펄펄 뛰었다. 막무가내도 그런 막무가내가 없었다. 결국 주말 만남 자리에는 선경만 나왔다. 그녀는 강우로부터 전해들은 승하의 모습과 실제로 보는 승하의 모습이 많이 다르다며 웃었다. 오빠가 다시 전화를 걸어와 역정을 내었고 연우는 그 말다툼 때문에 밤새 잠을 설쳤다. 늦은 아침 눈을 떠보니 승하에게서 메시지가 와 있었다.

〈엄마가 돌아가셨어요.〉

새벽 네 시에 보낸 문자였다.

아무것도 손에 잡히지 않았다. 승하의 소리없는 눈물이 가슴 속에서 뚝뚝 떨어지는 것 같았다. 결국 연우는 화요일 이른 새벽, 속초로 향했다. 어느 언덕에선가 홀로 울고 있을 승하의 눈물을 닦아주어야 했다.

요양원에 들러 승하 엄마의 장례식이 요양원 뒤편의 공동묘지에서 이루어지고 있다는 것을 알아낸 연우는 천천히 차를 몰아 그곳으로 향했다. 주차장에는 꽃을 단 영구차가 여러 대 세워져 있었다. 구석진 자리에 차를 세운 연우는 승하에게 전화를

걸었다. 이런 날에 참 어울리지 않는 경쾌한 부레(Bouree)가 한
참이나 울렸다.

[네.]

승하의 목소리는 가라앉아서 잘 들리지 않았다. 연우는 입이
떨어지지 않아 아무 말을 못한 채 전화기만 들고 있었다.

[말씀하세요.]

이번엔 좀 더 또렷한 목소리였다.

"언제쯤 끝날 거 같아?"

[모르겠어요, 아직…….]

"끝나면 내려오지 말고 거기 있어. 내가 갈게. 나 여기 아래에
와 있거든."

승하는 대답이 없었다. 그러나 연우는 알 수 있었다. 그가 울
컥한 눈물덩이 하나를 삼키고 있다는 것을.

두 시간쯤 지나자 한 무리의 사람들이 몰려 내려왔다. 검은
옷을 입은 사람들이 무리 지어 오는 것으로 보아 승하네는 아닌
것 같았다. 승하나 승하의 엄마나 저렇게 왁자한 사람들 틈바구
니에서 살지 못한 사람들이다. 아주 단출하고 외로운 장례식이
었을 것이다.

한참 후, 다시 사람들이 내려오는 것이 보였다. 인부 몇과 요
양원 식구들로 보이는 수녀들 두엇, 머리가 희끗한 신부님 한
분, 그리고 말쑥한 양복을 입은 강명준의 모습이 보였다. 인부
들과 요양원 식구들이 누군가에게 인사를 하고 윗길로 사라지

자 이태일의 모습이 보였다. 연우는 의자 깊숙이 몸을 묻고 얼른 그들이 떠나기를 기다렸다. 강명준은 이태일이 차에 타자 문을 닫아주고 얼른 돌아가 운전석에 올라탔다. 이태일의 차가 멀어지는 모습을 보며 연우는 차에서 내렸다.

공동묘지 왼편 언덕에 이르자 갓 만든 붉은 흙무덤이 눈에 들어왔다. 듬성듬성 잔디가 씌워져 있는 붉은 무덤 옆에 승하가 앉아 있었다. 연우는 쉽게 걸음을 뗄 수 없었다. 그의 슬픔을 바라본다는 것이 쉽게 감당이 될 것 같지 않았다. 어린 시절 열에 들떠 누운 그녀를 들여다보며 '차라리 내가 아프고 말지'라고 하던 엄마의 말이 이토록 절실하게 다가오는 순간도 없었다.

한참 만에 인기척을 느꼈는지 승하가 돌아보았다. 그의 눈은 건조하게 말라 있었다. 설핏 지어지는 미소에 마음이 저렸다.

웃지 말지…….

연우가 손은 뻗어 그의 볼에서 보이지 않는 눈물을 닦아주자 승하는 그 손을 꼭 잡았다. 그 손에 이끌려 승하 곁에 앉은 연우는 자신의 손을 만지작거리는 승하를 아프게 바라보았다. 그는 슬픔의 긴 터널을 혼자 걷고 있는 듯 보였다.

"안아줄까?"

그 소리에 승하는 그녀의 가슴에 머리를 기댔다. 그녀의 가슴에 깊이깊이 뿌리 내리는 나무가 되고 싶다. 어깨를 꼭 감싸 안는 연우의 손길을 느끼며 그는 자신이 이미 그런 나무가 되어가고 있다는 것을 어렴풋이 느꼈다. 그녀가 곁에 있다면 가슴이 터질 것 같은 이 슬픔도 그저 가볍게 흔들리다 지나갈 것이다.
승하의 어깨가 가늘게 떨리며 소리를 죽인 울음소리가 새어나
왔다.

12.

왜 그렇게밖에 살지 못했어, 엄마

경제인 연합회의 오찬 모임에 참석했던 서종학 회장이 두 시간도 지나지 않아 다시 사옥으로 들어서면서 회장실이 발칵 뒤집어졌다. 점심을 먹던 강우는 서종학의 호출을 받고 달려왔다. 서종학의 얼굴이 터져 버릴 듯 부풀어 올라 있었다. 그는 떨리는 손을 주체하지 못한 채 책상 모서리를 움켜잡고 있었다.

"연우…… 이 녀석…… 당장 잡아와!"

분을 이기지 못한 채 휘청 흔들리는 그의 몸을 강우가 달려가 붙들었다.

"아버지!"

"당장…… 당장 이 녀석 잡아와, 당장!"

"통화가 안 됩니다. 김 비서님 보냈으니까 곧 데려올 겁니다. 잠깐 진정하시고……."

"끙!"

서종학은 강우의 손을 거칠게 털어내어 밀쳤다.

눈을 씻고 찾아봐도 맘에 드는 구석이라고는 없는 녀석!

"마누라 치마폭에 싸여 동생이 무슨 짓을 하고 돌아다니는지도 몰랐던 게냐!"

연우의 일을 아신 모양이다. 강우는 굳어진 얼굴로 한 걸음 물러났다. 서종학은 분을 이기지 못한 채 의자에 앉으며 오늘 자신이 어떤 모욕을 당했는지에 대해 설명했다.

"오찬 자리에서 창신의 박 회장을 만났다. 그놈이 우리 연우를 탐내기에 단칼에 거절을 했더니 앙심을 품은 게다. 그렇지 않고서야 어떻게 그따위 망발을 지껄여! 이태일과 언제 사돈을 맺을 거냐고? 미친놈, 내가 그따위 술주정뱅이 미친놈을 사위로 맞을 거라고 생각하나? 하!"

이태일과 언제 사돈을 맺을 거냐는 소리에 아버지는 무작정 영하를 떠올린 모양이었다. 저 성질에 아마 박 회장의 말을 끝까지 듣지도 않고 달려나오셨을 것이다.

"당장 동남정밀에 전화 넣어서 영하 그 녀석 이리 오라고 해! 두 녀석 끌어다 놓고 내 눈으로 확인해야겠다. 박 회장 그 인간의 입에서 나온 말이니 안 믿을 수도 없고 당장 확인해야겠어. 뭐? 지 인생 지가 살아? 지 짝은 지가 찾을 것이니 상관 말라고?

막내라고 오냐오냐 해줬더니 방자하기가 이를 데가 없어! 세상에서 제일 잘난 남자 데려올 테니 걱정 말라고 큰소리 땅땅 치더니 겨우 이영하야!"

굳은 듯 서 있는 강우를 보자 그는 답답한 듯 책상을 내려쳤다.

"당장 이 녀석들을 데려오란 말이다! 김 비서는 왜 이렇게 늦어! 이태일이한테 전화 넣어! 영하 그놈 명줄 따놓기 전에 이리 보내라 해! 당장!"

눈앞으로 서류들이 날아왔다. 강우는 등에서 식은땀이 흘러내렸다. 아버지의 눈을 똑바로 볼 수가 없었다. 아버지의 호출을 받는 순간 예감이 이상해서 연우에게 먼저 전화를 걸었지만 불통이었다. 일단은 자신의 입으로 말하는 수밖에 없을 것 같았다.

"연우 사귀는 남자……."

강우는 바싹 마른 목으로 침을 꿀꺽 삼키며 다시 입을 열었다.

"연우 사귀는 남자, 영하가 아니라…… 영하 동생입니다."

순간 의자에서 벌떡 일어나는 아버지의 모습이 보였다. 책상 모서리를 짚으며 걸음을 옮기던 서종학의 입에서 신음 같은 소리가 새어나왔다. 강우가 놀란 걸음으로 그를 향해 다가갔다. 서종학의 눈동자가 하얗게 변하고 있었다.

"아버지!"

"이…… 이…… 이노오오옴……!"

병원으로 옮겨진 서종학은 간단한 응급조치를 받고 잠에 빠져들었다. 걱정했던 뇌졸중 같은 것이 아니라 단순 쇼크라니 다행이었다. 김 박사는 안정제를 놓았으니 서너 시간 푹 자고 나면 깨어날 거라고 했다. 그는 '회장님, 이제 그만 성질 좀 죽이고 사세요' 라고 잠든 서종학을 향해 중얼거렸다.

밖으로 나온 강우는 말없이 담배만 피워대다가 다시 연우에게 전화를 걸었다. 여전히 전화기가 꺼져 있다는 기계음만 들렸다. 그는 신경질적으로 폴더를 내렸다.

용서할 수가 없다, 이 녀석!

승하는 속초에서 오는 내내 한 번도 깨지 않았다. 사흘 동안 자지 못한 잠을 한꺼번에 몰아 자는 것 같았다. 그는 깊은 잠 속에서 슬픔을 만나는 듯 간간이 얼굴을 찡그리고 움찔, 어깨를 떨기도 했다.

집 근처에 와서 깨지 않도록 조심스럽게 차를 주차시키는데 승하가 눈을 떴다.

"깼어? 좀 더 자지?"

"아, 언제 여기까지 와버렸지?"

머리를 흔들어 남은 잠을 털어낸 승하가 혼잣말처럼 중얼거리며 미안한 표정을 지었다. 차가 출발하자마자 정말 완전히 정신을 놓아버렸었다.

"많이 피곤했나 봐. 얼굴도 까칠해."

연우는 까칠한 승하의 볼을 살짝 만져 주고 얼른 내리라고 재촉했다.

"피곤할 텐데 가서 푹 쉬어. 푹 쉬고 화실엔 며칠 있다 나와."

"아니, 내일부터 갈 거예요. 그곳이 편해요."

승하에게는 숲에서의 시간이 가장 편하고 행복한 시간이라는 것을 연우도 모르는 바는 아니다. 그래도 며칠만이라도 모든 걸 다 잊고 푹 잤으면 싶은데 화실로 오겠다니 말릴 수가 없다.

"그래, 그럼."

승하는 볼을 만져 주는 연우의 손을 꼭 쥐었다.

"선생님이 오셔서 얼마나 다행이었는지 몰라요. 사실은 버티기가 좀 힘들었었거든요. 엄마 마지막 모습을 못 본 것도 그렇고, 못해준 말도 많고…… 시간이 조금만 더 있었더라면 엄마를 정말 사랑할 수도 있었을 텐데……."

"어머니는 네 마음 다 아시고 계셨을 거야."

"그럴까요? 증오하고 미워하는 제 마음 밑바닥에 그리움도 있고, 사랑도 있다는 걸 아셨을까요?"

"그럼, 당연하지."

연우는 안타까운 마음으로 승하의 손을 꼭 잡아주었다. 그를 끊임없이 괴롭히는 '엄마'라는 이름의 이 원초적 절망과 고통으로부터 어서 벗어나기를, 그래서 진심으로 그분을 이해하고 사랑할 수 있기를 바란다. 그것이 승하를 평화롭게 해줄 것이기 때문이다.

"어머니 좋은 데로 가셨을 거야."

"그러길 바랄 뿐이에요. 모든 걸 잊고 마음이 편하셨기를……."

승하는 격해진 감정을 억누르기 위해 잠시 말을 멈추었다.

"아버지가 우시더라고요?"

승하는 아버지의 눈물이 이해가 되지 않는다는 표정을 지었다. 그들 모자를 버린 후 단 한 번도 찾지 않았고, 자신에게 또다시 말썽을 피우면 요양원 치료비까지 끊어버리겠다며 모진 말을 서슴지 않던 그가 엄마의 죽음 앞에서 보인 눈물을 어떻게 해석해야 할지 모르겠다.

엄마가 남긴 유산은 승하가 생각하는 이상으로 상당했다.

이렇게 많은 돈을 가지고 있었으면서 왜 그렇게 독한 모습으로 티켓다방을 하고 불쌍한 아가씨들의 돈을 아득바득 긁어내며 다방의 구석진 방에서 온갖 궁상을 떨고 사셨을까?

누가 그녀를 그렇게 살도록 했는지 알기에 가슴이 터질 것처럼 아팠다.

만날 눈만 부라리던 자식이 뭐가 좋다고…….

엄마의 유언장과 함께 석공 아버지의 유언장도 승하에게 전달되었다. 통장에 꽂혀 있는 얼마 되지 않는 돈은 불우이웃을 위해 써달라는 말과 함께 마지막에 이런 구절이 적혀 있었다.

〈부론에 있는 집과 땅을 내 아들 이승하에게 남긴다.〉

승하는 석공 아버지의 유언장을 꼭 품었다. 그분은 승하에게 가장 소중한 것을 남겨주셨다. 인간을 사랑할 수 있는 마음과 언제든 찾아갈 수 있는 부론이라는 고향을.

연우는 불빛에 비치는 승하의 옆얼굴을 살폈다. 자신을 보면 많이 울 줄 알았는데 승하는 소리없는 눈물만 잠깐 보였을 뿐 담담하게 엄마의 죽음을 받아들였다. 담담하고 차분하게 자신은 괜찮다고 말하며 오히려 그녀를 위로했다. 연우는 승하가 그녀를 위해 슬픔을 숨기는 것을 원치 않았다. 조금 어려 보여도 괜찮으니 숨김없이 슬픔을 표현하고 극복하기를 바란다. 잠깐 아이처럼 기대어와도 상관없었다.

"괜찮아?"

연우는 자신의 입에서 나오는 그 소리가 새삼스런 물음처럼 느껴졌다. 씨익 웃는 승하의 입가에 슬픔이 묻어났다.

"말짱하다면 거짓말일 테고…… 견디지 못할 만큼은 아니에요. 지금은 내가 참 많이 단단해졌구나, 이런 생각 해요. 이젠 단단해져야 하니까, 그래야 하니까."

승하는 자신이 단단해져야 할 이유가 그녀에게 있음을 말하듯 연우의 손을 꼭 잡았다. 크고 굵은 손마디가 마음을 든든하게 했다. 손바닥의 뜨거운 열기에 마음이 뿌듯했다.

"네 손을 잡고 있으면 아무것도 걱정이 안 돼."

"절 믿으시는군요?"

"그래, 믿어. 그리고 우리 사랑을 믿어."

"시험 끝나면 선생님 아버님을 뵈러 갈 거예요."

"단단히 각오해야 할 거야. 우리 아버지…… 많이 힘든 사람이거든. 난 스무 살에 그분에게서 벗어나려고 미친 듯이 발버둥을 쳤었어. 그래서 결국 집을 나왔고 그때부터 쭉 혼자 생활했어. 간간이 엄마나 오빠들의 도움을 받긴 했지만 내 힘으로 대학을 나왔고, 내 힘으로 지금까지 살았어. 힘들었지만 아버지의 부당함에 비굴하게 굽혀본 적은 한 번도 없었어. 아, 물론 반찬만은 예외지만, 풋. 한마디로 우리 아버지께 난 버릇없고 배은망덕한 딸이야."

가볍게 터진 웃음을 멈추고 그녀는 승하를 걱정스럽게 바라보았다. 승하의 사랑을 받아들이며 가장 망설였던 이유가 아버지였고, 지금 이 순간 가장 두려운 것도 아버지다. 그분의 무지막지한 욕심과 자존심과 자기중심적인 사고가 승하에게 어떤 상처를 낼 것인가? 아버지의 그 독설들을 승하가 잘 이겨낼까? 그것이 가장 두렵다. 연우는 다시 승하의 볼을 가만 쓸었다.

"난 네가 다칠까 봐 두려워."

"전 그런 이유로 선생님이 제 손을 놓을까 봐, 그게 두려워요."

"가장 소중한 건 너야. 널 지킬 수 있는 방향으로 달려. 그게 날 잃지 않는 길이야."

"제게 가장 소중한 사람은 선생님이에요."

"네가 없으면 나도 없어."

그 말에 승하의 눈이 촉촉해졌다.

"들어가서 푹 쉬어. 눈 좀 봐. 핏발이 거미줄처럼 엉켜 있어."

정말 지금은 어디든 머리만 기대면 잠이 들고 말 것 같다. 승하는 아쉬운 듯 손을 놓고 차에서 내렸다.

멀찍이 세워둔 차 안에서 승하가 집으로 들어가는 것을 보고서야 연우는 자동차에 시동을 걸었다. 그제야 피곤이 한꺼번에 밀려왔다. 얼른 집으로 가서 쉬고 싶은 마음에 액셀러레이터를 밟았다.

아파트 앞에 김 비서와 회사 직원 두엇이 연우를 기다리고 있었다. 연우는 그제야 자신이 종일 핸드폰을 꺼두었다는 것을 알았다. 김 비서는 아버지가 찾는다는 말 외에 어떤 말도 해주지 않았다. 또 무엇이 틀어져서 불러들이는지 모르겠다.

현관으로 들어서자 링거 병을 매단 아버지가 이글거리는 눈으로 목이라도 조일 듯 노려보았다. 그 옆에 반쯤은 넋이 나간 듯 서 있는 강우와 침통한 얼굴로 앉아 있는 이태일이 보였다. 그제야 연우는 아버지가 승하와의 일을 알아버렸다는 것을 알았다. 올 것이 온 것이다.

어쩌지…… 승하?

이 끔찍한 순간에 아버지가 눈에 보이지 않는다는 것이 신기했다. 오로지 잠시의 휴식도 취하지 못한 채 이 바람을 맞아야 할 승하만 걱정되었다. 연우는 자신이 정말 배은망덕하고 못된 딸이 분명하다고 생각되었다. 그녀는 용기를 내어 한 걸음 다가 갔다.

"아버지……."

경직된 서종학의 턱이 실룩거리며 빠득 이 가는 소리가 새어 나왔다. 주먹을 어찌나 꽉 쥐고 있는지 저러다 피가 거꾸로 링 거 병으로 치고 올라가지 않을까 걱정이 될 지경이었다.

"설명을…… 해봐. 네가 그……."

그리고 아버지는 입술을 바르르 떨며 한참 동안 말을 꺼내지 못했다. 연우는 아버지가 그 다음에 이으려던 말이 무엇인지 짐 작이 갔다.

'창녀 새끼.'

아버지는 그 말을 하고 싶었을 것이다. 지금 아버지에게 있어 승하는 그 이상도 그 이하도 아닌 존재일 테니까. 아버지의 입 에서 쏟아져 나오는 말들이란 언제나 그랬으니까.

"승하예요, 그 애 이름."

연우는 도전적인 눈으로 서종학을 바라보며 그렇게 말했다. 도전적이고 단호한 그 말이 안간힘으로 참고 있던 서종학의 가 슴에 불을 질렀다. 어떤 일에서도, 눈곱만큼도 굽혀 들어오는 법이 없는 녀석이다. 막내라고 오냐오냐 봐주었더니 이제는 눈 에 뵈는 것이 없나 보다 싶었다. 제 오빠들처럼 첫 싹부터 꺾어

손아귀에 틀어쥐었어야 했다. 언젠가는 출가외인이 될 녀석이니 저런 고집 정도는 지녀야지 하는 생각도 있었다. 며느리라면 죽어도 인정 못할 마음이었지만 제 딸에게만 인정되는 이기심이었다. 연우의 성질이라면 어디서든 당당하고 기죽지 않을 녀석을 꿰어찰 줄 알았었다. 그래서 결혼을 다그치지 않았던 것이다. 그런데 저보다 일곱 살이나 어린 녀석과 게다가 곁가지, 창녀의 자식과 그런 소문이 났단 말인가! 도저히 믿을 수도, 인정할 수도 없다.

"말을…… 해보거라."

서종학은 분을 삭이며 겨우 입술을 달싹였다.

연우는 대답 대신 아버지의 옆에 앉은 이태일의 얼굴을 살폈다. 승하 엄마의 장례식을 마치고 와서인지 그의 얼굴은 초췌해 보였다. 연우와 눈이 마주치자 그의 눈빛에 혼란스러움이 고스란히 나타났다.

일요일 새벽, 양화연의 사망 소식을 듣고 승하를 깨워 속초로 달려가 장례를 치르고 늦은 오후에야 집으로 돌아왔다. 그리고 잠깐 휴식도 취하지 못한 채 서종학의 전화를 받고 이곳으로 온 것이다. 지난번 양화연이 하던 말들로 미루어 승하에게 누군가 있을지도 모른다는 생각은 했었지만 그것이 연우라니! 그것은 있을 수도 없는 일이고 있어서도 안 되는 일이라고 생각했다. 서종학이 연우를 얼마나 끔찍하게 여기는지, 연우에게 거는 기대가 얼마나 큰지 이태일은 안다. 입으로는 늘 못된 놈이라고 하지만 사실은 그가 딸을 얼마나 자랑스러워하는지도 안다. 아무도 못 말리는 연우의 그 고집까지도 자랑스러워하고 있다는 것을. 그리고 연우의 짝으로는 도저히 용납이 안 될 승하를 그가 어떤 식으로 떼어내어 버릴 것인지도 잘 알고 있다. 이태일에게 서종학은 가장 절친한 친구이지만 또한 가장 두려운 인간이기도 했다. 이제껏 그의 모든 행적을 지켜보아 왔기에, 그래서 그는 서종학이 들려주는 이야기를 믿을 수 없다고 말했다. 연우에게 직접 듣지 않은 이상 결코 믿을 수 없는 일이라고 못박았다.

이태일은 또렷이 바라보는 연우의 눈이 무엇을 의미하는지 알아버릴 것 같아 눈을 피하며 입술을 깨물었다. 결코…… 어떤 식으로도 이런 일로 서종학과 얽히는 걸 원치 않는다. 사실이라면 자신의 손으로 연우를 떼어버릴 것이다, 승하를 위해서.

연우는 승하의 얼굴을 떠올리며 주먹을 꽉 쥐었다.

용기를 줘.

드디어 연우는 천천히 입을 열었다. 입을 떼는 순간 단번에 이야기를 끝마칠 수 있기를 빌었다.

"그러잖아도 두 분께 드릴 말씀이 있었는데 마침 함께 계시니 잘됐네요."

"연우야!"

강우의 화난 음성이 연우의 말을 막았다. 강우는 너무도 담담한 얼굴로 아버지를 대하는 연우가 괘씸했다. 조금만 죽어 들어와도 좋지 않은가, 한 번쯤 매달려도 괜찮지 않은가. 용서해 달라고, 이해해 달라고, 그 녀석 아니면 안 되겠다고 눈물로 호소라도 해보지 않고 단번에 맞바람처럼 아버지께 맞서려 하고 있는 연우가 안타까웠다.

강우의 부름이 무엇을 뜻하는지 알면서도 연우는 말을 멈추지 않았다.

"승하랑 저…… 우리 둘, 서로……."

갑자기 밖이 소란스러웠다. 둔탁한 발소리와 함께 고함 소리가 들리고 현관문이 두어 번 덜컥거리더니 문이 떨어져 나갈 듯 열리며 뛰어든 사람은 승하였다. 연우를 데려왔던 김 비서와 직원들이 어깨를 잡으려 손을 뻗었지만 이미 승하는 연우의 앞에 우뚝 서 있었다. 순식간에 벌어진 일이라 어느 누구도 그를 막을 수는 없었다. 연우는 터져 버릴 듯 붉어진 아버지의 얼굴을 살피다 목소리를 죽여 승하에게 소리쳤다.

"왜 왔어! 당장 돌아가, 빨리 나가!"

아직은 혼자 감당할 수 있다. 아니, 할 수 있을 때까지 아버지만은 혼자 감당하고 싶었다. 아버지가 가진 어떤 힘도 이겨낼 자신이 있다. 정작 그녀가 두려운 것은 아버지의 언어적 폭력이다. 승하의 가슴에 비수가 되어 꽂힐 그 지독한 독설들, 아버지가 가진 가장 큰 독은 바로 그것이다.

"얼른 나가! 내가 연락할게."

"싫어요. 함께 있겠습니다."

"왜 이렇게 무모해? 어린애처럼 굴지 말고 빨리 나가!"

"그럴 순 없어요. 뭐든 혼자 감당하지 말라고 했잖아요. 왜……!"

김 비서와 직원들이 승하의 팔을 꺾어 끌고 나가려 했다.

"놔둬라!"

서종학의 목소리는 침착하고 차가웠다. 우악스런 손에서 풀려난 승하는 다시 연우의 곁으로 다가왔다. 승하는 두려운 눈으로 바라보는 연우의 눈을 잠깐 내려다보았다. 자신을 믿으라는 듯 그의 눈은 결의에 차 보였다. 그러나 연우는 고개를 흔들었다. 아버지의 모진 폭언 앞에 승하를 세워두고 싶지 않았다.

"제가 말할게요, 아버지. 승하는 그만 보내주세요."

그 말을 무시하듯 승하는 오히려 보란 듯이 연우의 손을 꼭 잡았다. 그리고 망설임없이 단번에 말을 해버렸다.

"서연우 선생님을 사랑합니다."

일순간에 정적이 감돌았다. 모두가 경직된 얼굴 속에 승하만이 담담한 얼굴을 하고 있었다. 자신이 내뱉은 말에 가장 정직한 얼굴로, 용감한 얼굴로 승하는 서종학을 바라보았다. 서종학에게서 빠득 이 가는 소리가 새어나왔다.

"감히 너 따위가……."

"진작 말씀드렸어야 했는데 죄송합니다. 시험 끝나고 말씀드리려고 했었습니다. 선생님을 진심으로 사랑합니다. 언제까지나 함께 있고 싶습니다. 허락해 주십시오."

잠깐의 망설임도 없었다. 두려움이나 걱정하는 빛 따위는 더더욱 없었다. 승하는 당당하고 정중하게 서종학을 상대하고 있었다.

집에 들어서자마자 작은형 영하가 알코올 냄새를 풍기며 다가와 연우와 자신의 관계를 모든 사람들이 알아버렸다는 말을 이죽거리는 순간 승하는 다짜고짜 이곳으로 달려왔다. 아무 생각도, 계산도 필요없었다. 연우를 혼자 둘 수 없다는 생각뿐이었다.

서종학은 분을 이기지 못한 채 이를 빠득 갈았다. 승하란 녀석도 괘씸하고, 연우도 괘씸했지만 무엇보다 연우에게 저 녀석을 가르쳐 달라고 부탁한 이태일이 가장 괘씸했다. 마지막 남은 유일한 친구에게 뒤통수를 맞은 기분이었다. 서종학은 돌처럼 굳은 얼굴로 앉아 있는 이태일을 슬쩍 살피다가 다시 승하를 노려보았다. 기분 나쁘도록 여유있는 표정으로 연우의 손을 꽉 잡고 있는 승하의 모습에 모욕감을 느꼈다. 감히 서종학 앞에서 어느 누가 저렇게 당당했던가. 그 당당함이 탐이 날 지경이었다. 감히 창녀 새끼가 말이다.

"어린 녀석이 당돌하구나. 사랑? 그걸 아무나 한다더냐! 네놈 따위가 감히 누굴 사랑해?"

"선생님요, 서연우 선생님을 사랑합니다."

"말 같지 않은 말…… 못 들은 걸로 하겠다. 당장 돌아가. 그리고 다시는 연우 근처에는 얼씬거리지도 마라! 그게 네놈이 살

길이란 걸 잊지 마.”

“제가 살 길은 선생님과 함께 있는 겁니다.”

“쯧쯧쯧…… 어린 녀석이 간이 크구나. 하지만 세상이 어디 간 큰 것만으로 살아진다더냐. 다치기 전에 당장 이곳에서 나가거라. 조용히 덮어주는 것은 오로지 네놈의 아버지가 내 친구란 이유 때문이란 걸 명심해.”

서종학은 곁눈으로 이태일을 가리키며 더 이상 승하를 상대하기 귀찮다는 표정을 지었다. 그제야 승하는 구겨질 대로 구겨진 채 앉아 있는 이태일을 발견했다. 사실 너무나 긴장해 있었기 때문에 연우와 서종학 외에 아무도 보이지 않았었다. 이태일은 수치심에 얼굴까지 붉어진 듯 보였다. 자신 때문에 참을 수 없는 모욕을 당했다고 생각하는 모양이었다. 승하는 잠시 움찔했지만 그 때문에 마음이 약해지지는 않았다.

‘네 손을 잡고 있으면 아무것도 겁나지 않아’ 단호한 목소리로 그 말을 하던 그녀가 떨고 있었다. 스스로는 당당하다고 생각하겠지만, 그리고 다른 사람들 눈에도 당당해 보이겠지만 승하는 자신의 손에 들어온 이 작은 손의 여자가 피 속까지 떨고 있다는 것을 느낄 수 있었다. 그래서 잡은 손을 더욱 꼭 잡았다.

“제가 어린 것도 알고, 모자란 것도 압니다. 노력하겠습니다. 남들보다 백배천배 노력해서 선생님께 모자라지 않는 남자가 될 수 있도록 노력하겠습니다. 그러니…….”

“생긴 건 멀쩡하니 백배천배 노력한다면 언젠가는 연우의 짝으로 손색이 없을 수도 있겠지. 그러나 네놈이 노력으로 안 되는 것도 있다는 걸 모르지는 않겠지?"

서종학의 눈이 가늘어졌다. 그리고 순식간에 그의 입에서 독 같은 말이 흘러나왔다.

"아무리 노력한들 네놈 어미 피가 어디 가겠느냐? 네 엄만 창녀였다. 이놈저놈 사타구니를 헤매던 창녀!"

안 돼! 아버지…… 제발…….

연우는 진저리를 치듯 머리를 흔들었다. 그의 입술이 더 이상 움직이지 않기를 빌었다. 나직하게 가라앉은 서종학의 음성이 연우에게는 악마의 음성처럼 들렸다. 아무리 화가 나도, 아무리 무식해도, 아무리…… 아무리 그것이 사실이어도 승하에게 그 소리를 해서는 안 되었다. 승하에게 비수처럼 꽂힐 그 말은 연우에게도 비수였다. 그녀는 스르르 힘이 풀리는 승하의 손을 꽉 움켜잡았다.

"그건 승하 죄가 아니죠. 엄마가 누구든 어떤 사람이든 그것이 제 사랑을 가늠하는 잣대는 될 수 없어요. 제게 승하는 그저 승하일 뿐입니다."

"일곱 살이나 어린 녀석이다!"

"제겐 조금도 어리지 않아요!"

"그 녀석을 얼마나 믿느냐? 사랑 따위가 영원할 거라고 생각해?"

"영원합니다."

연우보다 승하의 입에서 그 말이 먼저 나왔다. 그리고 승하는 무너지듯 무릎을 꿇었다.

"제 어머니가 몸을 파는 여자였던 것이…… 그런 여자에게서 태어난 것이 죄라면……."

연우는 더 이상 이어지는 말을 들을 수 없었다. 죄인처럼 꿇어앉은 승하의 모습을 볼 수 없었다.

"그것이 죄라면 달게 받겠습니다."

"일어나, 일어나! 당장 나가!"

울음을 토하듯 소리치며 끌어당기는 연우의 손이 무색할 정도로 승하는 꼼짝도 않고 꿇어앉아 있었다. 엄마가 창녀라는 그런 말 따위, 이제 더 이상 아프지 않다고 생각했다. 그러나 연우와 함께 듣는 그 말은 여전히 비수가 되어 가슴에 박혔다. 세상에서 가장 아프고 치욕적인 말이었다. 자신의 엄마가 창녀란 말은 이제 자신이 아니라 연우를 아프게 하는 말이 되어버린 것이다.

"승하야, 제발……."

연우의 목소리는 거의 울음으로 변해 있었다.

"어떻게 할까요? 어떻게 하면 그 죄가 씻어질까요? 하시라는 대로 다 하겠습니다."

"연우를 떠나라. 그럼 된다."

"그럴 순 없습니다."

"난 창녀 자식 따위……!"

순간 일그러진 얼굴로 앉아 있던 이태일이 자리에서 벌떡 일어났다. 그는 약간 이성을 잃은 듯 정신없이 강명준을 불렀다.

"강 기사! 명준아!"

강명준은 이곳이 어딘지도 모르고 무작정 지시하는 대로 차를 몰고 와 이태일을 내려주고 기다리던 중이었다. 대문 앞에서 담배를 피우다 승하가 뛰어드는 것을 보고 그도 무작정 뛰어들었다. 승하를 따라 들어와서야 이곳이 미술선생의 집이란 걸 알았다. 그 소박하던 조그만 화실의 주인이 이토록 대단한 집안의 딸일 줄은 정말 몰랐다. 듣고 섰기도 거북한 서종학의 말을 들으며 주먹을 불끈 쥐고 있을 때 이태일이 부르는 소리가 들린 것이다.

명준은 얼른 안으로 들어갔다. 이태일의 눈이 충혈되어 부들부들 떨리고 있었다.

"예, 사장님."

"저 녀석…… 당장 끌고 가!"

강명준의 손이 어깨에 닿자 승하는 강하게 뿌리쳤다.

"허락을 받기 전에는 이곳에서 한 발짝도 움직일 수 없습니다."

"뭐 해! 당장 끌고 나가라니까!"

"갈 수 없습니다!"

강명준이 이태일과 승하 사이에서 머뭇거리고 있을 때 다시 서종학의 목소리가 들렸다.

"창녀 주제에 본처 자리를 넘봤다지? 창녀 새끼 주제에 대성의 사위 자리를 넘보는 네놈의 심보가 딱 네 어미 짝이구나!"

강명준은 그제야 이태일의 뜻을 알아차렸다. 울컥한 심정으로 다가간 그는 승하의 몸을 일으켜 세웠다. 강제로라도 끌고 나갈 참이었다. 서종학의 입에서 어떤 말이 더 나올지 두려울 정도였다.

"가자."

"놔. 놔줘, 형. 난 갈 수 없어!"

강명준은 두 번 생각도 않고 바로 승하의 뒤통수를 후려쳤다. 커다란 승하가 강명준의 팔 안에서 힘없이 늘어졌다.

"무슨 짓을…… 승하야!"

강명준은 놀라 다가오는 연우를 밀어내었다.

"걱정 말아요. 잠깐 기절한 것뿐이니까."

명준은 승하를 이 많은 사람들 앞에서 무릎을 꿇게 하고 그녀의 아버지로부터 고약한 말을 듣게 만든 그녀가 원망스러웠다.

이렇게 대단한 집안 따님이시면 거기에 맞춰 노셔야지 왜 힘든 세상을 사는 어린 녀석은 건드리셨을까?

승하를 업으며 실룩 비틀어지는 그의 입이 그렇게 말하는 것 같았다.

축 늘어진 승하가 강명준에게 업혀가는 것을 보며 연우는 그제야 눈물이 쏟아졌다. 가슴이 아파서 터질 것 같았다. 어른이 되어서, 그것도 수만 명의 직원을 거느린 그룹의 총수라는 사람이 남에게 이토록 상처를 주는 독설이나 내뱉는 사람이라는 것이 슬펐고, 그 사람이 자신의 아버지란 사실이 그녀를 아프게 했다. 자신이 너무나 끔찍해했던, 그래서 스무 살 어린 나이에 도망을 치고 말았던 그 아버지는 조금도 변하지 않았다. 아버지를 눈곱만큼도 사랑할 수 없어서 슬펐던 사춘기 시절의 아픈 기억이 고스란히 되살아났다. 그녀는 서글픈 눈으로 서종학을 바라보았다.

"아버지, 어떻게…… 그런 말씀을 하실 수 있으세요?"

"내가 뭐 없는 말을 했더냐? 네가 모르나 본데 그 녀석 어미가…….."

"제가 사랑하는 남자예요!"

"정신 차려! 더러운 피가 흐르는 놈이다!"

"아버지 정말……! 오늘이 무슨 날인지 아세요? 오늘 제가 어디 다녀왔는지 아세요? 승하 어머니 장례식에 다녀왔어요. 방금 어머니를 땅에 묻고 온 애한테…… 아버지가 무슨 짓을 하셨는지 이제 아시겠어요!"

서종학은 잠깐 움찔했을 뿐 더 이상 감정 변화를 드러내지 않았다. 이태일은 이것으로 모든 것이 끝나기를 바랐다. 그만큼 모욕을 줬으니 그 녀석은 이태일이 나서서 막을 것이다. 문제는 연우였다. 저놈의 고집. 이태일은 끙, 한숨을 내쉬었다.

헛똑똑이 같은 녀석!

"불장난은 이제 그만 해. 당장 화실 정리하고 집으로 들어와.

그리고 그 녀석하고도 깨끗하게 끝내!"

"아뇨, 전 승하 포기하지 않아요. 아버지가 뭐라고 하시든, 승하…… 놓지 않을 겁니다. 헤어지지 않아요!"

연우는 이성을 잃은 듯 소리쳤다. 엄마를 향해 독설을 퍼붓던 기억 속에 숨어 있는 아버지의 모습이 고스란히 되살아났다. 그리고 지금, 또다시 아버지는 그녀가 가장 사랑하는 사람의 마음에 비수 같은 말들을 쏟아내고 있는 것이다. 그땐 너무 어려서 엄마의 바람막이가 되어주지 못했다. 그래서 세상에서 가장 사랑했던 엄마를 잃었다(연우는 지금도 엄마의 병은 아버지의 독설들이 쌓여 생긴 마음병이라고 생각한다). 다시는, 누구도 잃고 싶지 않다.

당돌하고 버릇없어 보이기까지 하는 눈으로 자신을 노려보고 있는 연우를 바라보며 서종학은 끙, 신음을 토했다. 다 넘어가고 져줄 수 있어도 이번 일만은 절대 용납할 수가 없다. 나이 어린 것도 이해하고, 집안이 모자라는 것도 이해해 줄 수 있지만 어미가 창녀인 것만은 죽어도 받아들일 수 없는 일이다. 그는 연우의 뒤에 서 있는 젊은 직원들을 눈짓으로 불렀다.

"저 녀석을 이층 방으로 끌고 가! 안산댁! 내 허락 없이는 저 녀석 방에 물 한 모금도 들이지 말게!"

"싫어, 놔! 놔!"

발버둥을 쳤지만 우악스런 남자들의 힘에는 어쩔 수 없었다. 그렇게 연우는 집을 나간 지 팔 년여 만에 아버지에 의해 다시 어릴 적 자신의 방에 갇혔다.

승하를 데리고 서재로 들어온 이태일은 분을 이기지 못하고 주먹으로 책상을 내려쳤다. 사람을 무시해도 유분수지, 그런 자리에서 남의 집안일까지 들먹인 서종학을 용서할 수가 없다. 사십 년을 친구로 알고 지낸 그에게 느끼는 씻을 수 없는 배신감과 무너진 자존심에 이를 바득 갈았다. 그는 말없이 서 있는 승하를 보며 다시 한 번 주먹으로 책상을 쳤다.

어리석은 놈! 겁도 없이 그곳으로 뛰어들다니…….

서종학의 앞에서 무릎을 꿇은 채 제 어미의 흉을 고스란히 듣고 있던 승하가 떠올라 그는 눈을 질끈 감아버렸다. 오늘이 그녀의 장례식만 아니었어도 이토록 마음이 쓰라리진 않았을 것이다.

"언제부터였느냐? 언제부터 연우랑 그런 사이였어!"

"처음부터 좋았습니다."

그럼 승하가 갑작스럽게 얌전해진 이유가 그림이 아니라 연우 때문이었단 말인가!

"그림이 좋았던 게 아니었느냐?"

"그림이 좋아진 것도 사실입니다. 하지만 선생님이 먼저였습니다."

"혹시…… 연우랑 네 엄마를 찾아간 적이 있느냐?"

"예."

이태일은 의자에 털썩 앉으며 얼굴을 쓸었다.

양화연이 얘기했던 것이 바로 이거였구나! 세상 사람들이 다 반대를 해도 자신만은 반대하지 말아달라고 부탁하던 그 일. 세상에 이해하지 못할 사랑은 없는 법이라고?

그러나 이해하고 싶지 않고, 인정하고 싶지 않는 사랑도 있는 법이다. 연우는 승하보다 일곱 살이나 많다. 아니, 사실 나이는 문제가 되지 않는다. 문제는 상대가 연우라는 데 있다. 이대로 두었다간 서종학이 무슨 짓을 할지 아무도 모른다. 자신의 목적을 위해서는 어떤 비열한 짓도 서슴지 않는 서종학이므로.

"그만둬."

"싫습니다."

"널 위해서다, 그만둬!"

"저를 위하신다면 말리지 마십시오!"

승하는 요지부동이었다. 어째서 이 녀석도 평탄한 사랑을 하지 못할까 안타까웠다. 결국 서종학도, 자신도 무슨 수를 써서든 연우와 승하를 떼어놓을 것이다. 그럼 승하는 평생 그 원망과 아픔을 안고 살아갈 것이다. 그렇다 하더라도 연우와는 안 된다. 서종학에 의해 승하가 망가지는 모습은 결코 볼 수가 없다.

"알았으니 그만 올라가 쉬어라. 긴 얘긴 다음에 하자."

지금은 무슨 말을 해도 들리지 않을 것이다. 승하의 눈에 핏발이 거미줄처럼 엉켜 있었다. 꾸벅 인사를 하고 돌아서는 승하의 귀에 이태일의 따듯한 음성이 들렸다.

"네 형들 어머니, 그 사람 그렇게 죽은 거 네 엄마 탓이 아니다. 그러니 쓸데없는 죄책감 갖지 마."

승하는 문고리를 움켜잡고 목까지 올라온 울컥한 덩어리를 밀어 내렸다.

"그 말…… 엄마한테도 해주셨나요?"

엄마가 그 일을 평생 가슴에 돌처럼 매달고 살아왔다는 것을 알기에 승하는 그것이 궁금했다.

"그래."

이태일의 대답을 들으며 승하는 흐려지는 눈을 깜박였다. 그 말을 듣고 돌아가셨다니 떠나는 마음이 조금은 편했을까? 그랬기를 바란다. 승하는 문고리를 꽉 잡고 힘들게 입을 열었다.

"고맙습니다."

그것으로 되었다. 처음부터 이태일에게 거는 기대가 아무것도 없었기에 그 작은 말 한마디에도 충분히 고마웠다. 엄마를 잃은 슬픔을 달래기에 충분했다.

방으로 올라온 승하는 무너지듯 침대로 쓰러졌다. 온몸의 살들이 떨어져 나갈 것처럼 아팠다. 서종학이 쏟아내던 말들이 징그러운 뱀처럼 몸 위를 스멀스멀 기어다니는 것 같다. 그것은 떼어낼 수 있는 거라면 떼어내어 버리고 싶은 엄마라는 이름의 흔적들이다.

왜 그렇게밖에 살지 못했어, 엄마…….

다시는 하지 않으리라던 엄마에 대한 원망이 밤새 그의 피 속을 떠돌아다녔다.

13.

다른 사람 사랑하지 마

다음날 승하는 화실 앞에 서서 작은 쇠줄에 걸려 달랑거리는 '숲'이라는 글씨를 바라보고 서 있었다. 달랑거리는 모습도, '숲'이라는 글씨도 그녀를 닮았다. 이곳에서 그녀를 닮지 않은 것은 아무것도 없다. 스쳐 가는 바람까지…….

화실의 문에 기대어 있으니 햇살이 유난히 따뜻했다. 술을 먹고 잠이 들었던 그날도 그랬었다. 승하는 몸을 웅크려 쪼그리고 앉았다. 밤새도록 눈이 따끔거리면서도 괴로울 정도로 오지 않던 잠이 그제야 쏟아졌다.

강명준은 커다란 몸을 오그린 채 화실 문에 기대어 잠이 든 승하를 망연히 내려다보았다. 화실 근처든 어디든 서연우가 있을 법한 장소에는 절대 가까이 가지 말라는 이태일의 명령이 있었기에 잠깐 내려주고 차 안에서 기다리다 은근히 걱정이 되어 올라온 길이었다. 지난 봄, 술에 취한 채 이곳에서 잠들어 있던 승하를 새파란 눈으로 노려보고 있던 미술선생이 떠올랐다.

그때 그녀는 승하를 계단 아래로 밀어버리고 싶다고 했었지, 아마?

사랑은 그렇게 시작되었던가 보다. 자신의 눈에는 그저 메마르고 차가워만 보이던 여자를 승하는 따듯한 사람이라고 했었다.

그게 그런 건가? 누군가를 사랑하면 제 눈에만 보이는 무언가가 있는 모양이지?

장례식 내내 한숨도 자지 않고 석고상처럼 꼿꼿이 앉아 있던 녀석이 화실 문에 기댄 채 세상모르고 잠이 들어버린 모습이 강명준에게는 어이없으면서도 이해가 되었다. 이곳이 승하에게는 편한 것이다. 앉은 자리가 불편하고 차가워도 마음만은 어디에 있는 것보다 편한 것이다.

강명준은 입고 있던 가죽재킷을 벗어 승하의 앞을 가려주었다.

그래, 자라. 어디서든 좀 자라, 인마.

짧은 겨울 해가 뉘엿뉘엿 넘어가고 있었다.

승하에게 쏟아 붓던 아버지의 독설들이 밤새 연우를 괴롭혔다. 제발 그것들이 승하 속에서 독이 되지 않기를 빌었다. 목계 강의 잔물결 소리가 밤새 승하를 씻어주었기를 빌었다.

문은 밖에서 잠겨 버렸다. 움직일 수 있는 공간은 자신의 침실과 그곳에 딸린 욕실뿐이었다. 핸드폰도 빼앗겼고, 방 안에 있던 전화마저 치워져 버렸다. 승하와 연락할 방법이 없어졌다.

오전에 문밖에서 작은 실랑이 소리가 들렸다. 방 안으로 먹을 걸 들이려는 안산댁 아줌마와 문밖을 지키고 있는 남자와의 사이에 벌어진 다툼 소리 같았다. 한참 만에 밖이 조용해지자 연우는 창을 열어보았다. 정원에도 두 명의 남자가 서성이고 있었고, 대문 밖에도 두엇. 도대체 빠져나갈 구멍이라고는 보이지 않았다. 참 아버지답다.

문득 올려다본 하늘이 쩡 소리가 나도록 푸르게 얼어 있었다. 승하의 느낌처럼 맑고 짙푸른 하늘이다.

"먹어."

방에 갇힌 지 이틀 만에 강우가 미음을 들고 들어왔다. 초췌한 연우의 얼굴을 보자 그는 낮은 한숨을 내쉬었다.

"아버지나 너나 여전하구나."

팔 년 전, 무작정 집을 나가겠다고 발악을 하던 어린 여동생을 다시 보는 듯했다. 어떤 대화도, 협상도 통하지 않던 막무가내, 고집불통. 아버지 앞에서의 연우는 조금도 자라지 않았다.

"고집 부리지 말고 먹어. 먹어야 싸우지."

마른침을 꼴깍 넘기던 연우는 마지못해 숟가락을 잡았다.

"한 가지만 물어보자. 너 이러는 거 정말 그 녀석을 사랑해서야, 아니면 아버지에 대한 반발이야?"

강우는 연우가 왜 승하를 사랑하는지 여전히 이해 못하겠다는 표정이었다. 입에 담기도 싫은 악조건에, 머리에 피도 안 마른 어린 녀석을 연우는 왜 사랑한다고 할까?

"혹시 너…… 그 녀석에게 연민을 느끼는 거냐?"

그 소리에 연우는 피식 웃음을 흘렸다.

내가 연민과 사랑도 구분 못할까.

"사랑이야."

그녀의 목소리는 단호했다. 그리고 다시 앞의 질문에 대한 답을 했다.

"아버지께 반발할 나이는 지났잖아?"

"사랑 때문이라면 이런 식으로 맞설 게 아니라 아버지를 설득하고 이해를 시켜야지."

"아버지가 언제 그럴 기회나 줬어?"

"기회를 줬었어도 넌 그러지 않았을 녀석이야! 아버지 앞에만 서면 넌 언제나 막무가내 고집불통 애 같아져 버려, 알아?"

강우 말이 맞다. 아버지를 설득하고 이해시킬 생각은 전혀 하지 않았다. 설사 아버지가 조용히 물어왔었어도 마찬가지였을 것이다.

"아버지가 말이 통하는 사람이야?"

연우는 고집스러움이 잔뜩 묻어나는 목소리로 쏘아붙였다.

똑같다. 조용히 타일러 보자는 자신의 말에 '그 녀석이 어디 말이 통하는 녀석이더냐!' 소리치던 아버지나 연우나 두 사람은 오래오래 묵어 비틀어진 고목처럼 서로에게 지독하게 비틀려 있었다.

서종학 회장에 대해 알아봐 달라고 부탁한 지 하루 만에 강명준은 다음과 같은 이야기를 들려주었다.

"그 사람 목적을 위해서라면 물불을 가리지 않는 사람이더라. 지금 거느리고 있는 그룹도 그냥 건전한 사업만으로 이루어진 게 아냐. 그 사람 아주 무서운 사람이야. 법도, 의리도 안 통해. 한 번 손을 뻗은 기업은 수단과 방법을 가리지 않고 집어삼켜 버린다더라. 네 아버지 회사 동남정밀도 지금 그 사람한테 물려 있어."

승하는 잠깐 정신이 아찔했다. 행여나 승하의 손에 눈곱만큼이라도 무언가 넘겨질까 봐 형들이 전전긍긍하는 그 회사…….

"나랑은 상관없는 일이야."

그러나 상관없는 일이지만 상관이 있고, 생각할 필요도 없었지만 생각이 나고 마는 일, 기분 나쁘고 질척하게 발목을 잡고 늘어지는 일, 딱 그것이었다.

늦은 밤에 서재로 불쑥 찾아온 승하를 이태일은 말없이 바라보았다.

‘이태일의 곁가지, 창녀의 아들.’

이십여 년을 그 굴레를 쓰고 살아오면서 승하가 겪었을 고통에 마음이 아팠다. 그 굴레를 준 사람이 바로 자신이었으면서도 한 번도 그 고통을 어루만져 주지 못했다.

“드릴 말씀이 있습니다.”

며칠 새 승하는 야위어 보였다. 승하의 마른 얼굴을 보자니 세상에 사랑하는 사람과 함께할 수 없는 것만큼 슬픈 일은 없다던 양화연의 말이 떠올라 마음이 좋지 않았다.

“회사…… 대성에서 손을 뻗으면 힘들어지나요?”

의외의 질문이었다. 승하도 나름대로 서종학을 알아보았을 것이고 그래서 동남정밀이 마음에 걸린 것이리라. 이태일이 뭐라 대답하려는 순간 승하의 말이 먼저 나왔다.

“설사 그렇다 하더라도 그건 제가 상관할 일이 아니라고요. 그 이유 때문에 제가 선생님을 포기한다든가 하는 일은 절대 없을 겁니다. 그 말씀드리려고 왔습니다.”

“내가 너희들 사이 반대하는 이유는 그것 때문이 아니다. 나는 네가 다치는 걸 멍청히 두고 볼 수 없다.”

“그럴 일 없을 겁니다.”

“무슨 배짱으로 그런 장담을 하느냐? 넌 서종학을 몰라, 그가 어떤 사람인지.”

“무섭지 않습니다.”

“넌 아직 어리다. 한순간의 감정에 모든 걸 걸기엔 억울한 나이야. 시간이 지나면 감정도 변해."

"그럴지도 모르죠. 하지만 닥치지도 않은 감정을 계산해 가며 지금의 사랑을 놓아버리는 바보 같은 짓은 하고 싶지 않습니다. 뭐라 말씀하셔도 제 마음 변하지 않습니다. 대학 들어가면 독립하겠습니다. 그럼 더 이상 신경 쓸 일도 없으실 겁니다."

"승하야!"

"그러니 그냥 지켜봐 주십시오."

승하의 얼굴은 단단하고 차가워 보였다. 슬쩍 벌어지는 입가에 냉소가 흘렀다. 잠깐 잊고 있었던 승하의 서늘한 눈빛이 섬뜩하게 그를 노려보고 있었다. 방해하지 말라는 경고처럼.

"연우, 너보다 나이가 일곱 살이나 많고, 똑똑하긴 하지만 그리 따듯한 애도 아니다. 그만하면 능력도 있고. 하지만 그 고집은 어지간한 남자들이 감당하기 힘들지. 평생을 함께하기에는 버거운 여자다. 그 애 어디가 그렇게 좋으냐?"

승하는 대답없이 그냥 가만히 웃기만 했다. 처음 만나던 날, 건조한 눈으로 자신을 관찰하듯 빤히 쳐다보던 연우가 떠올랐다. 이내 가슴이 뻐근하도록 그리움이 밀려왔다. 그냥 담아 누르기엔 감당이 되지 않아 결국 그는 짧은 숨을 훅, 토해내었다.

"선생님은 절 그냥 저로 보거든요. 누구누구네 집 곁가지라든지 엄마가 창녀라는 사실 따위 상관하지 않는 사람이에요. 제게 붙은 거추장스런 꼬리표 따위 상관하지 않아요. 선생님 앞에 서면 제가 버리고 싶었던 것들, 도망치고 싶었던 것들, 그리고 세상에 대한 분노도, 미움도, 역겨움도 다 아무것도 아닌 것처럼 느껴져 버려요. 절 못 견디게 구는 그런 감정들에게 이렇게 막 소리를 치고 싶어져요. 너희들이 감히 나를 지배해? 어림도 없다, 꺼져! 그런 기분 아세요?"

승하는 조금 흥분한 것 같았다. 누구에게도, 심지어는 연우에게조차 하지 못했던 진실한 속마음이 꿈틀거렸다. 서재를 오락가락하며 그는 주먹을 불끈 쥐었다. 그녀가 보고 싶다. 연우의 얼굴이 눈앞에 어른거려 미칠 것만 같았다. 그는 다시 이태일을 향해 꿈틀거리는 속마음을 풀어놓았다.

"엄마가 돌아가실 날만 기다렸어요. 그 순간 이승하라는 이름으로 살아온 지긋지긋한 제 삶도 끝내 버릴 작정이었어요. 더럽고, 치사하고, 역겨운 이 세상을 떠나 버릴 생각이었어요. 창녀 새끼, 더러운 새끼, 벌레 같은 자식 이승하 인생 끝! 세상 나들이 끝났습니다, 땡!"

승하의 눈에는 어느새 눈물이 그렁거렸다. 놀란 이태일의 얼굴이 다가오는 것을 보며 그는 다시 소리쳤다.

"죽어버리고 싶었다고요! 아시겠어요?"

이태일은 흔들리는 승하의 몸을 으스러지도록 끌어안았다. 몰랐다, 정말 몰랐다. 그저 힘든 환경 때문에 성격이 삐뚤어졌겠거니, 철이 들면 나아지겠지 생각했었다. 죽음까지 생각하고 있을 줄은 정말 몰랐다.

"미안하다."

　울음처럼 토해지는 이태일의 음성이 들리자 승하는 그의 품을 벗어나려 몸을 비틀었다. 그러나 이태일은 더욱 세게 끌어안았다.

　"미안하다, 승하야."

　몇 번 몸을 비틀어보던 승하는 격한 감정을 이기지 못하고 이태일의 어깨에 얼굴을 묻었다. 이런 식으로 마음 아프게 하고 싶지는 않았다. 그때의 그 감정들을 다 잊어버린 줄 알았는데 자신도 모르게 쏟아져 나온 말들에 스스로도 조금 놀란 상태였다.

　승하는 한참 만에 얼굴을 들고 이태일의 가슴에서 빠져나왔다.

　"죄송합니다."

　잠깐이나마 이태일의 품에 안겨 있었다는 것이 어색하게 느껴졌다.

　이태일은 여전히 안타까운 마음으로 승하를 바라보았다. 얼음처럼 차가운 녀석이라 눈물조차 없을 줄 알았더니 혼자 속으로 그 눈물을 다 삼키고 있었던 모양이다. 그는 아까 하던 얘기의 답을 듣고 싶었다. 죽고 싶었던 이 녀석의 마음이 지금은 어떻게 변했는지.

　"그래서…… 연우를 만나 나아졌어?"

　이태일의 질문에 승하는 가슴에서 소중한 무언가를 꺼내듯 천천히 입을 열었다.

"살고 싶어졌어요."

그의 눈은 약간 상기되어 있었다.

"어느 누구도 아닌 이승하로 살고 싶어졌습니다."

이태일은 아무 말도 할 수 없었다.

승하를 올려 보내고 이태일은 밤새 서재에 앉아 있었다. 태어나기도 전에 그는 승하를 한번 버렸다. 가늘게 이어지던 인연의 끈을 완전히 놓아버렸던 일곱 살 무렵, 다시 한 번 승하를 버렸다. 그리고 지금, 연우가 자신이 살고 싶은 이유라고 말하는 승하를 외면한다면 자신은 다시 한 번 승하를 버리는 꼴이 된다. 기어이 연우와 떼어놓는다는 것은 지금의 승하의 삶을 송두리째 빼앗는 것이나 다를 게 없지 않은가. 그는 피곤한 얼굴을 두 손으로 거칠게 비볐다.

연우는 오 일 만에 아버지와 마주 앉았다. 눈에 넣지 않으려 해도 자꾸만 보이는 초췌하고 늙은 아버지의 모습 때문에 마음이 편치 않았다.

서종학은 건조한 얼굴로 앉아 있는 연우를 노려보았다. 야무진 입가에 가득 묻어나는 고집과 담담한 기색이 괘씸했다. 이 녀석은 마음에 드는 구석이 너무 많아서 볼 때마다 괘씸하고 속이 상하고 만다.

그는 평소처럼 무작정 소리 지르지도 않았고, 다그치지도 않았다. 그도 연우만큼이나 대화의 필요성을 인식하고 있었다. 그래서 두 사람은 난생처음 대화라는 느낌이 드는 말들을 주고받았다. 그러나 마지막에 폭발해 버린 서로의 감정으로 인해 그날의 대화는 기억에조차 남지 않았다.

"난 내 딸이 젖비린내 나는 창녀 자식과 어울리는 꼴을 두고 볼 수가 없다! 네가 기어이 고집을 부린다면 그 녀석 스스로 물러나게 하는 수밖에!"

"승하에게 무슨 일 생기면 가만있지 않겠어요!"

놓아주지 않으면 발코니로 뛰어내려 버리겠다고 발악하던 철없던 그때처럼 아버지를 노려보는 연우의 눈은 도전적이고, 어리고, 버릇없었다. 아버지만 보면 마치 사춘기 시절의 반항처럼 끝없이 밖으로만 뻗쳐 나가는 이 감정을 주체할 수가 없다.

터질 듯한 얼굴로 서로를 노려보던 두 사람은 결국 고개를 돌리고 말았다. 방을 나가는 아버지의 발걸음이 흔들렸다. 그제야 연우는 가슴을 꽉 막고 있는 뜨거운 숨을 토해냈다.

항상 이런 식이다. 더 긴 대화를 나누었다면 조금이나마 서로의 마음을 이해할 수 있었을까? 그러고 보니 한 번도 아버지의 말을 귀 기울여 들은 적이 없는 것 같다. 이해하려고도 하지 않았고, 양보는 더더욱 없었다. 그렇게 이십팔 년이란 세월이 지났다. 서로 등을 돌린 채 반대편으로 자라 굳을 대로 굳어 이제는 바로 잡기가 힘들어져 버린 휘어진 나뭇가지 같은 사이. 억지로 바로 잡아보려다간 어느 한쪽이 꺾어지고 말 벌어진 나뭇가지 같은 사이. 연우는 아버지와 자신의 관계가 그렇다고 생각했다.

전시회 날짜가 다가왔지만 집에서 나갈 수 없었기에 맥 갤러리에서 큐레이터가 직접 찾아왔다. 그녀는 이십대 후반의 연우 나이 또래 아가씨였는데 아주 활달하고 싹싹한 성격으로 이번 전시회의 중요성과 빡빡한 일정을 서종학에게 직접 설명했다. 그것으로도 모자라 연우는 아버지 몰래 절대로 승하를 만나지 않겠다는 약속과 함께 사설 경호원까지 붙이고서야 집을 나설 수 있었다. 대문을 나서며 그녀가 물었다.

"무슨, 죄 지은 거 있어요?"

"제가 물어보고 싶은 말이에요."

건조한 얼굴로 툭 내뱉는 연우의 말에 큐레이터가 어깨를 으쓱하며 웃었다. 연우는 아버지께 진심으로 여쭤보고 싶다.

아버지, 승하가 무슨 죄를 지었나요?

동남정밀이 대성그룹의 자금줄에 물려 있는 것 따위, 자신과는 상관없는 일이라고 큰소리쳤지만 그것은 떨쳐 낼 수 없는 무게로 승하의 발목을 잡았다. 처음부터 이곳은 엄마가 눈을 감는 순간 떠나 버리리라 결심했던 곳이다. 증오했던 아버지와 끔찍했던 형들, 그들 때문에 망설여야 할 이유는 없다고 생각하면서도 아무것도 할 수 없었다.

연우에게는 연락할 방법도 없었고, 연락도 오지 않았다. 승하는 그녀가 아버지에 의해 꼼짝도 할 수 없는 상황에 처해 있을 것이라고 생각했다.

실기 시험이 있던 날, '너를 지키는 방향으로 달려, 그게 날 잃지 않는 길이야' 라고 하던 그녀의 말을 떠올리며 시험장으로 들어갔다. 장장 여섯 시간에 걸친 긴 시간 동안 승하는 한순간도 집중력을 잃지 않았다. 자신의 가장 깊은 내면을 흐르는 느낌을 뽑아 붓끝으로 그려 나갔다. 그림은 연우의 담백한 느낌과 승하의 투박하고 원초적인 순수함이 어우러져 독특한 색채를 띠었다.

시험을 마치고 나오며 승하는 자신이 인생의 새로운 장으로 한 걸음 내디뎠다는 생각이 들었다. 스스로 판단하고 책임져야 할 묵직한 일들이 가슴을 짓눌렀지만 그것은 새로운 희망 같기도 했다. 그는 버릇처럼 다시 '숲' 으로 향했다.

휘적휘적 걸어 슈퍼 앞에 다다라 문득 고개를 들었는데 화실 창에 드리워져 있던 커튼이 단정하게 걷어져 있었다.

승하는 화실로 달렸다. 순식간에 가슴이 뭉클하게 뜨거워졌다. 탁탁 달려 골목으로 들어서던 그의 눈에 화실 계단으로 사람들이 오르내리는 것이 보였다. 그들은 하얀 종이로 덧씌워진 그림들을 들어 내리고 있었다. 무슨 일인지 알아보려 성큼 걸음을 내딛던 승하는 우뚝 멈추어 섰다. 연우가 계단을 내려오고 있었다. 그녀는 당차고 다부진 표정으로 누군가와 대화를 나누고 있었다. 무언가 의견이 맞지 않는 듯 약간 상기된 얼굴로 계단 중간에서 걸음을 멈춘 채 한참 동안 얘기를 나누었다. 승하

는 그제야 맥 갤러리 전시회가 다가오고 있다는 것을 기억해 냈
다. 연우의 뒤로 카메라를 든 남자가 내려오고 있었다. 그러고
보니 연우는 투피스 정장에 좀처럼 하지 않던 화장까지 했다.
승하는 얼른 담벼락에 몸을 숨겼다. 누군가 우스갯소리를 한 듯
연우의 웃음소리가 들렸다. 붉어 터질 듯한 꽃처럼 화사하고 빛
나는 웃음소리다. 며칠 전에 내린 눈 위로 쏟아지는 햇살이 눈
을 찔러왔다.

영하가 다시 감당 못하도록 술을 마시고 들어와 승하 때문에
회사가 망하게 생겼다며 난동을 부렸다. 아무리 술에 취해도 준
하의 말이라면 금방 얌전해지던 그였는데 그날은 준하마저도
알아보지 못하는 듯했다. 결국 영하는 새벽녘에 아버지가 부른
앰뷸런스에 실려 병원으로 갔다.
승하는 난장판이 된 집 안을 청소했다. 바닥에는 이곳저곳 유
리 조각들이 굴러다녔고 영하의 핏방울들도 말라붙어 있었다.
그것은 영하의 눈물 같았다. 엄마라는 존재가 한 인간을 이토록
괴롭히고 망가뜨릴 수 있다는 것이 무서웠다. 아무리 부정하고
도망치려고 해도 그것이 고스란히 자신의 어깨를 짓누르고 있
다는 것을 승하는 인정하지 않을 수 없다. 그리고 그 위에 또 하
나의 묵직한 덩어리가 얹혀지려 하고 있다. 대성의 자금이 빠져
나가면서 동남정밀이 휘청거리고 있었다.
한 번쯤은 찾아봐야 할 것 같아 승하는 일주일 만에 영하를

찾아갔다. 그는 서울 근교의 요양원에 입원해 있었다. 일주일 만에 다시 보는 영하의 말짱한 얼굴이 낯설었다. 붉은 눈으로 쏟아내던 그의 말들과 행동들이 다 거짓말 같았다.

"웬일이냐?"

"그냥, 지나다가."

통명스런 말들이 오갔다. 얼굴을 마주 보며 대화를 나눈 적이 단 한 번도 없었기에 할 말도 없었다. 창으로 쏟아져 들어오는 햇살을 맞으며 두 사람은 그저 나른하게 서로를 바라볼 뿐이었다. 서로를 향한 숨길 수 없는 측은함이 그들의 눈을 붉게 만들었다. 영하는 그것이 마음에 들지 않는 듯 신경질적으로 고개를 돌려 버렸다.

아무리 가슴을 할퀴어대는 소리를 퍼부어도 한마디 대꾸도 않은 채 묵묵히 듣기만 하던 승하를 볼 때마다 더욱 화가 났었다. 한 번쯤 소리를 지르고 대들거나 무너지는 모습을 보였더라면 자신의 행동이 조금은 나아졌을까?

"몸은 좀 괜찮아?"

"등신같이……."

영하는 대답 대신 혼잣말처럼 그렇게 중얼거렸다. 그것이 승하에게 하는 소리인지 자신을 향한 소린지 모르겠다.

"연우하고는 어떻게 됐냐?"

흥미진진한 얼굴로 물었지만 악의는 느껴지지 않았다.

"그냥 그러고 있어."

그 소리에 영하는 실망한 눈치까지 보였다. 재미난 흥밋거리를 하나 놓쳤다는 표정이다. 술을 마시지 않을 때 그는 종종 이렇게 어린애 같은 순진함을 드러내기도 했었다. 햇살에 떠다니는 먼지를 손으로 잡아채며 장난을 치던 그가 다시 퉁명스런 말을 내뱉었다.

"뭘 그러고 있냐? 등신같이. 나 같으면 확 데리고 도망쳐 버리겠다."

확 데리고 도망? 그러고 싶다, 가능하다면.

"그럼 아버지 회사 망할 텐데?"

승하는 자조 섞인 웃음을 지었다. 그러나 정작 승하를 사로잡고 있는 생각은 그 걱정이 아니라 상기된 얼굴로 계단을 걸어 내려오던 연우의 모습과 터질 듯하던 웃음소리다. 그녀를 그토록 환하게 웃게 만드는 것, 그녀를 빛나게 하는 것들, 당당하던 그녀의 모습. 그 모든 것들에 비해 자신의 존재가 얼마나 어리고 미약한지, 모자라는지…… 생각은 내내 거기에 머물러 있었다.

전시회 날짜는 빠른 속도로 다가왔다. 마지막 남은 그림을 마무리 짓고 '맥'의 회보지에 들어갈 인터뷰를 이틀이나 했다. 불편하기 짝이 없는 옷을 걸치고, 화실에서 사진을 찍고, 기사에다 실릴지도 의문스러운 장황한 인터뷰를 했다. 그런 형식적인 일들이 썩 마음에 들지는 않았지만 어쨌든 오랜만에 갖는 전시회는 잠시 승하를 잊을 만큼 연우를 설레게 했다.

전시회를 이틀 앞두고 맥 갤러리로 준하가 찾아왔다. 너무나 의외의 방문이었기에 연우는 가슴이 덜컥했다.

"회장님께서 이곳으로 가면 널 만날 수 있을 거라고 하시더구나."

굳은 얼굴로 보아 좋은 일은 아닐 거라는 짐작은 했지만 준하의 이야기가 길어질수록 연우의 얼굴은 노랗게 질려갔다. 동남정밀에 투자했던 대성의 자금들이 서서히 거두어지고 있다는 얘기였다. 준하는 동남정밀에 자신이 아는 것보다 의외로 많은 대성의 자금이 유입되어 있었고 그것이 70% 이상 빠져나갈 경우 회사가 위험한 지경에 이를 것이라고 했다.

"이대로라면 한 달 이상 버텨내기 힘들어."

기어이 고집을 부리겠다면 승하 스스로 물러나게 하는 수밖에 없다던 아버지의 뼈 있는 말이 이것인 모양이었다. 자신이 온통 전시회에 정신이 팔려 있을 동안 아버지는 뒤에서 이런 일을 꾸민 것이다.

"내가 널 찾아온 이유는 굳이 설명하지 않아도 알 거다. 우리 아버진 어떨지 몰라도 난, 우리 회사 이대로 무너지는 꼴 못 본다. 그 이유가 승하 때문이라면 더욱더 그래."

까칠해진 준하의 얼굴은 날카로워 보였다.

"승하 때문에 더욱더 그렇다는 말은 네가 오해하지 않았으면 좋겠다. 그 녀석 미워서만 하는 소리 아냐. 승하, 제 엄마가 저지른 일만으로도 평생 어깨가 무거운 녀석이야. 그런 녀석에게 또다시 집안을 망하게 했다는 무거운 짐을 짊어지게 할 수는 없잖아? 믿을지 모르겠지만 난 더 이상 그 녀석 인생이 고단해지는 거 원치 않아. 지금까지만으로도 충분히 힘들었던 녀석이다. 그러니 승하랑 헤어져 줘. 부탁한다, 연……."

준하의 말이 채 끝나기도 전에 연우는 자리에서 벌떡 일어났다. 가슴이 떨려서 말이 잘 나오지 않았다. 싫다고, 그럴 수 없다고 소리쳐야 했지만 입이 떨어지지 않았다.

준하는 새파랗게 질린 얼굴로 서성이는 연우를 물끄러미 바라보았다. 그녀의 얼굴 위로 헤어지라는 자신의 말에 새파랗게 질려 있던 승하의 얼굴이 겹쳐 보였다. 터질 듯한 얼굴로 서성이던 연우는 옷을 챙겨 입기 시작했다.

"내가 우리 아버지를 만나보겠어."

외투를 걸치고 가방을 챙기는 그녀의 손이 떨렸다.

"우리 아버진 내가 어떡하든 설득해 볼 테니까 오빠 승하 잘 좀 다독여 줘. 보기보다 여린 애야, 승하. 많이 힘들 거야. 비록 엄마는 다르지만 그래도, 그래도 오빠 동생이잖아? 부탁해."

연우는 간절한 마음으로 준하에게 승하를 부탁했다.

"그러지 마세요, 아버지. 이 문제는 승하와 저, 두 사람의 문제잖아요? 사십 년 지기 친구 분께 이러시면 안 되는 거잖아요."

"난 사십 년 지기 친구보다 내 자식이 더 중요해. 다른 말 필요없다. 그 녀석과 끝내겠다는 한 마디만 하면 당장 그만두마."

이야기는 한 시간째 쳇바퀴를 돌고 있었다. 아버지는 어떤 말도 귀에 넣지 않았고 오직 승하와 끝내라는 말만 되풀이했다. 아버지는 승하 엄마가 창녀였다는 사실, 오직 그것에만 정신을 집중하고 있는 것 같았다. 그것이 마치 지금도 승하의 피 속을 떠돌고 있기라도 한 듯 '그 녀석'이란 말을 할 때마다 진저리를 쳤다.

밤새 잠을 설친 다음날 아침, 준하가 다시 전화를 걸어왔다.

[결단력있는 네가 먼저 결정을 내려라.]

약간은 강압적인 목소리였다. 그러나 그 순간 연우의 결단력은 마비되어 있었다. 이대로 밀고 나갈 용기도 없었고, 승하를 놓아버릴 용기도 없었다.

〈맥 갤러리 겨울 초대 작가전. 서양화가 서연우와 함께하는 숲과 나무, 그 천년의 대화.〉

전시회는 그런 타이틀로 시작되었다. 연우는 내내 무거운 마음으로 손님들을 맞았다.

전시회장은 이른 아침부터 예상외의 많은 손님들로 북적였다. 그 손님의 절반은 아버지의 인맥으로 찾아온 사람들이었고, 그들을 따라 기자들까지 몰려 들어왔다. 지금까지 오롯이 자신의 힘만으로 이룩해 놓은 이름이 순식간에 흐트러지는 느낌이었다. 이것이 상업성 짙은 맥 갤러리의 특징이라는 것을 알면서도 연우는 그것 때문에 화가 났다. 그들은 그림 이야기 대신 대성그룹 서종학 회장의 막내딸, 어쩌고 하는 기사들을 끄적일 것이다.

연우는 대형 그림 앞에서 사람들에 둘러싸여 호탕하게 웃고 있는 아버지를 노려보았다. 지금껏 전시회 근처에도 나타나지 않던 아버지가 이런 식으로 손님을 끌고 온 목적은 단 한 가지일 것이다. 대성그룹의 막내딸, 서양화가 서연우. 그 이름 앞에 세상의 눈을 달아놓으려는 것이다. 조금의 흐트러짐에도 날벌레처럼 달라붙을 세상의 눈과 입들, 그것들은 일곱 살이나 어린 제자와 사랑에 빠진 서연우를, 그리고 창녀의 아들인 이승하를 가만두지 않을 것이다.

좁은 화실을 벗어난 연우의 그림은 더욱 온화한 빛을 띠는 듯했다. 건조하고 담백한, 그러나 꽉 찬 충만감. 서늘하던 가슴으로 금세 따듯한 물이 스며드는 것 같다. 한 달 만에 마주하는 연우의 그림을 승하는 뭉클한 마음으로 바라보았다.

전시장 안은 사람들로 북적였고 연우는 그것이 몹시 마음에 들지 않는 듯한 표정을 짓고 서 있었다. 그녀의 눈길이 향한 곳을 따라가니 그림과는 거리가 멀어 보이는 사람들에 둘러싸인 서종학이 보였다. 승하는 그제야 연우가 왜 저렇게 못마땅한 표정을 짓고 있는지 알아차렸다. 이대로라면 한 달 이상 버티기 힘들다던 큰형 준하의 말이 생각났다. 아버지가 평생을 바쳐 이룩한 사업, 형들이 눈에 불을 켜고 지키려는 동남정밀이 순식간에 눈앞에서 사라질 위기에 처해 있다. 그와 함께 연우의 형상도 순식간에 사라질 것 같아 눈앞이 아찔해졌다. 흐릿해진 눈을 깜박이며 다시 연우를 살피는데 그녀의 고개가 자신 쪽으로 향하는 것이 느껴졌다. 순간 승하는 얼른 고개를 돌려 버렸다. 그러나 연우는 이미 승하를 감지하고 있었다.

어느 순간부턴가 탁한 공기 속에서 서늘한 기운이 느껴졌다.

따갑도록 자신을 따라다니는 눈…… 승하다!

연우는 얼른 전시장을 둘러보았다. 사람들의 발길이 뜸한 구석진 자리에서 양키스 모자를 눌러쓴 남자가 보였다. 그의 눈이 젖어 있다는 것이 멀리서도 단번에 느껴졌다.

승하야…….

연우는 자신도 모르게 걸음을 내디뎠다. 그러나 순간적으로 승하의 고개가 돌려지는 것이 보였다. 더 이상 다가갈 수가 없다. 눈앞에 승하를 두고도 부를 수가 없다. 호탕한 아버지의 웃음소리와 북적이는 사람들의 눈이 발목을 잡았다. 자신을 외면하듯 고개를 돌린 승하의 고뇌가 발목을 잡았다. 다가갈 수도 없고, 놓아버릴 수도 없는 승하의 형상이 고인 눈물 속에서 물감처럼 번졌다.

눈앞의 승하가 사라져 버렸다. 왁자한 소리로 들어오는 친구 몇에게 잠깐 눈길을 준 사이였다. 연우는 순식간에 몸을 돌려 전시장 밖으로 뛰어나갔다. 정원의 조각 공원과 주차장을 한 바퀴 돌았지만 승하의 그림자도 찾을 수 없었다.

승하는 젖은 눈을 모자 깊숙이 숨기고 갤러리 이층 창가에 서서 정원의 조각들 사이로, 주차장으로 정신없이 헤매고 있는 연우를 지켜보았다. 할 수만 있다면 당장 내려가 그녀의 손을 잡고 어디로든 내달려 버리고 싶었다. 그러나 족쇄처럼 매달린 떨쳐 버릴 수 없는 엄마의 흔적들과 아버지와 형들이 발목을 잡았다.

엄마는 당신의 사랑 때문에 남의 가정을 파탄내고, 그 아들은 자신의 사랑 때문에 집안을 말아먹고…… 풋, 잘하는 짓이다. 평생 그 무거운 짐을 지고 살면 퍽도 행복하겠다.

승하는 흐려지는 눈을 깜박이며 킥킥, 신음 섞인 웃음소리를 내었다.

전시장 안에서 사람들에 둘러싸여 웃고 있던 그녀는 너무나 빛나 보였다. 자신이 감히 바라볼 수도 없는 까마득한 높이에서 그녀의 그림은 세상을 향해 날갯짓을 하고 있었다. 승하는 입술을 지그시 깨물었다. 기어이 함께하고자 한다면 저 날개가 꺾일지도 모른다. 순간 승하는 헤어질 수밖에 없는 구실을 찾고 있는 자신을 발견했다. 그것이 몹시 화가 나서 눈물이 났다. 눈앞이 흐려 연우의 형체가 잘 보이지 않았다.

전시회는 연일 관람객의 숫자가 늘어 맥 갤러리 계절작가 초대전 사상 가장 큰 성황을 이루며 마무리를 지어가고 있었다.

몇몇 신문의 문화면에는 전시회에 대한 평 외에 연우의 자세한 신상까지 들먹거려 놓았다.

그림의 가치가 자신의 화려한 배경에 가려지는 것쯤은 두렵지 않았다. 진정한 애호가들은 그녀의 배경보다 그림을 먼저 보아줄 테니까. 시간이 흐르고 나면 사람들은 결국 화가는 그림으로 얘기한다는 걸 알아줄 것이다. 정작 두려운 것은 자신이 세상에 드러나면 드러날수록 승하와의 거리가 점점 멀어지는 느낌이 든다는 것이다. 전시회에서 모자 속에 얼굴을 숨긴 채 숨어서 지켜보던 승하의 젖은 눈이 가슴에 박혀 버렸다.

지금쯤 자신이 느끼고 있는 이 불안을 승하도 느끼고 있을 것이라는 생각이 들었다. 이 불안을 승하가 현실로 받아들이지 않기를 바란다. 인정하지 않기를 바란다. 처음부터 두 사람이 사랑을 느낀 것은 드러나 있는 겉모습이 아니라 서로의 내면이었으니까, 그 느낌을 놓지 않기를 바란다.

아버지는 동남정밀을 정말 집어삼켜 버릴 작정인 모양이었다. 사십 년 지기 친구에 대한 일말의 양심도 느끼지 않는 모양이다. 이대로 동남정밀이 무너지고 난 뒤에도 말짱한 얼굴로 승하를 마주 볼 수 있을까? 준하의 말처럼 그것이 승하에게 어떤 짐이 될지 잘 안다. 그러나 연우는 여전히 마음의 결정을 내리지 못했다. 이대로 승하와 헤어질 수는 없다. 그렇다고 별 뾰족한 수가 떠오르지도 않았다. 스스로가 이토록 무능하게 느껴지기는 처음이다.

종일 자금을 구해보려 동분서주 뛰어다니다가 지친 몸으로 들어온 준하는 승하 방부터 들여다보았다. 승하는 이불을 머리 끝까지 뒤집어쓴 채 잠이 들어 있었다. 안타까운 마음과 함께 원망도 인다.

"일어나 봐."

이불을 젖히고 억지로 끌어 앉히려니 승하에게서 독한 술 냄새가 풍겼다. 정말 승하를 위해 어떻게든 자금을 구해보려 노력 중이었는데 이렇게 태평하게 술을 먹고 잠들어 있다니, 준하는 화가 치밀었다. 그는 약간 흥분한 음성으로 동남정밀의 1차 부도 소식을 말해주었다. 일주일 안으로 은행 빚을 갚지 못하면 2차 부도가 날 것이고 그것으로 동남정밀의 운명도 끝이라고 했다.

"어차피 헤어질 거, 하루라도 빨리 결단을 내려라."

준하는 노골적으로 승하를 다그쳤다. 순간, 승하의 입술이 실룩 비틀어지며 기분 나쁜 조소가 흘러나왔다.

"풋, 누가 헤어진다고 그래? 웃기고 있네."

혀 꼬인 말과 함께 슬쩍 들어 보이는 승하의 얼굴이 붉게 물들어 있다. 소주를 세 병이나 마시고 터질 것 같은 가슴으로 침대에 누워 있던 순간에 준하가 들어왔던 것이다.

"착각하지 마, 나 선생님이랑 절대로 안 헤어져. 동남정밀 따위, 부도가 나든 말든 어차피 나랑은 상관없는 일이잖아?"

비틀린 입술이 왠지 영하를 보는 듯하다. 준하는 안타까운 마음으로 승하의 팔을 붙들었다.

"승하야……."

"내 몸에 손 대지 마!"

준하는 움찔하며 한 걸음 물러앉았다. 가출 일 년 만에 아버지에 의해 다시 잡혀왔을 때 보았던 바로 그 모습이다. 짐승처럼 번들거리는 눈으로 무엇이든 제 눈에 거슬리는 것은 물어뜯어 버릴 것 같았던 섬뜩한 승하의 모습.

"이승하는 이준하나 이영하와는 종류가 다른 인간이잖아? 쿡쿡, 더러운 피를 이어받았으니 더럽게 좀 살아볼까 해."

"무슨…… 말이야?"

"서연우 데리고 사라져 버리겠어. 어디로든…… 도망칠 거야."

휘청거리며 일어나 윗도리를 껴입던 승하는 탁자를 안고 와르르 무너졌다.

"승하야!"

바로 눈앞에 있는 탁자도 알아보지 못할 만큼 승하는 취해 있었다. 준하의 목소리도 잘 들리지 않았다. 오로지 연우를 데리고 떠나야겠다는 생각밖에 없었다.

어디로든 떠나 버릴 것이다. 단 한 번도 가족이라 생각하지 않았던 사람들 때문에 이제껏 망설이다니, 바보 같은 짓도 다 했다. 떠나 버리기만 하면 두 번 다시 볼 일도 없는 사람들인 걸, 괴로울 게 뭔가? 선생님을 데리고 도망쳐 버릴 거다. 어디로

든 가버릴 거다.

준하의 손을 뿌리치고 일어나다 다시 한 번 와르르 무너지며 탁자에 이마를 찧었다. 머리 속에 희뿌연 안개가 끼는 것을 느끼며 승하는 정신을 놓아버렸다.

자정 무렵, 승하는 눈을 떴다. 링거병이 매달려 있는 걸 보니 의사가 다녀간 모양이었다. 머리가 깨어질 듯이 아팠다. 잠깐 눈을 감고 있던 승하는 신경질적으로 링거바늘을 빼버리고 침대에서 일어났다. 승하는 어두운 거리를 걷고 있었다. 불과 일여 년 전, 날마다 그의 영혼이 슬픈 눈으로 떠돌던 곳이다. 도저히 다가설 수 없었던 그 삭막의 세상, 탁탁 갈라지는 마른 가슴이 따가워 차라리 눈을 감아버리고 싶었었다. 그런 그에게 다시 따듯한 세상을 보여주었던 사람이 연우다. 살아 있는 순간순간을 가슴 벅차게 만들어주었던 여자다. 그가 세상에서 원하는 것은 오로지 그 여자 하나뿐인데, 세상은 그에게서 오로지 그 여자만 빼앗아가려고 한다. 어둠은 내장 깊숙이 박혀 있던 분노를 끌어올렸다. 승하의 서늘한 눈 속에 핏발이 섰다.

연우는 새벽 두 시경에 준하의 전화를 받았다.

[혹시 승하 거기 가지 않았나 하고…….]

"이 시간에 승하가 왜! 무슨 일 있어?"

순식간에 잠이 저만치 달아나 버렸다.

[사라졌어. 낮에 술을 좀 과하게 했는데…….]

그녀는 뒷말을 더 듣지 않은 채 수화기를 내리고 옷을 챙겨 입었다. 대문 앞을 휘 둘러보아도 승하는 보이지 않았다. 오싹한 공기가 살을 에는 듯하다. 차를 몰고 아파트로 향하던 연우는 다시 화실 쪽으로 차를 돌렸다. 승하가 가장 편하게 생각하는 곳은 아무래도 화실이다. 속도계가 120을 넘어 140을 가리키는 것을 보면서도 그녀는 속력을 줄이지 않았다.

계단을 뛰어올라 오니 화실 앞에 검은 물체가 앉아 있었다. 온몸이 꽁꽁 언 승하였다.

화실로 들어서자마자 연우는 보일러부터 올렸다. 그리고 다시 주전자에 물을 올리고 방으로 뛰어들어 가 담요를 들고 나왔다. 승하는 이를 딱딱 부딪치며 연우를 올려다보았다. 꿈을 꾸는 듯 막막한 눈이었다. 연우는 입술을 깨물며 담요를 둘러주고 따듯하게 끓인 물을 건넸다.

"마셔."

두어 모금 후룩후룩 마시던 승하가 컵을 내려놓자 연우는 얼른 다가앉아 빨갛게 언 승하의 손을 꼭 잡고 비볐다. 그의 손가락은 잘 굽혀지지도 않을 만큼 감각이 없었다. 정신없이 비비고, 입김으로 호호 불고, 다시 비비던 연우는 화가 나서 소리쳤다.

"얼어 죽고 싶어!"

승하는 다시 막막한 눈빛으로 연우를 올려다보았다. 생각이 저만치 달아나 버린 눈이었다. 그의 떨리는 입술이 느리게 말했다.

"……네."

눈앞에서 무언가가 와르르 무너져 내리는 것 같았다. 잘 견뎌 주길 바랐는데, 그럴 수 있을 줄 알았는데 역시나 무리였던 것일까?

막막하던 승하의 눈에서 눈물이 흘러내리고 있었다.

"우리…… 어디로든 떠나요. 아무도 찾을 수 없는 곳으로 가서 함께 살아요."

승하는 여전히 술에서 깨지 않은 듯 목소리도, 눈도 흔들렸다.

"승하야……."

"함께 유학 가기로 했잖아요. 그러기로 했잖아요."

울먹이며 매달리는 모습이 어린아이 같았다. 그것이 승하의 진정한 속마음일 것이다. 그러나 승하의 이성으로서는 결코 할 수 없는 일이란 것도 안다.

"왜 이래? 정신 차려. 도대체 술을 얼마나 마신 거야?"

순간 승하는 까칠한 얼굴로 다가오는 연우의 손을 꽉 움켜잡았다.

"저 술 취하지 않았어요. 진심으로 말하는 거예요. 내일이든 모레든 당장 떠나요!"

울컥 당기는 손길이 거칠었다. 연우는 아무 대답을 못한 채 안타까운 눈으로 승하를 바라볼 뿐이었다. 순간, 처음 이 '숲'을 찾아왔던 그때처럼 섬뜩하고 사나운 눈이 불쑥 다가왔다.

"왜 대답 못해요? 생각해 보니 싫어졌어요? 창녀 새끼라 더러워요?”

　비틀어져 올라간 입가에 조소가 서렸다. 뼛속 깊이깊이 새겨져 있는 못난 상처들이 가슴을 후볐다. 처음 이 ‘숲’에 왔을 때의 모습처럼 서늘하고 사나운 눈빛이 드러났다. 연우는 안타까움을 이기지 못하고 승하의 목을 당겨 꼭 안았다. 꼭 안아 다독여주는 것 외에 아무것도 해줄 것이 없었다.

　“그러지 마⋯⋯.”

　비틀린 얼굴로, 비틀린 말들로 스스로를 상처 내며 퍼렇게 멍들어 있던 지난날의 승하가 떠올랐다. 그 기억은 언제나 그녀를 아프게 한다.

　“제발 그러지 마.”

　그녀의 젖은 목소리를 들으며 승하는 연우의 가슴에 머리를 기댔다. 작지만 따듯한 품이다. 너무나 따듯해서 눈물이 났다. 안겨 있던 승하에게서 울음소리가 들렸다. 어머니가 돌아가셨을 때도 들을 수 없었던 울음소리였다. 지금까지 보았던 모습 중 가장 어린 모습의 승하다. 불안하고 두려운 무엇이 그를 울게 만들었다. 승하는 아직도 작은 바람에도 뿌리가 흔들리는 연약한 나무에 불과했다. 그런 그에게 연우는 자신의 가장 깊은 속말을 해주고 싶었다.

　“널 정말 많이 사랑해.”

　푸릇한 빛을 느끼며 승하는 눈을 떴다. 살펴보니 화실의 작은 방이다. 머리도, 가슴도 가뿐하게 맑았다. 머리 속이 이토록 맑은 느낌이 며칠 만인지 모르겠다. 가슴께에서 연우의 가느란 숨소리가 들렸다. 지난밤, 자신이 무슨 말들을 했는지 뚜렷이 기억이 나지 않는다. 다만 그녀를 몹시 아프게 했다는 느낌, 그녀의 몸도, 마음도, 그리고 목소리도 젖어 있었다는 느낌만은 또렷하다.

미안해요.

결코 어린놈처럼 굴고 싶지 않았는데 너무도 어리고 못난 모습을 보여 버렸다.

정말 미안해요.

승하는 연우가 깨어나지 않도록 조심스럽게 안아보았다. 가슴이 꽉 차는 느낌이다. 세상을 다 가진 기분이다. 밤새 그녀의 몸은 너무나 뜨거웠다. 사랑한다는 말을 열 번, 스무 번 귓가에 들려주었었다. 이젠 아무것도 두렵지 않다, 설사 이 손을 놓아 버린다 하더라도.

연우가 눈을 떴을 때, 승하는 이미 가고 없었다. 준하에게 전화를 걸어보니 승하는 새벽에 집으로 들어와 자고 있다고 했다.

"승하, 신경 써서 잘 지켜봐 줘."

[그래.]

"동남정밀이 어떻게 되든 말든 상관하지 않는다는 승하의 말, 나도 동의해. 나도 승하만큼 오빠나 영하에 대해서는 화가 나니까."

그녀의 말은 너무도 단호하고 차가웠다. 순간, 준하에게서 바짝 긴장한 숨소리가 들렸다.

"하지만 승하가 그러지 않을 거라는 걸 믿어. 그러니까 승하에게 생각할 시간을 좀 줘. 다그치지 말고 조용히 기다려 줬으면 좋겠어."

매일매일 준하를 통해 승하의 얘기를 전해들었다. 그가 전하는 말은 승하가 방에서 꼼짝도 하지 않는다는 말뿐이었다. 승하가 무사히 잘 이겨 나가길 빈다. 만약…… 만약 승하가 무너지기라도 한다면 보고만 있지는 않을 것이다. 승하를 지킬 수만 있다면 아무리 비도덕적인 결정이라도 주저없이 내릴 생각이다. 아무것도 계산하지 않을 것이다.

"마지막으로 다시 한 번 묻겠다. 정말 그 녀석과 끝낼 생각이 없는 거냐?"

기어이 끝내지 않겠다면 이대로 동남정밀을 끝장내고 말겠다는 경고였다. 아버지에게서는 눈곱만큼의 동정심조차 찾아볼 수 없었다. 연우는 이틀 가까이 잠을 자지 못했기 때문에 정신이 몽롱할 지경이었다. 아무리 생각에 생각을 거듭해 보아도 답을 찾을 수가 없다. 헤어질 수도, 그렇다고 함께할 수도 없는, 미궁에 빠져 버린 듯한 이 지독한 불쾌감을 견딜 수가 없다. 발버둥조차 쳐볼 수 없이 완벽하게 궁지에 몰려 버린 기분이다.

"시간을 좀 주세요. 며칠…… 아니, 우선 승하를 만날 수 있게 해주세요."

전시회 마지막 날, 아버지는 은행 만기일을 일주일 유예시켰다는 말과 함께 내일 '숲'으로 가면 승하를 만날 수 있을 것이라고 했다. 승하가 드디어 결단을 내린 모양이다. 회심에 찬 표정에서 아버지와 승하 사이에 모종의 대화가 오갔다는 것을 알 수 있었다. 그 모종의 대화가 어떤 내용이었을지 짐작이 간다. 승하의 마음이 어땠을지도 짐작이 간다. 다 짐작한 일이었는데도 무섭고, 두렵고, 어이없고, 허망해서 화가 났다. 악! 비명이라도 지르고 싶었다. 밤새 승하의 눈동자가 꿈속을 떠돌았다. '우리 엄만 창녀거든요'라고 하던 서늘하고 슬픈 눈, '사랑해요'라고 하던 따듯하고 촉촉하던 그 눈.

자다가 깨어난 그녀는 침대 서랍에서 담배를 꺼내었다. 어둠 속에서 빨간 담뱃불이 깜박였다. 곰배령에 다녀오던 날, 승하와의 어설펐던 첫 섹스 후 담배를 나눠 피웠었다. 지금 생각해 보니 그것은 꽤나 퇴폐적인 분위기였다. 관계가 끝난 후, 아직은 고등학생인 그를 받아들여 안아버린 것에 대해 죄책감이 밀려왔고, 그것을 담배가 달래주기를 바랐다.

"사람을 놀래키는 재주가 있어요."

물고 있던 담배를 빼앗아 자신의 입으로 가져가며 승하는 그렇게 말했다.

"싫어?"

"아뇨, 건강을 해칠 정도만 아니면 상관 안 해요."

"네가 싫다면 끊을 용의가 있어. 사실은 이 년간 끊었다가 얼마 전부터 다시 피우는 중이거든."

"다시 피우게 된 계기가 있어요?"

"글쎄? 음…… 너 때문인 것 같아. 네가 날 사랑한다고 했을 때 그건 내 이성으로는 결코 받아들이기가 힘든 일이었거든. 내 마음은 이미 네게 가 있는데 이성이 말을 듣지 않는 거야. 그때 나 병났었던 거 알지? 킥, 정말 병이 날 만큼 힘이 들었었어. 근데 그때 담배가 절실하게 그립더라. 아무도 몰래, 은밀하게 즐기던 담배 말이야. 그걸 피워 물던 순간에 내가 얼마나 해방감을 느꼈었는지, 통쾌했었는지, 행복했었는지…… 그런 것들이 떠올랐어."

"그럼 이승하는 담배처럼 은밀한 존재?"

"처음엔 그랬지."

"지금은 아니란 얘기예요?"

"음…… 잘 모르겠다."

물고 있던 담배를 빼앗아 비벼 끄고 그녀는 승하에게 깊고 깊은 키스를 했었다. 그리고 다시금 뜨겁게 달아오른 그의 몸을 받아들였었다. 담배는 언제나 이렇게 그녀에게 용기를 불어넣어 주는 은밀한 물건이었다.

결국 승하는 은밀한 존재일 수밖에 없었던 것일까? 은밀해야만 지킬 수 있었던 존재, 은밀하게만 사랑할 수 있었던 존재…… 그런 것이었을까?

한숨도 자지 못하고 내린 결론은 '일단은 받아들이자' 였다. 이번 일에서만큼은 적어도 승하가 그녀보다 훨씬 결단력있고 용감했다. 승하가 어떤 결정을 내렸든 다 이해하기로 했다. 받아들이기로 했다. 지금 우리 능력으로는 어쩔 수 없는 일이다. 그러나 이것이 사랑의 포기라고는 생각하지 않는다. 그녀는 여전히 승하를 사랑하고 승하도 여전히 그녀를 사랑할 것이다. 영원불변의 법칙처럼…….

한 시간 동안 거울 앞에 앉아 화장을 하고 머리를 매만졌다. 옷을 다섯 벌쯤 꺼내어 갈아입어 보다가 조금 얇지만 가장 화사해 보이는 투피스 정장과 코트를 골라 입었다. 그리고 숲으로 향했다. 화실로 들어선 연우는 버릇처럼 창을 열고 멀리 버스 정류장을 바라보았다. 성큼성큼 달려오던 그를 보며 얼마나 가슴이 두근거렸었는지 얘기해 주지 못했다.

살을 엘 듯 차가운 바람에 코끝이 찡하다. 전시회를 위해 그림들이 빠져나가 버린 텅 비고 휑한 화실이 꼭 지금 이 순간 자신의 마음을 보는 듯하다. 어질러진 화실을 치우려다가 허둥대는 손길에 이젤이 넘어지고 물감들이 와르르 쏟아졌다. 그리고 다시 커피라도 끓여 마시려고 잔을 꺼내다가 떨어뜨려 버렸다. 파삭, 커피 잔이 깨졌다. 연우는 쪼그리고 앉아 조심스럽게 사기 파편들을 주워 모았다.

받아주지 말 걸 그랬어.

부서진 파편들이 흐리게 번졌다.

나보다 어린 녀석에겐 관심없다고 그럴 걸 그랬어.

스륵, 주워 모으던 파편 하나가 손끝을 찔렀다.

"아!"

후두둑 떨어지는 핏방울들 속에 말간 물방울들이 섞여 떨어졌다. 눈물이었다.

한 시간쯤 후 승하가 왔다. 그녀가 참 좋아했던 부드러운 머리칼이 조금 더 길어졌다. 피곤해 보였지만 눈빛은 따듯하다. 며칠 전에 보았던 모습은 다 거짓 같았다. 전혀 슬퍼 보이지 않아 다행이었다. 두 달 남짓 사이 승하는 학생티를 완전히 벗은 청년의 모습으로 변해 있었다.

마주 앉은 탁자 위에 햇살이 쏟아져 들어왔다. 승하는 그 햇살에 드러난 연우의 하얀 손을 꼭 잡고 오래도록 말이 없었다. 그의 눈동자는 느린 속도로 연우의 얼굴을 더듬었다. 연우의 눈은 그의 눈동자를 따라다녔다. 햇살이 부딪치듯 두 사람의 눈이 공중에서 아프게 얽혔다. 순간 승하는 그녀의 눈을 견디지 못하고 고개를 떨어뜨려 버렸다.

너 없이 살 수 있을까?

머리가 아찔하고 울컥해졌다. 마치 처음부터 자신의 모든 삶이 승하에게 묶여 있었던 것처럼 막막한 기분이 들었다. 손을 아프도록 움켜쥔 승하의 손등에서 굵은 힘줄이 툭 불거져 나올 것 같다. 터질 것 같은 승하의 고뇌가 한눈에 보였다.

"시험은 어떻게 되었어?"

연우는 짐짓 밝은 목소리로 물었다. 어지간히 감정을 추스른 듯 한참 만에 고개를 든 승하의 얼굴도 따뜻하고 밝았다.

"생각보다 그림이 잘 나왔어요. 다음 주에 발표가 나는데 조금 떨려요."

"잘될 거야. 네 느낌을 충분히 살렸다면 어느 누가 보더라도 네 그림을 뽑고 말걸? 내 눈은 언제나 정확했어. 이래뵈도 내가 입시생만 육 년을 가르친 베테랑이거든."

확신에 찬 연우의 말에 승하는 미소를 지었다. 언제나 자신만만하고 용감한 여자다. 그래서 걱정이 되지 않는다. 헤어지자고 결심하던 순간에도 발버둥 치며 슬퍼할 그녀가 아니라 그림 속에서 당당히 빛날 그녀가 먼저 상상되었다. 그것이 얼마나 다행인지…….

"멋진 전시회였어요. 선생님 그림은 이 숲에서보다 세상 밖으로 나가서 더욱 빛을 발하는 것 같아요."

"고마워."

얘기하는 내내 두 사람은 손을 꼭 잡고 있었고, 서로의 눈도 놓지 않았다. 정작 할 말은 그 눈 속에 다 감추고 빙빙 도는 대화들…….

"커피 끓여 드릴게요."

딸각딸각 찻잔 부딪치는 소리, 스푼 소리, 물 끓는 소리들이 미세하게 떨렸다. 진한 커피향이 모락모락 피어나는 찻잔이 그녀의 앞에 놓였다. 입 안에서 감도는 독특한 승하만의 커피 맛,

영원히 기억 속에 남아 있을 이 맛은 오래오래 혀끝에 머물다가
내장 깊숙이 옮아갈 것이다. 그것처럼 지금 눈앞에 있는 승하의
형상도 시간이 흐르면 빛이 바래는 것이 아니라 가슴으로, 뇌리
로 깊이깊이 옮아갈 것이다.

"우리 그만…… 헤어져요."

다 아는 말, 이미 다 짐작되어 버린 그 말을 승하는 고개를 숙
인 채 어렵게 꺼내었다. 연우는 대답 대신 승하의 손을 꼭 잡았
다. 이 힘든 말을 승하에게 먼저 하도록 기다렸던 자신이 잠깐
원망스러웠다.

"그래도 사랑은 계속해."

승하는 아무 대답을 못한 채 그녀를 응시했다.

"헤어진다고 사랑을 못하는 건 아니니까."

연우의 단호한 눈이 승하를 붙들었다. 그 눈은 아무것도 포기
하지 말자고 말하는 것 같았다. 영원히 끝이란 생각으로 헤어지
는 건 절대 아니라고, 용기를 내라고 말하는 것 같았다. 그래,
언제든 방법이 생길 것이다. 그것이 언제일지는 모르지만 그때
까지…….

"누구도 사랑하지 마세요."

"너도…… 다른 사람 사랑하지 마. 싫어."

누군가 다른 사람이 승하에게 자신과 같은 교감을 느끼는 것
은 싫다. 아무도 자신의 마음에 들어올 수 없듯이 승하 마음속
에 든 여자도 언제나 서연우뿐이기를 바란다.

“너 잘못되거나 그러면 나 사랑하지 않는 걸로 생각할 거야.”

그 말에 승하는 걱정하지 말라는 듯 손을 꼭 잡았다.

“어떤 식으로든 반드시 선생님 곁으로 돌아올 거예요. 저 믿죠?”

툭 불거져 나온 손마디에서 강한 힘이 느껴졌다. 승하를 믿는다. 남자를 신뢰하지 못했던 그녀의 마음속에 유일하게 강한 믿음으로 들어와 있는 남자니까. 아직은 한없이 여린 풀잎 같지만 언젠가는 든든한 나무가 되어 그녀를 지켜줄 남자란 것을 의심하지 않는다.

“응.”

그녀는 고개를 끄덕였다. 그리고 다시 말했다.

“네가 못 오면 내가 갈게.”

“사랑해요.”

꼭 잡은 손마디가 뜨거웠다. ‘영원히’ 라는 말은 하고 싶지 않다. 바람이 어디에서 불어올지, 그리고 다시 어디로 갈지는 아무도 모른다. 우리의 사랑도 아마 그럴 것이다. 지금의 이 바람이 어디로 불어갈지는 아무도 모른다. 사랑만 변치 않는다면 언젠가는 다시 만날 수 있을 것이다. 그때까지 승하는 승하 몫의 사랑을, 그녀는 그녀 몫의 사랑을 해야 할 것이다.

어떻게 집까지 운전을 해왔는지 모르겠다. 정신을 차리고 보니 육중한 대문이 보였다.

승하랑 헤어졌어요. 이제 마음에 드세요, 아버지?

눈물 한 방울 보이지 않고 승하를 보냈다.

잘했어, 서연우…….

그제야 그녀는 핸들에 얼굴을 묻고 눈물을 토했다.

세상에……! 어떻게 이렇게 쉽게, 간단하게, 담담히 헤어졌을까?

승하도 그녀도 한 방울의 눈물도 흘리지 않았다. 희미한 미소까지 지어 보이며 돌아서던 승하. 그러나 아마 그도 지금쯤 어느 어두운 골목에 몸을 숨기고 자신처럼 울고 있을 거라고 생각했다. 머리가 깨질 듯이 아팠다. 의자 깊숙이 몸을 기대고 손등으로 눈을 가렸다. 아무것도 보고 싶지 않고, 듣고 싶지도 않다. 아주 잠깐 세상이 싫어졌다.

얼마 후 승하의 대학 합격 소식을 들었고, 다시 또 얼마 후 유학을 떠났다는 소식을 들었다. 그것으로 승하의 소식은 끝이었다. 연우는 그가 유학을 간 곳이 어디인지 묻지 않았고, 아무도 가르쳐 주지도 않았다.

한때의 바람이었기를…….

다들 그러기를 바라는 것 같았다. 그래서 그런 척했다.

그렇게 여름이 가고, 가을이 갔다.

겨울이 막 시작되던 무렵, 연우는 발신자 주소가 없는 한 통의 편지를 받았다.

〈선생님.

잠시 현실에서 벗어나 조용히 저를 되돌아볼 만한 곳을 찾던 중에 이태리의 칭크테레(Le Cinque Terre)라는 곳을 알게 되었습니다. 와 보니 너무나 아름답군요.

칭크테레는 '다섯 개의 땅'이라는 뜻으로 몬테로소, 베르나짜, 코니그리아, 마나롤라, 리오마지오레 이 다섯 개의 마을을 가리킵니다.

이곳은 자동차가 들어오지 못하는 곳이라 열차와 도보로밖에 올 수 없는 곳입니다. 그 점이 절 이곳으로 이끌었는지 모르겠습니다.

가파른 산과 아름다운 바다가 만나는 이곳에서 사람들은 농사와 물고기를 잡으며 몇 백 년을 살아왔답니다.

힘든 삶이지만 아마도 이곳의 아름다움을 버리지 못해 이곳 사람들은 뭍으로 나가지 못하고 정착해 살아왔겠죠.

조용한 시간을 갖기 위해 찾아 들어온 곳인지라 될 수 있으면 바깥 출입조차 자제하고 싶지만 이곳의 풍경들이 절 가만 놔두지 않습니다.

가끔 가파른 절벽 끝에 올라 검푸른 바다를 내려다보며 당신을 생각합니다.

당신…… 당신…….

이 말이 폐부를 파고들어 와 언젠가 저는 그 상처로 죽고 말 것입니다.

당분간은 이곳에서 지내게 될 것 같습니다.

소원이 있다면 당신이 이곳을 한번 정도 다녀가셨으면 하는 거지
만…… 힘들겠지요?
이곳은 제노바에서 기차로 한 시간 반, 피렌체에서 두 시간 반 정
도 걸립니다.

—지중해를 바라보며 당신의 승하.)

글씨는 검은 펜으로 쓰였고 중간중간 흔들린 그의 마음이 보
였다. 그가 이름도 생소한 칭크테레라는 곳에 머무르고 있다는
것이 작은 위안이 되었다. 그곳이라면 쉽게 찾아갈 수 없는 곳
일 테니 가끔 마음을 놓아버려도 위험할 것이 없었다. 승하에게
서 듣는 당신이라는 호칭이 어색하고 낯설면서도 묘한 감정을
불러일으켰다. '당신의 승하' 라는 한마디로 승하는 자신이 영원
히 연우에게 속해 있음을 말해주었다. 그녀는 편지를 움켜쥐고
창밖을 보며 '나의 승하……' 라고 나직이 중얼거려 보았다. 마
음의 허탈이 순식간에 사라졌다. 그 말은 이미 뚜렷한 존재로
가슴에 박혀 있는 말이었다.
그녀는 다시 붓을 잡았다. 승하가 유학을 떠난 지 반년 만이
었다.

14.
아직도 널 많이 사랑해

베드핑어(Badfinger)의 Walk Out In The Rain을 들으며 연우는 액셀러레이터를 밟았다. 지방 순회 전시회의 마지막 종 착지인 광주 전시회를 마치고 올라오는 길이다.

......

Then in my lonely room I'll stay.

내 방에서 홀로 고독을 씹으며

So that the world will never know.

세상조차 모를 거라고

How much it hurt to see you go away.

떠나는 널 바라보는 내 마음의 상처를.

…….

But, if you find you cannot cope.

하지만 난관이 닥쳐 힘이 들 때면

Just call my name and I'll be there.

언제라도 내 이름을 불러줘. 항상 그 자리에 있을게.

차창 밖에는 감미로운 피터 햄의 음성을 닮은 빗방울이 돋고 있었다.

자정이 넘어 집에 도착해 씻고 막 자리에 누웠는데 전화가 울렸다.

[왜 이렇게 연락이 안 되는 거야?]

맥 갤러리의 이주형이었다.

"아, 미안. 휴대폰을 꺼두었었나 봐요. 근데 웬일이야, 이 야밤에?"

그는 맥 갤러리의 예술 아카데미에서 계절학기 강의를 해보지 않겠느냐고 했다. 삼 년 전의 전시회 제의도 갑작스러웠지만 이번 제안은 더 갑작스럽다.

"강의라니, 내가 어떻게?"

[뭘 어떻게야? 평소 그림 그리는 느낌 그대로 얘기해 주면 되는 거지. 편하게 생각해. 수강생들 추천이야. 요즘 네 그림이 그만큼 좋다는 반증이 아니겠어? 내가 봐도 그래, 절정이야.]

"풋, 그 말은 좀 아니다. 벌써 절정이면 이젠 사그라질 일만 남았게?"

[어, 그런가? 하하. 어쨌든 연륜있는 화가의 강의도 좋지만 지금 가장 각광받는 화가의 강의를 듣는 것도 수강생들에게는 의미가 클 거야. 한 달만 시간 내줘. 도움 준다 생각하고 거절하지 마.]

과장된 그의 칭찬에 몇 번의 거절과 설득이 오가다 결국 허락을 하고 말았다. 정말이지 당분간 푹 쉬면서 여행이나 다니고 싶었는데 또 틀려 버렸다.

도대체 왜 이렇게 바쁜 거야?

연우는 투덜거리며 수화기를 놓았다. 직장에 매인 몸도 아니고, 일부러 일을 만드는 것도 아닌데 끊임없이 일거리가 생긴다. 그러잖아도 방학이라 다음 주부터 백화점 문화센터의 어린이 미술교실 강의도 덜컥 받아놓은 상태다. 한 번 아니다 싶으면 칼같이 거절을 해버리는 성격이라 예전에는 차갑다는 소리도 참 많이 들었는데, 요즘은 어떻게 된 건지 이 거절이라는 것을 못하겠다. 뭐든 응응, 그래그래, 하다 보니 일에 치여 사는 게 아닌가 싶기도 하다. 수화기를 내리며 또다시 밀려드는 이유 없는 허탈함에 연우는 긴 한숨을 내쉬었다. 끊임없이 일을 해도 이 허기는 채워지지 않는다. 하나도 안 즐겁다.

아버지가 몸이 편치 않아 입원을 했다는 김 비서의 연락이 왔다. 올해 들어 벌써 두 번째 입원이다. 주치의 김 박사는 감기와 과로로 인한 스트레스라고 했다.

연우는 잠든 아버지를 바라보며 작은 한숨을 내쉬었다. 이제 그만 놓아버려도 될 일인데 죽으라고 움켜쥐고 있는 모습이 안 쓰러워 보이기까지 한다. 어느 순간부턴가 아버지에 대한 미움도, 거부감도 사라졌다. 아버지에 대한 미움이 짙을수록 승하에 대한 그리움도 짙어졌기에 견디기가 힘이 들었다. 그래서 이해해 보기로 했다. 사랑해 보기로 했다. 언젠가 승하가 그녀에게 애기했던 것처럼 이해하고 사랑해 보기로. 그것은 아버지보다는 그녀 자신을 위한 일이었다. 지금은 다만 아버지가 안쓰러울 뿐이다. 몸은 늙어가는데 뜨거운 피만은 여전히 영원한 청춘처럼 들끓어 아버지를 괴롭히고 있는 것 같다.

저녁이 되어 잠에서 깬 아버지는 또다시 지난번 소개해 준 그 검사를 만나보지 않는다고 역정을 내었다. 한 달째 계속되는 다그침이다.

"밥 먹다가 화장실 가는 남자 싫다고 했잖아요!"

대화가 안 통한다, 목소리가 마음에 안 든다, 취미가 맞지 않는다, 그런 말로 소개해 주는 남자마다 퇴짜를 놓더니 이번에는 또 얼토당토않은 이유로 거절이다. 핑계도 가지가지다 싶어 서종학은 퀭한 눈으로 연우를 노려보았다. 내일모레면 서른둘이 되는 딸이 그림에만 빠져 있는 모습이 영 마음에 들지 않는다. 서종학은 끙, 한숨을 내쉬며 돌아누웠다.

하는 양으로 봐서 그 녀석도 이젠 얼추 잊은 듯하니 얼른 짝을 지어주어야겠는데 까다로운 저놈의 성질머리가 문제다. 다음에는 어떤 녀석이든 밥 먹다가는 절대로 화장실에 가지 말라고 단단히 교육을 시켜서 데리고 나가야겠다.

"김 박사님이 아버지 일 그만 하시래요, 그렇지 않으면 정말 드러눕는다고. 이참에 그만 오빠한테 다 맡기시고 쉬시는 게 어때요?"

"도대체 믿을 구석이 있어야 맡기지, 끙!"

끙, 소리가 예전보다 확실히 작아졌다. 사실은 회사 일 대부분이 강우의 손을 거쳐 아버지께 올라간다는 걸 연우도 안다. 연우는 지독한 아집에 사로잡힌 아버지가 측은했다.

"하다 보면 나아지겠죠. 천천히 조금씩 맡기세요. 이젠 건강도 챙기시고 편하게 좀 사세요, 아버지."

부드럽고 따듯한 연우의 말에 서종학의 마음도 한결 너그러워졌다. 이렇게 나긋나긋하고 말 잘 듣는 딸이었으면 얼마나 좋았을까? 자식들이 하고 싶은 건 뭐든 모자람없이 다 해주고 싶어 남들한테 온갖 나쁜 소리 들어가며 아득바득 돈을 긁어모았던 그 마음을 모른 채 고생이 뻔한 길로만 걸어가던 연우를 볼 때마다 얼마나 답답하고 속이 상했었는지 모른다. 나쁜 건 뭐든 제가 다 뒤집어쓰고 자식에겐 잘나고 좋은 것, 예쁜 것만 주고 싶은 게 부모 마음인 걸 알기나 할까 싶었는데 요즘은 부모라서 어쩔 수 없는, 그리고 자식이라서 어쩔 수 없는 감정들이 그들 사이에 조금씩 흐르는 것을 느낀다.

늦은 밤에 병원으로 온 오빠에게 병실을 맡기고 화실로 향했다. 며칠 앞으로 다가온 예술 아카데미의 강의가 영 마음에 걸린다. 아직 강의의 주제도 정하지 못한 상태다.

오랜만에 화실에서 밤을 새웠다.

사각대는 연필 소리, 음악 소리, 피어오르는 커피 향…… 이런 느낌, 얼마나 오랜만인지…… 언제나 이곳에 오면 버릇처럼 듣게 되는 음악이지만 오늘은 '나무'의 음악이 특히나 좋다.

어둠이 짙을수록 커피는 맛있고, 음악은 깊이 들린다. 그리고 사고도 단순하고 깊어진다. 덕분에 막막하던 강의 내용이 짧은 시간에 얼추 정리되었다.

선반 위의 박스에 들어 있을 서양미술사 책을 찾던 연우의 팔꿈치에 그림 하나가 걸려 바닥으로 툭 떨어졌다. 묶어놓은 끈을 풀고 종이를 벗겨내자 드러나는 그림은 승하의 초상이다. 서늘하고 날카로운 눈가에 번져 있는 미소, 따듯하고 온화한 빛이 뿜어져 나오고 있는 스물한 살의 승하다. 연우는 떨리는 손으로 그림을 더듬었다. 헤어진 후 처음으로 대하는 승하의 얼굴이다.

아, 애가 이렇게 생겼었구나.

연우는 새삼 그림을 가까이 당겨 하나하나 뜯어보았다. 우수에 젖은 깊은 눈동자와 수척한 얼굴, 스물한 살짜리에게는 너무나 힘들었던 고뇌들이 그림 속 얼굴에 고스란히 묻어나 있다.

이제 곧 스물다섯이네? 잘 있을까? 넌…… 괜찮니? 견딜 만
해?

그림 속 입술이 말한다.

그럼요, 끄떡없어요.

그래…… 그래야지. 나도 잘…….

잘 지내는 것 같다. 가끔 가슴이 뻥 뚫린 듯 허한 기분이 드는
것 외엔.

아직도 널 많이 사랑해…… 너도 그렇지?

싱긋 웃는 눈매가 그렇다고 말하는 것 같다. 창이 밝아올 때
까지 그림을 들여다보던 연우는 다시 그것을 종이로 싸고 노끈
으로 묶어 선반 위에 올렸다.

화실 문을 잠그고 내려오는데 머리가 흔들리며 어지러웠다.
마음이 길을 잃고 혼란에 빠져 버린 듯하다. 어딘지도 모를 곳
으로 내달리는 마음을 붙들기가 너무 힘들다. 자주 꺼내 보아서
는 안 될 것 같다.

이런 느낌…… 견디기 힘들어.

서먹서먹하고 난감하던 처음과는 달리 강의가 막바지에 이를
수록 자신감이 붙기 시작했다. 마지막 강의가 있던 날은 수강생
모두가 아쉬움을 표하며 내년에 다시 한 번 강의를 해달라는 요
청까지 했다.

"무엇보다 스스로 그림을 그릴 수 있어야 합니다. 여러분들이

세상에 나와 살면서부터 억압되기 시작한 모종의 본성을 끄집어내어 발가벗고 뛰어보는 거죠. 나의 의지와 상관없이 그것이 바로 내가 할 수 있는 것, 하고 싶은 것일 수 있습니다."

강단에 선 연우의 얼굴에서 빛이 났다. 또렷하고 건조한 음성과 확신에 찬 눈빛이 순식간에 학생들을 압도하고 있었다.

"그림을 그릴 때 붓과 물감과 화폭의 물리적 작용관계에 단순히 집착한다면 그림은 기계적이고 기술적인 과정에 머물고 맙니다. 그림은 결코 기술이 아닙니다. 붓끝을 물리적인 화폭의 표면에 맞추지 않고 마치 물의 표면을 넘나들거나 허공을 휘저어 이미지를 쫓는 것처럼 캔버스 너머의 직관적 표상을 향해 붓끝을 세울 때 작품의 진정한 미적가치는 담보될 수 있는 겁니다. 그렇다면 직관적 표상이란 어디에서 오는 걸까요? 가령 화가를 용광로라고 한다면……."

강의 내용은 차가운 이성으로 뽑아 올린 듯 언제나 명료하고 담백했다.

연우는 준비한 자료 노트를 덮으며 마무리를 지었다.

"모든 예술은 지나치게 상업적으로 흘러서도 안 되지만 외곬수여서도 안 됩니다. 대중없는 예술은 없습니다. 세상을 향해 열린 시선으로 그림을 그리고 그들이 원하는 것을 진정으로 채워 담을 수 있을 때 화가로서의 자신의 정체성도 찾을 수 있을 겁니다. 세상과의 소통을 위한 객관적 통로를 절대 닫아버리지 마시길 바랍니다. 아무리 뛰어난 천재라도 세상과의 소통없이 혼자서는 아무것도 이룰 수 없는 거니까요. 마지막으로 꼭 하고 싶은 말은 언제나 경이로운 시선으로 그림을 대하라는 겁니다. 자, 이것으로 강의를 마치겠습니다. 함께하는 동안 행복했습니다. 수고하셨습니다."

누군가 시작한 박수 소리가 전체 수강생에게 퍼져 길게 이어지는 것을 들으며 연우는 강의실을 나왔다. 이층에 있는 갤러리 사무실로 들어오니 반가운 손님이 와 있었다. 한 달 전 유럽의 생활도자기 시장을 돌아본다는 명목으로 여행을 떠났던 양진호다.

"교수 해도 되겠더라."

"부끄럽게 왜 그래? 여행은 어땠어?"

"좋았어, 나름대로 성과도 있었고. 우리 물건이 그쪽 물건들과 비교해도 전혀 뒤떨어지지 않는다는 걸 확인하고 온 게 제일 큰 성과라고 할 수 있지. 아참, 그림 몇 개 찍어온 거 있는데 그거 보여주려고 왔어."

"그림?"

"프랑스에 갔더니 길거리 전시회를 하더라고? 독특한 그림이 보이기에 네 생각 나서 얼른 찍었지."

양진호는 가방에서 디지털 카메라를 꺼내었다. 그러나 그림을 채 보기도 전에 종강파티를 하자며 우르르 몰려온 학생들에 의해 연우는 끌려 나가야 했다. 그 후, 사진을 메일로 보내놨다는 연락을 받고도 한동안 확인을 못했다.

아버지의 퇴원과 함께 성화에 못 이겨 다시 한 번 검사라는 그 남자와 만났다. 그리고 기어이 제 입으로 '실은 독신주의자예요'라는 말을 해야 했다. 아버지가 알면 기겁을 하고 넘어가실 말이지만.

3월이 끝나갈 무렵에야 잊고 있었던 그 메일이 생각났다.

무심하기도 하지? 생각해서 일부러 보내준 건데.

미안한 마음에 바로 컴퓨터를 켰다. 보낸 날짜를 보니 이미 한 달은 얼추 되어간다. 사진 속 풍경을 보니 장소는 몽마르트르 언덕의 어느 거리 같았다. 몇 장의 사진을 설렁설렁 클릭하던 연우의 손이 어떤 그림에서 문득 멈추었다. 거칠고 투박한, 그러나 예민한 감각이 느껴지는 서늘한 색채의 그림이다.

이런 느낌의 그림…… 어디서 봤더라?

머리 속에 섬광처럼 빛이 지나갔다. 사진을 더 클릭해 보니 똑같은 느낌의 그림이 몇 장 더 나왔다. 연우는 그 그림들만 다운 받아 보고 또 보고, 또 들여다보았다. 그리고 어느 순간부턴가 가슴이 서늘하게 흥분되고 있었다. 거칠고, 투박하고, 서늘하고, 예민한…… 붓질 어디선가 '우리 엄만 창녀거든요' 하는 말이 툭 불거져 나올 것 같은 그림…… 승하다!

아주 잠깐 숨을 쉴 수 없었다. 연우는 도망치듯 일어나 거실을 서성거렸다. 몸속 어디선가 불이 난 것 같았다. 얼굴이 달아올랐고, 호흡은 거칠어졌다. 가슴이 너무 두근거려 불안하기까지 했다. 그녀는 다시 컴퓨터로 다가가 모니터를 들여다보았다.

많이 안정되었고, 훨씬 묵직해진 느낌이 들지만 이 그림은 분명 승하 그림이다.

그녀는 망설임없이 전화기를 들었다. 한참 만에 잠에서 막 깬 듯한 양진호의 음성이 들렸다.

[여보세요?]

"너 지난번 보내준 사진 프랑스에서 찍었다고 했지?"

[응. 거기가 몽마르트 올라가는 길목이었나?]

"그 그림 그린 화가도 기억나니?"

[어떤 그림을 말하는 거야?]

"왜 그 거칠고 투박…… 아, 그래. 에펠탑 그림."

[아, 그거. 그 그림 좋지?]

"그 그림 그린 사람 생각 안 나?"

[글쎄, 워낙 사람들이 북적거려서…… 어떤 게 누구 그림이었는지 기억이 잘 안 나는데?]

"기억 좀 해봐!"

아, 미안.

연우는 저도 모르게 소리를 빽 지르다가 수화기를 내려 버렸다. 가슴이 두근거려 견딜 수가 없다. 그녀는 모니터 속 그림이 마치 승하라도 되는 듯 만져 보다가 흔들리는 마음을 감당하지 못하고 눈을 감아버렸다. 이제껏 아무렇지 않게 잘 견뎌왔는데 무너지는 건 한순간 같다. 순식간에 모든 것이 혼란스러워졌다. 지난 삼 년, 자신이 정신없이 쫓고 있었던 것이 무엇이었는지 모르겠다. 그저 열심히 사는 것만이 승하를 위하는 길이고, 사랑하는 방법이라고 믿으며 살아왔었다. 그런데 아닌 것 같다. 그게 아닌 것 같다.

무릎에 얼굴을 묻고 밤을 새워 버렸다. 창으로 검푸른 새벽빛이 스며들고 있었다. 그녀는 엉금엉금 기어가 화장대 서랍을 뒤적였다. 그리고 한쪽 구석에 곱게 접혀 있는 주소지 불명의 편지를 꺼내었다. 착하게 써 내려간 글자 위에 가파른 벼랑 끝에 서서 검푸른 바다를 내려다보며 서연우라는 이름의 상처가 폐부에 박혀 죽어버릴지도 모른다는 어린 남자의 얼굴이 어른거렸다. 일렁일렁 흔들리는 바다의 잔물결처럼 그 남자의 그렁한 눈동자도 그녀의 눈 속에서 일렁일렁 흔들렸다.

네 눈은 언제나 왜 이토록 그렁한지…… 승하야!

그녀는 드디어 침대에 얼굴을 묻고 울음을 터뜨렸다. 누르고 눌러왔던 그리움이 한꺼번에 터졌다. 아버지가 원망스러웠고, 세상이 원망스러웠고, 두 번 다시 소식을 주지 않는 승하까지 원망스러웠다.

서연우는 강한 여자니까 괜찮을 거라고? 그림이 있으니까, 단호하고 냉정한 여자니까 멀쩡할 거라고?

다 틀렸다. 하나도 안 멀쩡하다. 채워지지 않는 이 허기를 견딜 수가 없다. 속으로 곪아터져 가슴에 남은 게 아무것도 없다. 빈 껍질뿐이다.

며칠 시체처럼 누워 있다가 거실로 나오니 컴퓨터가 여전히 켜져 있었다. 모니터 속의 승하 그림이 서늘한 빛을 발했다. 그림이 예전보다 훨씬 좋아졌다. 그녀는 언제 그랬냐는 듯 무심한 얼굴로 컴퓨터를 껐다.

잘 지내고 있나 보다. 금방이라도 끝장나 버릴 것 같았던 동남정밀도 멀쩡하고, 아버지도 멀쩡하고, 승하도 멀쩡하다. 그러나…….

난 이제 멀쩡하고 싶지 않아, 승하야.

더 이상 멀쩡한 척 살고 싶지 않다.

전화를 했을 때 별로 달가워하지 않는 눈치더니 결국 약속 장소에 나온 것은 준하가 아니라 영하였다. 망나니 같은 그의 행동들을 익히 아는지라 연우는 약간 당황했다. 저런 녀석과 무슨 대화를 할 수 있을까 싶다.

"오랜만이다?"

싱긋 웃는 그의 눈매가 승하랑 닮았다.

"어…… 응, 그래. 오랜만이야."

그는 연우의 걱정스런 눈빛을 읽은 듯 피식 웃으며 말했다.

"알코올 전문 요양원에 일 년 가까이 있었어. 완전히 인간 되어서 나왔지 뭐, 하하! 충분히 대화 가능할 만큼 멀쩡해졌으니까 걱정 마. 사실은 형이 나오려는 걸 내가 말렸어. 우리 형 성질이 좀 꼬장꼬장하잖아."

그는 준하 대신 자신이 이곳에 나온 것이 그녀를 위해서라는 것을 생색내듯이 말했다. 그러고 보니 정말 영하의 눈빛은 알코올과는 상관없는 사람으로 보였다. 그는 자신이 그동안 술을 얼마나 마셨으며 그때의 몸 상태가 어땠었는지 장황하게 설명했다. 그리고 스스럼없이 승하 얘기를 꺼내었다.

"생각해 보니 내가 그렇게 살았던 건 그 녀석 엄마 탓도 아니고, 그 녀석 탓도 아니었어. 그건 핑계였지. 날 그렇게 만들었던 건 나 자신이었다는 생각이 들어. 게으르고, 의지도 부족하고, 머리도 나쁘고. 그냥 술이나 마시며 즐기는 나날들이 편했거든. 우리 엄마에 대한 상처는 나 편하자고 끄집어낸 핑계였을 뿐이었어. 그 녀석에겐 정말 미안하게 생각하고 있어."

영하가 왜 자신을 보자마자 이런 고백 같은 얘기를 하는지 연우는 알 수가 없다. 그렇게 괴롭혀 놓고 이제 와서 저런 말들이 무슨 소용인지, 미안하다는 그 말마저 자기 편하자고 하는 변명 같다.

"그런 말을 왜 나한테 해? 그건 승하에게 직접 해야 하는 말이잖아?"

톡 쏘는 연우의 말에 영하는 머쓱한 듯 잠깐 입을 다물었다. 그래, 사실은 승하 얼굴을 마주하고 꼭 하고 싶었던 말인데 하지 못했다.

영하는 잔뜩 굳어 있는 연우의 얼굴을 조심스럽게 살폈다. 예전부터 엄청 말 걸기 힘든 애였는데 그 점은 여전한 것 같다. 차갑고, 딱 부러질 것 같은 느낌. 이런 여자를 승하는 왜 사랑했을까, 영하에게는 그것이 여전히 의문이다.

그녀의 소식은 쭉 접하고 있었다. 승하랑 헤어지고도 너무나 열심히, 밝고 당당하게 사는 모습이 영하는 가끔 의아했다. 그것은 전혀 상처 입은 사람의 모습이 아니었다. 그래서 어쩌면 그녀에게 승하는 그저 가벼운 존재였을지도 모른다는 생각이 들기도 했다. 그런 그녀의 갑작스런 전화에 좀 놀랐다. 승하 따위 완전 잊어먹고 사는 사람 같았는데…… 게다가 회사는 아직까지 대성의 자금을 완전히 털어내지 못한 상태다. 또다시 그들이 연결된다면 이번에는 정말 끝장이 나고 말 것이다.

"근데 만나자고 한 이유가 뭐야?"

단도직입적인 질문이지만 약간의 경계심도 느껴졌다. 하긴 그들은 여전히 승하와 그녀가 연결되는 것이 두려울 것이다. 그러나 연우는 망설이지 않았다. 더 이상 멀쩡한 척 살지 않기로 했으니.

"승하 어디 있어?"

별 감정이 느껴지지 않는 건조한 목소리지만 무시하기 힘든 단호함이 느껴진다. 그것은 그녀의 얼굴에서도 마찬가지로 느껴졌다.

"그걸 묻는 이유가 뭐야?"

"어디 있냐니까? 파리?"

순간 영하는 연우의 얼굴을 스치는 절박감을 보았다. 유학 가기 전 요양원으로 찾아와 작별 인사를 하던 승하 얼굴도 저랬던 것 같다. 자신이 입을 다문다고 알아내지 못할 연우도 아니다. 단호하게 끊어버리고 들어오라던 준하의 당부가 떠올랐지만 그는 무시했다.

"그래, 파리에 있어."

그 그림들…… 정말 승하였던가 보다!

그녀는 순간 뜨거워지는 눈시울을 감추지 못한 채 다시 물었다.

"잘…… 있어?"

"응."

아마도…….

승하는 그곳으로 간 후 소식을 주지 않고 있다. 아버지와만 간간이 통화를 하는 듯했다.

연우는 더 이상 질문을 못한 채 한참이나 마음을 다독였다. 한참 만에 고개를 든 연우는 진지한 눈으로 영하를 바라보았다. 그는 확실히 변했다. 어쩌면 이런 말은 딱딱한 준하보다 영하와 하는 것이 나을지도 모른다. 그녀는 드디어 입을 열었다.

"승하를 찾아가려고 해."

"뭐?"

"파리로 갈 거야. 가서 승하랑 함께 살고 싶어."

"안 돼! 너희 아버지가 가만 계실 것 같아? 그리고 우리도 그건 용납할 수 없어."

"너희 회사 피해 안 가도록 할게. 이건 우리 아버지와 내가 담판지어야 할 문제야. 이렇게 먼저 얘기하는 건 혹시라도 모르니 준비를 하라는 거고, 그리고 승하의 소재를 확실히 알아야 할 것 같아서 만나자고 했어.”

너무나 단호해서 아이 같은 무모함까지 느껴지는 연우다.

또 한바탕 바람이 불겠군. 영하는 담배에 불을 붙이며 혼잣말처럼 중얼거렸다.

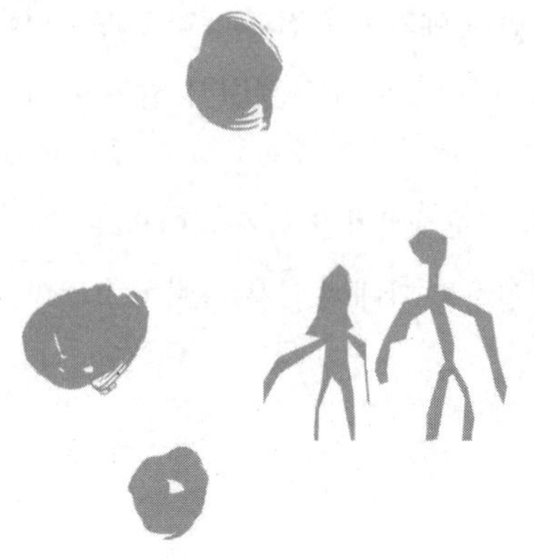

15.
너에게 간다

연우가 짐을 싸들고 집에 들어온 지 일주일째다. 서종학은 무슨 바람인가 싶어 미심쩍으면서도 이 넓은 집에 안산댁과 둘만 있는 것이 불편하기도 했고, 쓸쓸하기도 하던 참에 연우가 들어온다니 반가웠다. 비록 대화는 없었지만 함께 밥을 먹고, 차를 마시고, TV를 보는 아무것도 아닌 일상들이 그의 가슴 한 구석을 따뜻하게 만들어주었다.

"아버지, 우리 여행 가요."

저녁을 먹으며 연우가 뜬금없이 하는 소리다.

"그동안 너무 열심히 일만 한 것 같아서 좀 쉬려고 해요, 아버지도 몸이 안 좋으시니 쉬실 겸 같이 여행이나 가시자고요."

고개도 들지 않은 채 밥을 먹으며 연우는 이런 말들을 중얼거렸다. 같이 있으면 반나절도 지나지 않아 돌아앉을 녀석이 함께 여행이라니, 도대체 무슨 꿍꿍인가 싶다. 아무 대답이 없자 연우가 재차 다그쳤다.

"가요, 아버지."

연우와 단둘이서…… 구미가 당기는 일이다. 회사 일이 걱정이긴 하지만 뭐 일주일쯤 없다고 무슨 일이 생기랴, 강우 녀석도 요즘은 제법 일을 하니, 흠…….

서종학이 말없이 헛기침을 함으로써 허락의 뜻을 전하자 연우의 얼굴에 미소가 지어졌다.

며칠 후, 연우는 가벼운 옷차림으로 거울 앞에 서서 한숨을 훅 내쉬었다. 잘해낼 수 있을까, 긁어 부스럼을 만드는 건 아닐까, 걱정이 되기도 한다. 그래도 일단은 부딪혀 볼 참이다. 일주일쯤 여행을 하며 아버지와 마음을 터놓고 싶었다. 한 번도 이해하려고 하지 않았고, 이해시켜 보려고 노력도 하지 않았다. 진심으로 마음을 내보인다면 아버지가 이해해 줄지도 모른다는 생각을 했다, 어쩌면 꿈일지도 모르지만. 어쨌든 중간에서 싸움이 나서 각자 돌아오는 사태는 절대 만들지 말아야 할 텐데…….

강우도 연우와 같은 생각인 듯 배웅하는 눈에 걱정이 가득했다. 물과 기름 같은 두 사람이 일주일이나 함께 여행을 한다는 것이 과연 가능할지…… 연우가 무슨 생각으로 이런 일을 벌이는지 모르겠다.

출발하는 순간부터 '무슨 놈의 차들이 이렇게 많아?'에서 시작해서 끝없이 계속되는 아버지의 투덜거림에 연우는 인내심의 한계를 느끼고 있었다.

혼잡한 휴게소에서 서서 먹어야 했던 우동도, 자판기 커피도, 모두 서종학의 마음에 들지 않는 것들이었다. 그러나 정작 그의 마음에 들지 않는 것은 도대체 이 많은 인간들은 일도 하지 않고 어디를 이렇게 싸돌아다니는지, 기름 한 방울 나지 않는 나라에서 웬 차들이 이렇게 많아 고속도로까지 막히는지, 하는 것들이었다.

"주말이라서 그래요, 연휴잖아요."

주말이고, 연휴라 여행객들이 많다는 소리에 서종학은 다시 투덜거렸다.

"주말이고, 연휴고 간에 이렇게들 떼를 지어 놀아먹어서야 원, 나는 칠십 평생 여행 한번 다니지 않고도 이루어놓은 게 겨우 이것뿐인데……."

연우는 핸들을 움켜쥐며 아버지를 돌아보았다. 정말, 그러고 보니 아버지랑 여행을 간 기억이 없다. 그 흔한 여름휴가 때마저 엄마와 오빠들과만 제주도로 어디로 여행을 다녔지 아버지는 단 한 번도 동행하지 않았다. 언제나 일만 하셨다.

강릉을 지나 7번 국도를 타고 내려오다가 한적한 바닷가에 차를 세웠다. 연우는 가게로 달려가 빼온 자판기 커피를 아버지

께 내밀며 잠깐 내려 바다 구경이나 하자고 했다. 그러나 아버
지는 싫다며 퉁명스럽게 혼자 갔다 와, 그러셨다. 잠깐만 내려
바다도 구경하고, 바람도 쐬고 그러자고, 차 안에 가만히 앉아
있을 거면 뭐 하러 여행하느냐고 쏘아붙이려던 연우는 그 말을
꾹 누르고 돌아섰다.

서종학은 커피를 물처럼 꿀꺽꿀꺽 마셨다. 커피 잔을 들고 바
닷가로 간 연우는 조그만 바위 위에 올라서서 오래오래 바다를
바라보았다. 연우는 바다에 눈을 박은 채 한 모금씩 아주 천천
히 커피를 마신다. 서종학은 연우가 저 새파란 바닷물을 바라보
며 무슨 생각을 하는지 궁금했다. 저렇게 크도록 한 번도 인생
을 의논해 오지 않았던 딸이다. 뭐든 혼자 판단해서 혼자 가버
렸다. 자신이 보기에는 너무나 무모하고 위험해 보이는 길을 겁
도 없이 내달리는 것 같아 말리고, 소리 지르고, 급기야는 싸움
을 하고…….

다음날 호텔에서 아침을 먹고 난 후 홍차를 마시던 아버지가
손짓으로 웨이터를 불렀다.

"이 홍차 보온병에 좀 넣어줘요."

커피를 홀짝 마시던 연우가 동그란 눈으로 물었다.

"자판기 커피 싫으셨어요? 말씀하시지……."

그것도 모르고 어제 내내 아버지께 자판기 커피만 뽑아 드렸
다. 마시고 싶은 족족 함께 뽑아드렸으니 도대체 몇 잔을 드린
건지…… 마음을 열어보려고 나선 여행에서조차 연우는 온통

자기 생각에만 빠져 있었다는 것을 깨달았다. 조금만 신경 썼더라면 아버지가 자판기 커피를 싫어하신다는 것쯤은 금방 눈치챘을 것이다.

바다를 끼고 내려오며 연우는 음악을 들으려고 CD를 집다가 라디오를 켰다. 이리저리 채널을 돌리니 뉴스만평인가 하는 프로가 잡혔다. 졸린 듯 의자에 머리를 기대고 있던 아버지의 눈에 생기가 돌았다.

내려오는 내내 맑은 바다를 보며 연우가 아무리 감탄을 내뱉어도 그저 무심히 바라보기만 하시던 아버지의 눈이 영덕을 지나고 강구를 지날 때부터 자꾸 바다로 향하는 것이 느껴졌다.

"잠깐 세울까요?"

건너편에 조그만 바위들이 보이자 연우가 말했다.

"그래."

서종학은 여행 중 처음으로 바다를 바라보며 섰다. 생각보다 바람이 많이 불어 파도가 거셌다. 커다란 몸집으로 몰려오는 파도는 피 끓는 젊음을 닮았다. 그 앞에 늙은 몸으로 서 있는 자신이 너무나 작게 느껴져서 서종학은 한숨이 나왔다.

"이곳에서 군 생활을 했다. 스무 살 때였지."

서종학의 눈이 아련해졌다.

"보초를 서고 있을 때면 바닷바람이 어찌나 찬지 손등이 터져서 피가 날 지경이었다. 요즘 겨울이 무슨 겨울이야?"

옷도 허술했고, 먹는 것도 부실했던 그때는 날씨마저 어쩌면 그렇게 매몰차고 차가웠던지 모르겠다.

　"제대해서 집으로 갔더니 네 할아버지께서 몸져누워 계시더라. 온몸에 노릇노릇한 흔적들을 보고 난 그것이 피멍이 삭아가는 것이란 걸 알았다. 그때 열여섯 살이던 네 큰삼촌은 도둑질한 죄로 경찰서 철창신세를 지고 있었고, 할아버지는 그런 자식을 대신해 죄를 빌러 갔다가 몰매를 맞았던 거야."

　한 번도 과거 얘기를 꺼내지 않던 아버지였기에 연우로서는 난생처음 듣는 얘기다.

　"경찰서에 찾아갔더니 동생이 주인집에서 쌀을 훔쳤다고 하더구나. 과수원 일꾼 주제에 큰아들 대학 등록금을 마련하느라 어린 자식들을 굶겼던 거다. 할아버지가 네 외갓집의 일꾼이었거든."

　아버지의 말은 충격적이었다. 지금은 원수처럼 되어 발길마저 끊고 사는 외갓집과 그런 관계였다니!

　"난 그 길로 대학을 포기하고 집을 나왔다. 돈을 벌기 전에는 절대로 돌아가지 않겠다는 결심이었다. 그리고 서울로 올라와 돈을 벌 수 있는 일이라면 뭐든 했어. 주먹패들과 어울리는 일도 서슴지 않았다. 그때 내겐 세상에 돈만큼 대단한 것은 없어 보였으니까. 어느 정도 기반이 잡혔다 생각이 들었을 때 할아버지의 사망 소식을 들었다. 사과나무의 씨를 고르다가 사다리에서 떨어지셨다고 하더구나. 부랴부랴 고향으로 달려갔는데 장례식을 치른 지는 이미 한 달이 지난 뒤였다. 그런데……."

아버지는 감정이 격해진 듯 잠깐 말을 멈추었다.

"내가 없던 몇 해 동안 네 큰삼촌은 이미 여러 번 철창신세를 지면서 빗나가 있었고, 나머지 어린 동생들은 할아버지가 돌아가시자마자 과수원에 딸려 있던 조그만 방에서도 쫓겨나 마을 사람들의 도움으로 빌어먹고 있더라. 이십 년을 수족처럼 부리던 일꾼이 죽었는데 그 어린 자식들을 그렇게 잔인하게 내몰았는지…… 난 그것이 도저히 용서가 되지 않았다."

집채만한 파도가 몰려와 바위를 쳤다. 순식간에 부서져 사그라졌다 다시 몰려오는 쉼없는 파도처럼 자신도 그렇게 살았던 것 같다. 언제나 무언가를 집어삼키기 위해 맹수처럼 덤벼들었었다.

아버지는 밀려오는 파도에 마음을 싣듯 오래오래 파도 자락에서 눈을 떼지 못했다. 긴 상념에 빠져 말이 없는 아버지를 바라보며 연우는 마음이 아팠다.

"네 엄마한테는……."

그러나 아버지는 뒷말을 잇지 않았다. 아버지는 미안하다는 말을 하고 싶었을 것이다. 어떤 연유로 엄마와 결혼까지 하게 되었는지는 모르지만 엄마를 바라보는 아버지의 마음이 편치 않았으리라는 짐작이 간다. 오래도록 말이 없어 돌아보니 아버지의 눈가에 무언가가 반짝였다. 그것은 눈물이었다. 연우가 손수건을 내밀자 아버지는 당황한 표정으로 헛기침을 했다.

"흠, 그만 가자. 얼른 집으로 갔으면 좋겠다. 회사는 잘 돌아가는지…… 도대체가 믿을 구석이 있어야지, 쯧."

혀를 차며 돌아서는 아버지를 따라 걸으며 연우는 일주일 채우기 전에는 안 돌아갈 거예요, 라고 톡 쏘아붙이며 미소를 지었다.

그 다음부터는 서종학도 연우도 여행이 한결 편해졌다. 뭘 먹을 것인가 하는 것 때문에 싸우지도 않았고, 채석강에서는 아버지의 팔에 매달려 사진까지 찍었다. 돌아가면 여행 기간 동안 아버지와 자신이 어떤 모습이었는지 오빠에게 증거로 보여줄 참이다, 말로 해서는 절대로 믿지 않을 테니까.

여행 마지막 날, 연우는 쉼없이 차를 몰아 점심 무렵에 용인에 도착했다. 차가 금박산 자락으로 오르는 것을 보고서야 서종학은 연우가 제 엄마의 묘소가 있는 곳으로 가고 있다는 것을 알았다.

아내는 생각하면 생각할수록 가슴 한켠이 저릿한 사람이다. 잘해주고 싶었는데 그놈의 자격지심이 뭔지, 아내의 처연한 눈빛을 볼 때마다 과수원 집 고명딸을 돈으로 채간 무식한 놈이란 처남들의 비아냥 소리가 귓가를 떠나지 않았었다.

아내의 묘는 살아생전 그녀의 느낌처럼 조그마하고 아늑하다. 연우가 절을 올리고 잔을 치고 할 동안 서종학은 말없이 지켜만 보았다. 아내에게 패악을 부릴 때마다 새파란 눈을 치켜뜨고 대들던 어린 딸이 생각났다. 그 마음에 상처가…… 많이 났을 것이다.

마른 잔디를 손으로 쓸어보던 연우는 무덤가 햇살에 앉아 있
는 아버지 곁에 다가앉았다.

엄마, 아버지가 사는 모습을 보며 부부라는 것이 저런 모습이
라면 자신은 차라리 결혼을 하지 않겠다고 생각했다. 무릎을 당
겨 안으며 연우가 입을 열었다.

"전 남자가 싫었어요, 아버지."

사춘기 시절에조차 이성에 관심이 생기지 않았었다. 친구들
이 이성에 눈을 뜨고 가슴이 두근대고 할 때에도 그녀의 관심은
그림뿐이었다. 철없는 조무래기 남자애들에게 관심을 보이는
친구들이 그저 유치해 보였다. 자신의 인생의 주인은 오로지 자
신뿐이라고 생각했다. 남자 따위에 얽매이고, 억압받고 싶지 않
은 모종의 심리가 아주 어릴 적부터 그녀의 가슴에 자리 잡고
있었다.

"윤재 오빠를 사랑한다고 할 때도 사실은 오빠의 따듯함이 좋
았던 거지 가슴이 설렌다거나 남녀 간에 느끼는 그런 감정들은
결코 생기지 않았었어요. 늘 경계를 하고 마음에 담장을 치고
있었으니까요. 오빠가 그렇게 떠나지 않았다면 아마 결국은 제
가 오빠를 떨쳐 내어버렸겠죠."

연우의 다부진 입매는 어릴 적, 누구에게도 지지 않겠다고 덤
벼대던 그때처럼 야무져 보였다. 서종학은 공부에서든 놀이에
서든 어지간한 사내 녀석들은 근처에도 못 갈 정도로 뛰어났던
연우가 늘 자랑스러웠었다.

연우는 자신의 그 대찬 성격이 사실은 남자에 대한 거부감 때문이 컸다고 했다.

"사실은요, 아버지……. 누군가를 사랑하고, 관계를 맺어 부부가 되고, 자식을 낳고, 부모가 되고 하는 그 모든 것들이 전 두려웠어요. 그들에게 상처 주지 않고 사랑하며 살 수 있을지, 그런 남자가 있을지. 세상의 어떤 남자도 제 인생을 걸 만큼 신뢰가 가지 않았어요. 오빠들이나 아버지조차도요."

연우의 얘기가 계속될수록 서종학의 얼굴은 점점 굳어졌다. 한 번도 사랑하는 모습을 보여주지 못했고, 억압과 복종만이 존재했던 아내와 자신의 모습을 보며 연우가 입은 상처들이 낱낱이 드러나는 것 같았다.

"아버지…… 때문이냐?"

고뇌에 찬 서종학의 질문에 연우는 대답하지 않았다. 아직은 싸늘한 바람이 조용히 앉은 두 부녀 사이를 휘젓고 지나갔다. 그 바람 속에 드러난 아버지의 늙은 손이 가여웠다. 연우는 그 손을 위로하듯 꼭 잡았다가 놓았다. 이제 승하 얘기를 꺼낼 차례인데 입이 잘 떨어지지 않는다. 오래오래 머뭇거리던 연우는 드디어 용기를 내어 입을 열었다.

"근데 어느 날 제 화실 '숲'에 누가 찾아왔어요. 저보다 한참은 어리고 상처가 많은 녀석이었는데……."

"이 녀석이!"

직감적으로 승하 얘기라는 것을 알고 화를 내며 일어나려는 서종학의 옷자락을 연우가 다급하게 잡았다.

"아버지, 잠깐만요! 제 얘기 조금만 들어주세요. 제발 조금만
요."

간절한 연우의 눈빛에 서종학은 다시 주저앉을 수밖에 없었
다. 예전 같았으면 어림도 없는 일이었겠지만 여행을 하면서 마
음이 많이 풀어진 탓이었다.

"아무 경계심 없이 마음의 담장을 허물어 버린 채 대했던 남
자는 승하가 처음이었어요. 아마 그 애가 자꾸만 제게 기대어오
는 느낌이 들어서였는지도 모르겠어요. 처음엔 그 애에게 힘이
되어주고 싶고, 위로를 해주고 싶었는데 웬걸요, 그 애가 제게
너무나 위로가 된다는 걸 먼저 깨달아 버렸어요."

연우는 외면하고 있는 아버지의 고개가 돌아오기를 바라며
간절하게 옷자락을 당겼다. 그리고 마지못해 고개를 돌리는 아
버지와 눈이 마주친 순간 이렇게 말했다.

"승하를 바라보며 난생처음 제 심장이 두근거리는 소리를 들
었어요."

그때까지 연우는 자신이 이성에 대해 불감증인 줄 알았다. 평
생 가슴 두근거림 같은 건 경험조차 못한 채, 그렇게 고요히 살
다가 가버릴 것 같아 슬프기까지 했었다. 그런데 승하 앞에서
그녀는 가슴이 두근거리는 여자가 되었다.

"승하와 함께 있을 때면 언제나 행복했어요."

행복했다는 연우의 말에 서종학의 눈이 심하게 흔들렸다. 그

러나 그는 이내 다시 퀭한 눈으로 돌아와 연우의 손을 떼어내었
다.

"더 듣고 싶지 않다. 가자!"

"아버지! 아버지!"

다급하게 불렀지만 서종학은 뒤도 돌아보지 않고 산을 내려
가 버렸다. 연우가 산을 내려왔을 때 아버지는 위험한 도로가에
서서 지나는 차들에 손을 흔들고 있었다. 아무 차든 세워만 주
면 타고 가버릴 작정으로 보였다.

연우는 한숨을 내쉬고 다가가 아버지를 억지로 차에 태웠다.
집으로 돌아오는 내내 연우는 아버지를 살폈다. 무슨 말이든 더
해보고 싶었지만 폭발하기 일보 직전으로 보이는 아버지께 더
이상 말을 걸 수가 없었다.

여행 중간에 연우와 통화를 하며 좋은 분위기를 전해들은지
라 강우는 잔뜩 기대를 하고 미리 집에 와서 두 사람을 기다렸
다. 그러나 칼바람처럼 현관을 들어온 아버지는 인사도 받지 않
은 채 방으로 들어가 버렸고, 그 뒤를 다급하게 따라 들어온 연
우가 잠겨 버린 문을 두드렸다.

쾅쾅쾅!

"아버지! 아버지!"

"당장 보따리 싸서 네 집으로 돌아가거라!"

빽 지르는 고함 소리에 연우는 문을 두드리던 손을 멈추어 버
렸다. 정말 화가 단단히 나신 거다.

"도대체 무슨 일이야, 분위기 좋다더니?"

"좋았지, 아주. 두 시간 전까진."

서종학은 연우가 얘기하던 마음의 상처가 아팠다. 그러나 아무리 승하를 받아들이려 해도 엄마가 창녀라는 그 부분에만 다다르면 머리가 콱 막혀 버린다. 그런 어미 밑에서 자란 녀석이 보고 배운 게 뭐겠는가, 싶은 생각뿐이다. 눈에 넣어도 아프지 않을 딸을 그런 녀석에게 줄 수는 없다, 절대로. 연우가 평생 혼자 사는 한이 있어도 그 녀석만은 도저히 용납이 되지 않는다.

서종학은 새벽같이 출근해 아주 늦은 밤에야 돌아왔기 때문에 만나기가 힘이 들었다. 아무래도 그녀를 피하려는 심산 같았다.

다음날 새벽, 방문을 열고 나오자 연우가 기다리고 서 있었다. 연우는 자신을 무시하고 주방으로 가는 아버지를 따라갔다.

"나이 좀 어린 게 어때서요? 승하, 어리지만 누구보다 속이 깊은 남자예요."

"나이가 문제가 아니다."

"엄마가 몸을 팔던 여자였던 건 승하 죄가 아니잖아요."

"그런 어미 밑에서 보고 배운 게 뭐겠느냐! 피는 못 속인다는 옛말도 있다."

모질게 한마디 내뱉고 돌아서는 아버지가 원망스러웠다. 다시 예전처럼 새파란 눈으로 대들고 싶은 충동이 일었다. 그러나 이젠 그럴 수가 없다. 그녀는 현관을 나서는 아버지의 등에 대고 말했다.

"더 이상 아버지와 싸우고 싶지 않아요. 왜냐하면…… 이젠 아버지를 이해하고 사랑하니까요. 그러니까 아버지도 저 조금만 이해해 주시면 안 돼요?"

"……."

"정말 안 돼요?"

그러나 이미 현관문이 닫히고 아버지는 사라져 버렸다.

연우의 입에서 이해하고 사랑한다는 말이 나오는 순간 서종학은 마음이 울컥했다. 네 녀석이 날 어찌 이해해, 싶으면서도 무언가 보상 받은 느낌이다. 그래서 오랜만에 마음이 뿌듯하고 행복했다.

일찌감치 집으로 돌아오니 연우가 보이지 않았다. 이 녀석이 정말 보따리 싸서 제 집으로 가버렸나 싶어 이층으로 올라가 보니 짐을 싼 흔적은 없다. 돌아서던 서종학은 탁자 위에 놓인 스케치북을 발견했다. 연우가 늘 들고 다니며 버릇처럼 펼쳐 들던 것이다. 슬쩍 넘겨보니 첫 장부터 그 녀석의 얼굴이다. 환하게 웃는 모습, 어느 한구석 그늘진 구석이 느껴지지 않는다. 입술을 실룩거리며 스케치북을 넘기던 서종학의 손이 문득 멈췄다. 스케치북 한 면 가득 채워져 있는 그림은 분명 자신의 얼굴이었다.

그림 그리는 딸을 두었으니 멋진 초상화 몇 개쯤 가지고 있지 않냐고 사람들은 우스갯소리를 했다. 그때마다 허허, 웃고 넘기면서도 마음이 시리고 외로움이 밀려들곤 했었다. 다른 사람은 잘도 그려주면서 아버지 앉아보세요, 그런 소리 한번 하지 않던 녀석, 그런 연우가 난생처음 그려놓은 그의 얼굴이다. 그는 어색한 손길로 그림을 쓸어보았다.

심술궂게 그리지 않았으니 천만다행이군, 흠.

그는 무심한 얼굴로 스케치북을 툭 던지고 방을 나왔다.

연우는 자정이 되어도 들어오지 않았다. 아침에 현관을 나갈 때, 원망스런 목소리로 정말 안 되느냐고 외치던 연우의 모습이 떠올랐다.

정말 안 될까?

스스로에게 질문을 해보았다. 그런데 웬일인지 '안 돼!' 라는 대답이 쉬 나오지 않는다. 어느 것이 연우를 위한 길인지 이젠 모르겠다.

새벽 두 시가 넘어 연우가 들어왔다. 어떻게 집을 찾아왔을까 싶을 만큼 연우는 만취 상태였다. 이층으로 데리고 올라가는 안산댁의 손을 뿌리치고 연우는 막무가내로 서종학의 방으로 들어갔다. 보료 위에 쓰러진 연우에게서 코를 찌르는 알코올 냄새가 풍겼다.

"아버지……."

부르는 소리에 다가앉았지만 연우는 더 이상 말이 없었다. 숨소리가 고른 것을 보니 잠이 든 모양이다. 이불을 끌어당겨 덮어주려니 연우가 다시 불렀다.

"하…… 아버지……."

그리고는 다시 말이 없었다. 서종학은 투박한 손길로 연우의 등을 쓸었다. 무슨 말인가 해주어야 할 것 같은데 아무 말이 나오지 않았다. 다시 한숨 소리와 함께 연우가 무슨 말인가를 중얼거렸다. 서종학은 바짝 다가앉으며 귀를 기울였다.

"아버지…… 저 좀 놔주세요. 저 좀 놔줘요, 아버지. 저 좀…… 승하한테 보내주세요."

꼭 감은 그녀의 눈가에 눈물이 배어나왔다.

아침 일찍 호출을 받고 회장실로 올라왔던 강우는 상상도 못 했던 아버지의 명령을 받았다.

"승하라고 했더냐? 그 녀석 조사 좀 해봐. 어디서 뭘 하는지, 사생활은 어떤지, 특히 여자 관계는 복잡하지 않은지 꼼꼼히 해."

연우는 며칠 술병을 앓았다. 그날, 양진호와 함께 마셨던 것 같은데 그 다음은 기억이 없다. 다음날 그녀가 눈을 뜬 곳은 아버지의 방이었었다. 아늑하지만 텅 빈, 짙은 아버지의 냄새가 풍기던 방.

그 주일 내내 우울한 기분을 떨칠 수 없었기 때문에 아버지와 마주쳐도 말도 거의 하지 않았다. 예전엔 그것이 편했는데 이상하게 지금은 대화 없이 지내는 것이 오히려 불편하다.

그날은 웬일인지 선경과 보리까지 와서 저녁을 먹었다. 분위기는 평화로웠다. 할아버지와 손자의 풍경도, 며느리와 시아버지의 풍경도 그다지 어색해 보이지 않았다. 저녁 먹고 한 시간 남짓 보리의 재롱을 보다가 보내고 서종학은 연우를 불러 앉혔다. 언제나 반짝반짝 빛나던 연우의 눈이 많이 풀려 있었다. 서종학은 그것이 마음에 들지 않았다. 풀이 죽어 있는 모습은 연우와 어울리지 않는다. 언제나 세상 앞에 당당하게, 당돌하게, 그렇게 살기를 바란다. 그는 더 이상 망설이고 싶지 않아 얼른 입을 열었다.

"이대로 떠난다면 넌 지금까지 네가 쌓아온 화가로서의 모든 명예를 일순간에 잃을 수도 있다."

연우는 한참 만에야 아버지의 말뜻을 알아차렸다. 너무나 갑작스럽고 놀라운 말이라 대답이 쉽게 나오지 않았다. 그러나 이내 차분히 가라앉은 목소리로 대답했다.

"제가 떠난다고 해서 제 그림이 어디로 도망가는 건 아니잖아요. 그림은 어디서든 그리면 돼요."

"사람들의 입방아에 오를 거다."

"그건 그 사람들 몫이겠죠. 전 죄를 짓고 도망가는 게 아니에요. 조금도 부끄럽지 않아요."

"네 앞으로 있는 대성의 모든 지분도 포기해야 한다."

"처음부터 그런 것엔 관심없었어요."

서종학은 단호한 입을 움직이는 딸의 얼굴을 안타깝게 바라보았다.

모든 것을 버릴 만큼 저렇게 절실할까?

그러나 보내주자 마음을 먹었으면서도 아직도 순순한 마음으로 가거라 소리가 입에서 나오지 않는다.

"난…… 이 아버지는 모난 구석이 많은 사람이라 아무리 마음을 굴려보아도 여전히 그 녀석이 용납이 되지 않는다. 난 어디서든 내 자식, 내 사위, 내 며느리를 당당하게 내보이고 싶은 사람이야. 네가 늘 말하던 속물덩어리. 그래, 그게 이 아버지다. 정 떠나겠다면 떠나거라. 하지만 내 허락없인 다시는 한국에 돌아올 수 없을 거다. 난 그 녀석을 보고 싶지 않아."

그것은 추방에 가까운 허락이었다.

끙, 신음 소리를 내며 일어나던 서정학의 몸이 휘청 흔들렸다. 놀라서 얼른 팔을 잡는 연우의 손을 그는 뿌리쳤다. 이렇게 매정하게 보내 버리고 나면 후회할 게 뻔하다는 걸 알면서도 고운 마음이 생기지 않는다. 이렇게 떠나면 다시는 볼 수 없을지도 모른다고 말하는데도 눈 하나 깜빡하지 않는 연우가 괘씸했다.

모질고 독한 것, 모질고 독한 딸년이다.

이태일은 못마땅한 눈으로 승하의 전화번호를 건네주었다.

"네 아버지가 우리 승하를 못마땅해하는 만큼 나도 네가 못마땅하다."

“죄송해요, 아저씨.”

죄송하다며 바라보는 연우의 눈가에 단단한 고집이 보인다. 저 고집이 있었기에 이렇게 승하 곁으로 떠날 수 있게 되었겠지만 왠지 승하가 그 고집에 끌려 다닐 것 같아서 영 마땅찮다.

“그래, 언제쯤 떠날 생각이냐?”

“이곳 정리하는 대로 바로요. 열흘 정도 걸릴 거예요.”

“승하한텐 아직 아무 얘기 하지 않았다. 네가 직접 해.”

전화번호를 내려다보는 연우의 눈이 어느새 그렁해져 버렸다.

“어쨌든…… 승하, 잘 부탁한다.”

“고맙습니다, 아저씨. 잘살게요. 정말 행복하게 살게요.”

그래, 승하만 행복하다면 고집불통 며느리라도 뭐, 상관없다. 이태일의 입가에 슬며시 미소가 지어졌다.

[알루(Allo)!]

전화기 너머에서 낯선 언어가 그리운 목소리에 실려 들려왔다.

약간은 피곤한 듯, 그러나 여전히 부드러운.

[알루(Allo)!]

그녀는 가슴을 막고 있는 뜨거운 덩어리를 꿀꺽 삼켰다. 그 소리에 상대방도 무언가를 감지한 것 같았다.

[여보세요?]

아…… 정말 승하네!

[누구……?]

그러나 연우의 입에서는 대답 대신 신음 같은 소리가 먼저 새
어나왔다.

[선…… 생님?]

"……."

[선생님!]

"응, 승하야……."

저편에서는 오래오래 말이 없었다. 아무 소리도 들리지 않았
지만 연우는 그가 울고 있다는 것을 알았다. 이태일은 한 달에
한 번씩 전화하는 승하가 이십 분 내내 그녀의 안부만 묻다가
끊는다고 했었다.

"승하야, 나 너한테 가려고…… 다음 주에 갈 거야."

[무슨 일이에요? 무슨 일이 있으신 거예요?]

그의 목소리는 젖어 있었다.

"나 추방당했어. 네가 나 좀 거둬줄래?"

봄이 한창 무르익을 무렵, 연우는 파리행 비행기에 올랐다.
만 삼십일 년, 그녀의 삶을 고스란히 남겨둔 채 떠나는 것이
다.

어리석다고 하겠지. 무모하다고 하겠지. 그러나 무엇이 어리
석고 무모할까?

그녀에게는 이대로 지금의 것들을 끌어안고 사는 것만큼 어리석은 일은 없어 보였다.

그림에 대한 열정을 고스란히 안고 떠나니 두고 가는 것들이 아쉬울 것도 없다. 언젠가는 다시 찾을 수 있다. 내 그림을 알아주는 터전을 잃는 것이 아니라 더 넓은 세상으로 나아간다고 생각한다. 밑바닥으로 추락하는 것이 아니라 더 멀리 뛰기 위해 잠시 몸을 웅크리는 것일 뿐이다. 조금도 두렵지 않다. 못할 것이 뭔가? 나는 처음부터 맨주먹이었다. 승하와 함께하는 충만한 사랑 속에서 나의 그림은 다시 태어나고 진정한 행복은 그것에 있을 것이다.

죄송해요, 아버지. 정말 죄송해요.

성큼 다가온 남자가 그렁한 눈으로 내려다보았다.

소년의 느낌이 완전히 사라져 버린 건장한 체구의 남자다.

"나예요, 승하."

그리고 커다란 팔을 벌려 그녀를 품어 안았다. 아무 말도 할 수 없었다. 필요도 없었다. 연우는 열두 시간을 날아온 긴장을 풀며 그의 가슴에 얼굴을 기대었다. 승하의 가슴은 다 자란 나무처럼 든든했다.

한참 만에 팔을 푼 승하는 떨리는 손으로 그녀의 얼굴을 쓰다듬었다. 자신을 향해 반짝이던 눈이나, 화장기 없는 말간 얼굴이나, 그래서 여전히 어려 보이는 것까지, 삼 년 만에 다시 보는 연우지만 변한 것은 아무것도 없다. 아, 그러고 보니 얼굴이 훨씬 너그러워진 것 같다. 약간의 여유까지 느껴진다.

다 버려두고 떠났다고 했다.

한창 물이 오르던 그 순간에 돈도 명예도 다 버려두고 그녀는 몸만 가지고 파리로 떠났다고…… 서 회장의 허락없인 다시는 한국으로 돌아올 수 없다는 조건으로 네게로 갔다고…….

영하 형의 전화가 그랬다.

"미안해요, 난 아무것도 하지 못했어요."

승하의 음성이 울렁 흔들리며 눈물이 흘러내렸다.

얼굴은 웃고 있었지만 연우의 눈에서도 눈물이 흘러내렸다.

"이렇게 꿋꿋이 견뎌줬잖아. 꿋꿋이 견디는 것 외에 네가 할 수 있는 것이 아무것도 없었다는 걸 알아. 그게 날 위해 네가 할 수 있는 최선이었다는 것도 말이야."

어떻게 꿋꿋하지 않을 수 있었겠는가. 삼 년 내내 아버지가 전해주는 그녀의 소식은 너무나 꿋꿋하다는 말뿐이었는데. 그것이 자신을 향한 연우의 사랑이라는 것을 믿어 의심치 않았기에 꿋꿋이 버텨낼 수 있었다.

어떤 섣부른 생각도 허락하지 않을 만큼 사랑의 힘은 너무나 강했다. 승하는 다시 커다란 팔을 벌려 연우를 품어 안았다. 연우는 몸도 마음도 그곳에 기대었다. 너무나 넓고 따뜻한 품이다.

어느 날 내 숲으로 찾아와 흔들리는 여린 몸을 기대어오던 나무는 이제 그 숲을 제 가지로 다 품어줄 만큼 거목이 되었을까?
아마도 그럴 거라고 생각한다.
그리고 오래오래…….
영원히…….

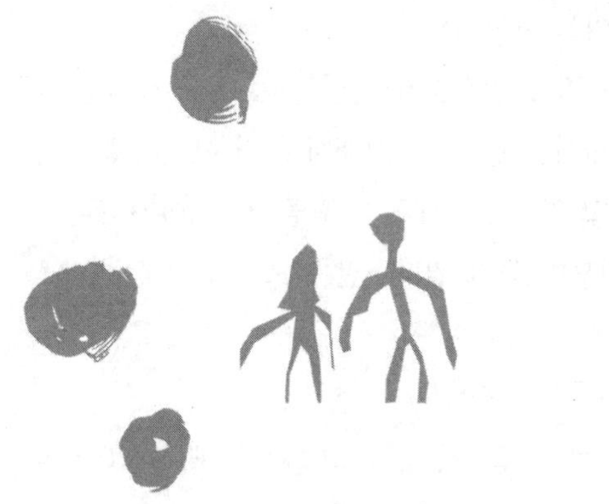

에필로그

파리에 도착한 연우에게 승하가 가장 먼저 해준 것은 그림을 계속 그릴 수 있는 아틀리에를 알아봐 준 것이었다. 그림 공부를 좀 더 할 수 있는 자크 교수의 아틀리에와 갤러리를 겸비한 이곳 김유림의 아틀리에를 고민하다가 이곳으로 정했다. 이곳으로 정하게 된 것은 말이 통한다는 것이 가장 큰 이유였지만 김유림의 적극적인 태도가 한몫을 했다.

김유림은 40을 훌쩍 넘긴 나이에 여전히 혼자 사는 여류화가로 연우의 학교 선배이기도 했다. 그녀가 파리에서 터전을 잡고 활동을 하고 있다는 것은 알았지만 승하와 인연을 맺고 있을 줄은 꿈에도 몰랐다.

"두 사람 어떻게 아는 사이에요?"

"작년에 테라트르 광장에 갔다가 우연히 이 친구 그림을 봤지. 한눈에 필이 꽂혔다고나 할까? 그래서 우리 아틀리에 전속 화가로 눈독을 들이고 있는데 도대체 말을 들어먹어야지, 원."

그녀는 웃음을 지으며 약간 원망스런 눈으로 승하를 흘겨보았다.

"전 아직 모자라요."

승하는 연우에게 눈을 고정시킨 채 그렇게 말했다. 그 눈을 향해 살짝 웃어주는 연우까지, 두 사람의 모습이 조용하고 맑은 숲의 그림을 닮았다.

"갤러리 장사는 나한테 맡기고 연우는 언제든 와서 편하게 그림만 그려. 그러잖아도 아틀리에를 맡아줄 사람이 꼭 필요하던 참이었어. 사실 내가 말이지, 그림쟁이보다는 장사 쪽에 훨씬 소질이 많다는 걸 깨달았거든."

화려하고 세련된 외모에 사교성이 좋은 그녀의 아틀리에에는 손님이 끊일 날이 없었다. 그림을 사러 오는 손님도 많았지만 그녀와 개인적 친분을 가진 미술계 인사들이 차를 마신다거나 담소를 나누러 오는 경우가 더 많았다. 많은 사람들이 드나들었지만 소란스럽지 않고 조용한 아틀리에의 분위기가 마음에 들었다.

"서연우우 신랑 오네에!"

이층에서 손님을 맞고 있던 김유림이 연우를 내려다보며 놀리듯이 목소리를 길게 뺐다. 얼른 창으로 다가가 보니 바람처럼 빠른 걸음으로 걸어오고 있는 승하가 보인다.

거리에는 마른 낙엽이 하나둘 굴러다니는, 그야말로 김유림이 하루 종일 틀어대는 이 음악, 고엽(Les Feuilles Mortes)의 계절이다.

연우는 가을을 한가득 묻혀 들어온 승하의 건조해진 볼을 손으로 비벼주었다.

"춥지?"

"음."

승하는 그녀의 손바닥에 얼굴을 기대며 싱긋 웃었다. 이것이 그리워서 바람처럼 달려왔다. 연우에게 얼른 윗도리를 입힌 그는 위층을 향해 소리쳤다.

"선생님! 저희들 먼저 가요!"

그 소리에 김유림이 고개를 쭉 뻗어 아래를 내려다보았다.

"서연우, 내일 피에르 씨 만나기로 한 거 잊으면 안 돼!"

"알았어요, 선배님!"

김유림은 두 사람이 아틀리에를 나서는 모습을 한참이나 내려다보았다. 문을 나서기 전 승하는 목에 감고 있던 목도리를 풀어 연우의 목에 감아주었다. 그리고 다시 그녀의 단추를 여며주고, 바람 부는 거리를 몇 걸음 걷다가 코트를 벌려 그녀의 어깨를 감싸는 모습이 보였다.

부럽다, 서연우…… <u>흐흐</u>.

깐깐하기로 소문난 서연우가 나이 어린 제자를 찾아 무작정 파리행을 감행했다는 소식을 들었을 때만 해도 긴가민가했었는데 직접 그들을 대면하고, 사는 모습을 지켜보며 김유림은 그녀의 용기에 잠깐씩 부러움을 느낀다. 서연우의 어디에 저런 따듯함이 숨어 있었을까 싶을 만큼 이승하와 살고 있는 그녀는 따듯하고 촉촉하게 살고 있다. 유치하고 어려 보이는 사랑을 거리낌 없이 보여주고 있다. 자신도 한때는 저러고 싶은 적이 있었는데 못했다. 용기가 없어서…….

10월, 파리의 날씨는 흐리다. 이미 우울하고 긴 겨울이 시작된 것 같았다. 바람이 불자 그녀는 몸을 웅크리며 승하의 코트 속으로 파고들었다. 이 흐리고 낯선 도시에서 커다란 나무 같은 승하의 가슴은 얼마나 든든한지.

"내일 피에르 씨가 그림을 보러 온다고?"

"음."

얀 피엘은 대형 갤러리 두 곳과 미술관 하나를 가진 미술 애호가이자 그림 판매상이기도 했다. 김유림과 친분이 있는 관계로 아틀리에를 자주 드나들었는데 언제부턴가 연우의 그림에 관심을 보이더니 한국에서의 그녀의 경력을 알고는 그림을 보여달라고 했다.

"잘됐으면 좋겠다."

승하는 어느새 말을 자연스럽게 내리고 있었다.

"못 돼도 상관 안 해. 이곳 사람들은 알게 모르게 배타적인 경향이 있어. 자기들 문화에 대한 은근한 자부심일지 모르겠지만 말이야. 그림을 바라보는 그들의 시각에서도 난 그걸 느껴. 내가 그들을 이해하고 설득하는 시간이 필요하듯이 이 사람들도 내 그림을 이해하고 날 설득할 시간이 필요하다고 생각해. 서로에게 적응할 시간 말이야. 평생을 가야 할 길인데 조급해할 필요는 없잖아?"

그 말에 동의한다는 듯 승하는 얼른 고개를 끄덕였다. 사실은 자신이 하고 싶은 말이 바로 그것이었다. 한국에서는 화려한 스포트라이트를 받던 그녀의 그림들이 여기서는 무명화가의 그림처럼 갤러리 한쪽에 걸려 사람들의 눈길을 끌지 못하는 것에 대해 그녀가 느낄 좌절감과 불안이 늘 걱정되던 참이었다.

집으로 돌아온 승하는 옷도 갈아입지 않은 채 연우가 씻을 동안 청소를 하고 식사 준비를 했다. 며칠 전에 담가둔 양배추 김치가 맛있게 익어서 오늘은 식사 시간이 더 즐거울 것 같다.

예상대로 양배추 김치를 집어 먹던 연우의 입이 기분 좋게 벌어졌다.

"맛있다. 확실히 음식 솜씨가 있어?"

그 말에 승하가 어깨를 으쓱하며 대답했다.

"누구처럼 꽝은 아니지, 흠."

칭찬 좀 해줬더니 잔뜩 기가 살아서 큰소리다.

연우가 이곳으로 온 지 한 달 만에 승하는 빨래 외의 모든 집

안 살림을 빼앗아 버렸었다.

"처음부터 학교 다니면서 나 혼자 다 했던 일이에요. 뭐 새삼스러울 게 있다고?"

사실은 그녀가 해주는 음식이 괴로워서 못 먹을 지경이었다고 말하고 싶었을 것이다. 그녀 스스로도 괴로웠으니까.

한 번이라도 음식을 제대로 해봤었어야 말이지…….

식사 마지막에 젓가락 싸움까지 벌여가며 접시 위의 양배추 김치를 깨끗하게 해치우고 난 뒤 승하는 설거지를 하고, 연우는 빨래를 개키는 그곳에 나직한 음악이 흐른다.

음음…… 음률을 따라 흥얼거리는 연우의 허밍 소리.

띠리리…… 승하의 장단 소리.

웃음소리…….

그림 속 풍경처럼 그들의 저녁은 예쁘다.

가끔 전화를 드렸지만 아버지는 간단한 안부만 묻고는 끊어 버렸다. 그래서 오빠를 통해 아버지의 소식을 접하고 있었다. 특별히 나쁜 곳은 없는데 기운이 없어 보인다는 소리를 자주 했다. 강우는 아버지의 무기력증이 싸울 대상이 없어서 생긴 거라며 웃었다.

정말 지독하게 말을 안 들었다. 자신의 삶을 후회하는 것은 아니지만 아버지를 생각하면 언제나 가슴 한켠에 아릿한 통증이 인다.

“웬 편지야?”

며칠 만에 아틀리에에 나갔더니 김유림이 초록색 편지 봉투를 건넸다. 발신자의 이름도 주소도 없는 편지 봉투에 김유림의 아틀리에 주소와 ‘서연우’란 이름만 선명하다.

누구지?

연우는 봉투를 이리저리 돌려보다가 뜯어보았다. 두 겹으로 접힌 편지가 나왔다. 그것은 분홍색 꽃 그림이 가득한 편지지에 ‘선생님’이란 글자로 시작하는 승하의 편지였다.

〈선생님.

오랜만에 이렇게 불러봐요.

저는 잘 있답니다. 세상에서 가장 행복한 남자로 말이에요.

당신은 어떤지, 당신도 세상에서 가장 행복한 여자인지 궁금해요.

가끔 이런 생각을 했어요.

신이 나에게 왜 그토록 가혹했을까, 하고 말이에요.

정답은 바로 이거더군요.

‘서연우를 내게 주려고.’

지금껏 살아오면서 내게 가장 힘이 되었던 말이 뭔지 아세요?

그건 바로 '널 정말 많이 사랑해'라고 하던 당신의 말이었어요.

그 한마디에 세상을 다 얻은 것 같았으니까.

음…… 내년 봄에 나 졸업하면 우리 한국에 한번 다녀와요.

쳐들어가자고요.

오지 말랬다고 안 가는 건 서연우가 아니잖아요?

당신은 지독히 말 안 듣는 못된 딸이니까.

서연우!

당신을 정말 많이 사랑해.

─승하.)

아버지 때문에 맘 상해 있다는 걸 알고 있었나 보다.

언제나 내 속을 빤히 들여다보고 있는 녀석…….

코끝이 찡하다.

오후부터 눈발이 날리기 시작했다. 집으로 돌아갈 무렵, 어깨로 머리로 눈을 한바탕 뒤집어쓴 승하가 뛰어들어 왔다.

"눈이 정말 많이 와!"

그 모습이 눈만 보면 좋아 못 견디는 강아지 같아서 연우와 유림은 까르륵 넘어가도록 웃었다.

아틀리에를 나서기 전 그는 다시 목도리를 벗겨 연우의 목에 감아주고, 단추를 여며주고, 코트를 벌려 연우의 어깨를 감쌌다. 파리의 겨울이 아무리 춥고 우울해도 승하에게 기댄 연우의 가슴은 따듯했다. 그녀는 코트 속에서 승하의 허리를 꼭 안으며 말했다.

"나도 잘 있어. 세상에서 가장 행복한 여자로 말이야."

그리고 다시 이렇게 말했다.

"널 정말 많이 사랑해."

크리스마스 시즌에 강우와 선경이 찾아왔다.

"행복하니?"

"보시다시피."

연우는 행복한 웃음으로 그들을 맞았다.

다음날은 준하와 영하까지 왔다.

"형!"

"어떻게 된 거야, 다들?"

"소꿉장난 잘하나 보러 왔지."

싱글거리며 서 있던 영하의 말이다.

정말 무슨 일로 이렇게 한꺼번에 몰려들 왔나 싶어 의아한 눈으로 서 있는 두 사람에게 강우의 상기된 음성이 들렸다.

"아버지께서 보내셨어."

"……?"

"식도 안 올리고 제멋대로 사는 못된 녀석들, 식 좀 올려주고 오라고 하시더라."

실로 오랜만에 햇살이 구름을 뚫고 나온 날이었다.

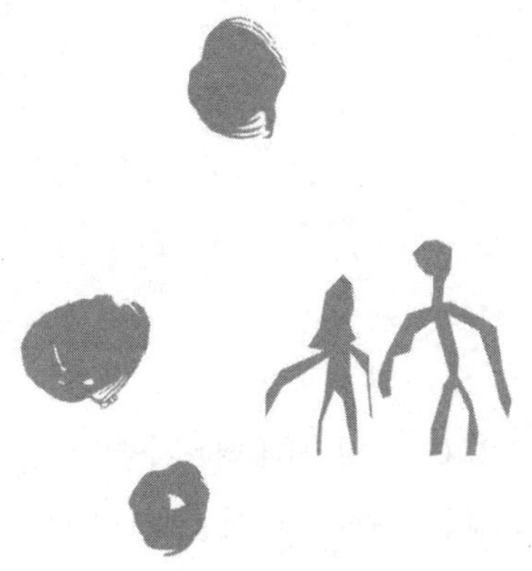

여자의 사랑은 왜 남자에 의해 결정이 나야 할까?

물론 전부는 아니지만 대부분의 매체에서 보면 여자는 남자의 보호하에 이끌려 가고 사랑은 남자에 의해 완성이 되곤 한다. 기다리는 쪽은 여자고 순종하는 쪽도 여자다.

그래서 나는 마지막까지 확신과 용기를 가지고 스스로 사랑을 이끌어간 연우가 참 마음에 든다.

사실 이 글은 3년 전쯤에 프롤로그를 포함해 30페이지 정도 끄적이다가 던져 두었던 글이다. 일곱 살이나 어린 남자에 대한 부담감 때문이었다. 그때는 내 마음에서 쉽게 승하에 대한 사랑이 일지 않았었다. 그런데 3년이 흐른 후에 다시 보니 승하가 사랑스러워지는 것이다. 그래서 '아, 내가 나이가 들었나 보다' 하는 생각이 들었다(웃음).

전작 『밤배』와 같은 직업의 주인공이 나오고 '칭크테레'라는 지명이 반복되는 것이 부담스러웠지만 사실 '칭크테레'는 『밤배』보다 이 글에서 먼저 쓰였던 거라 굳이 수정하고 싶지 않았다.

영하의 이야기는 다소 과장이 되었지만 실제로 그런 상황의 친구를 본 적이 있다. 그 친구도 끝없이 상처를 끄집어내어 상대를 괴롭혔지만 결국 상처 입는 것은 자신이라는 것을 뒤늦게 깨달았었다. 사실 어린 나이에 그런 것을 깨닫기란 어려운 일이다. 온통 상처투성이가 되고서야 깨닫는 것은 어쩔 수 없는 인간의 어리석음이 아닐까?

원래는 승하를 좀 더 악동스럽게 표현할 생각이었지만 그러지를 못했다. 나 자신이 악동보다는 부드럽고 순한 남자를 좋아하기 때문일 것이다. 그래서 악동이 전혀 악동 같지 않아서 제목이 무색해져 버린 느낌이다.

수채화 같은 감수성이 깃든 글을 써보고 싶었다.

『내 숲에 찾아온 악동』은 그런 것을 어설프게 흉내 낸 글이라고 보면 되겠다.

읽는 분들이 조금이라도 그런 느낌을 받았으면 좋겠다.

이 글에 잠깐 등장하는 부론과 목계강은, 김윤배님의 시 〈부론에서 길을 잃다〉에서,

> 〈부론은 목계강 하류 어디쯤
> 초여름 붉은 강물을 따라가다 만난 곳이니
> 하류의 작은 마을일 것이다.〉

이 부분에서 따온 것입니다.
실제 목계강이 부론까지 뻗어 있는지는 알지 못합니다.
간간이 언급되는 음악과 그룹들에 대한 평은 지극히 개인적인 감상임을 알려 드립니다.

아, 벌써 오월이네요. 주머니는 가벼워져도 행복한 달입니다.
독자 여러분들도 모두 행복하세요.

—2007년 5월 김인숙.

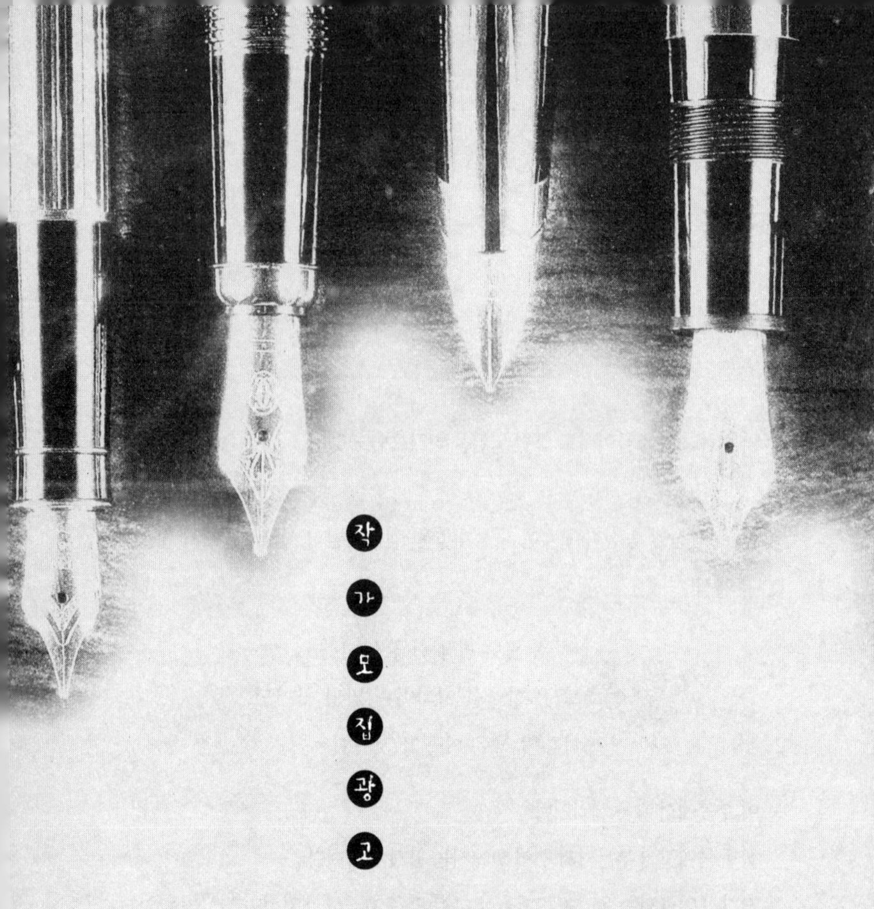